物語やストーリーを作るための

異世界“侵略”計画書

榎本海月・榎本事務所［著］
榎本秋［編著］

悪辣非道な
計画のたてかたで、
物語はもっと
ドラマチックになる

秀和システム

❖はじめに❖

本書は全三巻シリーズの一巻目に当たる。

このシリーズでは、異世界あるいは並行世界など比較的現実離れした世界を舞台にした物語を書きたい！という人をターゲットにし、「そのような世界ではどのような仕組み・社会構造・あり方が存在し、主人公たちにどんなアクシデント・トラブルが起こり、どんなピンチが降りかかるか？」を紹介している。

というのも、物語をドラマチックに盛り上げるためには各種のアクシデント・トラブル・ピンチが重要だが、ある程度知識がなければそのような演出・状況を作り上げることはできないからだ。そのために本シリーズを活用いただければ幸いである。

本書のテーマは「侵略」である。まずは辞典を引いてみよう。『日本国語大辞典』より（用例略）。

「しん・りゃく【侵略・侵掠】

〔名〕

（1）他人の領分または他国に侵入して財物や領土をうばいとること。

（2）他に勢力を広げること。」

というわけで、「攻め込み、拡大し、奪うこと」であると考えていいだろう。戦争という概念とも深く結びついている。

本書ではこの侵略という概念について、特に「小説をはじめとするエンタメのテーマや大きな舞台装置、シチュエーションとしてどのように扱うか」を軸にしながら紹介・解説・例示を行う。

なぜか。侵略は前述のようなアクシデント・トラブル・ピンチの状況として理想的だからだ。

もちろん、現実における侵略は決して許されることではない。あくまでエンタメ上の話としてご理解いただきたい。


本書の特徴として、「侵略」という概念を侵略側（攻撃側、仕掛ける側）と防衛側（被侵略側、仕掛けられる側）の両面から捉えることにした。この両者及びそのどちらとも言えない話題の三種を小見出しのデザインで区別して、一目でわかるように工夫をしている。

内容としては、「何のために侵略をするのか」と「どうやって侵略をするのか（防衛するのか）」を重視している。また手法については、軍団を送り込んで行う武力・軍事力による侵略（防衛）が重要なのはもちろんのこと、「それ以外の手段（宗教や経済など）」についても同じように重視したため、以上の三点による三部構成とさせていただいた。

本書は基本的にいわゆる「中世ヨーロッパ風ファンタジー」的世界観で活用していただくことを前提にしている。しかし、そもそもこの世界観自体が中世ヨーロッパの名を冠しつつも、実際にはローマなどの古代要素や、大航海時代・ルネサンスなどの近世的要素を多分に取り込んでいるのが普通だ。それどころか、ターゲット読者である私たちが楽しめるよう、自由や平等、民主主義といった近現代価値観もしばしば入り込んでいる。

そのような非中世的要素も適宜採用したので、活用してほしい。

榎本秋

この本の使い方

計画してみるチートシート

本書の各章最後には必ず「計画してみるチートシート」という記入できるシートが挿入されている。

これは、各章の内容をベースに、「あなたの物語で侵略（及びそれに対抗する防衛）を行うなら、どのような設定を用意するか」が書けるようにするためのものだ。

侵略と防衛はそれぞれ相手があって行うものであるため、シートの上半分は「侵略」側、下半分は「防衛」側の事情や思惑、設定が書き込めるようにしてある。物語の主人公がどちらのスタンスであろうと、相手側の設定を把握できるようにすることは設定の客観視のために重要だ。

練習や思考実験のためにチャレンジしてくれても構わないし、もちろん本番の創作のための設定を整理する目的で使ってもらってもOKである。

侵略計画書

計画してみるチートシートは各章の内容にフォーカスしており、全体的に「侵略側と防衛側はどういう関係性なのか」「侵略側（防衛側）は全体としてどのような存在なのか」というところがちょっと分かりにくくなってしまう。

そこで、全体及び相互関係が俯瞰して把握できるように、本書の最後に「侵略計画書」を掲載した。侵略側の動機、そのために選んだ手段、侵略側として突くべき防衛側の弱点などを書き込めるスペースを用意したので、侵略側に立つにしても、防衛側に立つしても、非常に役に立つシートになったかと思う。

どちらのシートも書き込んでもらうことを想定しているが、いきなり「さあ、書こう」と言われても簡単ではない。そこで、侵略計画書については、架空の作品における侵略を想定したサンプルを用意した。

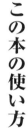

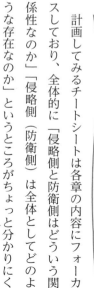

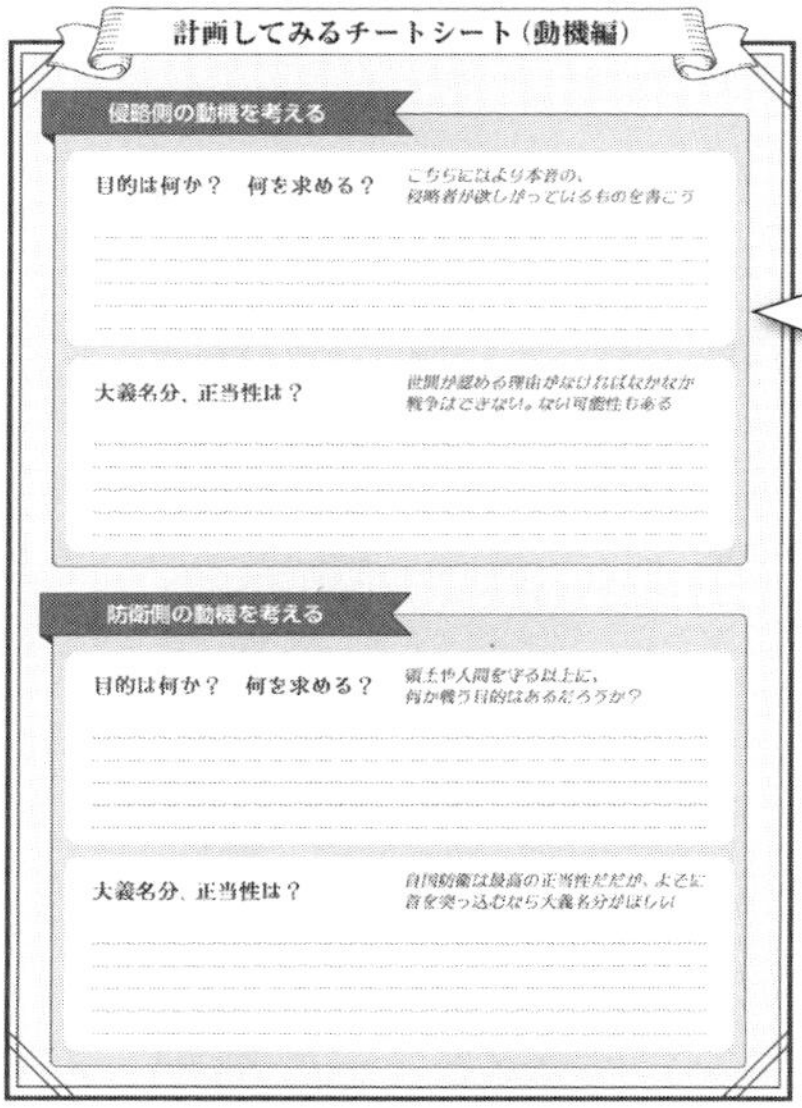

各章末尾のチートシート

↓

侵略側と防衛側に分かれているため、それぞれの事情を書き込んでみよう

侵略計画書

↓

侵略計画と防衛側の事情を1枚のシートで俯瞰から確認できるようになっている

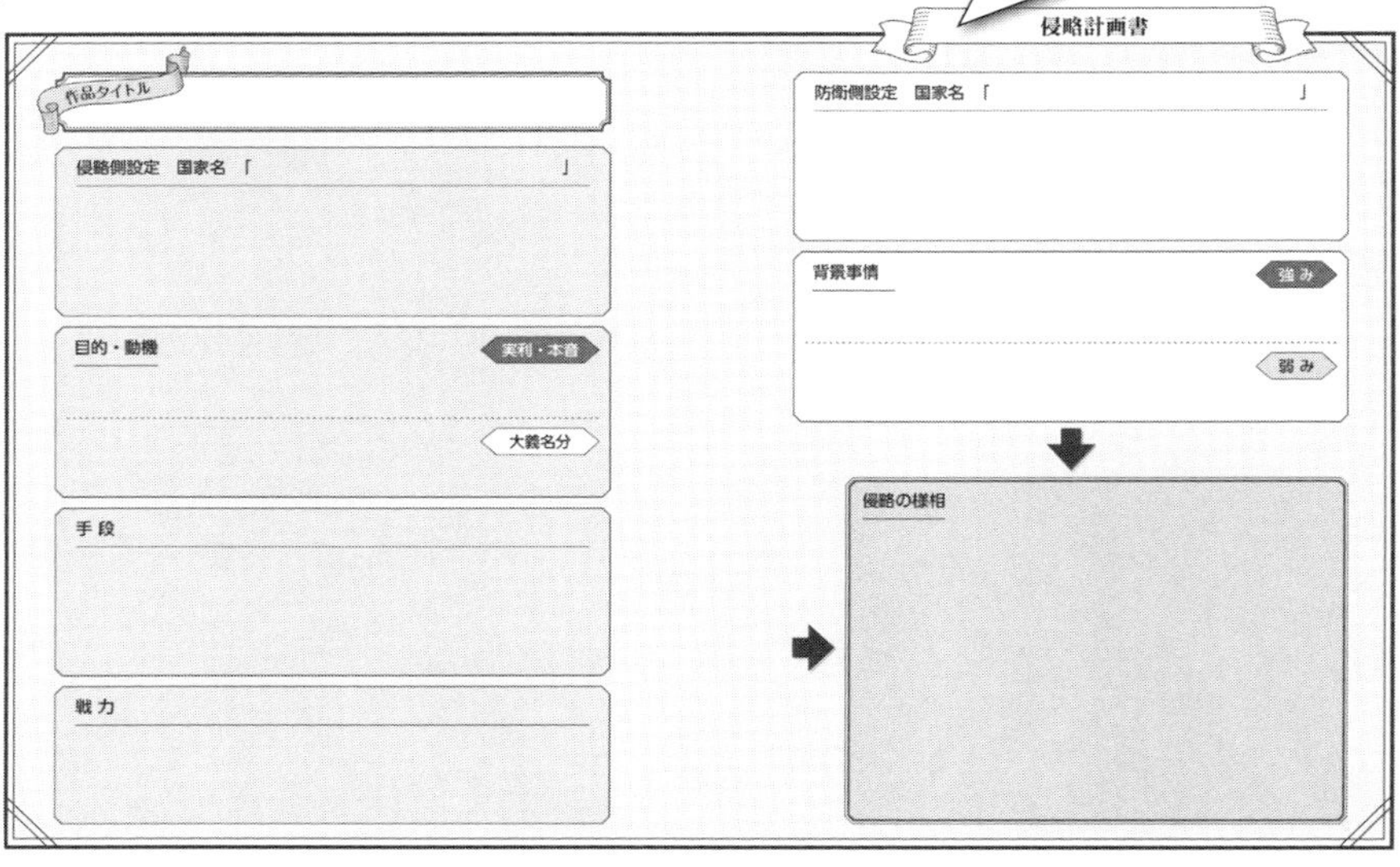

もくじ

◆4章 軍事力を強化せよ

3部 侵略の手法（非軍事力編）

◆5章 経済による侵略

6章 宗教（文化）による侵略

7章 制度による侵略

1部　侵略の動機と狙い

◆1章◆

侵略に理由あり

領土、人民、財貨を求めて

侵略の基本的な形

　人は何のために侵略をするのか。最もスタンダードな理由は、「土地（領地）とそこに住む人間を自分のものにするため」であろう。この目的の結果として、国が国（及びそれに準じる都市や集落）を攻める、というのが侵略の基本的な形になっている。

　ここで、土地と人間がセットになっているのがポイントだ。多くの場合、ただ土地だけ手に入れても意味が薄い。その土地を耕し、家畜を飼って食料を生産する人間がいなければ、税を納めさせることもできないし、税の代わりに労働力や兵士を差し出させることもできないからだ。

　土地と人間を無傷でまとめて手に入れる一番良い方法は、たくさんの土地や人間を支配・指導しているリーダーを屈服させることである。村長が降伏すれば村一つが、貴族が従えば都市とそれに付属する村が、そして国王が屈服したなら数多の都市と村々が侵略者の手に落ちる。

　侵略者は易々と広大な土地及びそこに住む人民を手にいれ、税を納めさせたり、労働力や兵力を提供させたりすることができるようになる。これらの財力や軍事力は新たなターゲットへの侵略に活用され、侵略者の勢力範囲はさらに広がっていく……。これが侵略者にとっての理想だ。とはいえ普通、被侵略側のリーダーは容易く屈服はしない。抵抗する。こうして戦争は起きるわけだ。

　侵略者と被侵略者が戦って、侵略者が完膚なきまでに勝利したなら、一つの国がそっくりそのまま飲み込まれ、侵略側国家の一部になることもあるだろう。ただ、どちらかが極端に有利でもない限り、やがて戦いが長引く中で両者に講和の機運が生まれ、「この辺で手打ちをしよう」となる。この時、侵略側優勢なら、土地の一部（当然、そこに住む人民もセット）を割譲させるわけだ。

大きな国が小さな国を服従させたなら、小さな国は大きな国の一地方になるだろう。敗れ方によっては自治区になったり、元王族が貴族としてそのまま統治したり、辺境伯領になったりして、ある程度の自治権が残されることもよくある。一方、ひどく敗れた場合は侵略側の重臣に褒美として分配されたり、いくつにも分割されて取り込まれたりすることも多い。一方、小さな国が大きな国を飲み込んだら、二つの国をどう融合させるかで統治者は大いに悩むことになる。しかし、それをうまく成功させたなら、一気に巨大帝国へなりあがることになるだろう。

得たものをいかに統治するか

ともあれ、侵略側が勝利し、敗れた国を飲み込んだとする。すると侵略側はすぐさま領土統治の必要性に迫られる。降伏させた王や貴族、村長は果たして大人しく従ってくれるだろうか？

彼らリーダーたちが反抗する気力を失っていたとしても、有力者や家臣、一般市民の中に侵略者への恨みを募らせる者がいてもおかしくはない。あっさり降伏させたなら、被侵略者たちはまだ十分な力を残しているだろう。激しい戦いの末に従えたなら、侵略者を敵と恨み、強く憎む者が多くいるはずだ。

こうなると、侵略者は統治に気を使う必要が出てくる。以下、宥和政策から強硬政策へ、順に並べてみよう。

王国や貴族領を傘下には収めるが吸収せず、そのまま残すケース。吸収はするが自治領として残し、ある程度自由な権限を与えるケース。あくまで侵略者側の領土にしつつ、王や貴族などを引き続きリーダーとして残すケース。総督や代官などの侵略者側の人間が統治担当者として派遣され、厳しく引き締めることで反乱を防ぐケース。いっそ、旧来の住民へ徹底的に重税を課したり、過酷に働かせるなどして弾圧し、反乱などする余力を奪ってしまうケース。

現代日本人の常識からすると、宥和的な政策の方が善政であるように思える。しかし、政治の世界では弱腰と見なされる可能性も高い。ほとんど実害なく侵略者に臣従した被侵略者は、そのことを恩義に感じ、宗主国となった侵略者のために尽力するようになるだろうか？　それとも「甘い奴め」とうそぶき、宗主国が少しでも弱体化すればあっという間に見捨てるだろうか？

後者の方がシビアな展開であり、結果としてリアルに感じられるかもしれない。とは言え、物語において この点はクリエイターの主義・思想、すなわち好みを優先していいところだろう。あらゆるリーダーが必ず利益優先で行動しなければいけない理由などないのだから。

侵略国家①「アレクサンドロスの帝国」

ここでは例として、侵略・征服によって世界帝国ともいうべき広大な帝国が作り上げられたケースを三つ紹介したい。

まずは紀元前四世紀の「アレクサンドロスの帝国（マケドニア）」から見てみよう。アレクサンドロス、アレキサンダー、イスカンダルとも呼ばれるその覇者は、もともとバルカン半島に位置するマケドニアの王だった。マケドニア王国は父王フィリッポス二世の時代から南に位置するギリシャの都市国家群を支配し、大きな勢力を誇っていた。父王が暗殺されると動揺も起こるが、アレクサンドロスがこれを鎮め、ギリシャの諸勢力も改めてその支配下に置くことに成功する。

やがてアレクサンドロスは父王以来の悲願である東方の大帝国・ペルシャの征服に着手。四年にわたる遠征の末、ついにペルシャを滅ぼし、エジプトと合わせて支配することに成功した。彼の征服はそこでは終わらず、インドの西北まで進んだものの、あまりにも長すぎる遠征に部下たちの不満を抑えることができず、ついに征服の旅を終えることになった。しかしその後もアラビア半島や西地中海地方へ向かう計画はあったという。

こうして築かれたアレクサンドロスの帝国は東西にまたがる巨大なものであり、彼は統治のためにペルシャ帝国のやり方をおおむね踏襲するなど、東西の文化・文明の融合を達成しようとした。しかし彼の力の基盤であるマケドニアやギリシャの人々は「自分たちが征服した側だ」という態度を抑えることができず、ついにその理想はかなわなかったようだ。アレクサン

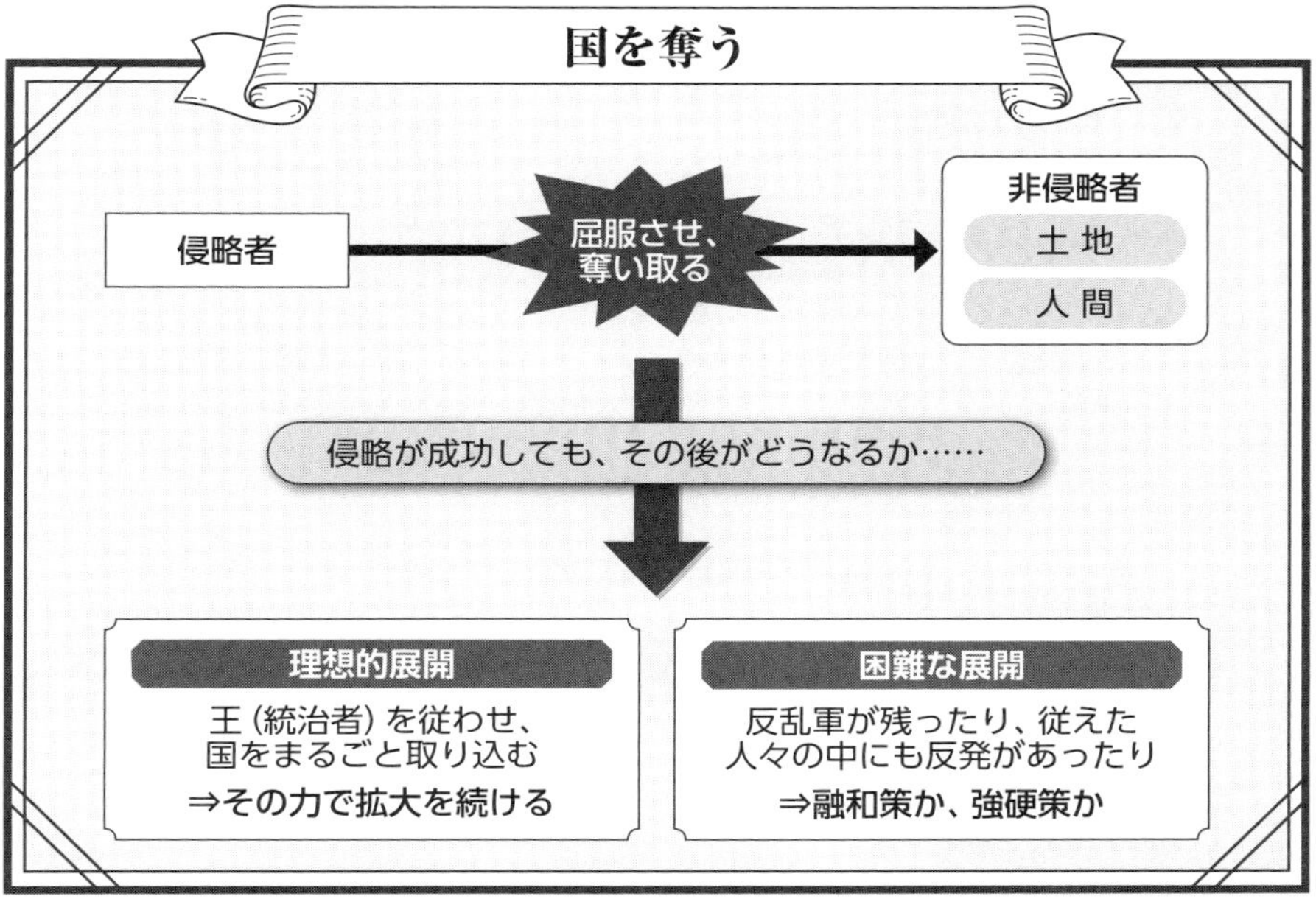

ドロスがわずか三十二歳で熱病に倒れると、その巨大な帝国は彼の征服を支えていた腹心・重臣ら後継者候補たちによって引き裂かれ、対立の末に滅びていくのであった……。

侵略国家②古代ローマ帝国

続いて古代ローマ帝国のケースを紹介しよう。

もとはイタリア半島の都市国家で、最初は王制だった。やがて王家が追い落とされてローマ共和国が成立する。勢力を拡大してイタリア半島の統一に成功すると、地中海の支配権をめぐって北アフリカの都市カルタゴとのポエニ戦争に突入し、これに勝利。さらにマケドニア・ギリシャまで進出し、前二世紀半ばまでにはいよいよ地中海の覇者となる。

その後、百年ほどにわたって内乱の時代が続いたものの、カエサル（シーザー）、オクタウィアヌス（アウグストゥス）らにより収拾され、帝政ローマとなった。帝政成立から二百年ほどの期間は（暴君と呼ばれた皇帝により混乱した時期もありつつ）おおむね安定し、「ローマの平和（パックス・ロマーナ）と呼ばれた。それだけでなく領域拡大も精力的に続き、今のイギリスにあたるブリテン島の半分以上、のちにスペイン・ポルトガルになるイベリア半島（ヒスパニア）、当時はガリアと呼ばれ現代ではおおむねフランスになっている地域、またバルカン半島やギリシャ、アナトリア高原、キリスト教が生まれたパレスチナなど中東の地中海沿岸地域、エジプトと、世界的な大帝国を築き上げるに至ったのだ。

やがて拡大を停止したローマ帝国は、内紛・東方からやってきたフン族との戦い・ゲルマン人の侵入などを原因として東西分裂と崩壊の道を辿る。しかしその名前とローマ街道などの遺産は後世まで残り、偉大な帝国のよすがを感じさせたのである。

こうして数多の土地と民族を支配下に置いたローマは、全体的な方針として「寛容」を掲げたとされる。つまり、ローマ市民権を都市としてのローマの人々からイタリア半島へ、征服した各地の属州へ、そして三世紀には最終的にすべての土地の自由民へという具合に拡大していったこと。

また、宗教はローマ神話の神々（ギリシャ神話の神々と融合していったが）や歴代の皇帝たちを崇める多神教体制でありつつ、それぞれの民族が崇める宗教については基本的に信仰を許したのである（ユダヤ教、キリスト教が弾圧されたのは反ローマ行為と結びついたからだった）。このような寛容さなしに、ローマが侵略・征服した諸国・諸地域・諸民族を曲がりなりにもまとめ上げて大帝国を作り上げることはなかったろう。

侵略国家③モンゴル帝国

最後にモンゴル帝国のケースを紹介する。

この帝国の母体になったのは、モンゴル高原にいたモンゴル系・トルコ系など遊牧民族の諸部族である。そのうちモンゴル系の小氏族に生まれたテムジンは勢力を拡大し、十三世紀初頭にはモンゴル高原のほとんどを支配下に置き、「チンギス・ハン」の称号を得て大モンゴル国を作り上げる。

チンギス・ハンは各地を攻撃して時の中国王朝である金を追い詰め、また東西の貿易路を制圧したが、中国西北部に勢力を誇った西夏を滅ぼしたところで病に

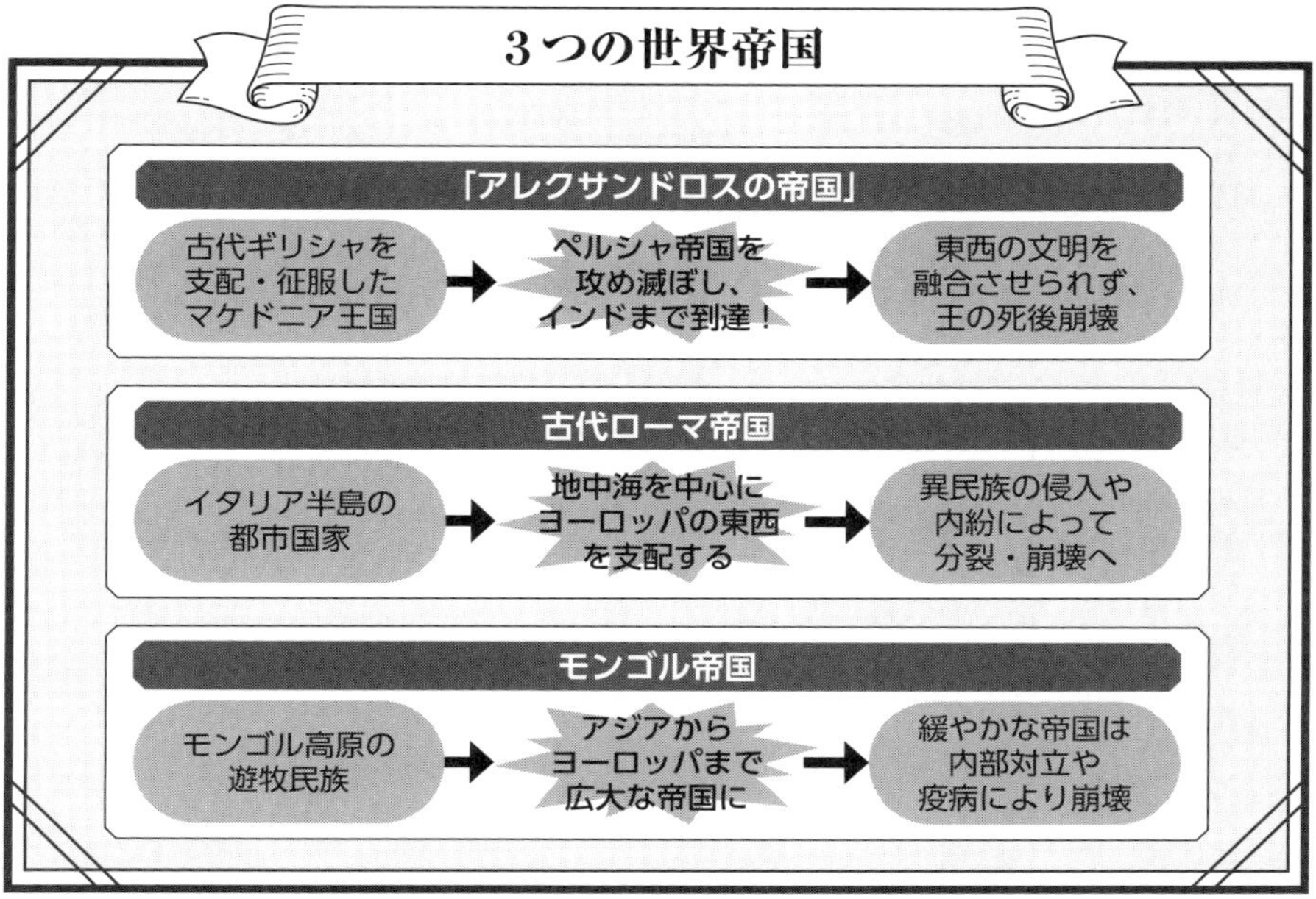
3つの世界帝国
「アレクサンドロスの帝国」
古代ギリシャを支配・征服したマケドニア王国
ペルシャ帝国を攻め滅ぼし、インドまで到達！
東西の文明を融合させられず、王の死後崩壊
古代ローマ帝国
イタリア半島の都市国家
地中海を中心にヨーロッパの東西を支配する
異民族の侵入や内紛によって分裂・崩壊へ
モンゴル帝国
モンゴル高原の遊牧民族
アジアからヨーロッパまで広大な帝国に
緩やかな帝国は内部対立や疫病により崩壊

倒れた。彼の後継者たちは金を滅ぼし、またロシアを支配して遠くヨーロッパまで足を伸ばし、イラン・イラク方面を制圧し、朝鮮半島を征服し、中国北部で頑張っていた南宋を滅ぼし、東南アジアにまで進出したが、日本には二度の遠征を試みたもののうまくいかなかった。これらの征服地にはチンギス・ハンの子孫たちによる半独立国家（中国の元王朝など）が複数建てられ、その中から指導者としての「大ハーン」を選ぶ形で彼らによる緩やかな連合国家としてのモンゴル帝国が成立したのである。

　遊牧民族をルーツに持つモンゴル帝国は交通を重視したので、この時代に東西の移動が活発に成り、文明・文化が相互に伝えられて刺激を受け、発展した。しかしそのことで新しい疫病が双方にもたらされることになり、ヨーロッパでは有名な黒死病の流行をもたらし、中国にもダメージを与えて、元王朝は滅んだのだ。

土地を求める侵略

侵略側の事情によっては土地（だけ）が欲しい、と

いうこともある。それは住み着いて食料を生産し、生活をする人間が十分にいる侵略者だ――というよりも、気象の変化や災害などで元の土地に住めなくなったり、人口が増えすぎて新しい土地が必要になった、というケースが実際は多かったのだろう。そうでなくとも、肥沃な土地はそれだけで侵略の対象になる。

その土地にもともと人がいない、あるいはいても少ない場合は侵略ではなく「開拓」「植民」と呼ばれるのが普通だ。例えばヨーロッパでは、十二世紀頃から気候が暖かくなって人口が増え、従来の土地では足りなくなった。この時に好都合だったのは、ヨーロッパが古くからその大半を森に覆われており、開拓可能な土地が非常に多かったことである。結果、ドイツ東方やスラブ地方、あるいはイベリア半島その他の各地にある森や沼沢地が開拓され、植民が進み、新しい都市と集落が次々に作られていったのである。

一方、現地住民がしっかり住んでいる――あるいは、最初は現地住民とも十分共存できているが、植民で領域を拡大しすぎて結局その領域を侵し始めてしまうケースもある。ヨーロッパ人による新大陸（アメリカ）進出はこちらであろう。この時は結局武力・軍事力による侵略になる。つまり、現地住民を追い出し、時には皆殺しにして、空いた土地に入植し、侵略者側だけの集落・都市を造ってしまうのである。より悪辣だが効率的な施策として、被侵略者を奴隷化し、重労働に従事させる手もあろう。

人を求める侵略

土地だけ欲しい侵略者の逆パターンが「人間（だけ）が欲しい」侵略者だ。

こちらでは多くの場合、労働力が不足している。だから人間が必要なのだ。農場での食糧生産や、鉱山での採掘、工場での労働などに人が足りないのであろう。純粋に人口に対して必要な労働力が多すぎるのかもしれないし、作業環境が過酷過ぎて一般人に成り手がいないのかもしれないし、低コストで働かせられる人材を求めているのかもしれない。――求めているものはいわゆる「奴隷」だ。といってもそのあり方はある程度の自由が許されているものから、そうでないものまでさまざまだろうが。

なお、前述のモンゴル帝国のケースだと、財政基盤の確立を目指していた初期は、他地域を襲って農民や職人を攫い、自分たちの領域へ連れていって集落を作らせている。

ともあれ彼らは人を求めて他地域へ侵略して行く。直接的に人間狩りのようなことをするのかもしれないし、国や地域を占領して人を集めるのかもしれない。貿易で人間を買う、というのも実際に多数あったことだ。

侵略者にとって「いらない」もの

侵略者が土地と人間を両方「ほしい」と思っているとは限らない。どちらか片方をいらないというケースもあろう。

例えば、「土地は必要で人間はいらない」パターンとして「この土地の人間は異教徒なので屈服させる必要もない！　とにかく殺すか追放してしまえ！」というのが考えられそうだ。

あるいは、「土地がいらない」パターン（もしくは「両方いらない」かもしれないが）として「とにかくこの国が憎いので、二度と復活させないように土地を破滅させてしまおう」というのがあり得る。実際、古代ローマはカルタゴを滅ぼした後、地に塩を撒いた（塩で土が汚染されると農業が困難になるため）という伝説がある——ただし近年の研究ではこれは創作だという話もあるので、念のため記しておく。

ただ奪うための侵略

さて、ここまで紹介してきたのは、基本的には自らの支配領域を広げたい侵略者だった。それは得るものが大きい一方、滅ぼしてしまうにせよ、支配し続けるにせよ、気を使うあり方である。相手の文明レベルが高度すぎると、その道具やシステムを奪っても使いこなせない、ということもあるだろう。

一方、ただ奪うだけの侵略というものも存在する。これはずっとシンプルで、そして気楽なあり方である。とにかく襲い、奪い、帰る。それだけでいいのだ。

この時に奪うものとして、まず食料が考えられる。その場合、侵略者は自分たちでは安定して満足な量の食料を生産できない、貧しい土地の住人であろう。普

土地を奪う、人を奪う、モノを奪う

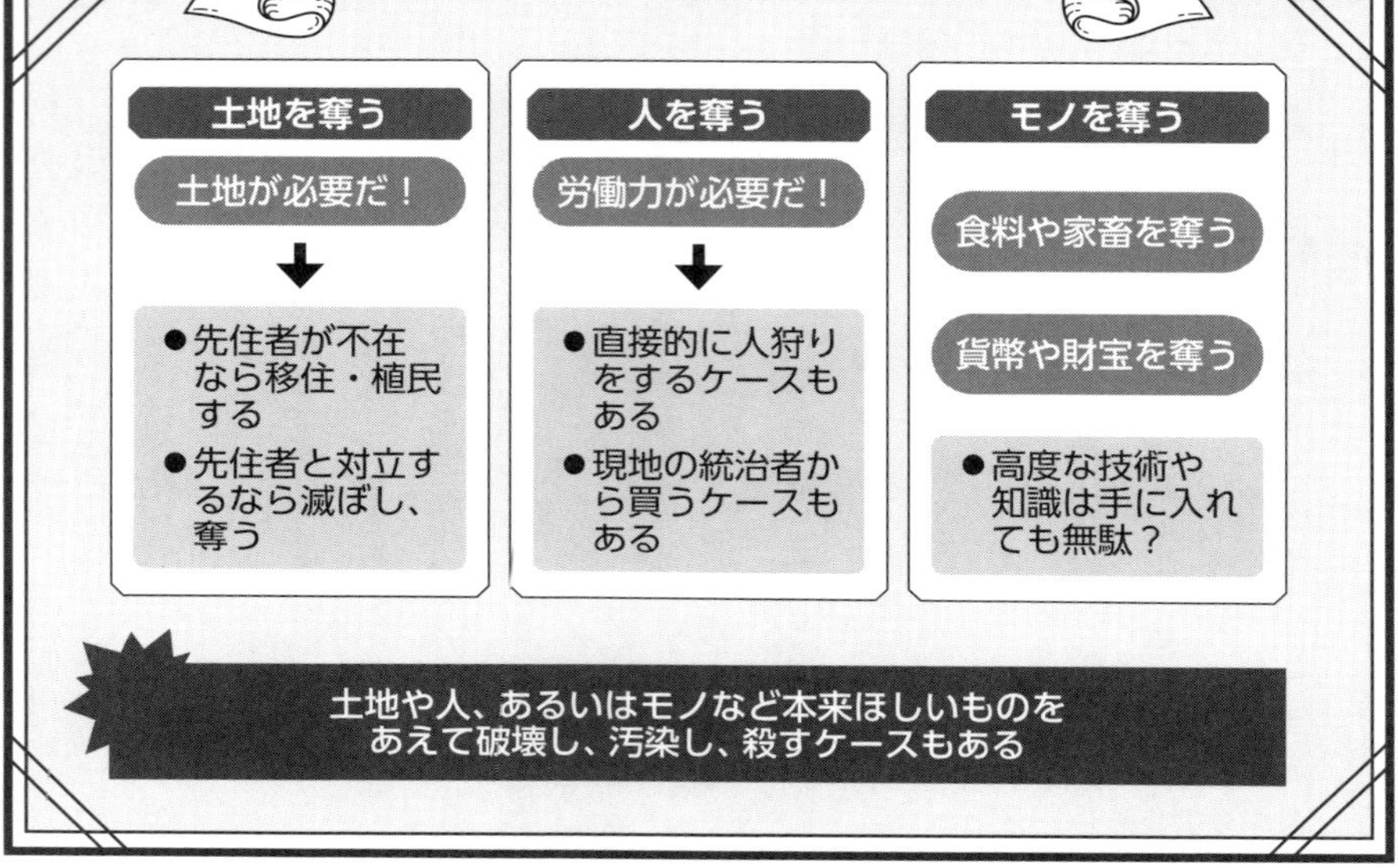
土地を奪う
土地が必要だ！
●先住者が不在なら移住・植民する
●先住者と対立するなら滅ぼし、奪う
人を奪う
労働力が必要だ！
●直接的に人狩りをするケースもある
●現地の統治者から買うケースもある
モノを奪う
食料や家畜を奪う
貨幣や財宝を奪う
●高度な技術や知識は手に入れても無駄？
土地や人、あるいはモノなど本来ほしいものを
あえて破壊し、汚染し、殺すケースもある

段はただの農民や遊牧民、移動する商人の類だが、食料が足りなければ略奪者に変わるわけだ。

もちろん、人間も重要なターゲットだ。前述のように自分たちで使うのかもしれないし、求めている相手に売るのかもしれない。例えば戦国時代の日本では戦乱の中で多くの人間がさらわれ、奴隷市場的な仕組みの中で売買されていた。そのような仕組みがあってもおかしくはない。家畜もこれに準じる……というより、人間より家畜の方が活用しやすく、良いターゲットだったかもしれない。

食料以外の物資を奪うこともあるだろう。特に貨幣経済が発展した地域では金銭が狙われるはずだ。そうでなければ金銀財宝や、宝石、細工物などの価値のあるものだろうか。

より高度な技術や知識、道具の類になると、その価値を見出すことができるのか、自分たちのものにしても使いこなせるのか、売るにしても市場や買い手がいるのか、という問題になる。それらの価値ある高度文明が侵略・略奪された時は、金銀財宝だけが注目され、理解できないものは打ち捨てられるのが関の山だ。

国を乗っ取る

国家や地域を乗っ取る侵略

侵略の究極は、外からやってきて一つの国や地域を征服し、乗っ取ってしまうことであろう。さまざまな神話や伝説、歴史において、国家や民族、あるいは個人がこの種の侵略を成功させたことを伝えている。

土地や人を奪い、あるいは屈服させて自分たちの支配下に組み込んだのと違い、乗っ取った……というケースである場合、問題になるのは征服先の政治・行政・文化と、本来自分たちが持っている政治・行政・文化をどれだけ融和させるか、であろう。なぜなら、「奪い、屈服させようとする」というのは、征服側よりも被征服側の方が政治・行政・文化、あるいは国家や領域の規模的な意味で優れている(大きい)からこそ、だからだ。その場合、優れた被征服側の文明に染まってしまった方が便利であるし、統治も楽……という流れになるのは別におかしなことではない。

相手を飲み込む征服王朝と同化する浸透王朝

学術用語として「征服王朝(中国征服王朝)」といえば、中国の王朝のうち「遼」「金」「元」「清」のことである。これらは全て北アジアの異民族が中国を侵略し、征服し、支配して打ち立てた異民族王朝だ。

遼は十一世紀にモンゴル高原の東端から中国北部の華北地方へ侵入した契丹族が作った国で、時の中国王朝である宗とはそれなりの関係を築いた。その宗と手を組んで遼を攻め、華北から西方へ追いやったのが金。今の中国東北部にあたる地域にいた女真族の国家だ。その後彼らは宗と対立し、これを南方に追いやる(以後を南宋と呼ぶ)。十三世紀になるとモンゴル帝国が出現して急激に拡大し、金を滅ぼしてしまった。中国からヨーロッパにまで至る大版図を支配したモンゴル帝国ではあったが、やがて分裂。大ハン(皇帝)になったフビライはもともと自分が勢力を持っていた中国を中心とする地域に元を築いた。元の後は久しぶりに漢民族の国家である明が立ったが、十七世紀に女真族（満州族という名前がこの頃から）の中より金（後金）が立ち、清と改名したのち、農民反乱軍によって倒された宋を継承する。これが最後の中国王朝ということになる。

以上に紹介した四つの王朝は、どれももともとの本拠地に足を残し、もともとの体制や文化も残しながら征服したことが共通点とされる。例えば清は漢民族官僚たちの協力のもと、もともとの統治システムをほぼそのまま受け継ぐ形で中国を支配した。しかしその一方で、支配エリート層「八旗」（もともとは女真族の八つの軍団のこと）の中心にいたのは女真族であり、また女真族の風習である三つ編み状の髪型である辮髪が漢民族も含めた全ての国民に強制されもした。初期の名君として知られる康熙帝《こうきてい》が、漢民族の伝統的な学問である儒学と、女真族（および支配下に置いたモンゴル族）が重視した武芸の双方を熱心に学んだことも見逃せない。異民族王朝を征服するにあたっては、もともとの部下たちと新しい部下たちの間に順序もつけつつ、バランスよく気を配らなければいけないのだ。

一方で、本来の本拠地である北方から移住し、文化・体制についても移住先である中国の伝統的なそれを受け入れたタイプの王朝も存在する。例えば漢王朝の滅亡と三国時代を経た四世紀ごろには五胡十六国という北方諸民族がそれぞれの国を立ち上げた時期が来るのだが、そのうち鮮卑族の立てた北魏は中国北部を支配し、漢民族が立てた南部の宋と南北朝時代を形成した。この北魏などが「中国化」したということで征服王朝ではなく「浸透王朝」として区別される。

ゲルマン民族大移動

もちろん、国家や民族が別の国家（地域）を征服し、支配あるいは融合するケースは西洋でも多く見ることができる。その代表例がいわゆる「ゲルマン民族大移動」であろう。

古代ローマ帝国の時代、その北東方面のゲルマニアと呼ばれた広大な一帯にはゲルマン族が住んでいた。ローマ帝国は当初彼らと戦ったが征服することができず、ライン川やドナウ川などを国境線にしていたので

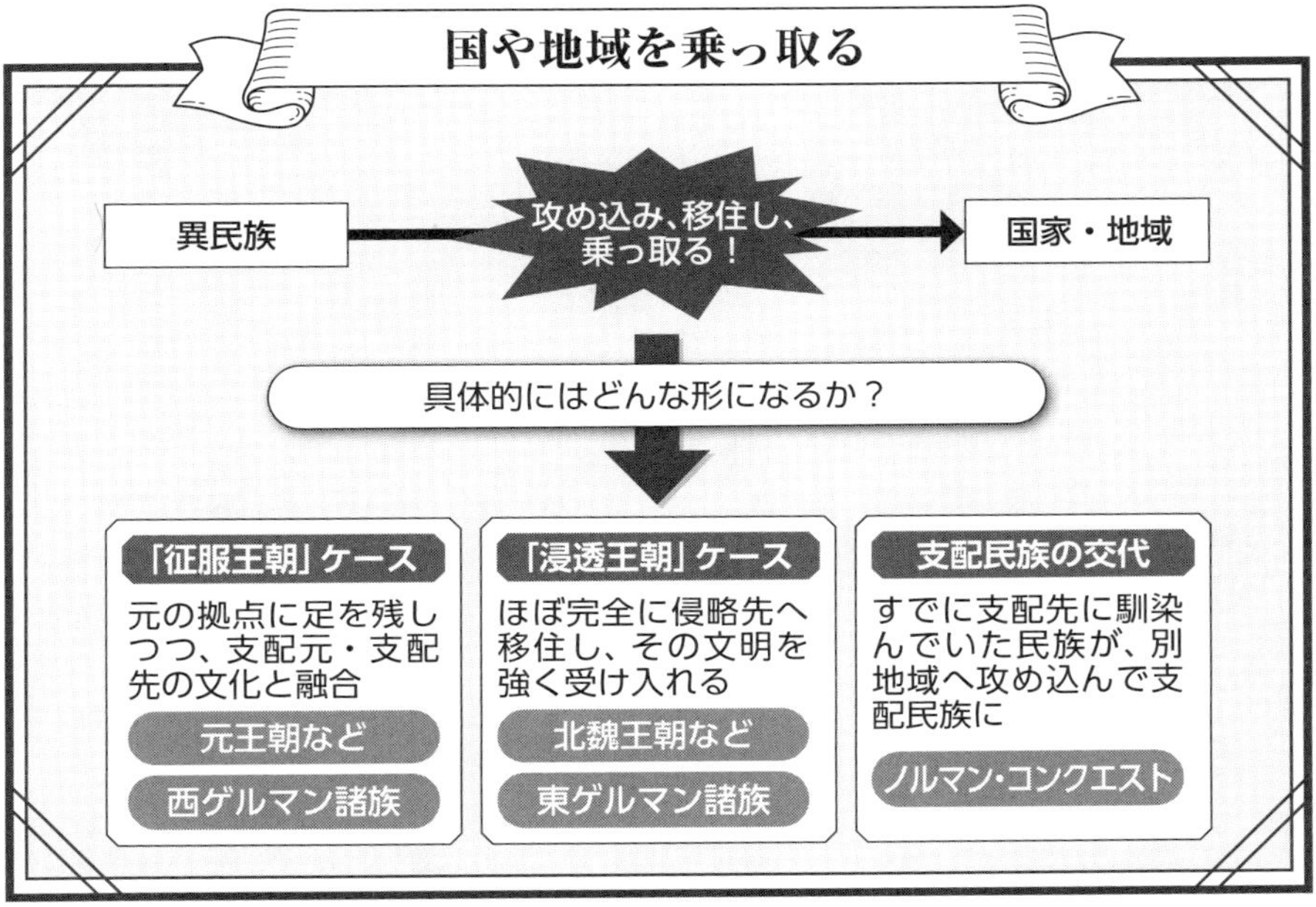

ある。

そんなゲルマン族たちが二世紀の終わり頃から散発的にローマ帝国の領域内ほか各地へ侵入を始め、帝国の治安を悪化させていく。さらに四世紀後半になると大きな事件が起きた。中央アジアにいた遊牧民族のフン族が西へ進み、これに圧迫を受けたゲルマン諸族のうち西ゴート族が帝国領域内へ逃げ込んだのである。以後、二百数十年にわたってゲルマン人諸部族が移動を続けたことを「ゲルマン民族大移動」と呼ぶ。

ゲルマン族たちは大きく東ゲルマン諸族、西ゲルマン諸族、北ゲルマン諸族に分かれ、うち北ゲルマン族はこの大移動の時には移動しなかった。そしてフン族に圧迫された西ゴート族をはじめとする東ゲルマン諸族は、四世紀末に分割されたローマ帝国のうち西ローマ帝国の各地に入り込み、根付いた。一方、西ゲルマン諸族はもともとの領域であるゲルマニアやライン・ドナウ両川近辺に軸足を置いたまま、ゆっくりとローマ帝国領内へ入っていった。

この大移動——特に東ゲルマン諸族の侵入は西ローマ帝国に大きなダメージを与えたとされている。例えば、西ゴート族は五世紀初頭、ローマを襲撃、略奪の限りを尽くした。また、フン族に支配されていた東ゴート族は独立してローマ帝国と深い関係を結んでいたが、この東ゴート族出身の傭兵隊長オドアケルが五世紀後半になって時のローマ皇帝を退位させ、西ローマ帝国を滅亡へ導いたのだ。結果、かつて繁栄したローマ帝国支配地域は衰退し、ヨーロッパ中世は「暗黒時代」と呼ばれる文明的停滞の時代を迎えた……というのが通説である。「偉大な帝国を破壊した蛮族」というイメージは、多くのエンタメ作品にも登場する、魅力的なモチーフと言えよう。

しかし、近年の研究ではこのような見方に変化があることも紹介しておきたい。まず、中世を暗黒時代と見ること自体が間違いではないか、という指摘が一つ。確かに五世紀から八世紀ごろにかけて、(西)ローマ帝国の崩壊やゲルマン諸族の侵入によって諸地域の交流が途絶え、文明的にも衰退・停滞があったのは事実だ。しかし、情勢が安定するにつれてやがて交流も復活し、文明の発展も独自の形で見られたというのもどうやら事実であるようなのだ。となると「暗黒」という言葉は適切でなさそうだ、というわけである。

また、ローマの崩壊をもたらしたとされる東ゲルマン諸族の移住と定着についても、一部例外はありつつ、その多くは平和的なものであり、もともとのローマの政治・行政の官僚とシステムを活用した統治が行われていたことがわかっている。結果、東ゲルマン諸族はゲルマニア時代の文化・性質を少なからず失うことになった。一方、西ゲルマン諸族の移動と文化の受け入れは比較的ゆっくりであったため、二つの文化を合わせたような新しい性質を作り上げるに至った。この中からフランク王国が現れて一時的に西ヨーロッパ帝国を復活させ、のちのヨーロッパ諸国のルーツとなっていく。このようなあり方からして、先の基準で言えば、東ゲルマン諸族は浸透王朝型、西ゲルマン諸族は征服王朝型ということになるだろうか。

ノルマン・コンクエスト

いわゆるゲルマン民族大移動の時期に移動しなかった北ゲルマン諸族はどうなったか。スカンジナビア半島にいた彼らは東西の同胞たちからかなり遅れた八世紀から十一世紀にかけて移動を開始した。背景にあったのは人口増加・食料不足であったようだ。

ノルマン人と呼ばれるようになっていた彼らは、ヨーロッパ各地で「バイキング」と呼ばれる略奪行為に勤しんだ（結果、「バイキング」は彼ら自身の呼び名にもなった）のち、各地に定住を果たすようになった。西へ向かったものたちがブリテン島イングランド地方を攻め、アングロ＝サクソン人の王国をいくつも滅ぼして占領したり、東へ向かった者たちがキエフ公国を築いたり、という具合だ。

一方、現地勢力と融和した者たちもいた。西フランク王国（のちのフランスに繋がる）と交渉したノルマン人の一団が、「侵入してくるノルマン人と戦う」ことの代償として領地を受け取り、定住する道を選んだのである。ノルマンディー地方、そしてノルマンディー公の始まりであった。

十一世紀後半、その末裔であるノルマンディー公ギョームが「自分にはイングランド王になる権利がある」と主張し、イングランドへ遠征を行う。いわゆる「ノルマン・コンクエスト（ノルマン征服）」である。

この頃のイングランド王家は、かつてイングランドを占領していたノルマン人たちを撃退して一部地方以外を支配したウェセックス家であった。しかし時のイングランド王・エドワード懺悔王は後継者がいないまま亡くなり、義弟ハロルドが跡を継いだ。そこに「否」を突きつけたのがギョームであったわけだ。

ギョームは「自分はエドワードの遠縁である（エドワードの母はギョームの大叔母）」「エドワードが自分に二度にわたって王位を譲ると約束したこと」「ハロルドも自分に臣従を約束したことがあること」を大義名分として軍団を率いてイングランドへ渡り、ハロルドの軍勢に勝利。自らがイングランド王ウィリアム一世となった。これをノルマン朝と呼ぶ。

このノルマン・コンクエストの結果として、もともとイングランドの支配階級であったアングロ＝サクソン人が一掃され、代わりにノルマン人がその位置に座った。さらに大陸の封建制度が持ち込まれると共に、言葉の面でもノルマン訛りのフランス語が入ってきて古英語と混ざり、現在の英語へ繋がっていく。

ノルマン・コンクエストのケースにおいて、ノルマンディー公勢力はすでに大陸に基盤を築き、その文明と同化していた。そのため、すでに挙げた二つのケースとは少々性格が違う。しかし、イングランドにおいて王朝の乗っ取りが行われ、支配的立場の民族が入れ替わったことは事実であるし、また「ノルマンディー地方を領有したイングランド王家」が誕生したことは、のちのちイングランド（イギリス）とフランスを微妙な関係にし続けるという意味で歴史的意義が大きいので、ここで紹介した。

「異国からやってきた王」は成立するか

ここまで見てきたのは、国家や民族が別の国家や地域を征服し、支配し、同化する出来事だった。では、たった一人の、あるいはごく少数の人間が、一つの国や地域を征服し、支配し、乗っ取ってしまうようなことは起きうるのだろうか？

「流れ者の若者が何かしらの偉業をなして、王族と結婚し、王の座を譲られる」タイプの話は、神話や伝説などにはしばしば見られるから、はるかな古代には本当にあったのかもしれない。例えばギリシャ神話には「怪物スフィンクスを退治して先代王の王妃を娶り、テーバイの王になったオイディプス（実は先代王と王妃の間の子であったことが発覚するわけだが、少なくとも当初はテーバイにとってはよそ者扱いだった）」が登場する。

このあたりの構造を現代的エンタメに置き換えれば「どこからともなく現れた勇者が魔王を退治し、その功績で王女を妻に迎え、王の後継になる」となるわけだ。

しかし、政治や統治の仕組みがしっかりと出来上がった後の国家が、そのような「単身現れたよそ者の王」を果たして受け入れるだろうか。また、ふらり現れた若者は国家を統治するのにふさわしい才覚を持っているだろうか。彼を支えてくれるような側近はいるだろうか。条件はかなり厳しそうだ。

日本の戦国時代には「ある日ふらりと現れた風来坊・伊勢新九郎が、東海地方の大名・今川氏の後継者争いで活躍して一国一城の主になる。その後、室町幕府将軍足利一族の足利茶々丸を倒して関東地方に食い込み、やがて関東の覇者になる戦国大名・北条氏の初代・北条早雲になるまで」の物語が存在する。

この話もそもそも「新九郎は今川氏の当主に姉妹を嫁がせていたからこそ介入できた」「どうしてそんなことになったのかといえば、室町幕府で内政を取り仕切る名門・伊勢氏の一族だったから」「今川氏への介入や足利茶々丸の打倒も、幕府の思惑と無関係ではない」という事情があり、これでは伊勢新九郎はとても「ふらりと現れた風来坊」とはいえない。彼はきちんとした氏素性と基盤を持った人物であったのだ。

血筋という正当性による侵略

ただし、少し条件を緩めて、個人が軍事力や武力を用いず、その身体の中に秘められた要素によって別の国を乗っ取るケースなら存在する。この時に用いられる要素はずばり「血筋」だ。

ヨーロッパの王家では婚姻政策が非常に盛んで、王や王族同士がかなり近しい親族関係であることは珍しくない。そのような関係性の中では、「ある国の王位を継げる血筋を持った人が、別の国の王だった」というシチュエーションが十分にあり得る。例えば、ノルマン・コンクエストの一件はこれにかなり近しい。あのケースでは他にも有力な候補者がいたので軍事力による決着が図られたが、候補が限られたり、そのうちの一人が絶大な力を持っていたりしたら、平和裡に二つ（あるいはそれ以上）の国家が一人の王を共有するということは起きるのだ。

その典型的な例が、十六世紀半ばにハプスブルク家のスペイン王・フェリペ二世がポルトガル王位を継承したケースである。そもそもハプスブルク家といえばスイス・アルザス地方に拠点を持つ貴族の家系であったが、やがてオーストリアを中心に勢力を拡大、十五世紀半ばには神聖ローマ帝国皇帝の地位を独占するようになった血筋だ。

このハプスブルク家は婚姻政策・縁戚関係を利用してヨーロッパの各地を支配下に置いていく。この家系のうち、スペイン王女の子であることからスペイン王になったカルロス一世（同時に神聖ローマ帝国カール五世でもあった）となった人物から代替わりしたのが、先に紹介したフェリペ二世だ。彼は父王からスペイン王の地位及びヨーロッパ各地にあった領土を受け

1人の王による制服は可能か？

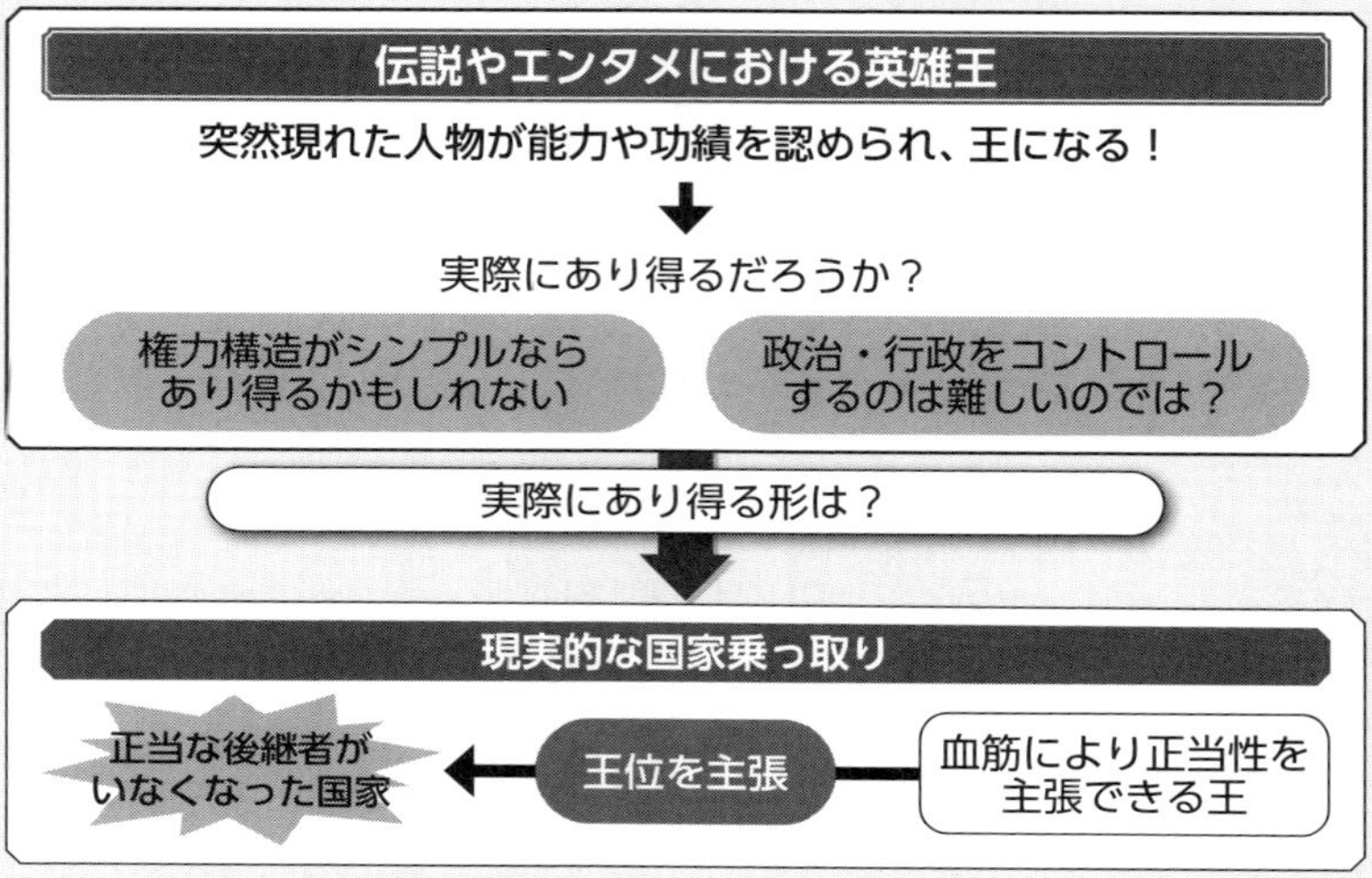

継いだ（オーストリア系の領地はカルロス一世の兄弟がオーストリア系のハプスブルク家として継承）。そして彼の母親は同じイベリア半島の隣国・ポルトガルの王女でもあったため、ポルトガル王が死んでその玉座が空になった時、フェリペ二世こそが継承者となったのだ。

　このような形で二つの国が一つになる形式を「同君連合」と呼ぶ。両国が本当に一つになってしまうこともある（オーストリア＝ハンガリー二重帝国が有名）もあるが、あくまで王が共通なだけであって完全に飲み込まれたわけではない、ということも多い。ポルトガルのケースもこちらに近く、高度な自治を認められていた。

　とはいえ、時は大航海時代真っ只中、スペインとポルトガルは共に海外進出に熱心で各地に勢力を拡大していった国だ。十四世紀のトルデシリャス条約において両国が世界を分割したのは有名な話である。実際にはポルトガルは落ち目ではあったとされるものの、二つの海洋大国がくっついたインパクトは大きかったろう。

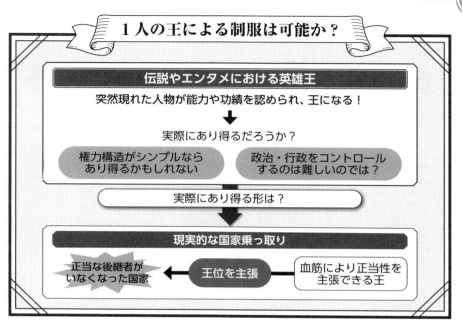

正義・道理のために

「正しい戦争」「正しさを実現するための戦争」

侵略は土地や人民、物資などの目に見える利益のためだけに行われるとは限らない。形のない道義や理念、思想や感情を動機として行われることもある。それどころか、社会が複雑化すればするほどそのような形のない「正義」を理由に、「正しい戦争」が行われることが多くなるようだ。これは侵略ではなく防衛についてもそうなる。

「正しい戦争」という言葉を聞くと、人によっては違和感・反発心を抱く人もいるかもしれない。「あらゆる戦争はたくさんの犠牲者・損害を出すために間違っており、肯定してよいものではない」というのは、現代人の感覚・信条として決して否定されるべきものではないからだ。例えば、第二次世界大戦において日本は約七千百万の人口の内、約二百十万を失ったとされる。しかもその少なくない部分が働き盛りの若者だったはずで、経済への損害は凄まじいものがあった。

しかし、このような素朴な平和主義・反戦主義は、現代世界でさえも国際社会で一般的なものにはなっていない。

本書制作中の二〇二四年現在、ロシア・ウクライナ間及びイスラエル・パレスチナ（ハマス）間で激しい戦争・戦闘が行われているが、どちらも「自分たちにこそ正義・正当性がある」と主張している。逆に言えば「正義・正当性があれば戦争をやっていい」という考え方は少なからず現代にも存在するわけだ。

「戦争は本来悪」だが「理由があれば正しい戦争になる」という考え方は古くからあった。古代ローマの思想家キケロは「理由なき戦争は不正」とした上で、その正しい理由になりうるものは「復讐あるいは敵の撃退」とした。トマス・アクィナスは正しい戦争を実現するための三つの条件を挙げている。「君主による正しい権威に基づいていること」「正しい原因（罪

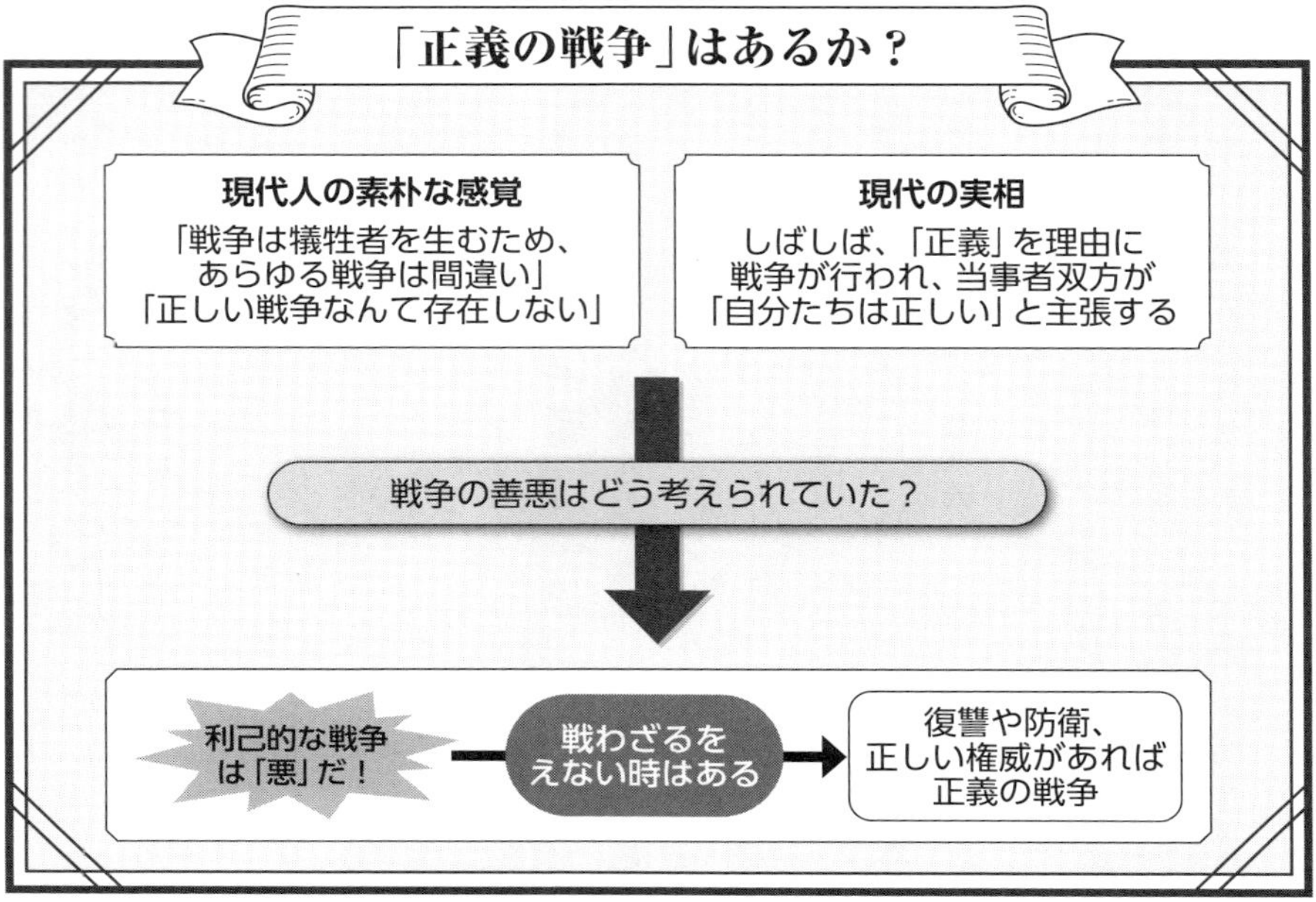

人への攻撃など）に基づいていること」「正しい意図（善のためなど）に基づいていること」だ。

　ここからわかるのは、「利己的な理由で戦争を起こすのは悪」という考え方が古くからしっかりあることだ。「他人の命や物を奪うことが悪」という価値観が育っていれば、自然とそうなるだろう。しかし、「悪ではあるけれどやりたい」ことがあったり、「より大きな善を行うためなら小さい悪は許される（許さないとやっていられない！）」という考えを持ったりすることは、現代を生きる私たちにとっても理解できる。

　そこで、「正義のための戦争」あるいは「真の目的を隠すための正義を掲げての戦争」という概念が出てくるわけだ。

「評判」――国家を左右する評価

　目に見えないもののために起こる侵略、また目に見えないものを守るための防衛という点について考える時、欠かせないポイントがある。それは「威厳」や「権威」、あるいは「信頼」と呼ぶべきものだ。砕けた言葉を使えば「メンツ」「体面」「面目」ということに

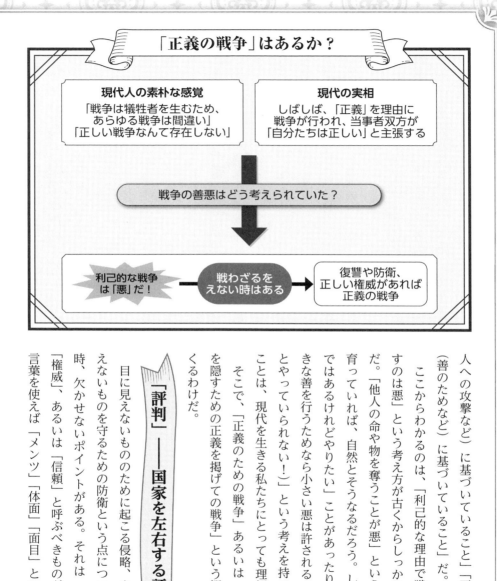

なるだろうか。これらをまとめると「評判」となる。世間の評価だ。

これらは形としてはこの世のどこにも存在しないが、失われれば平和が破れ、戦乱が巻き起こり、国家の命運が尽きて、たくさんの人の生命が失われる可能性がある。そのため、国家や組織、指導者はしばしば非合理な選択肢を選んででも国家の威厳やメンツを守ろうとする。もしあなたがよりリアリティのある世界を描きたいなら、戦争を含む国家の判断がいかに威厳やメンツを重要項目として計算するか、知っておいた方が良い。

もう少し、具体的に掘り下げてみよう。「あの国は大変に強力だ」あるいは「信用できる」という評判が立つ背景には、次のような要素がある。「強力で実績のある軍隊を持っている」「広い領地や豊かな港や鉱山がある」「統治者が賢明で長く失敗をしていない」「侮辱を許さず、きちんと反撃してきた」「同盟国や友好国から助けを求められれば応えてきた」など。

これらの良い評判があるからこそ、周辺国家は「あの国には手を出すべきではない」「自分たちが生き延びるためには大国の庇護下にいるべきだ、あの国はそれに相応しい」と考える。結果、戦争も避けられるし、味方も増える、というわけだ。

一方で、悪い評判というものもある。「あの国は弱体だ」あるいは「信用できない」というわけで、その背景にある要素は次のようなものだ。「軍隊が弱く、実績がない」「領地が狭く、目立つ施設もない」「統治者に失敗が多く、悪評が立っている」「侮辱されるようなことがあっても反撃や意思表示ができていない」「同盟国や友好国への支援も及び腰だ」など。

このような悪い評判がこびりついているようでは、周辺国家は「あそこは弱いから攻めても反撃されない」「味方にするには頼りがなさすぎるので距離を置こう」と考える。遠くないうちに強国に飲み込まれ、独立を失うのは明らかだ——。

以上のような理由から、国家・組織・集団は評判を大事にする。国王が宮殿や自らを飾り立て、豪勢な食事をし、ことあるごとに大規模な儀式やパレードを開催したりするのも、評判を維持する目的が大きい。「ケチでない」という評判を買うことで、他者から侮

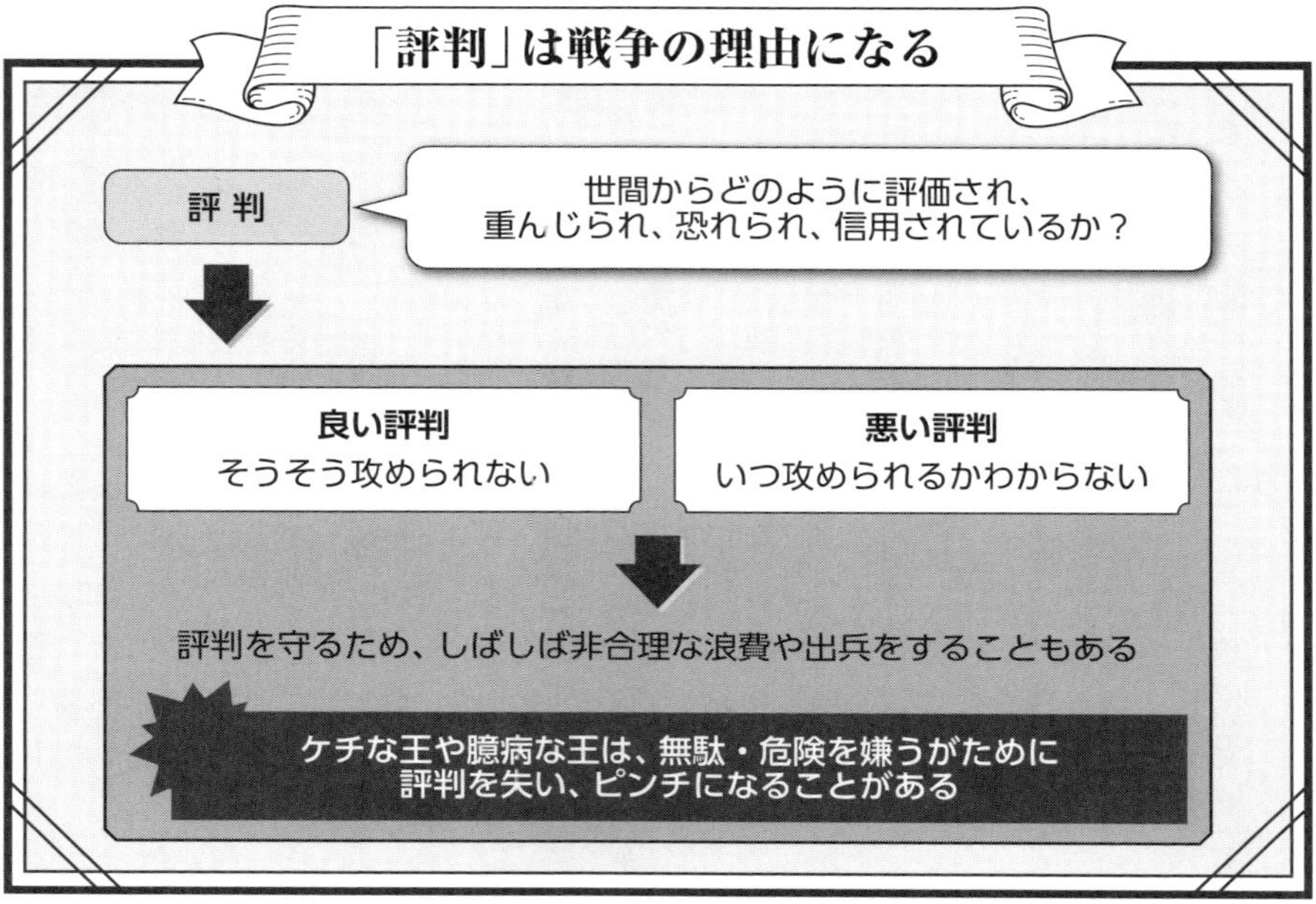

られるのを防いでいるわけだ。一見して自国の利益にならないような戦争をしている王が、「これは評判を買うためにやむを得ない戦争をしているのだ」と苦渋の決断を下していることも珍しくない。

ただ、評判を維持するために贅沢や戦争を繰り返した結果として手段と目的が逆転してしまったら――それはもう「悪王」と呼ぶしかない。

守るために戦う

時代と地域を超えて最もわかりやすい「正しい戦争」は「守るための戦争」であろう。自分たちの命や富を守りたいと考えるのは人間として当たり前の発想であり、これまで否定するのはかなり難しい。戦争放棄を宣言している我が日本も、自衛隊という一般に軍隊と同一視される組織を持ち、専守防衛という思想を掲げている。

とはいえ、せっかくのフィクションなのだから、守るためにも戦わない――戦争の完全な放棄という理想についても考えてみたい。

明治日本に生きた思想家の中江兆民は自著『三酔人

経綸問答』の中に「洋学紳士」というインテリキャラクターを登場させ、軍備放棄・無抵抗主義を主張させている。しかしこれは「豪傑君」という軍備強化・帝国主義を主張するキャラクターとの対比のための主張であろうと考えられる。そして実際の近代史において、大日本帝国は豪傑君の言うような帝国主義の道を進んでいくのだから、洋学紳士の説いたような守るための戦争さえしない――という方針は、理想家が説くだけならともかく、国家の考え方として掲げるのはかなり難しそうだ。それでも軍備・戦争の放棄が成立するならどんな条件が必要だろうか。

そもそも第二次世界大戦終結直後、日本国憲法が成立した頃は、新しい日本は本当に戦争・軍備を放棄する予定だったとされる。しかし実際には「戦争放棄の憲法は持ちつつ、実質的な軍備は整える」になった。それは、自由主義陣営と社会主義陣営による東西冷戦が加熱し、日本の周囲にはソ連・中国・北朝鮮という仮想敵国が多数存在していたため、アメリカをはじめとする自由主義陣営が「日本にも自分で自分の身を守ってもらわなければならない」と考えたためだ。

これを逆に考えれば、「敵がいなければ守るための戦争さえも想定しなくて良い」となる。一番シンプルに想像できるのは「外からやってくるものがほぼいない孤島・小大陸」だろう。「隣国はいないわけではないが友好的であり侵略はほぼ警戒しなくていい」はちょっと非現実的かもしれない。むしろ「魔法の力で守られていたり、怪物・怪獣が存在していたりする」くらいに現実から離れてしまった方が説得力が出るだろうか。このような国家は、少なくとも外敵に備えた軍事力は必要なさそうだ。

そんな国家がある日突然侵略されたら大変である。戦う術がないためにあっという間に占領されてしまうだろうか。それとも、「こんなこともあろうかと」と隠した戦力があったり、「軍事力はないが警察力はあるので、それを防衛に転用する」としたりするのだろうか（実際、現代でもコスタリカなどは軍隊を持たないが、代わりに警察が強力な兵器を持っている）。物語的には「今は軍事力がないが、古代の戦争に用いられた超兵器が遺産として存在する」というのもアリだろう。

守るために攻める？

純粋に防衛のための戦いがある一方で、「防衛を名目にした侵略」あるいは「防衛を目的にした侵略」をすることもある。「守ってばかりでは相手の疲弊や消耗を誘えず、ついには攻め滅ぼされてしまうかもしれない。だからこちらからも攻撃する」というのは、一定数の人が賛成してくれる考え方だろう。

この場合、最も説得力のあるロジックは「A国が我が国に対して侵略してきたため、これを撃退した。しかしこのままだと更なる侵略があるかもしれないので、勢いを駆ってそのままA国の領土へ侵攻し、打撃を与えるに至った」だろう。そもそも戦いを始めたのはあっちだ、こちらは好きで戦ったわけではない——ということで、かなりの正当性がある。「途中で戦いを止めればよかったじゃないか」と声をあげる者もいるかもしれないが、よほど平和な時代でなければそれほど強い声にはならないだろう。

ただ、このケースはまず相手が攻め込んで来てくれなければ成立しない。そこで他のロジックが必要になるかもしれない。すなわち、「B国が我が国に対する侵略の準備を始めていたので、我が国は防衛のために仕方なく先手を打ったのだ」である。近代以降だとままあるケースだが、古代や中世的世界では情報伝達が遅く、戦争の準備をしている程度の段階で察知して逆に侵攻をするのは物理的に問題があるかもしれない。しかし、B国の将軍や外交官などが裏切って「実は我が国には侵略の計画があったが、私はそのような悪行が許せないので寝返った」と言い出すケースはありうる。

防衛の考え方をより広く捉えれば、普通は侵略にしかならない行動を防衛と言い張ることもできるだろう。

例えば、「緩衝国」という考え方がある。これは地理的な意味で強国と強国の間に存在する中小国のことだ。どうしてそのような位置にいて滅ぼされないでいられるのかと言えば、両強国の間でクッションになり、両者が互いに接して緊張感を高める確率を減らす役目を担っているからだ。時代と情勢によりどちらかの国への親和性が強くなることはあるかもしれないが、基本的には中立を保つことで両国にとってメリットのあ

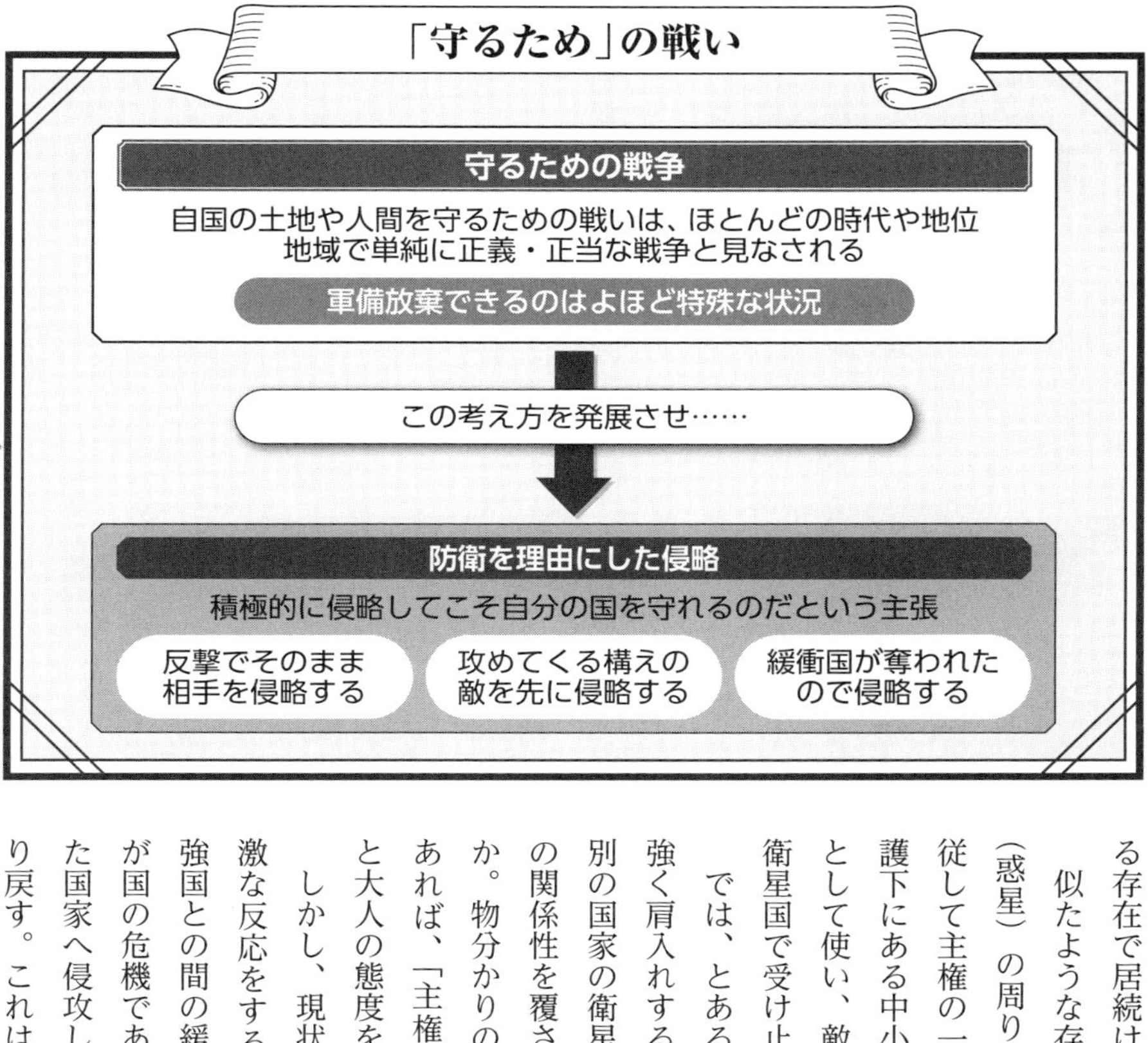

る存在で居続け、生き残りを図る。

似たような存在に「衛星国」がある。こちらは地球（惑星）の周りを回る月（衛星）のように、強国に臣従して主権の一部を制限されたりしながらも、その庇護下にある中小国家のことである。強国は衛星国を盾として使い、敵対国家からの侵略をまず自国ではなく衛星国で受け止められるというメリットがある。

では、とある緩衝国が隣接する両強国のうち片方に強く肩入れするようになったり、衛星国が緩衝国化や別の国家の衛星国化するようになった場合、もともとの関係性を覆された強国はどのように反応するだろうか。物分かりのいい国家、他国の目を気にする国家であれば、「主権を持つ国家の決断だから仕方がない」と大人の態度を取るかもしれない。

しかし、現状に危機感を持つ国家であれば、より過激な反応をする可能性がある。すなわち、「対立する強国との間の緩衝物あるいは盾が失われた。これは我が国の危機である。我が国は自国防衛のため、離反した国家へ侵攻し、改めて味方につけることで安全を取り戻す。これは防衛のための戦争である」――こう宣言し、行動するわけだ。

　このロジックは、人によっては全く意味のない、破綻したものとして見えるかもしれない。しかし、「自国の安全を守ることは善である」という観点に立てば、十分に筋の通った主張に見える可能性がある。現実はともかく、フィクションの中の設定としては役に立つものと言えるだろう。

　また、防衛のバリエーションとして「生存のための侵略」はあり得る。何かしらの事情――人口が増えすぎて土地や食料が足りない、気象の変化や災害でその土地に住み続けることができない――で生存が脅かされた時、他者を侵略することによって生き残ることを画策するわけだ。土地を奪って無理やり植民したり、食べ物を奪って自分たちだけが生き残るわけである。そのような状況が固定した結果、侵略し続けることでしか存在を維持できない国もあるだろう。

「緊急避難（生き残るための犯罪は許される）」概念もあり、比較的理解してもらいやすい侵略行為であるといえよう。その上で、「話し合って物資を分け合う道もあるのでは」などと模索する展開もいい。

同国人を救え

「防衛を名目にした侵略」という概念を広げてみよう。

　自国の領土を守るため敵国や仮想敵国に攻撃するのが許されるなら、無条件に「彼らは同じ国民だ、仲間だ」と思える人々を守るために同じことをやってはいけない理由はないはずだ。つまり、「他国で危機的状況にある自国民や同じ民族の人々を救出するための侵略」である。

　とはいえ、身分制が明確にあって、人命に貴賤もあるのが中世的世界のスタンダードだ。現代世界のように他国で孤立した民間人のために軍隊を送り込むのはそぐわないかもしれない。

　また、民族というグループでの仲間意識も現代ほど強いかというと、これも疑問が残る。「王侯貴族や外交官のような替えの効かない重要人物、見捨てるわけにはいかない人」であってはじめて戦争の理由になるだろうか。その場合も、堂々と軍団を送り込むのではなく、現代軍隊における特殊部隊の代わりに冒険者チームを送り込むくらいがせいぜいかもしれない。

友好国を救え

個人の命運では戦争を起こすほどの動機にならないのであれば、国家ならどうだろう。つまり、「同盟国・友好国の危機を救うための出兵」である。非常にわかりやすい構図だが、その内実はかなり複雑で、いろいろな事情・動機・本音が内側に含まれている可能性が高い。以下に整理しよう。

・同盟国・友好国が存続してくれている方が都合いい。恩を売っておきたい

近隣に同盟国や友好国が多いとメリットがある。だから助ける。これはとてもわかりやすい考え方だ。これらの国は自国が侵略したい時やピンチになった時に援軍を出してくれる可能性があるが、実は積極的に参加しないだけでも十分に価値がある。

というのも、「味方（せめて友好的中立）が多い」ということは「敵が少ない」ということであり、「敵が少ない」ということは「警戒しなければいけない相手も減るし、少ない敵に力を注ぐことができるため、平和が続く確率も、いざという時に勝てる確率も増える」ということになる。このような良い条件を維持するために援軍を出すわけだ。

・敵対国を邪魔したい、力を削いでおきたい

「敵の敵は味方」――実際はここまでシンプルではないにせよ、似たような状況はしばしば発生する。敵対国が友好国や同盟国、あるいは中立国を攻撃し、あっさり勝って吸収したり従属させたりすると、その力を強化して、時を置かずに自国へ牙を剥くかもしれない。

であれば、その国を救うことはできなかったとしても、ある程度援軍を出す、あるいは敵対国の背後から攻撃する素振りを見せるなどして、妨害をするのは悪くない選択肢だろう。結果として敵対国が苦戦し、泥沼の戦いに突入してくれたなら僥倖であり、さらに次の手を打って敵対国を追い詰めることもできる。

・同盟国・友好国を支援しないと信頼・威信を失う

これはすでに紹介した「評判」の問題である。同盟国・友好国に対して適度に支援を行うからこそ、それらの国々からの信頼を繋ぎ止め、自国がいざということになった時の支援も期待できるため周辺国家は自国を簡単には攻撃してこない。中小勢力も「あの国なら信頼できる」と自国の支配下に収まってくれるだろう。

しかし、自国が合理的な判断を優先するなどして「あの友好国を助けてもあまりいいことはないな、放っておこう」と判断したなら、短期的にはメリットがあるかもしれない。しかし、長期的には味方を失い、敵を増やす可能性が高い。

「かわいそうな人々」を救え

もっと人道的価値観が広まっている世界なら、さらに正しい戦争の範囲を広げられるかもしれない。つまり、「かわいそうな人々を救う」ための戦争である。

「邪悪な侵略者によって理由もなく攻撃された国家」「怪物や怪獣の攻撃にさらされた罪なき人々」「王に代わって国を指揮し、侵略に立ち向かう可憐な王女」――例えばこのような存在は実に「かわいそう」であり、それを救うのは「正義」だ、というのは非常にわかりやすい。

もちろん、賢い統治者はこのような情緒的な理由で兵を動かしたりはしない。しかし、その統治者に影響を与える人々が情緒で動く可能性はある。例えば民衆・大衆は時に感情によって大きく動く。あるいは、統治者の家族や恋人、友人などがその「かわいそう」さに心を打たれ、統治者に働きかける可能性は十分にある。となれば統治者が押し切られる可能性もあるし、「人気取りのために少数の兵なら派遣してもいいか」とある種の合理的判断を下すかもしれない。

一方、「かわいそう」の実態について目を向けてもいいかもしれない。彼らは本当に「かわいそう」なのだろうか？　相手は本当に「邪悪な侵略者」なのか？　人々は本当に「罪がない」のか？　「可憐な王女」はある種の宣伝戦略として全て分かった上で自分の見た目を利用していないか？

近現代の歴史を紐解いてみても、世論を動かした「かわいそう」――苦難を訴える少女や石油まみれの鳥など――が情報戦略の結果つくられた映像であったりする。この辺りは物語の真相やキャラクターの味付けに使える発想だ。

守るための正当性ある侵略、理由いろいろ

侵略・戦争のための正統的理由を「守る」に探してみる

「同国人を救え」

中世的世界では人命も安く、庶民のためには戦争しない？

↓

重要人物のためであれば戦争や潜入部隊の派遣は十分ありえる

「友好国を救え」

- 恩を売りたい、存在を活用したい
- 敵対国の邪魔をするため
- 世間からの評判を稼ぐため

「かわいそうな人々を救え」

人道意識が強い時代や地域であればあり得る → 世間の評判を積極的に利用しようとしている？

架空の世界の架空の動機

ファンタジー世界なら、もっと現実離れした「戦っていい理由」「正義の戦争」があってもおかしくない。

昔のエンタメではしばしば「相手は完全に邪悪な種族であり、戦う以外に人類が生き残る道はない」というケースが見られた。近年ではこれをひっくり返して「その種族は本当に邪悪なのか？」という問いかけが多く見られたが、最近はもう一度ひっくり返して「どうしようもない邪悪な存在はいる」も見る。

歴史を遡ってみると、「農民兵が主力なので、農閑期にしか戦争ができない」ケースがまま見られる。ここから、星のめぐりや自然現象、季節などによって戦争が左右されるというアイディアはどうだろう。「戦争をしていいタイミング、戦争をしていい勢力がある」のだ。それは占星術師のような人々が天体を観測し、占いを行なって決めるのかもしれないし、認定する組織や教団があるのかもしれない。あまりにもスケールの大きな権利だから、神が決めている、とした方がむしろリアリティがありそうだ。

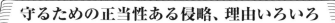

宗教・思想のために

宗教が侵略を認める日

宗教や思想上の差異からくる対立が戦争に発展したり、宗教上の教義が侵略の目的として掲げられることもある。

多くの宗教は殺人や略奪、利己的な振る舞いなどを禁じ、また戒めている。しかし例外的にそれらの振る舞いが許されたり、むしろ積極的に勧める条件があると見なされたりすることも多いようだ。例えば、「自分たちの聖なる教えを守るためであれば」「異教徒たちに正しい教えを伝えるためであれば」殺してもいい――あるいはもっと過激になった時には「異教徒は生きている間は救われないので、せめて殺してやったほうが救いになる」という具合である。

侵略・戦争そのものは多くの文化・宗教で悪に分類される行いだが、神が善として認める条件が整えばそれは「聖戦」となり、参加する人々は通常の戦争よりもはるかに熱狂的・情熱的・そして残虐になる傾向が見受けられる。

近現代以降を模した世界であれば、別のものが戦争のきっかけになるかもしれない。それは「思想」だ。

私たちの歴史では、第二次世界大戦後の世界が、「自由主義（資本主義）」の西側陣営と「社会主義（共産主義）」の東側陣営に色分けされ、核兵器を手にした大国同士の睨み合いとその影響を強く受けた中小国家の小競り合い――いわゆる「冷戦」の時代が長く続いた。この対立はざっくり言えば「経済活動などを自由にさせることで人類は繁栄できる」か「国家がコントロールした方が良い」かという思想の対立であった。

ファンタジックな世界では、もっと別の思想が国家同士の対立や戦争のきっかけになるかもしれない。例えば「魔法を良しとするか悪しとするか」や「異種族と共存するか、殲滅するか、あるいは家畜化するか」などの思想は対立の種になりそうだ。

名目なのか、本気なのか

このような宗教あるいは思想を侵略・戦争の動機として設定する時、気をつけなければいけないことがある。それは「当事者たちはどのくらい本気・本音なのか?」ということだ。

現実の私たちの歴史を追いかけてみると、宗教や思想上の目的だけで侵略なり戦争なりが実行されることはまずないようだ。詳しくは後述するが、「リアルは複雑」とだけ意識して貰えばいい。

宗教や思想を旗印として始まった戦いであっても、そこに仕掛けた方の本音がどのくらいの割合で存在しているかはグラデーションがある。十字軍を発した教皇だってある程度権力争いへの活用を計算していたとしても、宗教的情熱がゼロであったと決めつけることはできない。

また、指導者や発起人、中核メンバー(の一部あるいは全部)は打算づくであっても他の参加者は理想を心から信じていたり、あるいはその逆、ということもあるだろう。

リアルはこのように事情が複雑であるとして、フィクションの設定を作る場合にはそのようなリアルの事情に縛られすぎる必要はない。もちろん、「リアリティがある設定」に寄せても良い。しかし、もしあなたがシンプルな物語を望むのであれば、宗教・思想的情熱の割合を百パーセントあるいはほぼ百パーセントにしてしまって構わないだろう。

「神が言っているのだからこのようにする」「私たちの素晴らしい思想を広めることは完全な善であり、それを為すことに躊躇はない」「実利を取るためには妥協した方がいいのかもしれないが、私たちの宗教を守ることは私たちの尊厳を守ることとイコールである」——このような動機で侵略、あるいは反乱をするのは、歴史学的なリアリズムの観点では少し問題があるのかもしれない。

しかし、「事実は小説より奇なり」とはよく言ったもので、奇妙なことが起きるのが歴史というもの。ましてや本当に小説(エンタメ)なのだから、より奇で、またストーリー的に筋が通って物語が盛り上がる設定を採用することにはなんの問題もないのである。

異端者を滅ぼせ

宗教をめぐる戦争のケースで一番わかりやすいのは、「異端を信じる者たちを許すことはできない、攻め滅ぼそう」であろう。

「異端」とは、ある宗教において正統の教えではないとされた教え・考え方・派閥に対して与えられた呼び名である。キリスト教では、アルビジョア十字軍で攻撃されたカタリ派や、現在ではカトリックと並ぶ有力なキリスト教宗派となっているプロテスタントなどが異端と見做された過去がある。

興味深いのは、大きく分けて同じ宗教の中で違う教えが全て異端と見做されるわけではない、ということだ。中世ヨーロッパで主導的立場を示し、現在でも大きな勢力を持つキリスト教カトリックにとって、ギリシャ正教やロシア正教などのいわゆる東方正教会はシスマ（離教）といって、単に分派しただけで「異端ではない」とされることが多い。もちろんカトリックと東方正教会はさまざまな教義上の違いを持っているのだが、異端と比べるとその差異は小さいと見られるようだ。

異端が原因で起きた侵略・戦争としては、旧教ことカトリックと新教ことプロテスタントの対立——いわゆる「宗教戦争」がよく知られている。

事の始まりは神聖ローマ帝国（ドイツ）の大学教授マルティン＝ルターが、当時のカトリックが大々的に行なっていた贖宥状（免罪符）による金儲けを批判したことにあった。ルターは「贖宥状を買うなどの善行によって魂が救われるという考え方は間違いで、救いはただキリストの福音（＝聖書に書かれている教え）でのみもたらされる」と主張した。

この宗教上の対立が、神聖ローマ皇帝と有力貴族の対立に飛び火した結果として、以後百年以上の長きにわたって「旧教側に立つか」「新教側に立つか」を一つのキーワードに、神聖ローマ帝国を中心に数々の戦いが行われた。最終的に三十年戦争と呼ばれる長い戦いが和睦で終わったことによって終結したこの一連の動乱を、一般に宗教戦争と呼ぶ。

とはいえ、一連の戦いに参加した諸勢力が「旧教だから」「新教だから」だけで手を組み、また戦ったわ

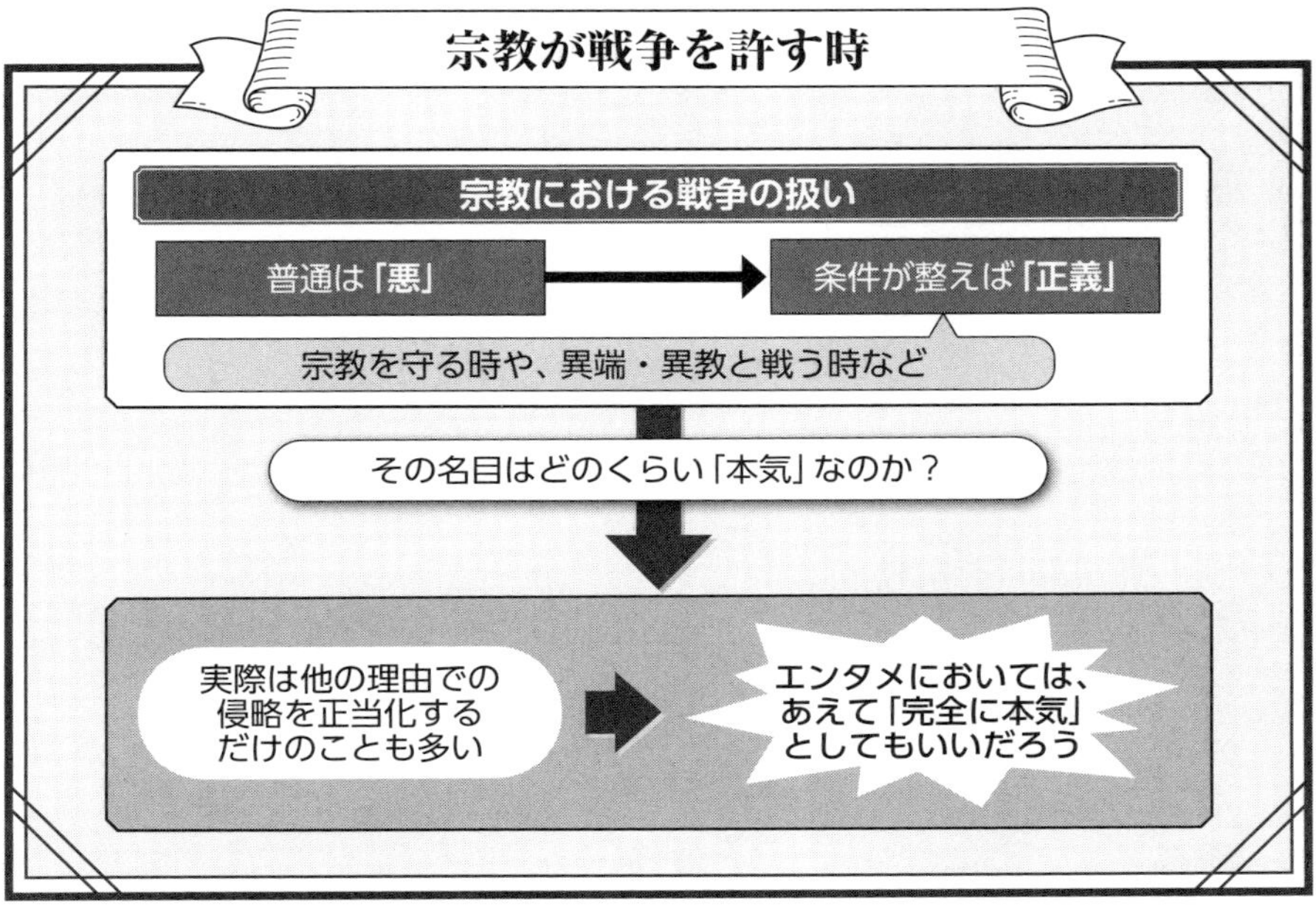

けではない。彼らにはそれぞれ事情と立場、目的があり、それらに従って参戦したり、あるいは参戦しなかったりを選んだ。同じ宗派であってもうまく協力できないケースなどもあったようだ。

　同時期に起きた農民反乱であるドイツ農民戦争、背景事情として新教・旧教反乱を持っていた。しかしこれは農民たちがプロテスタントの主張に乗っかった部分が大きく、ルター自身は「教義の問題を世俗の戦いに繋げるのはよろしくない」と反対していたという。

異教を許すな――十字軍の場合

　もちろん、宗教的意識による侵略・戦争のターゲットは異端だけではない。異教との戦いも当然、攻撃し、排除し、攻め滅ぼして奪う大義名分になるのだ。

　この代表例はやはり「十字軍」であろう。十一世紀終わりから十三世紀にかけて八回、あるいはそれ以上行われたヨーロッパ諸国による遠征のことだが、この戦いが始まった事情・動機はそもそも複雑だ。

　十字軍の最大の目的・大義名分は「イスラム勢力に脅かされているキリスト教の聖地・エルサレムを解放

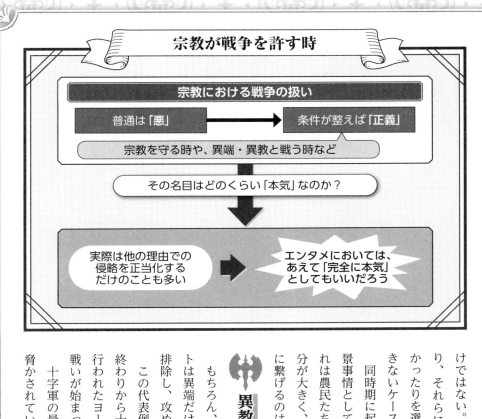

すること（二回目以降はエルサレム及びその周辺に誕生した十字軍国家を守ること）」である。しかし、そもそもの始まりは、ビザンツ帝国（東ローマ帝国）からカトリック教会への援軍要請だった。当時、帝国はイスラム勢力によって圧迫されており、皇帝が戦いに敗れて捕虜にされてしまうなど危機的状況だった。そこで「傭兵でも送ってくれれば……」というつもりで助けを求めたのである。この時点でエルサレムのエの字も出てこない。

ところが、時の教皇がここに「エルサレム解放」の意味をくっつけて、中東地域への遠征をヨーロッパ諸国へ呼びかけた。その思惑は複雑だったが、整理すると概ね以下のようになる。「分断していた東方教会・ビザンツ帝国との融和」「当時、世俗勢力と対立していた教皇と教会の権力（教皇権）を拡大すること」「領主や騎士たちが私闘を繰り返していたエネルギーを異教徒との戦いへ向けること」などだ。

この呼びかけにヨーロッパ諸国、そして多種多様な階級・立場の人々が乗った。そこには当然ながら宗教的情熱や聖地への憧れもあったが、富や財宝への欲もあり、家や領地を継げない次男坊以下の騎士たちにとっても力の振るい場を得ることは何より魅力的でもあった。

こうして始まった第一次十字軍はビザンツ帝国を救援し、最終的にエルサレムの解放にも成功した。しかし、その後はイスラム勢力による反撃に遭い、パッとしない結果が続くことになる。イスラム勢力の英雄・サラディンによってエルサレムが攻め落とされたことに始まる第三次十字軍は、赤髭王こと神聖ローマ帝国皇帝フリードリヒ一世や獅子心王ことイングランド王リチャード一世、そして尊厳王ことフランス王フィリップ二世も加わった当時のヨーロッパ諸国オールスターというべき陣営であった。しかし、それぞれの思惑が対立してうまくいかず、最終的にサラディンとリチャード一世が和睦して終わり、エルサレムも奪回できずに終わった。その後は第四字十字軍でキリスト教を共有する仲間のはずのビザンツ帝国を一時的とはいえ攻め滅ぼすなど迷走が続き、最後には中東のキリスト教系諸国が全て滅ぼされ、十字軍の時代は終わったのである。

異教を許すな——レコンキスタ

異教勢力との戦いはキリスト教の十字軍だけではない。

十字軍と同じ時期にもヨーロッパで行われていたのが「レコンキスタ」だ。「再征服」を意味する言葉だが、「国土回復運動」などと呼ばれたりもする。その名の通り、これは「奪い返す」戦いだった。

中世初期にイベリア半島を支配していたのは西ゴート王国であったが、八世紀初頭にはイスラム教勢力に滅ぼされてしまった。しかし半島山岳部には地形の効果や豊かさの問題からイスラム教勢力の手が伸びず、先住民族及び西ゴート王国の残党が立て籠って、以後長きにわたって抵抗と反撃を繰り返していたのだ。

十一世紀半ば、イスラム教勢力の分裂を受けてキリスト教勢力が一気に伸長した。しかしイベリア半島を完全に奪回してレコンキスタが終わるまでにはまだまだ時間がかかり、達成したのは十五世紀のこと。土地をイスラム教徒から取り戻す戦いが始まってから、八百年の時が経っていたのである。

異教を許すな——コンキスタドール

そうしてイベリア半島を「解放」したスペイン人たちの熱意は、翌十六世紀になると新大陸（アメリカ大陸）へ向ける。彼らは「コンキスタドール（征服者）」として新たな土地へ乗り込み、そこで土地と人民を征服し、またアステカ王国やインカ王国といった国々を攻め滅ぼした。数百人程度の軍勢で一国に挑んだ彼らの動機は単に財産欲だけでなく、一方で信仰的情熱もかなりの部分を占めていた。コンキスタドールにとってすれば、新大陸の人々は偶像崇拝や生贄の儀式などに耽溺する邪教の信者に他ならず、彼らに正しい神の教えを伝え、また改宗しなかったものを殺すのは、信仰にかなう行いであり、正義そのものであったのだ。

なお、コンキスタドールは一応スペイン王国の許可を得て征服を行っており、目的を達した後は戦利品の五分の一を捧げねばならず、また征服地の支配にも役人の口出しがあった。ほとんど支援がないまま未開の地を征服したコンキスタドールは強く不満を持ち、しばしば反乱を起こしたという。

異教を許すな——江戸初期の切支丹弾圧と島原の乱

攻撃するべき異教は外にだけ見出されるわけではない。むしろ、内側の異教こそが攻撃・弾圧の対象になり、それに対する反発が強まれば、戦争レベルの事件にもなる。

日本の江戸時代初期、九州で勃発した島原の戦いは、弾圧された切支丹（キリスト教徒）による宗教反乱として名高い。この出来事は「現地を統治する大名によるキリスト教弾圧が原因」とされてきた。また、反乱指導者として担ぎ上げられたのが天草四郎という少年であり、ついには幕府軍に敗北して四郎もまた死んだという悲劇性から、長く語られる物語となっている。

しかし近年の研究では、もちろん宗教的弾圧もあったが、それ以上に島原地域を統治する大名による過酷な年貢取り立てこそが原因として大きかったと考えられている。反乱に参加した農民たちのうち少なからずが、もともとはキリスト教徒で、禁教を受けて改宗し、しかし厳しい暮らしの中で再びキリスト教に立ち戻って反乱を起こしたのだという。

異教を許すな——ジハード

イスラム教には「ジハード」がある。この言葉は本来「神が示す道のために頑張ること」といった意味で、一般には「イスラム教世界を拡大し、また外敵から守るために戦うこと」の意味で使われる。そこから「聖戦」と訳されることも多い。

ジハードはイスラム教徒の義務であるとされ、またジハードを行って死ねば天国へ行けるともいう。このジハードを宣言できるのが、イスラム教を創始した預言者ムハンマドの代理人にあたるイスラム教団最高指導者・カリフである。

イスラム教世界を脅かすものも拡大するために戦う相手も異教徒なので、自然とジハード＝異教徒との戦いを意味するようになった。ただ、実際には十字軍と戦ったりヨーロッパへ進出したりの戦いだけでなく、イスラム教国家が新しく生まれる時の戦いのこともジハードであると主張されることがあったようだ。また、「武器を持っての外敵との戦いは小ジハードで、内なる自分と戦うものが大ジハードだ」ともいう。

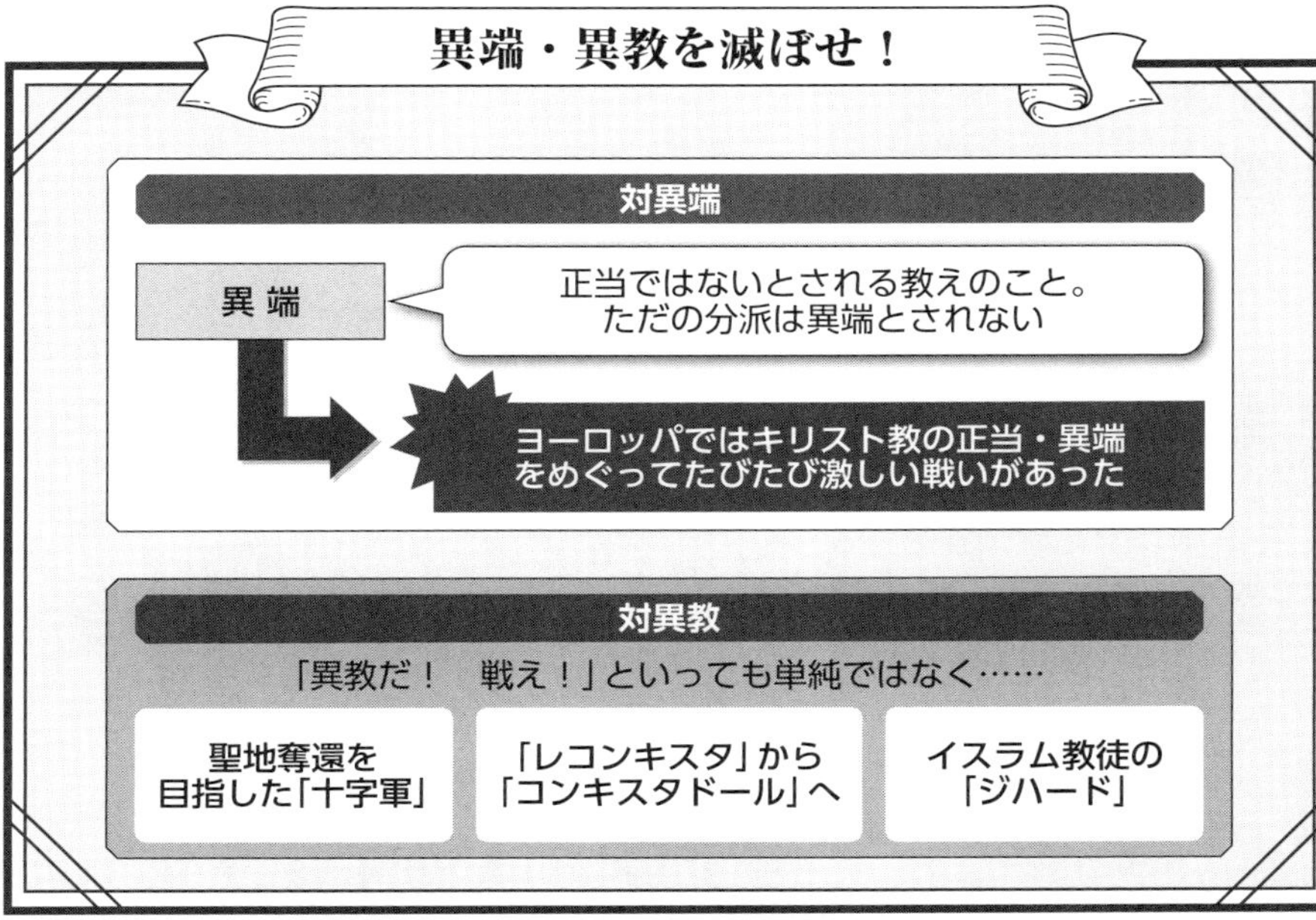

異端・異教を滅ぼせ！
対異端
異端
正当ではないとされる教えのこと。
ただの分派は異端とされない
ヨーロッパではキリスト教の正当・異端
をめぐってたびたび激しい戦いがあった
対異教
「異教だ！　戦え！」といっても単純ではなく……
聖地奪還を
目指した「十字軍」
「レコンキスタ」から
「コンキスタドール」へ
イスラム教徒の
「ジハード」

神と奇跡が実在したなら

さて、神や奇跡が実在した場合、宗教・思想と侵略・防衛のあり方は変わるだろうか？　――実際のところ、さほど変わらないのではないか。なぜなら、前近代の、信仰心に厚い人たちは、まさに神が実在すると信じ、神の言葉を代行する司祭や神官の言葉に従って、戦争や侵略に出かけていたからだ。

ただ、神が私たち人間とは違う精神構造を持っていた場合、戦争のあり方はちょっと変わったかもしれない。つまり、人間の合理性では成立しえない、神ならではの理由に基づいた戦争というものが起きうるのだ。

例えば、北欧神話ではラグナロク（最終戦争）に備えて、死んだ英雄が神々の館に招かれるという。つまり神は死んだ英雄を求めているのであれば、人間的には全く意味のない（利益のない）戦争が、ただ神の事情によって起きるということもあるのではないか？　結果として諸国が貧しくなろうが、人類が滅亡の直前に追い込まれようが、神にとってはどうでもいい……そんなこともあり得る。

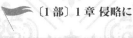

彼方の地を求めて

憧れの地を侵略せよ

侵略者たちの動機を考える時、「遠い場所、見知らぬ場所、伝説のみで聞く場所への憧れ」という要素についても意識した方が良い。合理的に計算できる程度の実利や、正義を実行する喜びだけでなく、「自分たちの世界とのつながりを感じられないほど遠い場所を見てみたい」「見知らぬ場所には見たこともない財宝があるのではないか」と願い、期待する気持ちも、彼らが故郷から遠く離れた場所へ旅をする大きな動機になっただろう。

例えば、古代ギリシャ、マケドニアのアレクサンドロス大王が東へ、東へと進んでペルシャを征服し、ついにインドまで辿り着いた背景。あるいはヨーロッパの騎士や兵士たちが遠く中東まで十字軍で出かけて行った動機。そこにはもちろん征服欲や物欲、信仰心も多分にあったろうけれど、小さくない「あの空の向こうにはどんな世界が広がっているのだろう」という好奇心や知的欲求があったはずだ。

ただ、全くの未知、何があるのか全くわからない場所に希望を持ち、追い求めようとするのはごく一部の学者・冒険者気質の持ち主だけであろう。また、人間の習性として、山の向こうや海の彼方、川が流れていく先などを全くの空白などとは思わず、「何かがあるに違いない」と考えるもののようで、人間が何百人も何千人もいればその誰かに物語作りの才能があって、まことしやかに語るものだ。

実際、古来よりさまざまな「遥かな彼方には素晴らしい場所がある」という伝説が語られてきた。幾つか例を紹介しよう。

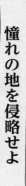

伝説に語られる楽園

人間は古くからさまざまな神話や伝説で「楽園」を語ってきた。それは神々や仙人のお膝元であったり、英雄や善人が死後に招かれる幸福な冥界であったりする。そこは食べ物も飲み物も豊かで尽きることがなく、常春で暑さ寒さに苦しむこともなく、時に寿命さえも忘れて永遠を過ごすことができるという。

私たち現代人のイメージだとこのような楽園は天の上（雲の上）か地の底、半ば次元の違う異世界にあるように思われる。それは地球上のほとんど全てを探索し終えた現代の人間だからこその感覚であって、古くは地続きあるいは海で繋がった世界のどこかに楽園があると信じるのが一般的であったようだ。

となれば、国家や組織が侵略や探索のターゲットとして神話・伝説に語られる楽園を選んだとしても、何もおかしいことはない。実際、秦の始皇帝は不老不死の仙薬を求めて、東の海に浮かぶとされる楽園・三神山を探すべく、道士の徐福を派遣している。結局のところ超常の存在が否定されている私たちの歴史においてさえそうなのだ。神々や怪物、魔法が実在するファンタジー世界なら、いよいよ楽園には追い求める価値がある。

秦の始皇帝のように、どこにあるかわからない楽園を求めて、探索の手を伸ばすのか。楽園の鍵を持つという宗教教団の聖地や、楽園に続く道や門がある国家を武力によって攻撃するのか。不思議の存在が明確な世界なら十分にあり得る話であろう。

海にも山にも楽園あり

楽園が具体的に設定できるよう、もうちょっと掘り下げてみよう。楽園には伝統的に二つの類型があるとされる。一つは「海の上に浮かぶ楽園」で、もう一つは「山の中にある楽園」だ。これが現代になって三つ目の「異世界の楽園」が登場したのだと思われ、現代人が読むファンタジー物語において楽園はこの三種であると考えていいのではないか。すべて、そう簡単には辿り着けない場所にある。「蜃気楼として浮かぶ、そこにあるはずなのに行けない場所」や「急な岩壁や深い谷に遮られ、見えてはいるが行くことができない山頂」などに想像を掻き立てられたということもあろう。だからこそ人は夢を見るのだ。

「海の上に浮かぶ楽園」にはどんなものがあるか。

ギリシャ神話ではこの世の果てに「ヘスペリデスの

国」と呼ばれる島があって、そこには竜と神々の娘たちによって守られた黄金のリンゴや、世界を支える巨人アトラスがいるとされた。ヘラクレスが十二の難行の一つとしてその黄金のリンゴを求めた話は有名だ。また、同じくギリシャ神話には「エリュシオン」の伝説があり、ここは世界を取り巻く大河オケアノスに面する野原ともその中に浮かぶ島とも呼ばれた（後に地中にあると考えられるようになった）。この二つの楽園はどちらも死者の国で、神々の祝福を受けた人々が死後、幸福のうちに暮らすという。

また、ケルト神話には「喜びの国（マグ・メル）」あるいは「常若の国（ティル・ナ・ノーグ）」と呼ばれる楽園が語られている。かつてアイルランド島にいたダーナ神族が移住した島で、花は咲き乱れ人々は不老不死をもたらす蜜の酒を楽しむ地であるという。

東洋に目を向ければ、中国の山東半島と遼東半島に囲まれた渤海湾には、前述した秦の始皇帝が道士・徐福を派遣して探させた三神山——すなわち蓬莱島・方丈島・瀛洲島があるという。ただ、徐福はこれらの島々を求めて遠く日本へまでやって来たという伝説もあるから、渤海湾より遠くにあるのかもしれない。

三神山は仙人の住まう地であり、純白の鳥や獣、金銀で作られた宮殿が輝いているという。外見も奇妙で、「遠くから見ると雲のよう、近づいてみると海に潜っている」「壺のような外見をしている」「普通の人は風に吹き戻されて近づけない」とされる。そして何よりも人々を惹きつけるのは、この島にあるという不老不死の薬だ。

さて一方、「山の中にある楽園」の方はどうか。

ギリシャ神話は「ギリシャの北方、オリュンポス山に神々の館がある」と語る。ゼウスをはじめ、神話の有力な十二の神々とその一族がこの地に館を作ることを許され、そこで老いや病、餓えなどに苦しむことなく、日々を暮らしている。人々は遥か彼方に見えるオリュンポス山の偉大な姿に、「あそこに神々がおられるのだ」と畏敬の念に打たれたのだろう。

一方、聖書神話は「エデンの園」なる楽園の存在を語る。旧約聖書には東の方角に作られたとあるだけだが、古代イスラエルの伝説には「平原の中にそびえる高山の頂上に、神が楽園を作った」とある。これこそ

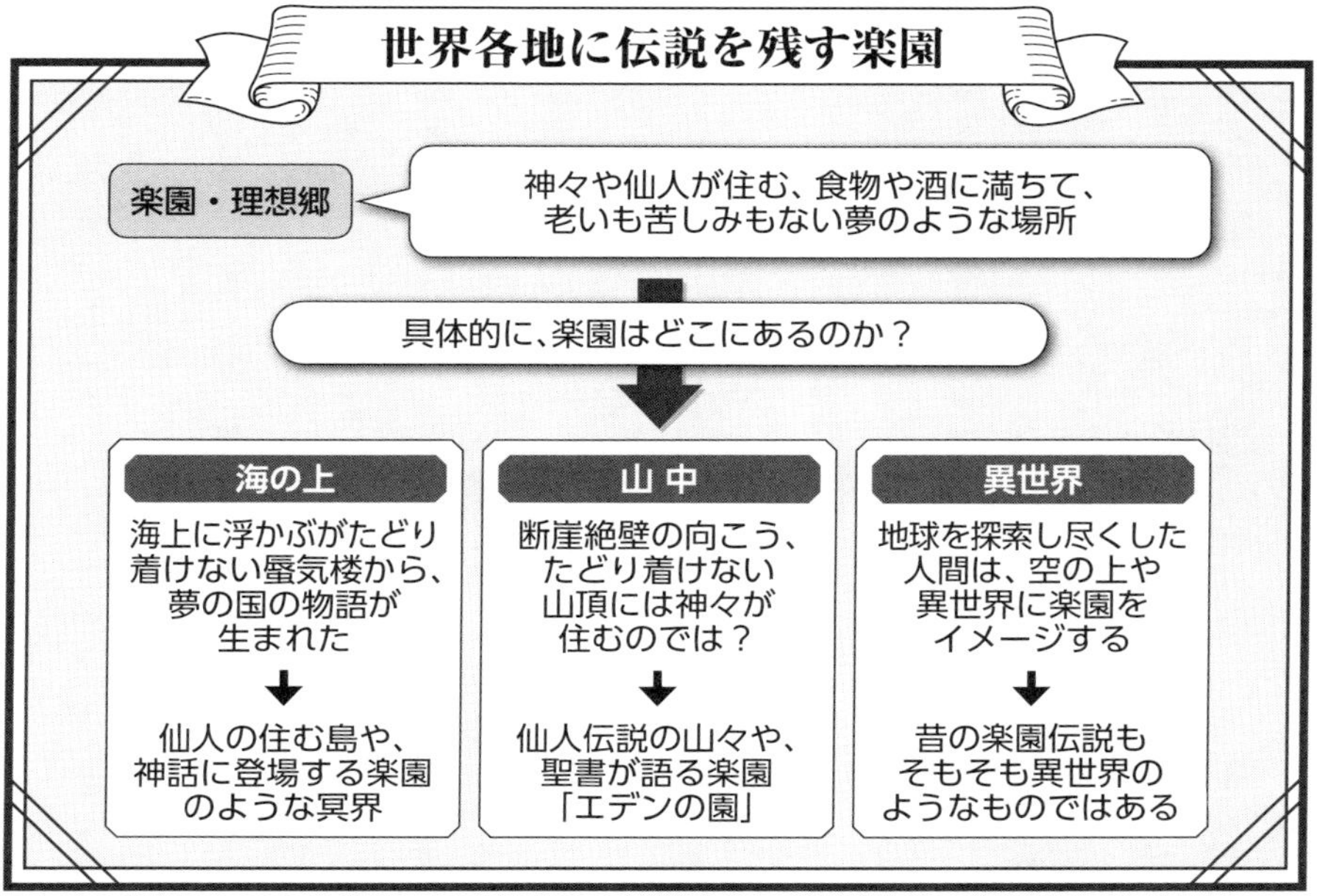
世界各地に伝説を残す楽園
楽園・理想郷
神々や仙人が住む、食物や酒に満ちて、老いも苦しみもない夢のような場所
具体的に、楽園はどこにあるのか？
海の上
海上に浮かぶがたどり着けない蜃気楼から、夢の国の物語が生まれた
仙人の住む島や、神話に登場する楽園のような冥界
山中
断崖絶壁の向こう、たどり着けない山頂には神々が住むのでは？
仙人伝説の山々や、聖書が語る楽園「エデンの園」
異世界
地球を探索し尽くした人間は、空の上や異世界に楽園をイメージする
昔の楽園伝説もそもそも異世界のようなものではある

エデンの園であろう。

旧約聖書に曰く、エデンの園には外見も良ければ（生る実が）食べても美味しい全ての木が神によって生えさせられた。人間の祖であるアダムはこの地を耕し、守る義務を与えられ、木々から生るものは全て食べて良いと言われたが、禁断の知恵の木の実（よく林檎をイメージされる）だけは食べてはならないと禁止された。しかし蛇に唆されたアダムとその妻イブはこれを食べ、楽園から追放された……という。

なお、エデンの園にはもう一つ「命の木」があったが、アダムとイブの楽園追放後、神は天使ケルビムと回転する炎の剣によってこれを守らせたと伝わる。

中国では、前述の三神山に対して、時代が降ると山岳信仰の方が強まり、「五岳」が登場する。すなわち東岳泰山、南岳衡山、西岳華山、北岳恒山、中岳嵩山である。こちらも神仙思想と結びついていて、山中に仙人たちが暮らしていると考えられた。

神話・伝説に登場する「楽園のような不思議な場所」の中には、一見すると素晴らしい場所だが、時には恐ろしい顔を見せるパターンも含まれている。

例えばギリシャ神話の英雄オデュッセウスは『オデュッセイア』に描かれた冒険で故郷に戻る海を彷徨ううちアイアイエー島に辿り着いた。ここで魔女キルケーの歓待を受けるが、彼女の出した食事を食べた仲間たちは動物に変化してしまったという。

ケルト神話にも、王子ブランが航海の末に「女の島」に到着して楽しく暮らすが、故郷に戻ってみると数百年が経っており、しかも陸地に足を下ろすと灰になって崩れ去ってしまったという話がある。日本における『浦島太郎』で、竜宮城で楽しく過ごした浦島太郎が地上に戻れば長い時間が経過していたこととの類似性はよく指摘される。

第三のケース、「異世界の楽園」になると、それぞれのもののケースは古い神話や伝説にはあまり見られなくなる。ただ、それらの物語は現代の私たちの目で見ると異世界そのものだったりするので、おそらくあまり深く考えずに流用したり、手本にしたりすることができるだろう。「蜘蛛の上に立つ宮殿」や「空にいつも虹がかかっている庭園」、「地中に潜ったはずなのに広い空間に出たと思ったら空がひらけている」など、現実離れしたイメージを形にすれば良い。

「約束の地カナン」と南方大陸

狭く、守られ、飢えることのない楽園……とはちょっと違うが、それに近い感覚の場所・地域として、「約束の地カナン」がある。現在でいうパレスティナのことだ。かつてユダヤ人は唯一神から「乳と蜜の流れる地」「外敵がおらず、安らかに住むことができる土地」を与えると約束された。エジプトを脱出した彼らは苦難と放浪の末にこの土地に辿り着き、そこにイスラエル王国を建設したのである。

やがてこのイスラエルの地からキリスト教が生まれ、ヨーロッパへ広がっていった。約束の地カナンを与えられたのはあくまでユダヤ人であるから、その教えを厳密に考えたならキリスト教徒には関係のない話かもしれない。しかし、キリスト教徒が新約聖書と共に約束の地について記された旧約聖書も聖典として崇める以上、そこに豊かな土地として記されたカナンに憧れるのは当然のことであったはずだ。イスラエルをイスラム教徒から奪還するべく十字軍が始まった時、そこに集ったものたちの心の中には少なからずカナンへの憧れがあったのではないか。

約束の地カナンは「そこにある」ことが明確であったが、「きっとあるはずだ」と長く思われていながら実は存在しなかった場所として、「南方大陸」がある。十六世紀から後半から十八世紀後半にかけて、ヨーロッパ人の描いた世界地図下方の端っこ、つまり南方には左端から右端まで巨大な大陸が描かれている。これが南方大陸だ。

私たちはそのくらいの位置に南極大陸があることを知っているが、この南方大陸と南極大陸はイコールではない。当時のヨーロッパ人は南極大陸を見つけられていないからだ。南へ南へ船を向けると現れる暴風域――いわゆる「吠える四十度」「狂う五十度」「絶叫する六十度」を越えられなかったのだろう。

では、ヨーロッパ人は何を根拠に南方大陸を地図に描いたのか。それは古代ギリシャから継承された、「自然は本質的に均衡する（バランスを取る）」という概念であった。この本質を踏まえれば、北半球にある巨大な大陸と均衡するため、自然は巨大な南方大陸を生む。そうでなければ道理に合わない――ということで、見もしない大陸を地図に書き込んだわけだ。この南方大陸の否定は十八世紀後半、オーストラリアを発見したジェームズ・クックの航海による。

失われた大陸――アトランティスとムー

伝説の地といえば、やはり「失われた大陸」にとどめを刺すだろう。すなわち、アトランティスとムー（レムリア）である。

アトランティスは古代ギリシャの哲学者、プラトンの著書の中に登場する。プラトン自身も伝聞で知るという。その島は、「ヘラクレスの柱」――すなわちジブラルタル海峡の向こうに広がる大西洋にかつて浮かんでいた。そこには海神ポセイドンの子を王とし、周辺海域に君臨する巨大な海洋大国が存在していたというのだ。私たちの現代から遡ること一万年以上昔、まさに超古代文明である。

オレイカルコス（いわゆる神秘の金属「オルハリコン」）の加工をはじめとする優れた技術・文化を持つアトランティスは大いに繁栄した。しかし、世代を重ねるごとに神から受け継いだ性質を失い、堕落していく。ついに地震と洪水によってアトランティスは滅び、島も海中に沈んだ、というのである。

後世の人々はアトランティスにロマンを見出し、しばしば創作のネタとして活用するとともに、その実在を信じて探索する者も数多く存在した。しかし信憑性の高い証拠は見つかっていない。現代では、アトランティスはプラトンが彼の暮らした時代のアテネの堕落を批判するために創作した物語である、と考えるのが一般的だ。

ムー大陸（レムリア大陸）は、十九世紀後半になって語られるようになった幻の大陸である。そもそもの始まりは動物学研究で、「キツネザル（レムール）が遠く離れた各地に分布しているのは変だ。ということは、インドから東南アジアにかけて幻の大陸があったのではないか？」という仮説が立てられたことから来ている。この動物の名前から仮にレムリア大陸と名付けられたわけだ。

レムリア大陸仮説は大陸移動説によって否定された（沈んだ大陸があったのではなく、大陸が動いて今の形になった）が、オカルトの世界では「確かに大陸はあった。しかしそれは太平洋にあったのではないか？」と唱えられるようになっていく。そしてイギリス軍人チャーチワードなる人物が古代の碑板を発見・解読し、「アトランティスに先立つ五万年前、太平洋には高度文明を持つムー大陸があった。レムリアと呼ばれているのはこの大陸のことだ」と主張。一大センセーションを巻き起こしたのである。もちろん、こちらも信憑性のあるものとはみなされていない。

黄金の国「ジパング」

豊かさの象徴もいろいろある。古代の記述で「乳や蜜」が頻出するのは、つまり食べ物や飲み物、また農業をするための水に事欠くことがない豊かな土地である、ということだ。一方、文明が発展してくると金銭的価値の高いものがたくさんある場所こそ素晴らしいということになってくる。つまり金や銀、宝石だ。

金がたくさんある素晴らしい国がある、そこへ行けば誰もが大金持ちになれる――この類の伝説の代表格といえば、「黄金の国ジパング」であろう。つまり、

約束の地と失われた大陸

約束の地カナン

カナン（パレスチナ）は神が
ユダヤ人に与えた場所

↓

**キリスト教徒にとっても
憧れの場所になった**

南方大陸

かなり最近まで、世界地図に
は巨大な南方大陸があった

↓

**古代ギリシャ以来の考え方に
よって「あるはず」とされた**

失われた大陸

アトランティス

古代ギリシャの哲学者、
プラトンが語る神々の都

⇒実際は例え話だった？

ムー（レムリア）

「動物の類似性を説明する
ための仮説」が、
オカルト的な伝説に

我らが日本（をモデルにした伝説）である。

この伝説をヨーロッパに紹介したのは、元朝の時代のアジアへ旅したイタリアの商人、マルコ・ポーロの『東方見聞録』だ。そこではチパング（ジパング）は「宮殿の屋根が全て金で覆われている」ほど金が豊富で、また真珠もたくさん産出するので「死者の口に含ませる」習慣があるとされた。「外国の人間が誰もいったことがない」のにその状況が詳細に伝わっているのはご愛嬌と言うべきだろう。また、マルコ・ポーロも親しく仕えた元の皇帝フビライが進出の野心を持っていることも記されている。

もちろんジパング＝日本は黄金の国などではなかったわけだが、少なくとも東北を中心に金が産出され、平等院鳳凰堂のような建築物もあって、それらがジパング伝説のルーツになったと想像することはできる。しかしその一方で、ヨーロッパにはインドの伝承を起源にした金島・銀島伝説が古くからあって、その場所を探す中で「ジパング＝日本こそが金島なのでは？」と推測されていた時期もある、という側面も大きい。

やがて戦国時代ごろになり、日本での銀の生産が増えると日本を銀島、琉球を金島と見る向きが強まるが、渡来するヨーロッパ人が増えたことで「どうも日本も琉球も違う」ということがわかってくる。しかしこれで金島・銀島伝説が消えるわけではなく、今度は「では日本の近くにあるのではないか」ということになって、時にはスペイン国王の命令によって探索が行われたこともあった。人々の金銀島への興味が薄れたのは十八世紀になってのことだったのである。

黄金郷と黄金都市

ヨーロッパ人は東洋に金島・銀島を求めたが、彼らの欲望はそんなところでは終わらない。そもそもコロンブスは胡椒をはじめとする香辛料が産する土地インドへのショートカットを企み、インドがある東ではなく西へ船を向けた。その彼が見つけた新大陸ではコンキスタドールが「エル・ドラド（黄金郷）」を探してやまなかったし、アフリカの探索者たちは幻の都市「トンブクトゥ」の富を夢見たのだ。

まずはコロンブスのケースから。彼が西へ向かったのは、地球を球形であると理解していたからだ。中東を通ってインドへ向かうルートはアラビア商人の、アフリカ大陸を迂回するルートはポルトガルのものだが、球形の地球をぐるっと回れば新しい、そしてより短いルートがあると考えたのである。

「大航海時代以前のヨーロッパ人は地球を平板であると信じていた」とよく言われるが、一般庶民はともかくある程度知識のある層はこの世界が球形であることを知っていた。科学を否定しているのではと思われがちなキリスト教司祭たちにさえもその認識はあったのだ。だから西回り航路は「誰もやったことがないことへの挑戦」ではあっても、「当時の学問に反した馬鹿げた行い」ではなかった。

ただコロンブスの誤算は、地球が思ったよりも大きく、西廻り航路でインドに向かうのはとんでもない遠回りであったことだが——代わりに彼は新大陸（の一部）を発見することになる。

その新大陸にあるとされたエル・ドラドは、とにかく黄金に満ちた都市であると語られた。「屋根から敷石まで全てが金のマノア国のことだ」であるとか、「オリノコ川かアマゾン川、あるいは他の川の源流の

黄金の島、黄金都市

いつの時代も、人々は黄金色の夢を見るもので……

ジパング（日本）	エルドラド	トンブクトゥ
海の彼方に黄金で満ちた島国が！	アメリカの何処かに黄金都市が！	アフリカの黄金で反映した商業都市！
↓	↓	↓
日本の事情がわかったあとも「金銀島」伝説は残る	黄金を使った儀式の物語が広がり、変質して伝説化	大航海時代の頃にはすっかり衰退していた

どれもある程度の実体がありつつ、願望によって尾ひれがついたたぐいの話といえる

盆地に存在する」とか、「フロリダにある」とか、さまざまな噂や伝説があって、数多くのコンキスタドールや探検家たちが追い求めたものの、十八世紀末にブームが終息するまでついに見つかることはなかった。

エル・ドラド伝説については、その源流がわかっている。今のコロンビア首都、ボゴタのチブチャ族の首長が年に一度の儀式で、金粉を塗りたくって湖の中へ入っていくと、その金が湖に広がっていき、全体が黄金に輝く。この話が広まって「黄金の都市エル・ドラド」伝説を形成したものとされる。エル・ドラドという言葉ももともとは「黄金の男」すなわちチブチャ族の首長のことだったというのだ。

トンブクトゥは西アフリカ、現代のマリ中部に位置する都市だ。交易の拠点として栄え、塩や金、象牙などが取引されて多くの富を生み出した。この都市はマリ帝国やソンガイ帝国といった大勢力の支配下に置かれたが、それらの国家の首都になることもなく、かと言って強く束縛されることもなく比較的自治を許され、商業都市として大いに発展した。

都市としての最盛期は十六世紀前半であり、その後周辺の紛争に巻き込まれる形で交易路が動き、衰退していく。ヨーロッパにもその名と繁栄が伝わったため、「幻の都市」として伝説に語られるに至った。実際にヨーロッパ人が発見したのは十九世紀のことであり、この頃にはもはや衰退しきって本当の意味で幻になってしまっていた。

彼方の地に立ちはだかる障害

では、ここまで紹介してきたような「楽園」や「幻の土地」的な伝説的な場所を侵略する、というのはどういうことなのか。

この時、最大の問題は「そもそも実在しない可能性がある」ことだろう。列挙してきた彼方の地のほとんどは実在していない。伝聞や空想、間違った理論が生み出した幻想に過ぎないのである。実在しない場所を侵略して成果を生み出すことは不可能なのだ。

別の可能性もある。「実在はしているが、期待していたような富や資源、伝説的な価値はなかった」ケースだ。その土地の富はすでに枯れ果てていたり、あるにはあるが過大に伝説で語られていたりするわけである。

——以上が私たちの歴史に基づく現実的な推測である。しかし、あなたの世界が神や悪魔、魔法や怪物が実在するファンタジー世界なら、彼方の地が実在してはいけない理由が何かあるだろうか？

ただこの場合も、「実在しているし富や価値もあるのだが、語られていない脅威があった」というケースは十分考えられる。なるほどそこは確かに神々や仙人が住む理想郷だが、「神話的な住人たちは人間に対して非常に悪意を持っており、激しく攻撃を仕掛けてきた」なら？　あるいは黄金に満ちた都市を見つけはしたものの、「古代の都市を滅ぼした破壊兵器や、危険な呪い、病原菌を解き放ってしまった」なら？　仙人の住む仙郷を確かに見つけられたものの「そこにあった薬はごく僅かな適応者以外には毒であった」というのも考えられよう。

また、私たちが彼方の地を想像する時には異常な地形や気象、そして怪物がセットになっているのが定番だ。山奥にはドラゴンが住まい、洞窟にはメデューサが巣食っている。森を歩けば進んでも進んでも迷うばかりで目的地に辿り着けないし、海路では巨大な渦巻きが船を飲み込み、引きちぎる。それらの障害を越えて楽園に辿り着こうとするのは、立派な冒険物語だ。

また「侵略」という言葉を使っているのでどうしてもマイナスな印象にはなるが、「国を（世界を）救うためにどうしても彼方の地に辿り着く必要があるのだ」と考えれば、途端にポジティブな印象になる。地球を救うために遠くイスカンダル星へ飛び立つ『宇宙戦艦ヤマト』の物語は大いに参考になるだろう。

彼方の地からの侵略

ここまで、彼方の地を目指す、侵略する、という前提に基づいて話をしてきた。しかし、その逆のパターンも十分考えられる。すなわち「彼方の地の方から侵略してくる」ケースだ。

なにしろ相手は神々や仙人が住まう地であったり、莫大な黄金を蓄えていたり、神秘的な金属や技術を備えている国であったりするわけだ。その住人にせよ、支配者にせよ、さまざまな意味で常識はずれであるはずだし、そうでなければわざわざ彼方の地を取り上げる必要がない。

彼らが侵略するための方法は時にファンタジックな、現実離れしたものになることであろう。怪物や天使の群れを繰り出してきたり、空を飛ぶ機械が攻め込んできたり、不可思議な幻惑を武器として使ってきてもおかしくない。あるいは人間の軍勢を繰り出してきたとしても、その兵士たちが持つ武器が特別製のものであれば、大いに手こずることになるはずだ。

また、その思考や価値観も尋常でない方がしっくりくる。楽園の住人は一般に寿命がないというから、五年十年は一瞬扱いで、時の経過というものを全く気にしていないだろう。薬のおかげで手足が切れてもすぐにくっつくから、自分の体も他人の体も雑に扱い、残酷に振る舞うこともあるだろう。黄金がごく当たり前の石のように存在するので、求められればひょいと与えてしまう者もいるかもしれない。

侵略の動機も彼方の地の住人らしいものにしたいところだ。物質的にも生命的にも満ち足りた存在であるはずの彼らが、土地や人、財産目当てに侵略をするのはしっくりこない。そうなると最もありそうなのは正義だ。神として劣った人間を成敗しようというわけである。あるいは、楽園にも欠けている何かがあるのかもしれないし、実は彼方の地の技術や道具を手に入れただけで、中身はただの人間という可能性も……。

憧れは誤解を生む

彼方の地について考える時は、憧れという感情が誤解や無理解につながり、ついには蔑視や支配へ結びついてしまうケースからも目を逸らすわけにはいかない。私たちの歴史においても、「エキゾティシズム（異国趣味）」や「オリエンタリズム（東方趣味）」と呼ばれるような、異国やその文化に憧れる心のあり方は、単に愛好し憧憬するだけでなく、少なからず問題を抱えたものでもあったからだ。

「ここではないどこか」や「海の向こうや山の向こうの素晴らしい場所」へ憧れるエキゾティシズムは、単に素朴な憧れにとどまるなら、さほどの問題はないだろう。しかし、憧れの背後にはしばしば「今、自分が生きている場所への不満・憎悪」が潜んでいることもあって、逃避のために異国へ目を向けていることがあるのは注意しなければならない。

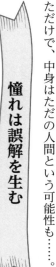

また、ロマンチックなエキゾティシズムが生み出す好意は「異国そのもの」ではなく、「理想化された異国」や「乏しい情報からイメージされた異国」に向けられる傾向にあることに注意したい。例えば、『西遊記』玄奘三蔵と三匹のお供が遠く天竺（インド）まで旅する話ではあるが、実際のインドの描写はほぼ入ってこない。あくまで「創造で作り上げた天竺への旅」なのである。なにしろ、異国についての詳しい情報を瞬時に手に入れられるようになったのはごく最近のこと。世間の噂話はもちろん、知識人の語りや書物の情報であっても、かなりの割合で脚色・創作が混ざっていただろう。

とはいえ、エキゾティシズムが故に捻じ曲がった認識を持ち、好意も歪んでいれば、実際の異国やそこに住む人を見たとき、現実との違いから勝手に失望するだけならまだいい方だ。見下したり、侮蔑したりするケースは十分考えられる。

さらにオリエンタリズムになると、この言葉自体に少なからず非難の意味合いが含まれている。つまり、

彼方の地への侵略、彼方の地からの侵略

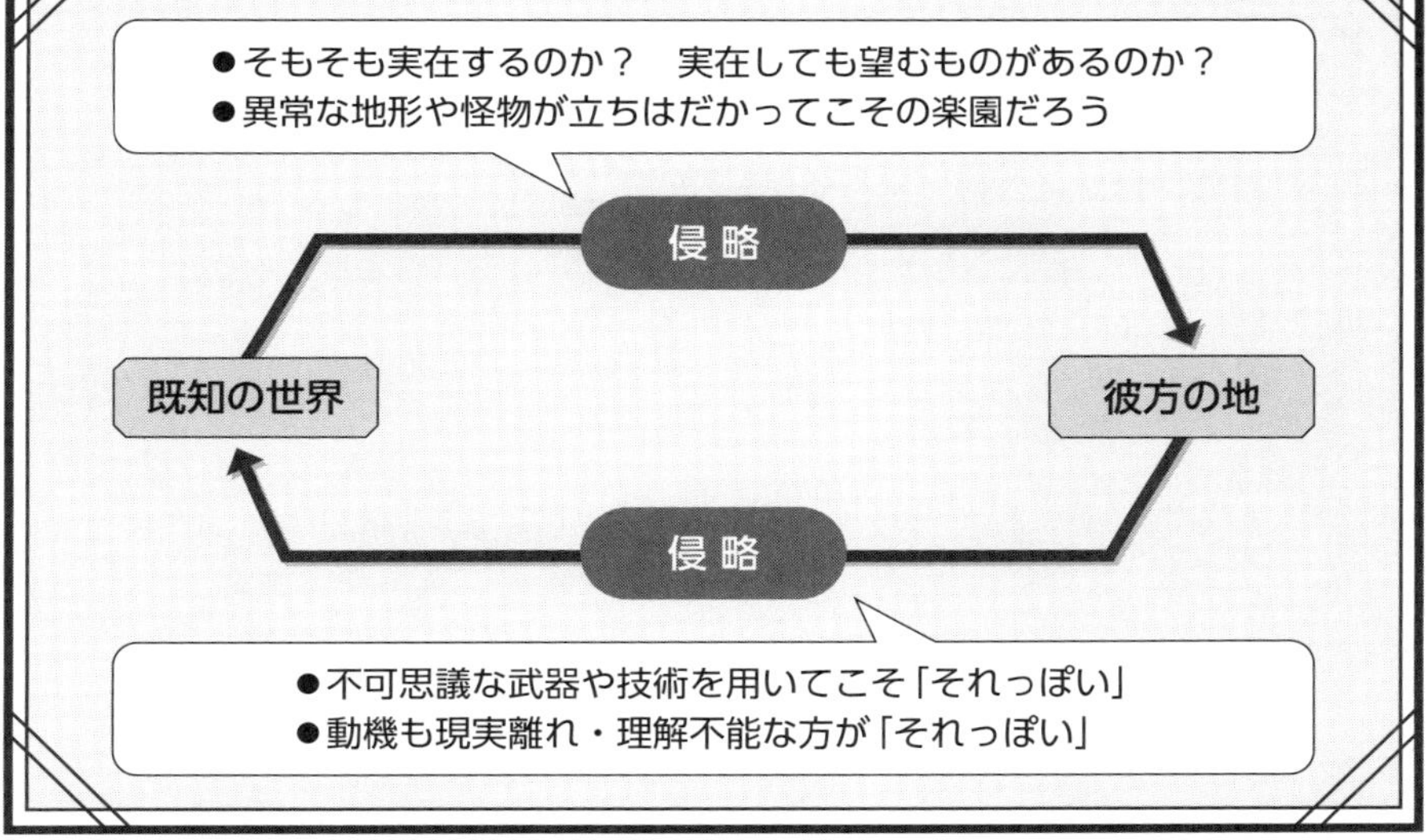
●そもそも実在するのか？　実在しても望むものがあるのか？
●異常な地形や怪物が立ちはだかってこその楽園だろう
侵略
既知の世界
彼方の地
侵略
●不可思議な武器や技術を用いてこそ「それっぽい」
●動機も現実離れ・理解不能な方が「それっぽい」

もともとは東方（ここでは中近東や北アフリカなどイスラム地域を指す）の物を愛好したり研究したりする意味で使われていたのが、以下のような意味が提唱されたのだ。すなわち、「それらのオリエンタリズムは、かつてヨーロッパよりも政治・文化的に進んでいたオリエントに対して、近代になってその差を逆転したヨーロッパ（およびアメリカ）が、進んだ自分たちに対して遅れたオリエントという構図を作り、見下し、導いてやるという価値観に基づいている」というのだ。西洋諸国が他地域を植民地化して支配し、収奪したのも、このような考え方が背景にあるとさえいう。

また、例えばエジプトのピラミッドや、インカ帝国の空中都市マチュ・ピチュ、ナスカの地上絵などの遺跡について、「昔の人間に作れたはずがない、実は偉大なテクノロジーを持つ宇宙人が作ったのではないか」などという主張をしばしば見る。これについても似たような指摘がされる。つまり、「非ヨーロッパの人々の技術や知識を下に見るからこそ、こんなものは作れるはずがないと考え、その根拠として宇宙人を持ち出すのではないか」というわけだ。

計画してみるチートシート（動機編）

侵略側の動機を考える

目的は何か？　何を求める？

こちらにはより本音の、
侵略者が欲しがっているものを書こう

大義名分、正当性は？

世間が認める理由がなければなかなか
戦争はできない。ない可能性もある

防衛側の動機を考える

目的は何か？　何を求める？

領土や人間を守る以上に、
何か戦う目的はあるだろうか？

大義名分、正当性は？

自国防衛は最高の正当性だ。だが、よそ
に首を突っ込むなら大義名分がほしい

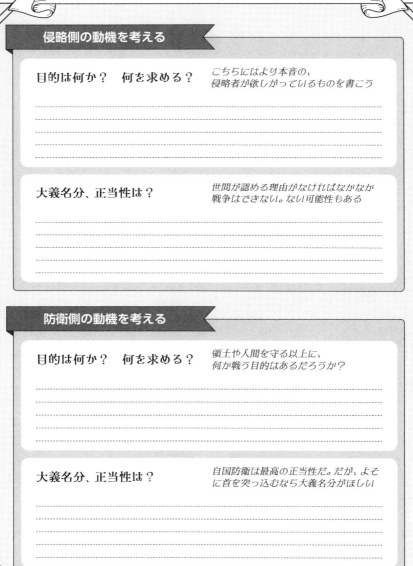

1部　侵略の動機と狙い

◆2章◆
侵略はどこを狙うのか

侵略ターゲットを選べ

どこを狙うかで事情は変わる

目的がなんであるにせよ、主人公やライバル、黒幕などのキャラクターが侵略することを決めた、としよう。そうなると、次に問題となるのは「どこを狙って侵略するか」だ。何を求めて侵略するのか、そしてどれだけの損害やリスクを許容するのかで、侵略ターゲットは変わる。

ここでは「何をターゲットにして侵略するのか」に基づき、侵略者側と防衛者側のそれぞれの思惑と流れを紹介する。性質上、基本的には軍事力による侵攻を中心に、適宜それ以外の手段に関する流れにも触れることになるだろう。

また、実際の戦場での戦い方については別項（本書二部）に譲る。ここではあくまで全体的な流れだけを紹介し、「侵略」「防衛」のシチュエーションを掴んでもらうことを目指す。

国境近辺を攻める

大きなリスクを取りたくないのであれば、手近なところから奪いにかかることになる。つまり、自国と他国の国境線付近からだ。

自分たちの支配地域からさほど離れていなければ、軍を移動させるのにせよ物資を輸送させるのにせよ労力は減るし、敵の援軍が迫ってきた際には獲るものだけ獲ってさっさと逃げる選択も可能だ。人やモノを奪いたいだけなら、国境付近の集落を襲うだけ襲って近隣の都市から正規の軍勢が迫ってくるや引き上げる、というスタイルが最適解になる――これは国家というよりも遊牧民や山賊の振る舞いだが、ファンタジー世界の魔族やモンスターも似たような行動をするかもしれない。

国家と国家の狭間に双方の支配力が弱い、「辺境」と呼ぶべき地域が広がっていたなら、そこを舞台に睨み合いや代理戦争、奪い合いが行われることだろう。

辺境とは中央の対義語であり、国境を示す言葉だ。地方という方が分かりやすいかもしれない。一般に、人やモノが中央ほどには集まらない場所である。

ただ一言に辺境と言ってもその在り方はさまざまだ。本当に荒野や湿地、砂漠や山脈、海洋が広がるばかりで人間にとって利用しようがないなら、人は少ないし侵略者としても奪う意味がない。ただ、「見捨てられた場所」として侵略者の目からも逃れた結果として、滅んだ国の王子や残党が逃げ延びる場所としては最適であろう。王子は十年後、中央からは蛮族、亜人と蔑まれる人々や異種族を糾合して再興の軍を挙げる——というのは、なかなかに盛り上がるストーリーである。

地域全体としては不毛であっても、「道」に意味があるケースもままある。すなわち、開拓困難な地域の中に一本の道（あるいは航海ルート）が通っていて、希少で高価値な物品を運ぶ商人たちが行き来しているような場合だ。こうなると、不毛地帯の中に商業、貿易、交通の要所である都市（港町）が悠然とそびえ立つことになり、財産がたっぷりと蓄えられて、侵略・略奪のターゲットにもなる。ただ、その交流が自国と相手国のものである場合、侵略・攻撃をすれば当然前と同じように続けるわけには行かなくなる。いわば「金の卵を産むガチョウを殺す」にもなりかねない。

一方、開拓可能な平原や湿地、有用な資源になる森林や鉱山が辺境に広がっていたなら、両国は先を争って進出することだろう。あちこちに開拓地ができ、木々が切り倒されて農地になり、あるいは鉱山が開発される。辺境が十分に広ければ当初は共存できるかもしれないが、結局のところ人間の欲望に歯止めは効かないものだ。みるみるうちに互いの領域が接近し、縄張り争いは血で血を洗う武力抗争に発展し、ついには軍隊が出動することになる。

国境近辺を守る

一方、防衛者側にとってはどうだろうか。辺境が攻められやすいのはわかっている。放置してもいいような場所なら放っておくだろうが、価値の高い土地であったり、よほど頻繁に攻め込んできて人民を脅かしたり、あるいは辺境に攻め込んできた侵略者がそのままより中央へ近い地域へ入り込んでくるようなことがあれば、放置できない。そこで、辺境を最前線と見て、防衛のための拠点・設備を用意することになる。

現代日本人の感覚でいえば、「国境を城壁あるいは塀でぐるりと囲んでしまえばいいのでは？」と思うかもしれない。島国で暮らす日本人は陸地でつながる国境をイメージしにくく、また中国諸王朝が北方民族対策で作り上げてきた「万里の長城」の存在を知っているから、当然だ。

しかし、実際には（特に中世的な世界では）国境線は必ずしもはっきりしたものではないことが多く、また陸上に長大な壁や塀を築くのは人的にも時間的にも財政的にもコストが膨大で、現実的ではない。万里の長城は例外的な存在だからこそ有名なのだ。もしあなたの世界に長大な防壁があったなら、万里の長城なみに特別な事情があるか、魔法やモンスターによる助けがあるか、どちらかであろう。

では、現実的にはどんな形で守りを固めるのか。まず、人工で壁を築くのは難しくとも、自然に壁の代わりになるものがあれば良い。すなわち、山や川、海である。これらはある国が「この川を壁と見なす」と宣言するというよりは、両勢力が自然と範囲を広げ、自然の壁に妨げられて暗黙のうちに「ここを国境線にしよう」と合致することが多いだろう。

また、人間は基本的に道の上を移動するのだと考えてみれば、国の周囲をぐるりと囲む必要性がそもそも薄い。軍勢が必ず通るような場所を塞ぐように、あるいは道行く軍勢を横腹から攻撃できるようなポイントに、砦や城を築けばよいのである。ポイントとしては、国境と大きな道が接する場所や、道の脇に小高い丘や山がある場所、道を進むために必ず渡らなければいけない川のほとりなどが考えられる。

侵略者側はこの城・砦・関所を攻め落とすか、あるいは迂回しなければいけないため、防衛者側は常に警戒している。もし取り囲まれたりしたならすぐに首都へ敵襲を知らせると共に、自分たちは籠城して侵略者側の軍勢を引き付けることに腐心する。そのうち首都から援軍が来てくれたら合流して決戦に挑むし、敵が無視して領内へ進むようであればその背後を突いてダメージを与える……。

領域内へ攻め込む

侵略者側の軍勢が国境・辺境の守りを抜いたなら、戦いは領内へ移行する。この時も、侵略者が何を狙っているかが重要なポイントになる。一気に首都を攻め落とすつもりなのか、それとも今回はあくまで一部地域や拠点を奪ってよしとするのか。

首都まで攻め込むのは簡単ではない。道中にはいくつもの砦や城があるはずだし、地の利を味方にした防衛側の軍勢が待ち構えているはずだからだ。敵国内では物資の補給も難しく、遠征期間があまりに長くなれば兵士たちの士気も下がる。よほど兵力に差があったり、侵略者側の国の奇襲作戦や異様なスピードでの進軍によって防衛が間に合わなかったり、防衛者側の国が天災や内紛で混乱していたりしなければ、そうそう簡単にできるものではないだろう。

それでも、一気の首都攻撃が成功すれば得るものは大きい。首都を攻略し、君主を捕えあるいは降伏させれば、その国を丸ごと手に入れられる可能性が非常に高いからだ。余計な戦争を最小限にし、両国共に被害を減らして一国を奪えたなら、軍事力を使っての侵略としては理想的な形と言えるだろう。

もしかしたら逃げ延びた王族や抵抗し続ける貴族・騎士団などもいるかもしれないが、首都が落ちてしまった以上国家レベルでの抵抗を行うのは難しい。次第にその力も衰え、ついには侵略者側に捕らえられるか、降伏せざるを得なくなるか、他国へ落ち延びるか、討死するか……大方の結末はそんなところだ。

とはいえ、既に述べたように一気の首都攻撃は簡単ではない。防衛者側の守りが堅ければ、あるいは領土が広大すぎてとても一息に首都へ進むようなことが不可能であれば、領土の一部を奪うことを主目的とすることになるだろう。

やることは首都攻略のケースとさほど変わらない。その地域の主要都市を攻め落とし、あるいは統治する貴族や領主、国から当地を任された役人・司令官を捕縛・降伏させればよい。本国から応援が来ない状況、歯向かっても無駄な損失が出るだけという状況に追い込めば、それだけで降伏し、寝返ってくるということもあろう。

首都攻略にせよ、地域の切り取りにせよ、防衛者側が放っておくわけがない。よほど力の差があったり、内紛を抱えていたり、国境線をめぐる戦いで既に主力の軍勢を失っていたり、あるいは後述する籠城の方が都合がいいと判断しない限り、侵略者を迎え撃つために軍勢を派遣してくることだろう。結果、両軍が野外（動きやすい平原や、迎え撃ちやすい峠などのケースが多い）激突する決戦が行われることとなる。

決戦に勝ってしまえば、後はやりたい放題だ。首都侵略を狙っているなら、そのまま逃げる敵を追って首都へ進もう。包囲してじっくり攻め落とせばいい。歯向かって来る敵もそう多くはあるまい。地方・地域の切り取りを狙っている場合も同じように拠点の占領に向かうべきだが、このケースでは敵本国や周辺地域からの援軍がやって来る可能性がある。注意が必要だ。

負けた場合は大変である。いや、「攻めきれないまま、物資が切れてこれ以上遠征を継続できない」「大敗ほどではなくとも損害が大きい」程度で済んだなら、まだいい。後は適切なタイミングで「これ以上は遠征を続けてもしょうがないな」と判断し、整然と撤退するのが理想だ。このタイミングを見間違え、早めに引き上げてしまうと内部から「もっと戦えた、まだ逆転の目があった、臆病だ」と批判の声が上がり、逆に撤退が遅すぎればさらなる追撃を受けて遠征軍全体の壊滅の可能性さえ出てくる。

大敗の場合はそんな細かいことを考える余裕などない。司令官さえも、己の命を守るため、手勢だけを連れ、いや最悪自分一人だけでも必死に逃げなければいけないことだろう。部下の現場指揮官や兵士たちも、それぞれ自分を守るため逃げることだろう。そうして逃げる過程で、どうにか各指揮官は自分の配下の兵士たちを取りまとめ、司令官の元に戻ろうとする。

練度の高い軍勢であるなら一度散り散りバラバラになろうともある程度の形を取り戻すことができるだろうし、そうでなければ出発時よりずっと数を減らして戻ることになってしまう。なおこの時、軍団から離れた兵士たちは自分たちが食べていくために山賊や野盗に転身し、その地域の治安を悪化させることになる。その国を奪い、支配するつもりなら、気をつける必要がある。

侵略と防衛のターゲット

「どこ」を攻め、守るのかで事情が変わってくる

国境近辺

どちらにとっても比較的リスクが低いのが、国境近辺（辺境）

侵略側

守りの薄い場所を攻め、
略奪して帰るスタイル

辺 境

- 利用価値がなく放置？
- 「道」に意味がある？
- 有用な辺境を争う？

VS

防衛側

辺境も防衛は必要

↓

どう守るか？

↓

- 城壁で囲むのは困難
- 山や川などの自然を活用
- 交通の要所に防衛拠点を置き、侵略を受け止める

↓

領域内

いかに決戦を行い、いかに相手を追い詰めるかが重要

防衛側

一気に首都を攻める？
領土の切り取りを進める？

↓

- 勝てば後は首都だけ
- 負けたらどう退くか

VS

侵略側

そもそも領内での
戦いはリスキー！

籠城戦

- 援軍を待つ？
- 軍事力以外で解決？

↓

どちらもなければジリ貧

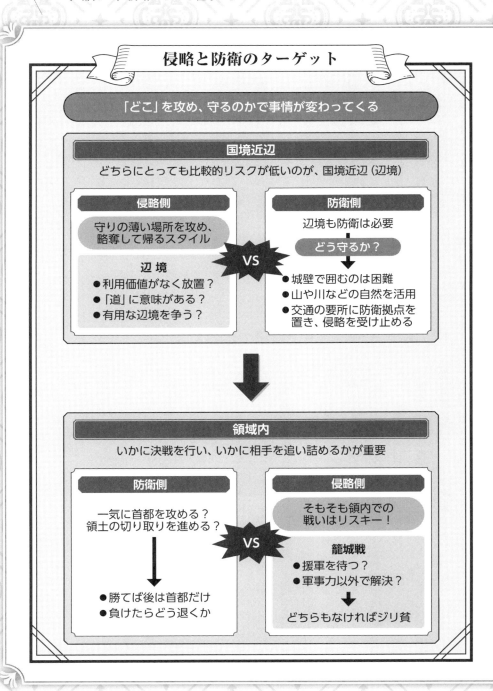

領域内で守る

防衛者側は領内でいかに戦うのか。

そもそもこちらの立場で言えば、領内に入り込まれてしまった時点で望ましい状況とはいえない。領内で戦えば土地が荒れ、領民が死ぬ。侵略者側は物資補充のため略奪もするから、そのダメージは計り知れないのである。

とはいえ、戦いやすさでいえば勝手知ったる領内の方がずっと上だ。地形の特性を活用することができるし、領民たちの協力も（比較的）得やすい。物資の調達・輸送も楽だ。兵士たちの士気も（やっぱり比較的）高い。砦や城など、あらかじめ築いておいた拠点も活用できる。

領内が荒れるのを恐れないのであれば、そして首都の近くで決戦になるのを覚悟するのであれば、あえて敵軍を領内深くに誘い込み、物資も不足し士気が下がったところを叩く、という戦術は十分アリだ。

それでも決戦に負けてしまったなら。あるいは、野戦で戦いを挑むには戦力上不利であるというなら。籠城せざるを得なくなる。十分な防御設備が整った城や砦、都市であるなら、侵略者側の軍勢の方が相当多かったとしても、しばらくは持ち堪えることができるだろう。

――ここで大事なのは、籠城戦は「攻める」よりも「耐える」戦である、ということだ。つまり時間稼ぎはできるけれど侵略者側に直接ダメージを与えるのは難しいことが多い。となると侵略者を退けるためには打って出る必要があるが、そもそもそんなことができるなら決戦を挑んでいるはずだ。守るだけでは八方塞がりになってしまいやすいのが籠城戦である。

主な解決法は二つだ。一つは、援軍を待つこと。他の場所で戦っている軍団や、まだ戦争に参加していない有力者、本国の軍団、あるいは同盟国。これらの当てがあるなら籠城戦は優れた防衛手段である。

もう一つは、軍事力以外の手法で相手を退かせることだ。籠城で時間稼ぎをするうちに、相手の物資切れ（破壊工作で促進させることもできる）や、外交的圧力によって侵略者側が撤退していったなら、これもまた立派な勝利であるのだ。

特別な場所を攻める、守る

ここまでは大規模な軍事力による、土地とそこに付随する人及び財産の奪い合いを主に紹介してきた。しかし、侵略のターゲットは「土地と人」以外にも、もっと多様に存在しうる。特に狙われやすい場所を挙げてみよう。

財貨を求めて略奪するつもりで攻めてきた人々や、食料に飢えた人々は、それらが十分にあるところを狙うだろう。都市は普通豊かだが、国家の造幣局がある都市には特に貨幣がたくさんあるし、兵器製造拠点のある都市には武器がうなっている。物資集積拠点の都市には食べきれないほどの食料もあるだろう。

あるいは、特別な技術や文化、資源、財産の存在する都市や拠点は、それゆえに侵略者によって狙われることもある。それらの特別な価値を持つものは、動かせるものもあれば動かせないものもあり、全てを手に入れようとしたら都市・拠点を占拠して支配下に組み込むしかない。しかし、動かせるものだけであるなら持ち去ったり連れ去ったりしてしまうこともできる。

例えば、鉱山都市において未発掘の資源を持っていくことは不可能だが、既に発掘・精錬した鉱物が残っていたら、それらをごっそり持ち出すだけでも価値がある。あるいは、優れた職人とその道具や、高名な学者と研究資料をセットで連れ出すことができたなら、先進国の文明・技術をまとめて奪うこともできるかもしれない――その場合は侵略者側の統治者がよほど文明・技術を理解し、連れ出した職人や学者をきちんと保護していなければ難しいだろうが。

人間そのものに絶大な価値がある場合、その彼や彼女がいる場所を狙うというケースも考えられる。先に紹介した職人や技術者、学者、あるいは「戦場全てを焼き尽くせるような強大な炎の魔法の使い手」といった、身につけている技術・知識・能力に価値がある場合がまずそうだ。

加えて、政治的な価値を持つ人間もいる。王族や大貴族、高位の聖職者などは、殺すことで防衛者側の政治力・指揮系統にダメージを与えることができるし、捕らえれば莫大な身代金を請求できる。

あるいは、身代金ではなく政治的な交渉の材料にな

特別なターゲット

豊かな都市

物資や金銭があるなら 攻撃する意味は大きい	特別な技術や知識も狙う ⇒どこまで奪えるかは別

特別な人間

個人でも軍事・政治的に 意味があるなら攻撃する！	権力のある人間を狙う ⇒捕らえて取引の材料に

政治や宗教、思想など

何かしらの理由で権威になり、影響力があれば、
軍事力によって奪い取り、押さえる意味がある

ることも珍しくない。戦国時代日本において、今川氏の軍師として活躍した太原雪斎は、三河の安祥城を攻め落とした際、敵対する織田信秀（織田信長の父）の庶子・織田信広を捕え、織田方に捕えられていた松平竹千代（のちの徳川家康）と人質交換した。安祥城がそもそも重要拠点であったことから、別に人質交換のために攻めたというよりは、いわば行きがけの駄賃的な意味合いであったろう。ただ、三河に大きな勢力を広げる松平氏の竹千代を手元に押さえておくことは今川氏に小さくない意味があったであろうことも想像できる。

政治・思想・宗教・権威的な意味で価値が非常に高い場所やものも考えられる。例えば宗教の聖地であり、あるいは国家の至宝が安置された倉だ。「A国の王として認められるためには、神話の時代から受け継がれた剣がなければならない」「重要書類に押す印章は王の権力を象徴する存在である」「B山の上に住む神子の言葉は、C地域に住む人間であれば必ず耳を貸すだろう」――このような場所があるなら、奪い、支配することには、普通の都市以上の価値がある。

賢い侵略、愚かな侵略

さて、ここまでは「本音では何を求めて戦争をするのか」「それはそれとしてどのような大義名分を掲げるのか」「そのためにどこを狙うのか」など、指導者がごく冷静で状況を把握していなければできない、いわば「賢い侵略」のあり方のうち、「侵略のメリット」というべき部分を紹介してきた。

ただ、「賢い侵略」はこれだけでは成立しない。あと二つほど、賢い侵略者が検討するべき要素を見てみよう。

敵を理解し、我を理解せよ

まず一つは「お互いの戦力差がどれだけで、侵略した時に勝てるのか勝てないのか、勝つとしてもどのくらいの損害が出るのか」、つまり勝算の話である。どんなに魅力的なターゲットがあったとしても、勝てもしない相手に喧嘩を売るのはバカのやることだ。

『孫子』の有名な文章にも「敵を知り己を知れば百戦百勝危うからず」とある通り、彼我の戦力を測って冷静に勝算を計るのは「賢い侵略」には必須だ。

ちなみに、『孫子』は具体的な「どの要素に注目して強弱を図るのか」も紹介している。それが「五事」あるいは「七計」だ。

まず、「五事」は以下の通り。

- **道（君主と民衆がどのくらい政治や道徳によって心を一つにしているか？）**
- **天（天気や気象など、自然環境はどうか？）**
- **地（地形はどちらが有利か？）**
- **将（戦いを指導する将軍はどちらが優れているか？）**
- **法（軍隊のルールや風紀はどちらが良いか？）**

続いて「七計」がこうだ。

「君主が家臣・民衆の心をどれだけ理解しているか？」
「将軍はどちらが優秀か？」
「天候や地形はどちらにとって有利か？」

「軍隊のルール・規則はどちらが守られているか？」
「軍隊はどちらが優れているか」
「兵士をしっかり訓練しているのはどちらか」
「戦功への報酬、ルール破りへの罰則を明確に行なっているのはどちらか」

これはあくまで『孫子』の価値観によるものなので、あらゆる状況において活用できる基準ではない。より文明や技術が発展した世界・時代・地域では、「優れた兵器を持っているのはどちらか」や「人口や財産で優っているのはどちらか」が大事になってくるだろう。ファンタジー世界なら「英雄や怪物の保有数で優っているのはどちらか」や「より強力な神の加護を得ているのはどちらか」を計算するべきだ。そして、軍事力以外を用いての侵略であるなら、いよいよ全く違う要素を見比べる必要がある。

ただ、『孫子』の「五事七計」が「軍隊の強さ、弱さ」と同じくらい「兵士たちがちゃんとルールを守っているか、また活躍した兵士をきちんと評価する仕組みもあるか」も重視していることにも注目したい。「なぜこの侵略者は強い（弱い）のか」を描写する時にいい目の付け所になるだろう。

ゴールを想定して始める

もう一つは、「この侵略を終わらせる目処はしっかりついているか」ということだ。

よく言われることだが、戦争は始めるよりも終わらせる方がよっぽど難しい。

「戦う前から相手が全面降伏」や「敵主力を壊滅させ、首都を陥落させ、君主も捕らえて処刑」などのような、いわゆる完勝状態なら話は簡単だが、なかなかそうはならない。

実際には「ダメージは与えたが相手のやる気を刈り取るほどではない」「目の前の相手はもうボロボロだが同盟国の援軍がやってきて倒しきれない」「主力は潰したが首都が落とせないうちに各地でゲリラが動いて征服地の統治がうまくいかない」など、いろいろなケースが考えられてしまう。

いや、もっと悪い可能性だってある。「互角の戦いになってしまって、国境線をめぐり延々争っている」、なんなら「むしろ反撃を喰らって自国領へ押し込まれ

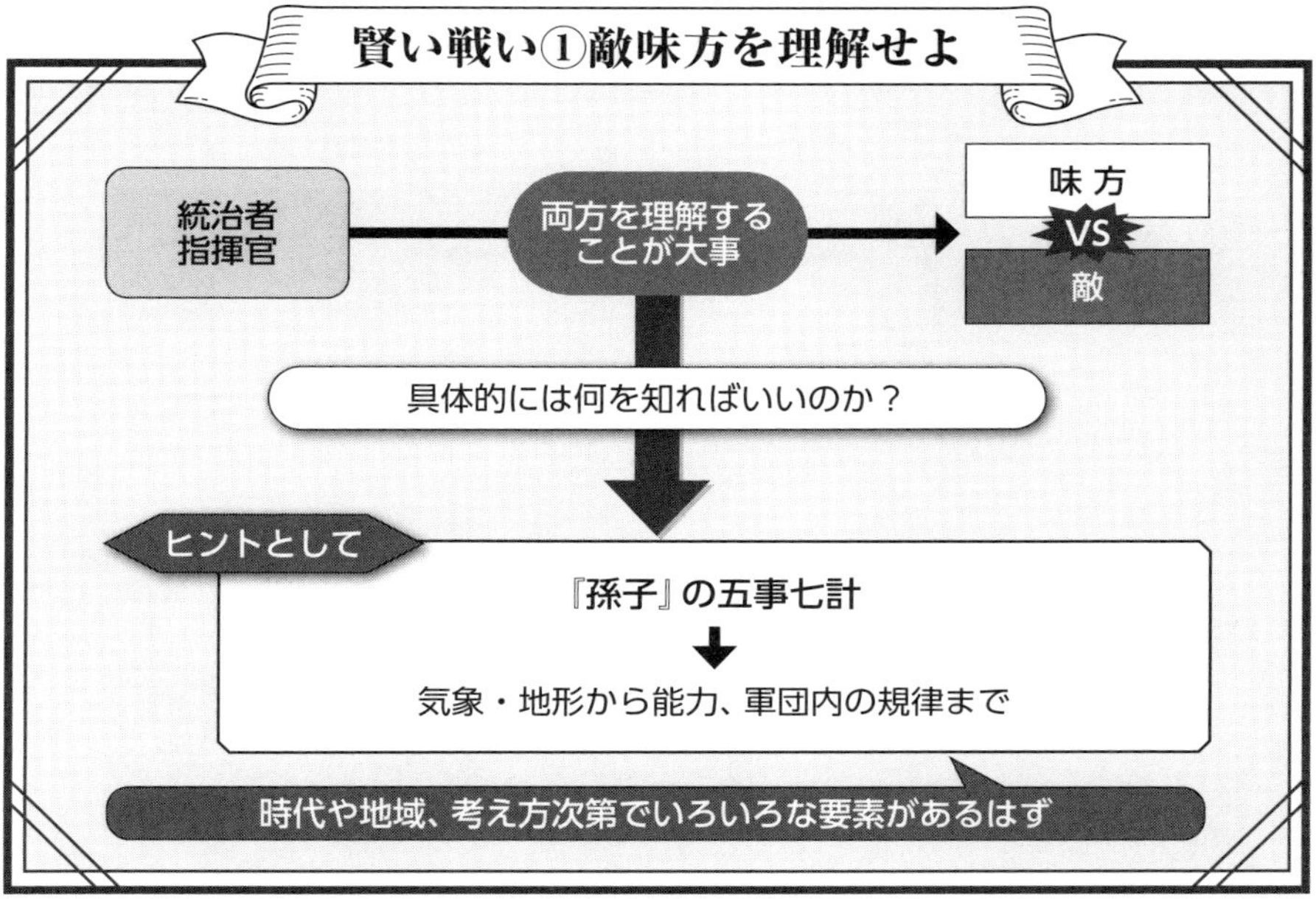

ている」かもしれないのだ。

また、侵略が続けば続くほど、受けた側の勢力では憤怒、憎悪、復讐の悪感情が高まってくる。となれば義勇兵として参戦を望むものも増えてくるし、侵略者側が不利になったら「今こそこちらが攻め込んで、奪われた分を取り戻すべきだ」という声も高まる。

このような「勝ってはいるけれど勝ちきれないままずるずる戦い続けている」「勝ちを得られる目処が見えない」状態が続けば、当然ながら「そろそろ戦いを終わらせなければ侵略が丸損になってしまう」結果が見えてくる。そんな時に、さっと兵を引き上げ、守りを固めて追撃を防ぎ、場合によっては財産や領土を渡してでも外交によって戦いを終わらせることができる――その目処をある程度つけておくのが「賢い侵略」というものである。具体的には、「そもそも船によって海を渡り、一方的に侵略をしているので、こちらの都合で終わらせることができる」や「宗教的権威などとあらかじめ話をつけておき、劣勢になったら泣きつく」などが考えられる。

もちろん、そもそも絶対勝てる相手にしか侵略しな

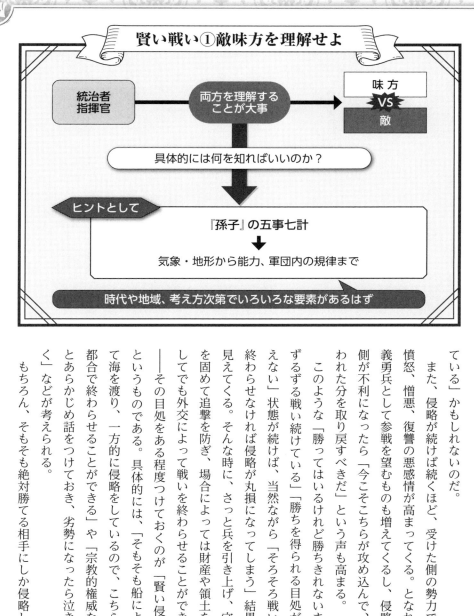

賢い戦い②ゴールを想定する

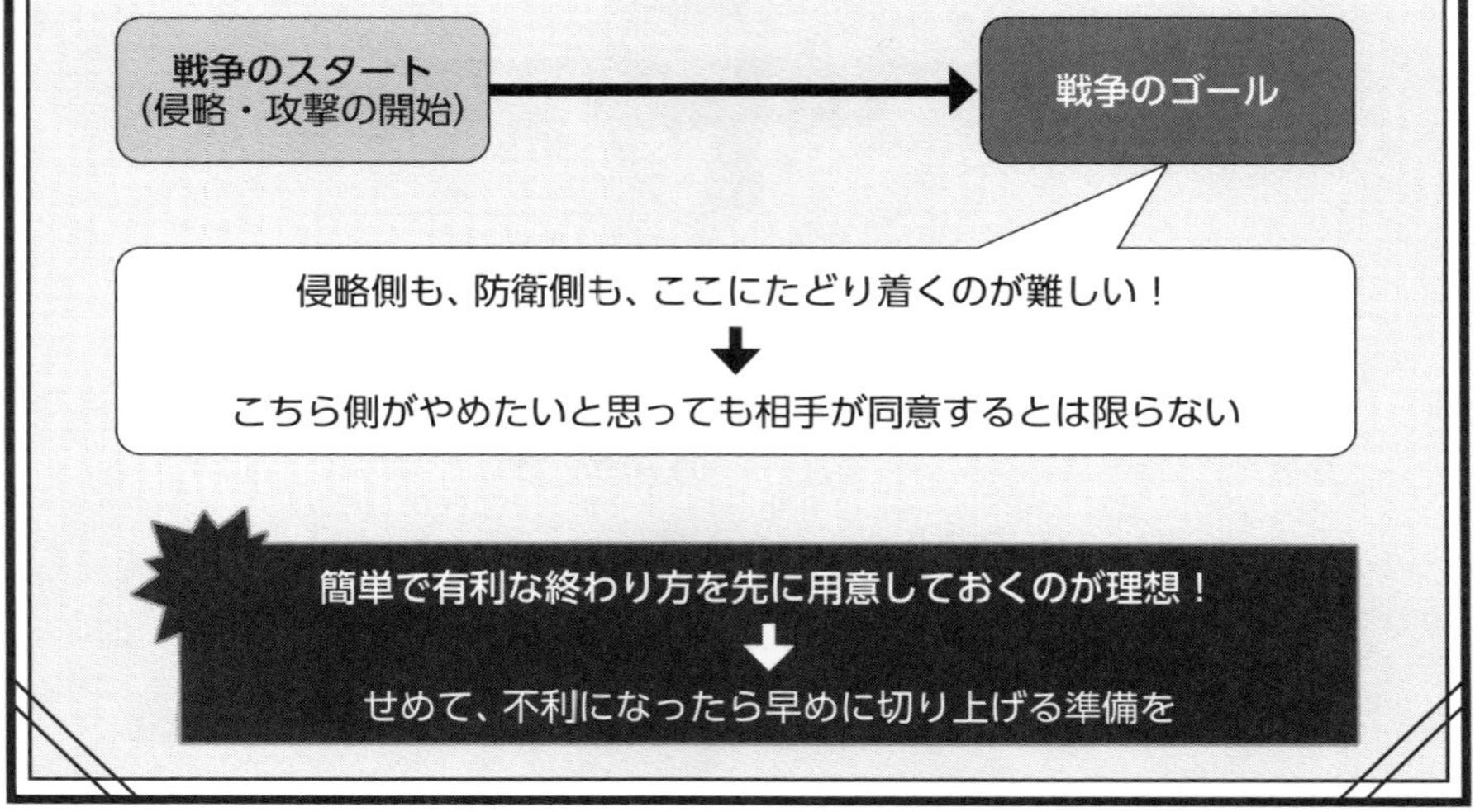

戦争のスタート
（侵略・攻撃の開始）
戦争のゴール
侵略側も、防衛側も、ここにたどり着くのが難しい！
こちら側がやめたいと思っても相手が同意するとは限らない
簡単で有利な終わり方を先に用意しておくのが理想！
せめて、不利になったら早めに切り上げる準備を

ければこのような終わらせ方など考えておく必要はない。しかし、絶対など存在しないのが世の常というものである。優れた侵略者を描写したいなら、「この人たちはどうやって終わらせるプランだったのか」を考えておきたいところだ。

訓練・試験の一環としての戦争

賢い指導者は、侵略するにあたって土地や人命、物資、大義名分以外にも目的を見出すことがある。それは「ついで」の目的であり、また軍事力での侵略（いわゆる「戦争」）をすれば必ず損なわれる人命、失われる物資の使用・損失にこそ価値を見出す考え方だ。

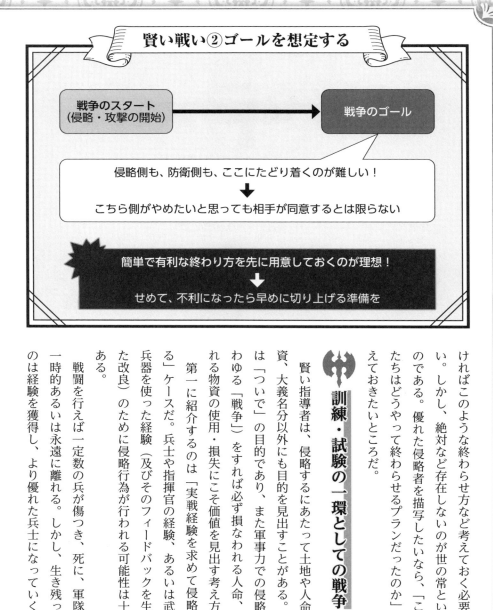

第一に紹介するのは「実戦経験を求めて侵略をする」ケースだ。兵士や指揮官の経験、あるいは武器や兵器を使った経験（及びそのフィードバックを生かした改良）のために侵略行為が行われる可能性は十分にある。

戦闘を行えば一定数の兵が傷つき、死に、軍隊から一時的あるいは永遠に離れる。しかし、生き残ったものは経験を獲得し、より優れた兵士になっていく。あ

るいは指揮官たちも理想の戦略・戦術と現実の違いを修正し、次の機会には対応できる状況の幅が広がっていく。どれだけ能力が高く、優れた装備を身につけていても、実際に己と仲間、配下の命をかけて実戦に挑まなければ、得られない経験、できない成長というものがあるのだ。

また、「この工房に造らせた武器は粗悪品ばかりで役に立たない！」「鳴物入りで導入した新兵器は確かに抜群の効果を発揮したが、問題点も見えてきた」などの形で、武器・兵器・技術の選び方・使い方がこなれてきて、改良や新兵器開発のための道筋も見えてくる。

その世界の常識を飛び越えた革新的な新兵器——魔法で動くロボット兵器や、才能がないものでも自由に使える魔法武器、空飛ぶ船や馬なしで走る馬車など——が導入されても、ぶっつけ本番で使いこなせる兵士は多くあるまい。新技術に詳しい学者や技術者、魔法使いは実戦経験が乏しく、理念ばかり振り回して現実とのすり合わせができずに苦しむ可能性が高そうだ。実戦経験豊富な兵士は逆に新しい技術が理解できず、やってはいけない運用をした結果として兵器や機械を暴走させてしまいかねない。

これらの問題はある程度実験・訓練で解決できるが、究極的には実戦で用いて「実戦証明（コンバット・プローブン）」を得なければ、国家・軍隊の指導者や兵器を買う人間からの信用は得られないものだ。

消したいものを消すための戦争

第二に紹介するのは「失われて欲しいものを失わせるため」のケースだ。国家レベル、軍隊レベルの視点や、政治権力争いの立場に立つと、人命にせよ、物資にせよ、「（国家にとって、あるいは個人にとって）なくなった方が都合がいいもの」がある。

そして、そのような「邪魔もの」を排除するにあたって、戦争の真っ最中というのは本当に向いた場所だ。なぜなら、侵略にせよ、防衛にせよ、戦争では無数の人が死ぬからだ。その中で一人あるいはそれ以上の人間が死んだからといって、それが他の戦死者と同じような死なのか、それとも誰かの思惑があっての死なのかは、普通誰も気にしない。それどころではない

賢い戦い③「ついで」の目的

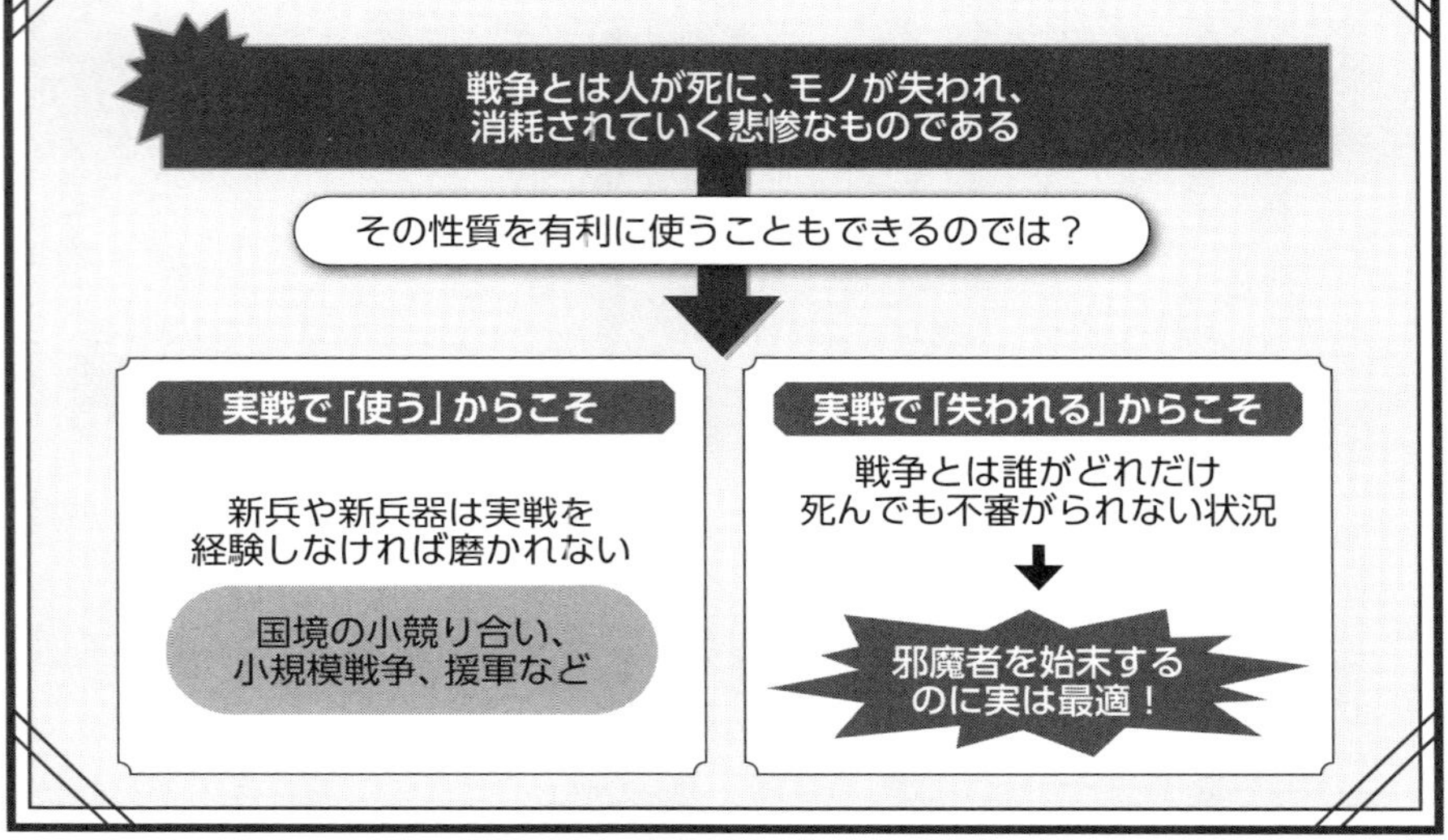
戦争とは人が死に、モノが失われ、
消耗されていく悲惨なものである
その性質を有利に使うこともできるのでは？
実戦で「使う」からこそ
新兵や新兵器は実戦を
経験しなければ磨かれない
国境の小競り合い、
小規模戦争、援軍など
実戦で「失われる」からこそ
戦争とは誰がどれだけ
死んでも不審がられない状況
邪魔者を始末する
のに実は最適！

からだ。だから、都合がいい、のである。

わかりやすいのは、権力争い・政治対立上の敵やライバルだ。「このままだと俺の立場を危うくするな」「あいつがいなくなってくれないと俺はこれ以上出世できないな」という相手は是非とも戦争の中で死んでもらいたいものだ。

他にもさまざまなパターンが考えられる。「無能な上司、同僚、部下」「政治的・宗教的・社会的に対立する思想や過激すぎる思想を持っていて、邪魔な人物」「家督継承のライバルになる兄弟や親族」「恋敵」などなど。とにかく邪魔な奴を侵略の尖兵として送り込む。

無事死んでくれたら大成功だが、生き残られたら話が面倒になる。前線にいる間は二度目・三度目のチャンスもあるが、あまり長引くとターゲットが疑問を持ち、警戒し、場合によっては自分の身を守るために反乱・造反を起こすことさえあるかもしれない――むしろ物語の主人公としては、そのようにして「排除されそうになっている」キャラクターの方が相応しいかもしれない。ピンチからの一発逆転展開が作れるからだ。

愚かな侵略

さてここまで、「賢い侵略」を見てきたわけだが、ということは「愚かな侵略」もあるわけだ。すなわち、「何をターゲットにしているのかあやふや」であったり、「勝算をきちんと計らずに攻めてきたり」、「戦いを終わらせることなどロクに考えずに攻めてきたり」というのが「愚かな侵略」だ。

どうしてそんなことになるのか。基本的には、何らかの事情で侵略行為が統治者・指導者のもともとの思惑を外れ、コントロール不能になるため、愚かとしか言いようがない状況になってしまう。本当に失敗の結果としてなることもあるし、どうしようもない事情から追い込まれることもある。

では、具体的に理由を見てみよう。

一つは、「単純に君主・指導者（あるいはそれを支える人々）が愚かだから」だ。これは言ってしまえば能力不足・先見の明不足である。

自国のことも他国のこともよくわかっていないから、さほど価値のないターゲットに向けて攻撃を仕掛けてしまう。あるいは、自分の欲しているものや彼我の能力からすると適切できない種類の攻撃を仕掛けてしまう。

「敵を知り、己を知れば百戦百勝危うからず」はあまりにも有名な『孫子』の言葉だ。逆にいえば、敵の様子も自分の都合も分からず、計算もできず、闇雲に侵略を仕掛け、結果として敗北することになる。

偶発的な侵略

二つ目に、「偶発的に始まってしまったせい」というケースもしばしば見られる。

侵略という言葉を使うと能動的な、もともと狙って計画的に行われた攻撃という印象がある。しかし実際には、偶発的な、コントロール不能な出来事が侵略につながることは珍しくない。

例えば、第一次世界大戦はオーストリアの皇太子がセルビア人によって暗殺された事件から始まった。これを受けてオーストリアがセルビア王国に対して宣戦布告したところ、両国と同盟関係にある諸国が次々と参戦を宣言し、あっという間に世界規模の大戦になってしまったのである。

他にも「A国の人間がB国の人間を侮辱した」とか「国境線上でたまたま小競り合いが起きた」とか「過激派がテロリズムを仕掛けた」とかさまざまな、国家のコントロール下にない出来事から侵略が始まる可能性はある。大体の場合、その背景には長年の対立や不満、事情があるもので、偶発的な事件は「火をつけただけ」ということが珍しくない。

とはいえ、その侵略が「ちゃんと予め準備できていて、いい機会が与えられただけ」であるなら問題はない。しかし実際には「好機だと思って突っ込んではみたが準備はできていない」「情報収集がうまくできておらず、相手が想像以上に強かった」「諸々の事情から仕方なく引き摺り込まれただけで望んでの侵略ではない」などのケースでは、一気に上手くいかなくなる。

特に最悪な結果になりやすいのは「バスに乗り遅れるな」パターンだ。隣国が弱体化したり、あるいは大規模な戦乱が起きそうだという時に、勢いに乗って他国を侵略しようと深い判断なしに参戦する……というのは珍しいことではない。

バスに乗り遅れるとその後待たされるように、好機を逃せばその後数年、あるいは数十年国を発展させるチャンスが回って来ないかも知れない。だから「えいや」とばかりに参入する。なるほど、そのような判断が功を奏する時が来るのかも知れない。しかし、好機に飛びつく浮ついた心で、正確な判断ができるだろうか？　慌てた判断に、侵略・戦争のような国家の命運を左右する重大事を委ねていいのだろうか？

賢い指導者なら、一見好機に見えるようなケースでも「これは危険だな」と嗅ぎ分ける鼻がなければいけないのだ。

感情はコントロールしにくい

三つ目として、「特に感情などが絡んだ結果、予想外の異変が起きる」ケースを挙げよう。

そもそも侵略・防衛行為というのは不安定な、コントロールが効きにくい出来事だ。クラウゼヴィッツの『戦争論』は、戦場においてしばしば状況の把握が不可能になり、予想外の出来事が起きることを、視界を不良にする霧に例えて、「戦場の霧」と呼んでいる。

これと同じようなことが、軍事面含めたあらゆるシチュエーションで起きるのが侵略・防衛というものだ。中でも、感情や過去の因縁などが絡むと、予想外の異変は起きやすくなり、状況がしばしば指導者の手を離れてコントロール不能になる。

「これは正義の戦いなんだ」「昔やられたことをやり返すんだ」「傷ついたプライドを取り戻せ」「異教徒を皆殺しにするのは神が認めた行いだ」――これらの言葉は簡単に熱狂を生み出し、人々を侵略行為に駆り立てる。そこから生まれるエネルギーと勢いは統治者にとって有益なものになることも多いが、困ったアクシデントを産むことも珍しくない。何よりもコントロール不能になることが恐ろしい。

例えば、十字軍のケースを紹介しよう。第一次十字軍が時の教皇の呼びかけに応じて始まったことはすでに見てきた通りだが、そのムーブメントの盛り上がりにはもう一人の、全く民間の人物が関わっていた。名前を隠者ピエールという。

ピエールはフランス北部出身の修道士だ。教皇や皇帝のような権威も財産もなく、財産といえばロバ一頭、裸足でどこへでも行く、実にみすぼらしい男だったらしい。ところが、騎士たちだけでなく自分たち庶民も十字軍に行くのだという彼の演説は、人々を熱狂させた。結果、ピエールを中心にした庶民の一団（一部騎士も参加はしていた）は小アジアまでたどり着いたのである。また、他にも同種の集団（民衆十字軍）はいくつかあった。

その原動力はどこにあったのか。ピエールほか煽動者たちの口の上手さや、人々がもともと持っている信仰心にもあったろうが、それ以上に庶民の置かれている状況が大きかったのではないか。彼らは教皇の言葉で提示された「十字軍に参加したものは罪が許される」「東方に移住・植民の可能性がある」という概念に飛びついたのだ。人間は罪深いというのが当時の基本的な価値観であり、また人口は増えたが耕す土地がないという事情もあった。

結果、民衆はおそらく教皇の想定以上に熱狂・熱望し、十字軍に参加した。結果、多くの庶民が故郷を遥かに離れた土地で屍を晒したのである。なお、ピエール自身は民衆十字軍全滅後に正規の十字軍に参加、そこからも離れてフランスに戻って静かに暮らしたという。

このピエールの民衆十字軍の話は史実だが、おそらくそこから生まれたと思われる伝説がある。それが「少年十字軍」だ。

伝説はいくつかパターンがある。一つのパターンでは「天使から霊感を受けた」と主張する少年が「歩いて海が渡れる」と信じてエルサレムを目指した。別のパターンでは「キリストからフランス王への手紙を託された」という。神がかりの少年に率いられた十字軍(少年以外も参加していたという)は結局海を渡る途中で船が沈んだり、あるいは奴隷商人に売り飛ばされ、聖地には辿り着かなかったとされる。

信憑性の高い資料ではこの出来事は確認されていない。近年の研究では「子供が十字軍に参加するようなことはおそらくあった」「しかし伝説にあるような子供中心の十字軍は実在しなかった」「当時からこの伝説が流布されたのは、子供でさえも十字軍に参加し、悲劇的な結末を迎えるという物語が信仰心の強調において都合が良かったから」「後世に広く語られたのは、過去の人間の蛮行としてちょうど良かったから」と考えられている。エンタメにおいても、熱狂がもたらす悲劇として使いやすいだろう

最初からコントロール不能

四つ目に、「そもそも最初の段階から国家によるコントロールが効いてない」ケースがある。

例えば、ヨーロッパ諸国による新大陸(南北アメリカ大陸)への植民・侵略。あるいは、そもそも遊牧民族が日常的に行なっている周辺への襲撃行為。それらは基本的に国家や民族全体でのコントロールがされておらず、各人が半ば勝手に行なっている行為だ。国家の承認が必要なケースや、支援が行われているケースはあっても、コントロールできているとは言い難い。結果として必要以上の対立や略奪、虐殺が起きる。

このケースを「愚か」とはいうべきではないのかも知れない。統治者の手の届かない問題であったりもするからだ。しかし、民間の無秩序なエネルギーによる侵略は、しばしば悲劇的な結末を生むため、ここであえて紹介した。番外編的に受け取って欲しい。

愚かな戦いの4パターン

潜入者による侵略

潜入者はなぜ重要なのか

状況を理解・把握して賢く戦うには、潜入者の活躍が欠かせない。スパイ、間者、間諜、忍者と呼ばれる彼らを少数、密かに送り込むだけで、効果的な侵略・奪取を行うことができる。

この時に奪うのは普通、領土ではない。人間や財産を奪うことはあるが、それはごく貴重なものを少数奪うのであって、すでに紹介したような「たくさんのものを一気に奪っていくことが目的」であるのとは違う。

最優先のターゲットは情報だ。つまり、「戦力や地形の具合はどうか?」「重要な施設や物資はどこにあるか?」「内部の権力争いや派閥対立などはどうなっているか?」などの、実際に軍団を送り込んで侵略するために必要な情報を求めて、潜入者を送り込むのである。もちろん、そのようにして潜入できたなら内部で破壊工作を行なって相手を混乱させることも可能だが、まずは情報を優先したはずだ。

このような潜入者の重要性を最も早く主張したのは『孫子』であろう。この兵法書は十三巻のうち一巻を「用間篇」として彼らがいかに必要な存在か、そしてまたどのように用いればいいのかを紹介している。実際、『孫子』の兵法論では「情報が大事だ」と語られているため、それも当然であろう。

なお、本書では国家・組織にとっての潜入者や彼らが行う諜報・暗殺など工作活動の意味合い、扱い方について触れるにとどめる。非武力・非軍事力領域における彼らの活躍や、国家や組織内部での潜入者・スパイのあり方やその活用法については、シリーズ第三巻『悪役令嬢』で詳しく紹介する。

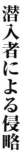

潜入者の分類

『孫子』は潜入者（間者）を「郷間、内間、反間、

潜入者の種類

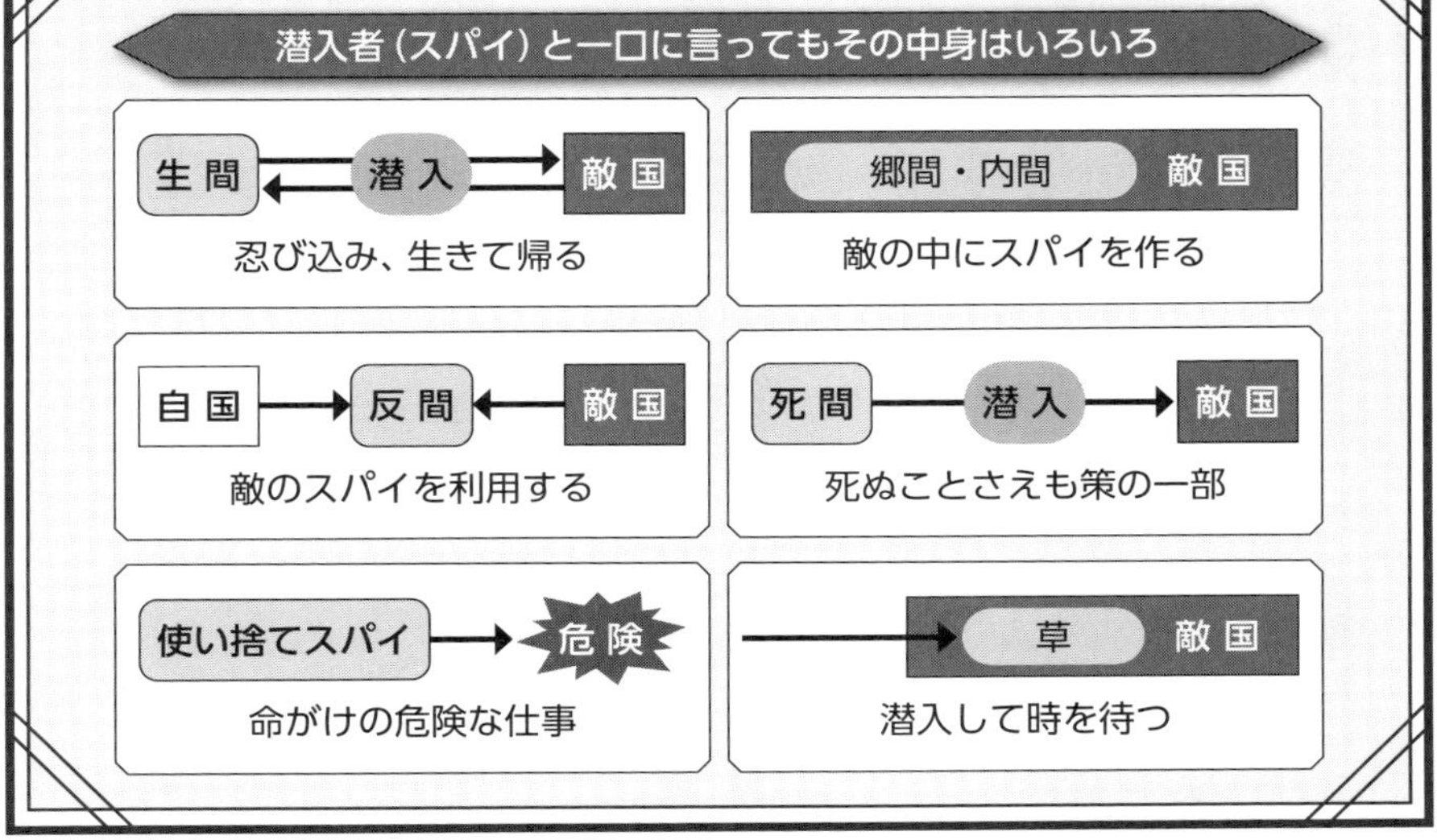

生間、死間」の五種類に分けた。しかしこれだけではカバーできない種類もあるため、本書ではいくつか追加し、内容を整理して紹介したい。

・生間

命令を受けて侵入し、目的を達成した上で、生きて返ってくる潜入者。いわゆる国家所属の正規エージェントや君主の懐刀、依頼を受けて働くプロがこれに当たる。ファンタジー世界の冒険者や強力な魔法使いにもこの役目が求められるだろう。

・郷間・内間

どちらも現地で調達する情報提供者、あるいは工作担当者。普通の人を仕立てるのが郷間で、役人や要人などを取り込むのが内間である。

・反間・二重スパイ

こちら側に潜入してきた間者を捕らえ、あるいは交渉し、偽情報を掴ませることで相手を混乱させる。この時に間違った情報の発信者へ仕立て上げた相手方の間者を『孫子』は反間と呼び、現代では二重スパイと呼ぶ（単に騙されただけの場合は二重スパイとは呼ばないことが多いようだ)。

・死間

間違った情報を与えられて潜入した間者。別の間者がその存在を密告するため、死間は相手国に捕えられ、尋問・拷問によって知っていることを吐いたのちに多くは死ぬ。しかしそもそもその情報は間違っているため、相手国はいいように動かされることになる。

・臨時雇い間者

臨時に雇われ、危険な偵察・工作作業を担当した人々。この言葉自体は本書での造語だが、日本の戦国時代のリアルな忍者のうちかなりを彼らのような臨時雇い・使い捨ての人材が占めていたとされる。彼らの多くは任務で命を落としたろうが、戦乱の時代に食い詰めた人々は生きるために危険な仕事もしたのだ。

・草・スリーパー

潜入後は数年〜数十年にわたって相手側の人間として生活する間者。目立つことを防ぐために時が来るまで工作も行わないし、本国との連絡も取らない(あるいは最低限にとどめる)。しかるのちに行動に移すため、彼らを見つけることは非常に難しい。

情報を盗み出せ

潜入者が具体的に「何」をするのか、もう少し掘り下げてみよう。

一番わかりやすいのは「敵地に忍び込み、探索・偵察・情報収集をする」ことだ。ここでいう敵地は「こちらが侵略するルートになるだろう敵方の支配地域」や「敵方の軍事拠点や街、館、城など」である。

情報の集め方も、別に敵方が持っている情報を忍び込んで盗み見るだけとは限らない。「自分で探索をして地図を作る」ことだってあるだろうし、「ごく普通に飛び交っている情報の中から必要な情報を見出す」のも立派な情報収集である。

一例を挙げてみよう。「王様は今度、山向こうのA国を攻めるつもりだ」——こんな核心的な情報はなかなか漏れ出てこないに違いない。しかし、軍団を動かして侵略を始めるとなれば、そのための準備が必要になる。兵士を増やすのはもちろんのこと、武器や食料などを集めたり、国境を守っている有能な指揮官を攻撃部隊に引き抜いたりするわけだ。山越えをするなら、その装備の中には毛皮なども含まれているに違いない。このような大きな動きがあれば、どれだけ隠そうとしても予兆・兆候が外へ出る。兵士たちの訓練が激しくなったり、機を見るに敏な商人が一部物資の値段を釣り上げ始めるわけだ。これらの情報に目をつけたなら、別に城へ忍び込まなくとも出兵を予想することができる。

現代のスパイなら新聞やテレビのニュースから読み取る情報だが、ファンタジー世界の間者・密偵なら世間の噂話や懇意にしている商人の話から類推することになるだろう。優れた潜入者は現地での情報から自ら予測を組み立てられるが、そこまででもなければ本国へ情報を送り、本国の知恵者がそれらの情報をまとめて推測することになる。

破壊工作をせよ

もちろん、潜入者がこのようなある意味お上品な活動だけやらせてもらえるわけはない。特に使い捨て間者には危険な仕事が待っている。

二つの敵対する勢力が向かい合っている境界線近辺には、多数の潜入者が放たれて潜伏している可能性が高い。彼らは「偵察のために動いている敵兵や、物資を運ぶ労働者などを襲撃し、敵の力を削ぐ」役目を果たしているが、両軍共にそのような潜入者を放っているだけに、時には両者が遭遇して戦うこともあるだろう。特に「情報や命令を運ぶ連絡役を見つけて奪い、敵方の情報を知る」ことができれば大活躍と言える。

さらにはもっと危険な役目を与えられる可能性もある。「敵方に属する村や町を襲って荒らし、力を失わせる」や「敵の城や都市への夜襲を繰り返し、混乱と疲弊を招く」という具合だ。

これらはいわば非正規のゲリラ戦で、うまくいかなければあっという間に敵方の正規兵に敗れ、捕えられるか討ち死にするだろう。戦い方としても名誉はない。だからこそ臨時雇いの、使い捨て間者たちがこき使われるのだ。

ここまではどちらかと言えば現実的・常識的なレベルの潜入者の仕事だ。しかし、より優れた潜入者にはそれ以上の働きが求められる。すなわち、敵の陣地や拠点の内側に潜り込み、さらなる破壊工作を行うのだ。

「物資を焼き、井戸に毒を入れる」ことができれば、敵の長期籠城を困難にできる。「水や酒、食べ物に薬・毒を混ぜる」ことで多くの兵士を行動不能にすることも可能だろう。この時に使う薬の定番は痺れ薬、下剤、笑いダケといったところか。

暗殺・誘拐は大戦果

より大きな成果を求めるなら、「君主・指導者・指揮官・重要人物の暗殺や誘拐」しかない。交戦的な国王一人を取り除くだけで、何百人も何千人も死ぬような戦争を未然に防ぐことができるケースもあるだろう。防衛を一手に取り仕切っている将軍や軍師を排除し、混乱しているうちに攻め込めばどれだけ守りの堅い国も脆いものだ。あるいは王妃や王子などを誘拐し、人質にして、国全体に言うことを聞かせることもできるかもしれない。

では、具体的にどう始末するか。現代や近未来なら「超遠距離からの狙撃」も可能だが、ファンタジー世界では（よほど適切な魔法がない限り）難しい。ゲーム『アサシン・クリード』シリーズのような「忍び込んでいって直接殺害」も、しっかり守られている相手には難しいだろう。移動中や戦場など、守りが手薄になる瞬間ならチャンスもあるだろうか。真に伝説的な潜入者なら、相手の寝室に忍び込んで殺すこともできるのかもしれない。

部外者が忍び込んで殺すのが無理なら、部外者でなければいい。「ターゲットの身近な人を暗殺者に仕立てるか、変装して成りすます」のは古典的な暗殺手段だ。家族や側近など本当に親しく距離の近い相手を利用するのは難しいかもしれない。しかし、実はそれほど親しくなくとも、ターゲットのごく近くに接近できたり、ターゲットの生死を左右するポジションに立てたりする人がいる。例えば「医者」や「料理人」、「理容師（理髪師）」や「仕立て人」といった人々だ。

医者は当然ターゲットが体調を崩せば接触して診察することになるし、ターゲットの体内に入る薬を調合する役目を担う。一方、料理人は当然、料理を作る。このどちらかがその気になれば容易く毒を盛り、弱らせたり殺したりできるのは言うまでもない。一方、理容師や仕立て人がこのポジションにいることを疑問に

潜入者の仕事

潜入者に求められる仕事もまた多様

情報を手に入れる

相手が何を企んでいるのか、
どうするつもりなのかを調べる

↓

忍び込まずともわかることも

破壊工作

国境・勢力の境で
相手側の妨害工作

勢力内に入り込んで
攻撃し、破壊する

暗殺・誘拐

重要人物の排除は大きい！

↓

特殊技術か、近づける人か

破壊工作

潜入者を見つけ、防ぐ能力

↓

潜入者自身しかいない！

思う人もいるかもしれない。しかし、彼らはターゲットのすぐそばに立って刃物（鋏や剃刀など）を用いる仕事なので、やはりその気になったなら簡単に暗殺ができてしまうのだ。

防衛側で活躍する潜入者

ここまで、基本的に侵略側の立場で潜入者の活用と活躍を見てきた。しかし、防衛側にとっても潜入者は重要だ。

そもそも、攻撃を受ける側の国家や集団にとって、潜入者はとても重要な存在だ。普段から潜入者を各地へ派遣して「自国を侵略してきそうな動きはあるか？」「同盟国や友好国、支配下勢力の中に裏切りそうなものはいるか？」といった情報にアンテナを立てていれば、侵略に対して適切な対応ができる。

そもそも、破壊工作や暗殺によって仮想敵国を攻撃し、消耗・衰退することで、将来の侵略を未然に防ぐことだってできるかもしれない。

そこまで積極的な対応でなくとも潜入者（あるいは潜入者の技術を持つ人材）が活躍できる余地はある。

潜入者といってもいろいろいるのは既に見てきた通りだ。郷間や内間などは自分でうっかり秘密を漏らしてしまったり、同僚や友人、家族に密告される可能性がある。使い捨て間者などは探索・襲撃中にあっさり見つかることもあるだろう。しかし、反間や死間、草などは手法が巧妙で、よほど疑われなければなかなか見つからない。まして、生間ともなればその技は特殊技術であり、専門に訓練を受けた者以外には見抜き、対処するのが難しいはずだ。

そこで、「自国に潜んでくる潜入者を見つけ、捕え、持っている情報を正しく聞き出すことができるのは、潜入者のことをよく知っている者しかいない」という理屈が成り立つ。つまり、潜入者自身だ。そのため、防衛側でも潜入者は重宝する人材なのである。

プロ潜入者——忍者

生間の役を担うことができるのは、すでに紹介したように国お抱えの精鋭エージェントか、そうでなければ独立して依頼を受けるプロの集団であろう。

あなたはこのような国家・組織付きの優秀なエージェントの集団や、独立した間者集団を自分の世界の中に登場させてもよい。彼らは小国の統治者に雇われて敵国の事情を調べ、あるいは破壊工作によってその侵略の野望を打ち砕くかもしれない。あるいは大国の手先になり、周辺国家の内紛や不和を煽って侵略のための道を開くかもしれない。

ぶつかれば激烈な騙し合い、あるいは殺し合いが発生するであろう。これらは大いにドラマになる。

ただ、国家付きのスパイはともかく、独立した集団は中世ヨーロッパに例が見出せず、イメージしにくい。そこで、中世ヨーロッパ外からネタを持ってくるのが相応しい。まず、そのような集団として私たちに最も馴染み深いのは日本の「忍者」であろう。

忍者はとにかく伝説が多く、その実態が霧に包まれたような存在だ。ルーツだけを見ても、古代中国に端を発するとか、日本では古代の天皇が用いたことがあるとか、聖徳太子が「志能便《しのび》」なる密偵を用いていてこれが忍びになったとか、さまざまな伝説が語られている。また、超人的な活躍にまつわるエピソードも多い。

しかしこれらは後世の創作で、その中の少なからずが忍者たちによる自己宣伝である。つまり、長い歴史や神秘的なエピソードを語ることによってハッタリを効かせたわけだ。このハッタリは依頼人・雇い主を探すのにも役立つし、実際に敵と向かい合った際にも相手を怯えさせ、慎重に行動させて、その隙をついて倒したり逃げたりといった方向にも活用できる。

実際の忍者のルーツは山谷の小規模な豪族や、山中で修行をする修験者であるとされ、彼らが過酷な生活や小競り合いの中で鍛え上げた身体能力が、探索や調査、潜入、破壊工作などでものをいったのだと考えられる。

他にも、忍者のあり方についてはいくつものまことしやかな、あるいは荒唐無稽な伝説や記録、創作物語が伝わっている。

「全体のリーダーである上忍、現場指揮官の中忍、実働部隊の下忍という三つの身分に分かれている」「忍者は各里ごとに厳しく統制されており、独立・脱走を図ったものは抜け忍として終われる」などという話はかなり広まっているが、後世の忍者エンタメによって都合よく解釈されたり作られたりした部分がありそうだ。一方、忍者の技術（忍術）は「密かに忍び込んで情報を得る陰忍と、堂々と入っていって情報を聞き出す陽忍」に分かれる、などというのはいかにもリアルで説得力のある話だ。

フィクションの世界で忍者はほとんど和風魔法使いのように振る舞う。印を組み、九字を唱え、呪文の書かれた巻物の神秘的なパワーを引き出す。布をパラグライダーのように広げて空を飛び、大蝦蟇を召喚し、手裏剣や鎖鎌といった奇怪な武器も使いこなす。

本来は脱出・逃走のための術と考えられていた「火遁の術」「水遁の術」「土遁の術」（そもそも「遁」は逃げるという意味だ！）が、火や水、土を操って敵を攻撃する術と解釈されていることからもわかるように、忍者は潜入・調査を行うだけではなく戦闘にも強い、単独行動で活躍できる万能のエージェントであると見られるようになっていたのである。

実際、いわゆる忍術が実在すると考えるなら、忍者は単独あるいは少数で行動させて情報収集や暗殺、あるいは敵方の忍者迎撃に向かわせるのが理にかなっている。

プロ潜入者——暗殺教団

もう一つ、潜入者の集団としてサンプルになるのが、かつて中東に存在した「暗殺教団」——アサシンと呼ばれる暗殺者たちの伝説だ。

暗殺教団はイスラム教の一派であり、リーダーは「山の老人」と呼ばれる人物だ。「山の老人」は山の中に秘密の拠点を持っており、そこにいる信者・信奉者たちは彼を心から崇拝している。なぜなら日常的に大麻を吸うことで天国にいるような気持ちになれるからだ。この気持ちを味わうため、信者は「山の老人」の命令ならなんでも聞く。それが仮に殺人であってもそうだし、また自分の死も恐れはしない。こうして「山の老人」は各地に信者を送り込むことで数々の暗殺を成功させてきた……という。その手駒になる暗殺者こそがアサシンである。

この「アサシン」の名の由来は、中世シリアにいたイスラム教シーア派の分派であるイスマーイール派（のさらに分派のニザール派）にある。ニザール派の創始者ハサン・サッバーフは山脈の中の谷に築かれたアラムート要塞に依って活動し、各地に暗殺者を送り込んだとされる。十字軍が彼らに出会った際、別派のイスラム教徒が「大麻野郎（ハシシン）」と呼んでいたことから、言葉が変化して「アサシン（アサッシン）」になった。

ここに、アジアを長期にわたって旅行したマルコ・ポーロが『東方見聞録』で紹介した「山の老人」伝説（内容は先に紹介した暗殺教団伝説とほぼ同じ）が混ざり込んで、アサシンが暗殺者を示す言葉になるとともに、前述したような暗殺教団の伝説の誕生に繋がったものとされている。このため、ニザール派やそのものやハサン・サッバーフが暗殺教団と結び付けられることも多いが、「大麻野郎」の蔑称は当時一般的なものであり、彼らを大麻と結びつけるのは誤解とされる。

あなたの世界に相応しい潜入者集団

あなたは、このような多種多様な忍者や暗殺者たちのありさまを（整合性にはある程度気をつけつつ）自分の世界に合わせて好きなようにつまみ食いして、オリジナルの潜入者集団、あるいはその世界の一般的な

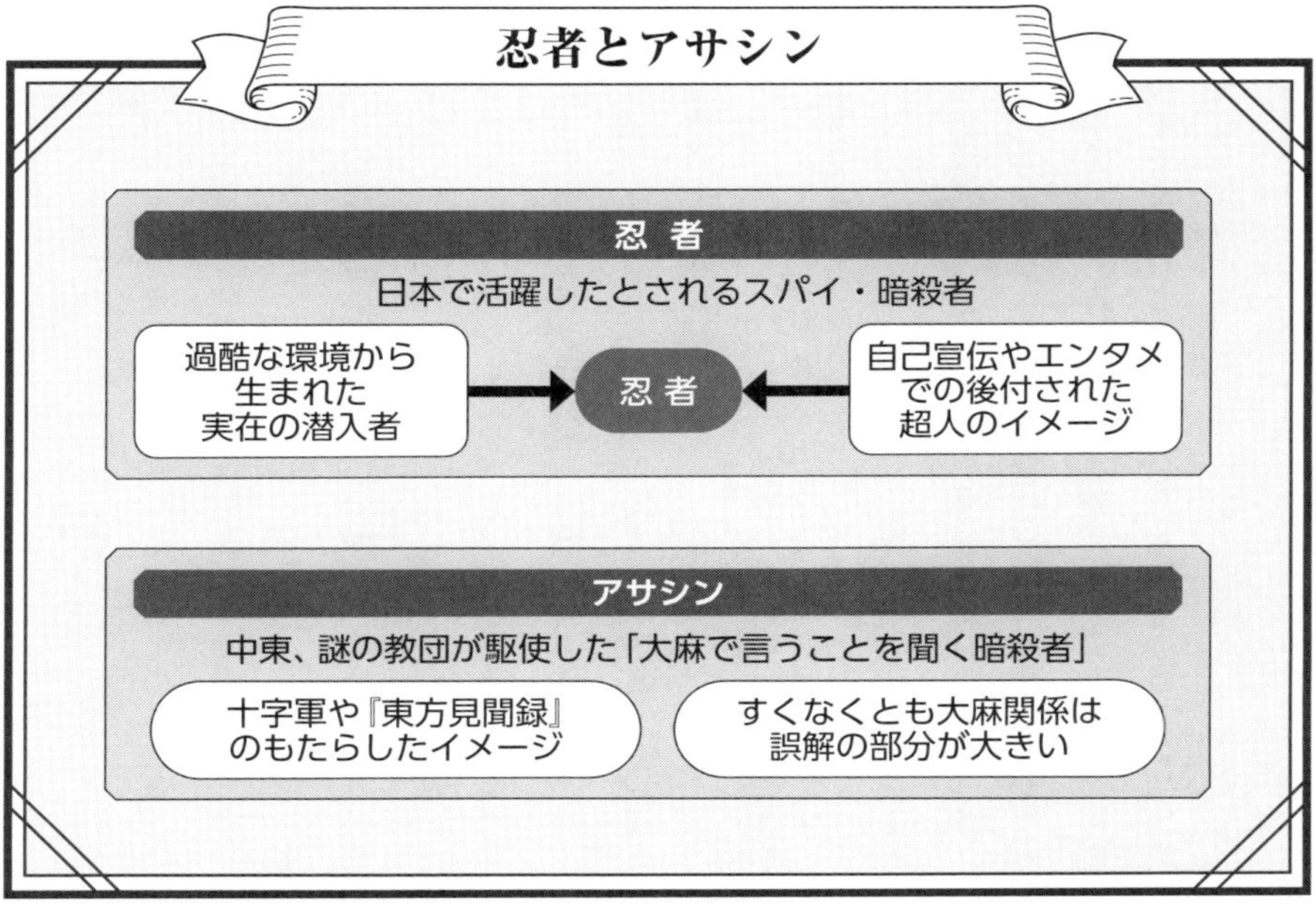
忍者とアサシン
忍 者
日本で活躍したとされるスパイ・暗殺者
過酷な環境から生まれた実在の潜入者
忍 者
自己宣伝やエンタメでの後付された超人のイメージ
アサシン
中東、謎の教団が駆使した「大麻で言うことを聞く暗殺者」
十字軍や『東方見聞録』のもたらしたイメージ
すくなくとも大麻関係は誤解の部分が大きい

潜入者のあり方を設定してよい。

最もリアルなのは「戦乱の時代の食い詰め者たちが使い捨て間者として偵察や探索、襲撃などの危険な任務に使い潰される」ケースだろう。これは戦国時代忍者の最も一般的な姿と推測されるものだ。

そしてもちろん、私たちがイメージする忍者のような、プロフェッショナルな潜入者集団があなたの世界にいても構わない。彼らの優秀さや強さの背景として、忍者や暗殺教団の特徴である「過酷な山谷の暮らしから得た身体能力」や「伝説によるハッタリ」、「大麻（麻薬）による精神的な強さ」や「宗教的狂信による結束力」を持たせるのは良い手であろう。

あるいは、別の集団や出来事から要素を持ってくる手もある。例えば、中世後期に活躍したスイス傭兵は土地が貧しく、外貨獲得の手段として役所の主導により傭兵として派遣されていたという。そこから「貧しさのために若者を潜入者として訓練し、働かせなければいけない集落（地域、国家）」も考えられる。

ただ、「忍者」や「アサシン」はちょっと地域性や宗教性が強すぎるアイデアではある。「物語の主要な舞台の東方や西方などに日本的あるいは中東的な地域があって、そこからプロの潜入者が派遣されてきたり、そこからやってきた集団が既に定着している」などの手法が定番だが、ちょっとオリエンタルな空気が強くて嫌だ、という人もいるだろう。そこで、中世ヨーロッパ的な色合いを崩さない範囲で、単に「プロの潜入者集団」と設定してもいい。あるいは、中世ヨーロッパ風ファンタジーにしばしば登場する「盗賊ギルド」が情報収集や潜入、破壊工作、暗殺などのサービスを提供したり、人員を派遣したりしている、というのもわかりやすい構造だ。

魔法のある世界の潜入者

最後に、ファンタジックな世界の潜入者について考えてみよう。あなたの世界に魔法や魔法のアイテム、特殊能力があるなら、潜入者にまつわる事情はかなり変わってくる。魔法は彼らの潜入・工作活動を時に劇的なまでに改善し、また時には絶望的なまでに妨害するだろうからだ。

「透明化」ができれば誰にも見咎められずに敵陣や拠点に潜入できる。「浮遊」「飛行」「跳躍」で障害物を乗り越え、あるいは「地中移動」で遮るもののない地中から入り込む。堀や海で守られている城にも「水上歩行」でなんなく入り込める。「幽霊化」できるならそのようなあらゆる問題を一気に解決できるが、幽霊のように物が触れないと必要な書類を持って出ることもできないかもしれない。

いいや、そもそも「催眠」「精神操作」「洗脳」ができるなら、見張りや門番を操ってやすやすと侵入したり、敵の役人や兵士を郷間や内間に仕立てたい放題。うまく相手方の重要人物に接触できれば「読心」で頭の中身を盗み見て、欲しい情報を手に入れることだってできるだろう。

もちろん、魔法は潜入を防ぐ側にだってあるはずだ。まず、いろいろなタイプの「結界」が考えられる。大事な情報や物資があるところには物理的なバリアが張ってあってそもそも侵入不可能だったり、拠点に予定外の侵入者が現れると大きな警報がなったりするわけだ。ランタンより明るい魔法の「光」が各所を照らしていれば、潜入者も闇に紛れて忍び込むのは難しい。

あなたの世界の潜入者

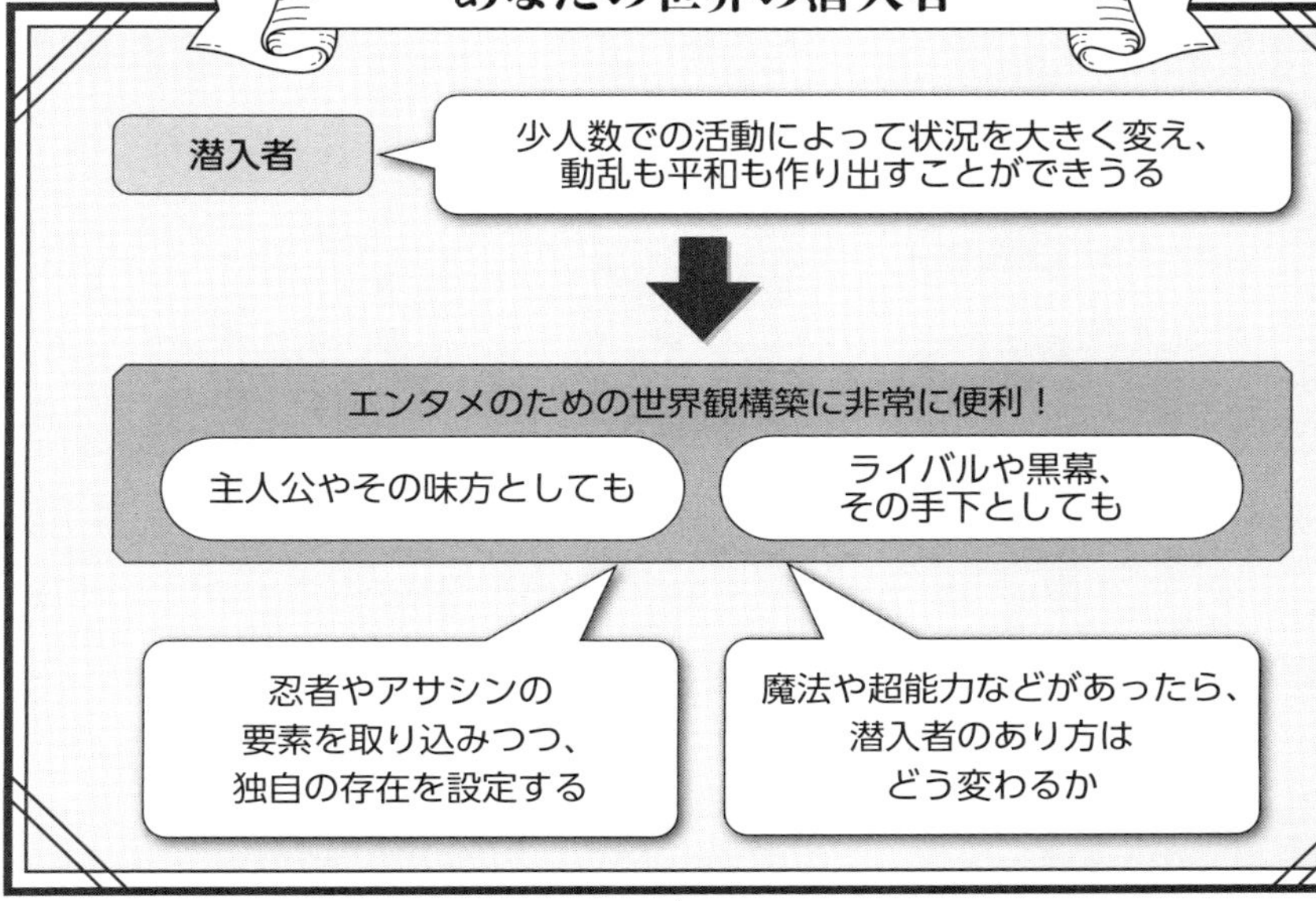

「精神操作」や「読心」はこちらにとっても役に立つ。紛れ込んでいる潜入者を見つけるのには心を覗くのが一番だからだ。見つけることができたら心を操って、反間に仕立ててしまおう。もっと言えば完全な「未来予知」ができたならあらゆる問題は解決だが、怪しそうな日だけでも分かれば警備をその時だけ増やすという対応も可能だ。

　さらに高度で広範囲に影響を与える魔法が存在すれば、潜入者と対策側の対決はさらに高度なレベルへ突入することだろう。「魔法の水晶球」で世界のあらゆる場所を覗き見ることができる者にとって、潜入者をいちいち派遣する必要さえないかもしれない。しかし、相手がそれに対抗する方法を持たないとどうして言えるだろうか？　例えば『指輪物語』にはパランティアという通信や情報収集ができる魔法の石が登場するが、この使い手は時に別のより強い石を持つ相手に強い影響を与えられたり、精神的なダメージを負わせられたりすることがあった。水晶球を持つ魔法使い同士による対決を、ハッカーによるコンピューター・ハッキング対決のように描くこともできるかもしれない。

計画してみるチートシート（状況把握編）

侵略側はどう考えている？

どこを狙って侵略する？

辺境から切り取っていくのか、
重要拠点を一気に狙うのか？

「賢い」か、「愚か」か？

敵味方、状況をきちんと計算せずに
勢いで攻め込むのは愚かだ

状況把握の手段と成果は？

潜入者はどのように活用しているのか、
うまくいっているのか

防衛側はどう考えている？

どこで防衛するのか？

国境の時点で防衛をするのか、
辺境は放って中心の守りを固めるのか？

「賢い」か、「愚か」か？

敵味方や状況を計って予めの備えを
していないのはやはり愚かである

状況把握の手段と成果は？

潜入者はどのように活用しているのか、
うまくいっているのか

2部　侵略の手法（軍事力編）

・3章・
手法を選択する

侵略手法の基本と応用

軍事力による侵略

他地域や他国家を侵略しようと決めた、とする。であれば考えるべきはその手段だ。

最も基本的な侵略手段は軍事力（武力）を用いることだ。つまり、「武器を持った兵士たちの集団を送り込み、その威力によって邪魔するものは殺し、あるいは脅して降伏させて、欲しいものを奪う」のである。実にシンプルで分かりやすい。

軍事力の効果は絶大だ。究極的な意味において、「ほとんどの人間は命を脅かされたらたいていの物を差し出して命乞いをする」し、仮に命乞いをしない者がいても「殺してしまえば逆らうことは二度とない」からだ。あとは好きにすればよい。

その絶大すぎる威力、また軍事力のぶつけ合いで双方に出る被害や万が一負けた時の悲惨な結果は、古来から学者・兵法家によってたびたび警告されてきた。『老子』は兵（軍事）を「不祥の器」、つまり立派な人間が手を出すようなものではないと言った。一方『孫子』によれば軍事とは「国の大事」「死生の地」「存亡の道」――国家の大事、人の生死が関わること、国が滅ぶかどうかを左右するものなのだ、という。危険なことだからよくよく準備し、考えて挑め、というのが『孫子』の軍事についての基本的な考え方だ。

一方、エンタメ的には「戦争一発で問題が解決し、障害を取り除ける」というのはシンプルで魅力的と言える。イラク戦争やウクライナ戦争でわかるように、現代では武力侵略でカタがつく状況はまずない。ある国が滅ぼされた後も、内紛やテロ、ゲリラが延々続いて戦後統治がうまくいかないことがほとんどなのだ。しかし、古代からギリギリ第二次世界大戦くらいなら、武力でカタがついてもそこまで違和感がない。このシンプルさは物語として魅力であろう。

軍事力のあり方

軍事力のあり方は時代と地域、状況によって大きく違う。最も原始的な軍事力は、普段農業や狩猟、漁業に従事している人々が、よその村から物資や人間、土地を奪ったり、あるいは奪おうとしてくる連中を撃退したりするために、武器を取ることだろう。やがて時代が下っていくと専業の兵士や、軍事力を商品にする傭兵、略奪が生活の一部に組み込まれた山賊・海賊や一部遊牧民などが登場してくる。

武器や戦術も変化していく。狩猟の武器をそのまま使っていたような時代から、より洗練された各種の武器が現れる。それも、携帯性に優れ名誉ある武器となっていく剣、比較的遠くから攻撃できるため多くの戦場で主役を務める槍、衝撃が抜けるため甲冑に強いメイスなど、それぞれの得意分野が出てくるわけだ。

戦術についても最も古く、原始的な「英雄」同士の戦いで全てが決まるものが集団戦になり、横一列の陣、これに対抗するための斜線陣、ハリネズミのようなファランクス、歩兵と騎兵の組み合わせなどさまざまな戦い方が発明されていったが、これらは各時代に適応した部分が大きいので本書では深くは触れないことにする。大事なのは、各時代や地域ごとにいろいろな戦い方があった、ということだ。

本書ではそのような基本的な武器や戦い方に、こういう（ある種チート的な）要素を加えるとドラマチックになる、という示唆をしていきたい。

戦闘の原則

もしあなたが優秀な指揮官や精強な軍団を設定・描写したいのであれば、「戦闘の原則」に基づいて行動させるのがよい。二十世紀のイギリス軍人・フラーが提唱したこの九つの原則は、侵略側にせよ防衛側にせよ、戦争において軍団の実力を発揮できるか否かに深く関わっている。

逆にいえば、無能な指揮官・弱体な軍団を設定・描写するためには、この原則のどれかに反すればいい。また、ピンチを演出するにあたっても、何かしらの事情でこの原則のどれかが満たせないような状況に追い込めばよい、というわけだ。

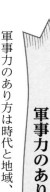

では、九つの原則を具体的に見てみよう。なお、戦闘の原則は紹介している媒体によって細かい内容や順番が違うことがある。また、「原則」というだけあって、本書で紹介している他の内容とも被る部分がある。ご了承いただきたい。

①：「目的」

軍事作戦を行うにあたっては、「何を達成するのか」「それは達成可能なのか」と目的が明確でなければいけない。あやふやな目的や、過剰で達成不能な目的を掲げたり、あるいはそもそも目的を掲げずに行動を開始したりするようでは、構成員たちの意欲や自発性を引き出すことはできない。

②：「主導」

戦うにあたっては自分たちが主導権を持って状況を動かし、相手がそれに対応するように仕向けていくと、有利な展開を作っていくことができる。これは『孫子』の兵法にもある考え方の、「戦術の名手は相手を思う通りに動かし、相手の思う通りには動かないものだ」にも通じるところがある。

③：「集結」

戦争には重要な場所とタイミングというものがあり、究極的には一番大事な決戦に最大の戦力を集結させることができれば、少々の戦力差はひっくり返せる。

④：「経済」

決戦の場所とタイミングに戦力を集結させることが必要ということは、決戦でない場所とタイミングには最小限の戦力で十分、ということになる。経済的な効率を重視するわけだ。効率的な戦力運用ができたなら、目的を達成できる確率も高まる。

⑤：「機動」

戦力を集結させるためには、機動力がとても重要になる。移動スピードの遅い軍団は集結させるのに時間がかかり、できる働きも小さくなってしまう。また、主導権を取るにしても、奇襲をするにしても、機動力があった方がチャンスは増える。

⑥：「指揮統一」

命令系統が明確に統一されていると、軍団の活動効率が高まる。逆にいえば、「誰の命令を聞くのが正しいかあやふや」「ある部隊に対して複数の人間が同格

侵略の基本——軍事力に物を言わせる

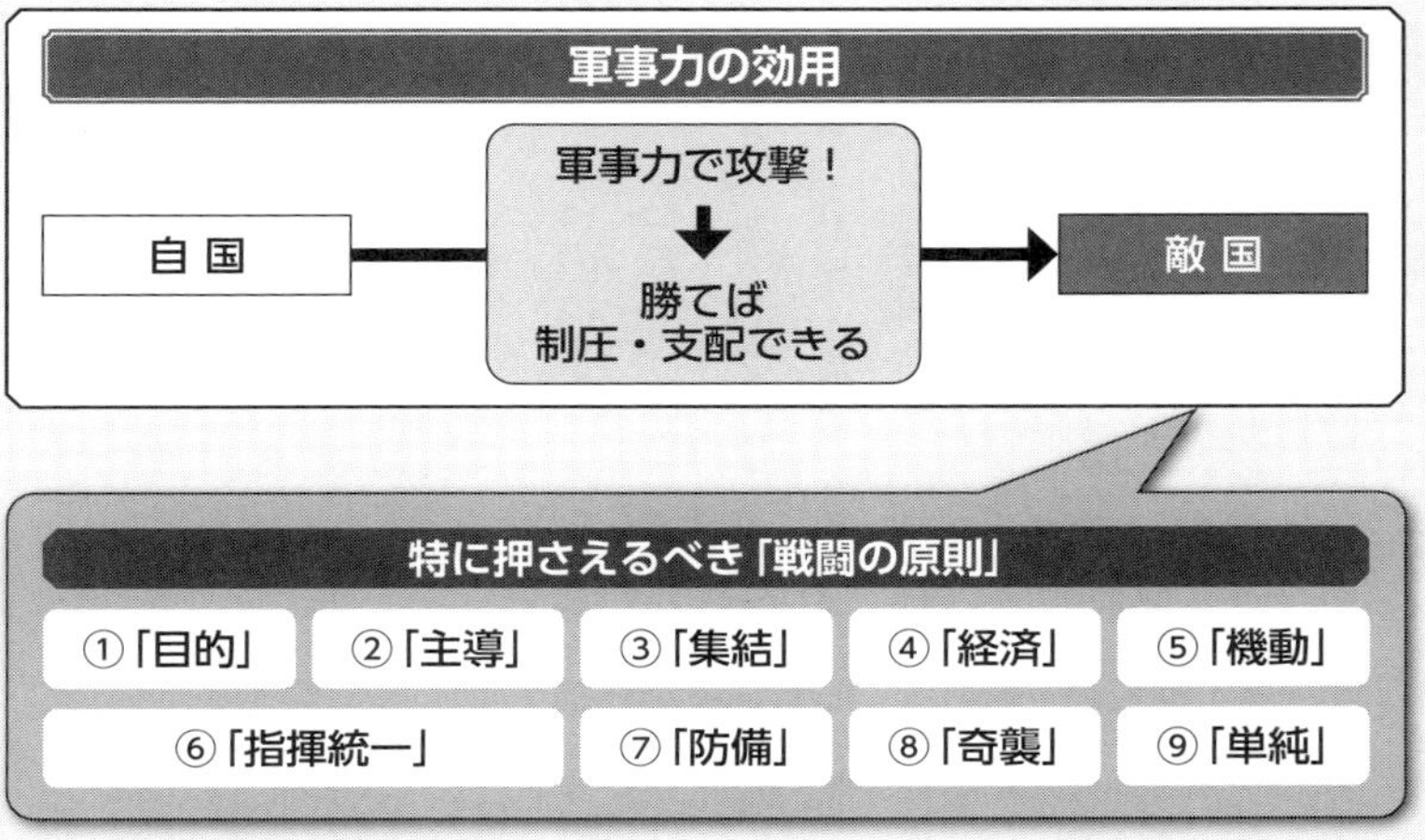

の命令権限を持っているので、意見対立が発生して解決できない」となると、戦場の状況変化に対応できない。もちろん、その統一させた命令権を掌握している指揮官には責任感・判断力が必要。

⑦：「防備」

戦場では何が起きるかわからない。相手が予想外の場所やタイミングで攻め込んでくるかもしれない。これを防ぐためには敵の動きや状況を掴んでおかなければならないし、予想しきれなかった時のための予備戦力も残しておく必要がある。

⑧：「奇襲」

相手の予想を外して攻撃を仕掛ければ、確実に戦力的に優位に立つことができる。いかに虚を突き、奇襲するかは、『孫子』の兵法でもっとも重視される。

⑨：「単純」

作戦はなるべく単純でわかりやすく、ハッキリとしたものであることが求められる。戦場のような状況が目まぐるしく変わりまた危険な場所で複雑な命令を与えても、部下が対応できなかったり、アクシデントで失敗に追い込まれる可能性は高い。

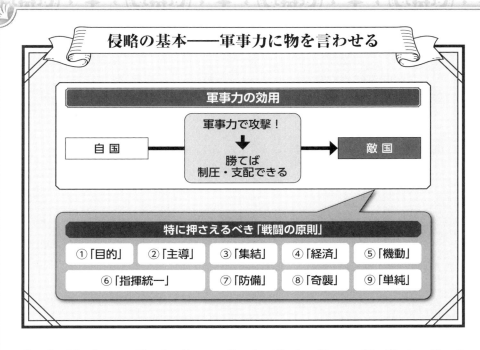

非軍事力による侵略・防衛

ここまで紹介した、武力や軍事力の直接的運用が、侵略（及びそれに対するカウンターとしての防衛）の基本であるとするなら、ここからの内容は応用である。それは武力・軍事力を間接的・補助的に運用したり、あるいは全く使わない形での侵略と防衛だ。

具体的にはどういうものか。

一番わかりやすいのは軍事力をちらつかせながらの外交であろう。いつでも攻め込める状態、あるいはそもそも攻め込んでもう首を絞めている真っ最中に「ここで降伏したらこれ以上は勘弁してやろう」と脅しかけるわけだ。軍事力無関係に「これこれこういう正当性や事情があるため、我が国の傘下に入るべきだ」などの交渉も成立するし、これも立派な侵略の形であろう。なお、具体的な交渉のテクニック、政治的な圧力のあり方については本シリーズ三巻『悪役令嬢』で詳しく紹介する。

また、経済力や宗教、病気、国家の制度が持つ弱点なども侵略の手法になりうる。これらについては本書の三部で紹介するので、ぜひそちらを見てほしい。

クラウゼヴィッツ『戦争論』は戦争を「他の手段で行われる政治の延長線上にあるもの」的に定義しているが、その点でも軍事力と他の手段は一体で理解するべきだろう。状況に合わせて適切に選ぶべきなのだ。

メリットとデメリット

これらの軍事力以外侵略のメリットは「被害の小ささ」にこそある。これは単に軍事攻撃による消耗で味方が失われないことにとどまらない。相手方の力も消耗させないで済むため、その力もそのまま取り込めるからだ。また「高度に人権意識が発展した社会では軍事行動そのものが非難の対象になるため、それを避けられる」「目立たない形で侵略の完成・抵抗の達成にたどり着ける」点も重要だ。

しかし、非軍事力による侵略／抵抗には別の問題がある。それは、どんなに巧妙に侵略／抵抗しても、最後の最後で武力・軍事力にひっくり返される（ひっくり返せる）可能性がある、ということだ。

例えば、政治的手段によって民意を動かし、併合に同意させたケース。外交的圧力によって国王を降伏させ、臣従させたケース。経済的手段によって借金でがんじがらめにし、土地の割譲に同意させたケース。宗教・文化的手段によって人々から抵抗する気力を失わせたケース。どれも非武力・非軍事力による侵略だ。

あるいは、軍事的侵略を受けた際に、周辺諸国が同意している条約や法律への違反を主張して撤退させるケース。侵略に必要な資金や物資を枯渇させ、諦めざるをえないように持ち込むケース。侵略者内部の対立を煽り、内紛させて侵略どころではなくさせてしまうケース。どれも非武力・非軍事力による抵抗である。

しかし、これらの侵略／抵抗はある種の枠組みや仕組み、約束があるからこそ成立するものに過ぎない。例えば政治や外交手段によって権力者や政府と取り決めた侵略／抵抗は、その権力者・政府が地位や実権を失ってしまったら意味がなくなってしまう。このような非武力・非軍事力による侵略／抵抗のひっくり返しを実行する場合において、最もシンプルなやり方が、武力・軍事力の行使であるわけだ。

王や政府が和平や臣従を決めても、リーダーが暗殺されたり、あるいは軍によるクーデターで権力の座から追い落とされたりしたら、実行不能になってしまう。買い占められた物資を実力で奪い取れば、戦い続ける目も出てくる。「貸した金を返せ、さもなくば土地を譲れ」と訴える相手を軍事力で黙らせ、借金の帳消し・無効に同意させる……このように、武力・軍事力には枠組みや仕組み、約束を超えて、問答無用で問題を解決させる力がある。

非武力・非軍事力でのやり取りでどうしようもなくなった時も、武力・軍事力の出番だ。「法律・条約違反だから侵略をやめろ！」と訴えたのに「その法律を守る義務は我が国にはない」あるいは「では条約や同盟から脱退する」と開き直られたとしよう。この時、武力や軍事力によらずして履行させることはほとんど不可能だ。そこで武力・軍事力の出番になる。敵の軍団を撃破し、城砦を攻め落とし、領土深くまで攻め込むなど、力で相手を追い詰めて初めて、「わかった、話し合おう」となるだろう。

あなたが自分の物語においてリアリティを大事にしたいなら、この視点は是非忘れないようにしてほし

侵略の応用——非軍事力の活用

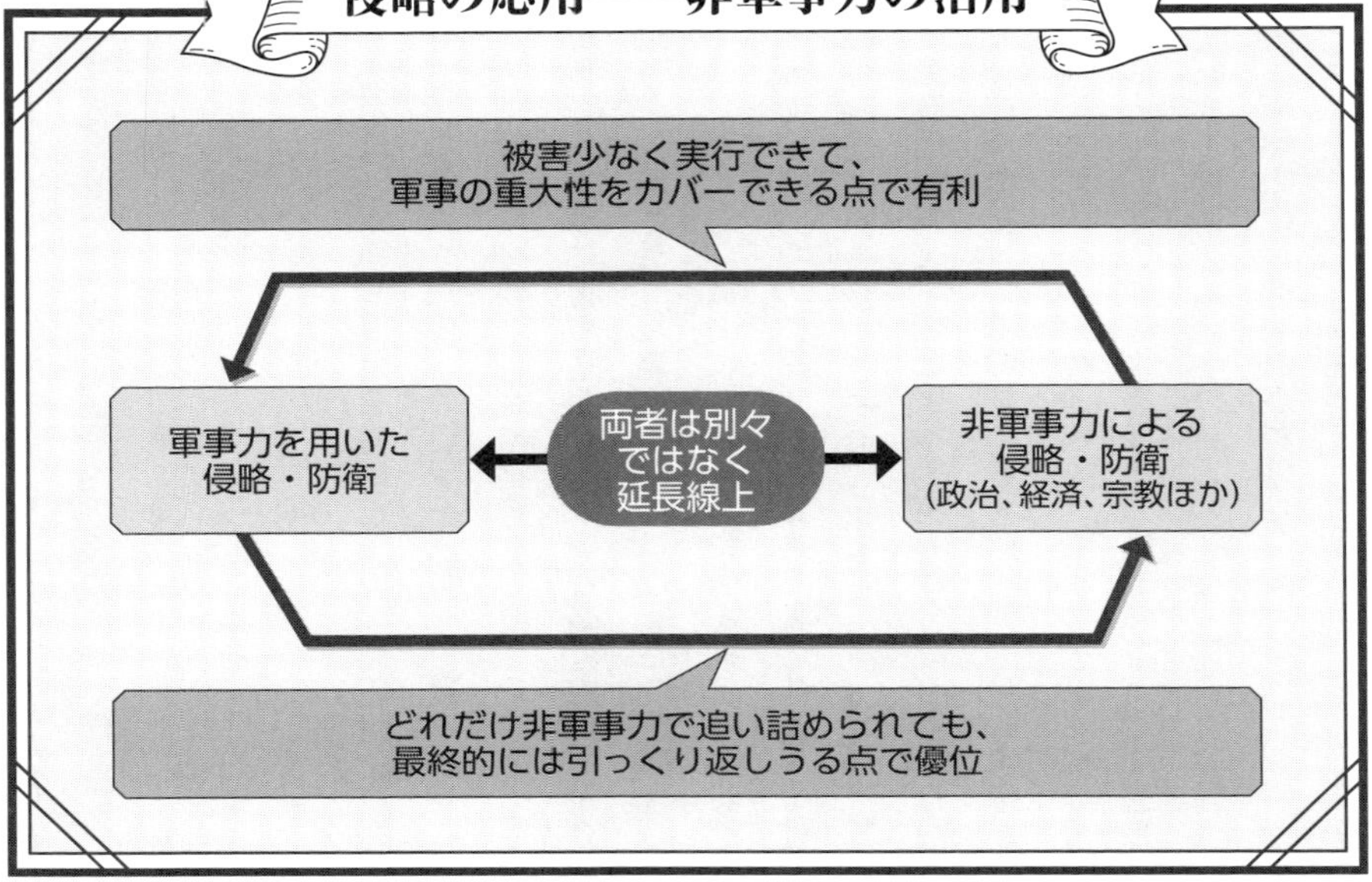

い。つまり、侵略する側もされる側も、必死であるはずなのだ。自分たちが不利な状況へ追い詰められた場合、もし禁止されていたとしても何か手があるなら実行する、というのはいかにも人間的で自然な、つまりリアリティのある振る舞いである。非武力・非軍事力によって自分たちの目論見が頓挫しそうになった時、武力・軍事力でひっくり返せる余地があるなら、やらない方が不自然なのだ——もちろん、そこに何かしら事情や理由があるなら別だが。

また、このような非武力・非軍事力と武力・軍事力の関係性は、物語にドラマを持たせるにあたって非常に役に立つ。物語のクライマックス直前まで外交・経済など非武力・非軍事力を駆使して侵略に抵抗していて、ついに相手を撤退させられるというところにまで追い込んだが、クーデターという武力・軍事力によって逆襲され、ギリギリのところへ追い込まれる展開。あるいは、非武力・非軍事力によって力を大いに削がれたところから物語が始まり、そこから武力・軍事力によってどう盛り返すかを模索していく展開。どちらも大いにドラマチックになりそうだ。

勝利のための戦術

戦術が必要とされる時

侵略側に立つにせよ、防衛側に立つにせよ、兵士の数や質、状態など戦力において圧倒的に有利であったなら、いちいち小細工をする必要はないことが多い。その戦力を正面からぶつけ、むしろ相手に小細工をする余裕をなくさせてしまうのが良いだろう。

では、劣勢の方はどうすればいいのか。ここで「戦術」の出番が来る。相手を混乱させ、動揺させ、分断し、立ち止まらさせ、弱いところを殴る。そうして戦力の有利が使えない状況を作る。だからこそ戦力に劣る側にも勝機が見えてくる。それは物語をドラマチックにするためにも欠かせないものだ。

最良は「隙を突く」

究極の戦術はなんだろうか？　それは「相手が備えていないところを殴る」だ。

この点は個人戦闘も集団戦闘も同じで、相手が待ち構えているところに攻撃を仕掛けても盾で受け止められ、反撃を喰らってしまうだけだ。構えていないところを殴れば防御もされないし、そのまま殴り続けて相手の体勢を崩せば反撃を封じることができる。『孫子』にも、「相手が守っていないところを攻めるからこそ、攻撃すれば必ず奪い取ることができる」と書いてある。

とは言え、普通は相手もしっかり守りを固めていて、「備えていないところ」などあるはずがない。どうしたらいいものか。

一つの戦術は、「まさかそんなところを攻めるはずがない」という場所、いわば盲点を攻めるものだ。相手が攻めて来そうもないところに部隊を配置するのは無駄。賢い司令官ほど、相手の要素をよくよく観察し、攻められそうな場所に兵を集中させるに違いない。間違いではないが、隙にもなる。

日本の源平合戦、一ノ谷の戦いにおいて、源義経は野生の馬や鹿しか降りない急な崖を、騎馬軍団で一気に駆け降りて敵の裏を突いたという伝説がある。鎌倉幕府滅亡の際、四方を山と海に囲まれた鎌倉を攻め落とした新田義貞は、潮が良いタイミングで引いたからこそ海岸線を通って攻めかかることができた。古代ローマ共和国とカルタゴの戦いにおいて、カルタゴのハンニバルはアルプスの険しい山道を突っ切ることでローマを攻撃した。

さらにフィクション的に考えるなら「異常な自然気象や特別な魔法の守りで守られた場所を、魔法やアイテム、指揮官の勇気などで突破する」や「怪物がウヨウヨする地域を損害覚悟で突き進む」などが考えられる。

積極的に隙を作り出す

隙を利用するためのもう一つの戦術として、「積極的に隙を作り出す」方法がある。相手の体勢を意図的に崩したり、包囲したりすることで、守りようがない場所を作ってしまうのである。

この戦術の基本的な形として、鍛治屋の仕事に例えて「鎚と鉄床」戦術と呼ばれるものがある。アレキサンドロス大王やハンニバルが得意としたもので、一般に重装歩兵と騎兵の組み合わせによって実行される。作戦の第一段階は、重装歩兵によって敵軍の攻撃を受け止めることだ。これが「鉄床」である。

その間に、「槌」である騎兵が敵軍の後ろに回り、守られていない背後から一気に攻撃するのだ。敵軍は鉄床と槌の間に挟まれたかのように圧力を受け、ペシャンコになる。どんなに強い軍団でも後ろから攻められては弱いが、それに加えて前後から押されることによって反撃するために適切なスペースを確保できず、十分に戦えないという現象も期待できる。

「鎚と鉄床」戦術の同種と考えられるのが、古代中国、楚漢戦争のうち井陘の戦いで韓信が用いた「背水の陣」だ。この時、韓信は川を背後にして陣を敷く、という逃げられないため一見すると不利な陣形をとった。ところが実際に戦ってみると、逃げ場を失った兵士たちは勇敢に戦い、敵軍の攻撃をしっかり受け止める。そして、その隙に別働隊を送り込んで敵後方の城を攻め落としてしまった。韓信軍を攻めあぐねた敵軍が一度後方の城に戻ろうとしてももう遅く、慌てて逃げ出すところを、韓信が追撃して大きな戦果をあげたのだった。

包囲すれば隙が生まれる

第三の戦術として、「戦いながら相手を包囲する」手がある。何しろ相手のあることだからそうそううまくはいかないが、決まれば非常に鮮やかでドラマチックだ。

古代ローマ共和国とカルタゴが地中海の支配圏を巡って争ったポエニ戦争の一幕、カンナエの戦いでハンニバルが見せた「包囲殲滅作戦」は、特に芸術的なものとして知られている。この時、ハンニバルの率いるカルタゴ軍は、全体の兵数で敵のローマ軍に劣ったが、騎馬部隊の数では優っていた。そこでハンニバルは歩兵で相手の攻撃を受け止めつつ、騎馬部隊で敵の騎馬部隊を打ち崩した。その頃にはカルタゴ軍の中央歩兵部隊はグッと押し込まれていたが、左右の歩兵は持ち堪えたので、カルタゴ軍がローマ軍を半分取り囲むような形になっていた。そこに自由になった騎馬部隊がローマ軍の後ろに現れたので完全包囲状態になり、カルタゴ軍は一方的にローマ軍を打ち破るのだった。

中世の騎士たちが好んだのが「中央突破、後方展開戦術」である。重装騎馬部隊のような突破力のある部隊を中央に置き、相手の中央に向けて突撃させるのだ。うまくいけば敵の中央部隊を打ち破り、そのまま方向転換して敵を後ろから攻撃し、包囲することができる。とはいえ、こうなってしまうと敵としては勝ち目がないので、さっさと逃げてしまうから、包囲にまで発展するケースは多くないともいう。

相手を誘き出し、その動きを誘導させ、包囲状態へ持っていくのもかなりドラマチックで魅力的な戦術であるといえよう。最初の戦いで負けたように見せかけ、撤退。伏兵が待っている場所へ引き込み、反転して反撃するわけだ。敵は勢いに乗ってはいるが、伏兵が左右（かなうならば後ろからも）から攻撃すれば包囲状態になり、その勢いもすぐに失われてしまうだろう。日本の戦国時代、九州をほぼ制圧しかけた島津家が「釣り野伏」としてこの種の戦術を好んで使ったとされる。

もう少し現実的で堅い包囲戦術もある。戦いながら左右どちらか（あるいは両方）の部隊を少しずつ横に広げて包囲体勢を作って行ったり、数で優位になったら自由になった部隊を動かして包囲の形を取ったり、隠していた部隊や援軍を敵後方に向かわせて包囲したりするのである。

このように、包囲できれば非常に有利な立場に立てる。しかし完全に包囲してしまうと、「もうダメだ」と士気が崩壊するケースもあれば、「こうなれば死に物狂いになって戦うしかない！」とむしろ士気が燃え上がるケースもある。

そこで、一箇所だけあえて包囲を解き、そこら逃げさせることで両軍の損失を減らして勝利を掴む戦術もある――そうして逃げるところに追撃あるいは集中攻撃を加えて大損害を与えるやり方もあるが。

地形を活用せよ

戦場になる土地がどのような形をしていて、そこにどんな特徴があるのか――すなわち地形は戦況を大いに左右する要素だ。

実際には「どこを戦場にするか」を一方的に選べるものではない。敵味方の移動スピード次第で「どうしてもここでぶつかってしまう」ということもあるだろうし、「ここで相手の進軍を食い止めないとその背後にある拠点が攻撃されてしまう」「相手が援軍と合流するために叩く！　……ためにはどうしても戦場がここになってしまう」「相手が有利な地形から出てきてくれない。物資の関係で睨み合いをする時間的余裕がないので、不利でもあえて攻撃する」などの事情もあろう。

逆にいえば、今挙げたような事情を相手側に作り出すことで、有利な地形を戦場に選ぶ余地がある、ということではあるのだが。

では、具体的に地形とそれに合わせた戦術を見てみよう。

・平地

遮るもののないだだっ広い平地は、「地形戦術を生かす余地が少ない」場所だ。数の多い方、戦力の高い方が正面から相手を踏み潰す戦術に向いた場所と言い

隙を突くための3つの戦術

究極の戦術とは？

正面から殴り合ってもなかなか優位には立てない！
⇒どうしたら相手が構えていない状態で攻撃できるか？

自軍 → ← 敵軍

どうにかして隙を突けばいい！

①思いもよらぬところを攻撃する

自軍 → 攻撃 → 盲点 敵軍

攻撃できない（しない）はずのところを攻撃できたなら、勝機！

②積極的に隙を作らせる

自軍 → ← 敵軍 ← 自軍

予め包囲したり、「金床と鉄槌」作戦で挟み撃ちにしたり

③戦いながら敵を包囲する

難易度は非常に高いが、決まれば効果抜群！

- 戦いながら下がって相手を包囲する
- 騎馬隊が中央突破し敵後方で方向転換
- 負けたふりして下がり、伏兵によって包囲する

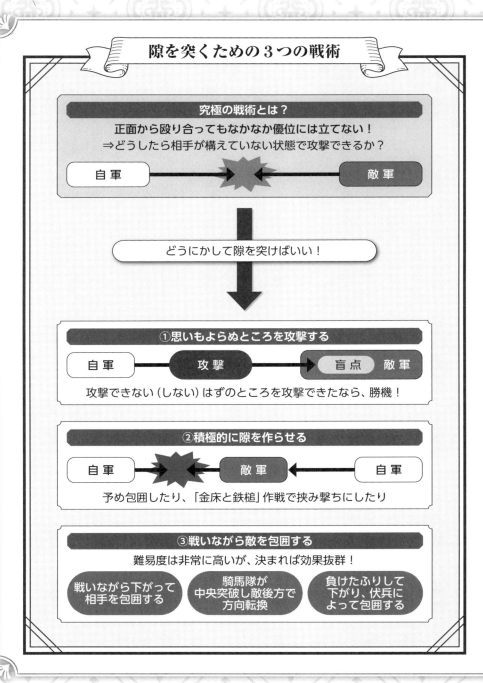

換えることもできる。

そのため、戦力に劣る方はそもそも平地を戦場に選ばないか、後述する「野戦築城」によって戦場を作り変えてしまう必要がある。

ただ、単なる平原ではなく草原であれば、戦術の余地があるかもしれない。つまり、火を放つのである。火は人も馬も非常に怖がるため、単に火傷を負わせる以上に怖気づかせ、士気を砕く効果が期待できる。

この際、一番大事なのは風向きだ。追い風であれば一方的に炎で蹂躙できるが、向かい風ではむしろこちらが焼かれてしまう。風が常に一方に吹き続けてくれる状況は少ないため、いつもは使えない戦術である。

・高地

「相手よりも高いところに陣取れ」というのはあらゆる兵法・軍学が共通して教えるところだ。そのくらい、明確に有利不利がはっきりしているのである。

まず、高いところにいれば「相手がどのように動いているのか、どこを狙っていてどこに隙があるのかわかりやすい」。すると、前述したような隙を狙う機動戦がやりやすいわけだ。

それだけではない。高いところから低いところを攻めるのはそれだけで有利だ。射撃をするときの矢や石に重力加速度が乗って威力が高まるし、白兵戦を挑む兵士たちも勢いに乗って攻めかかることができる。

では、常に無条件に高地に陣取ればいいのか。そうではない。高地には弱点もある。特に「水の補給が難しい」点がよく指摘される。

有名なケースとして、古代中国の三国時代、街亭の戦いを紹介しよう。中国が魏・呉・蜀の三国に分かれて争っていた頃で、蜀を取り仕切る諸葛亮（孔明）は魏を討つべく遠征を繰り返した。その一回目において、諸葛亮は重要拠点である街亭の守りを、他の優れた武将たちではなく愛弟子の馬謖に任せる。

ところが馬謖は諸葛亮がつけてくれたお目付役の言葉も聞かず、兵法の常識にこだわって山の上に陣取り、しかも水の確保を怠った。結果、魏軍によって水を絶たれ、兵の士気が下がったところで攻撃されて敗北してしまう。戦後、諸葛亮は大失態を犯した馬謖を処刑したが、その才能を惜しんで涙した。いわゆる「泣いて馬謖を斬る」の由来である。

・河川

河川の近くはしばしば戦場になる。川が領土と領土の境界線になりやすいからだろう。

侵略側としては、この境界線をなるべく早い段階で渡ってしまいたいところである。なぜなら、「川を渡っている間は比較的無防備で、攻撃されると弱い」上に、「川を背にしているところを攻撃されると、追い落とされて兵士たちが溺れてしまう」恐れさえある。

逆に言えば、防衛側は川を盾にして待ち構えればかなり有利になるということでもある。渡ってくる敵を遠距離から攻撃し、渡り終えられたら白兵戦で川へ追い落とせばいい。

韓信の背水の陣はこの常識に真っ向から逆らうものであるわけだが、だからこそ味方の緊張感を煽り、敵は油断し、結果として勝利に結びついたわけだ。

・隘路

隘路とは山と山に囲まれた谷、あるいは山と海の狭間などの狭い道・地形のことだ。このような隘路は通れる人数が制限されるため、どれだけの兵数がいても一度に戦える人数が限られる。結果、少数でも多数を相手にできるようになる。また、迂回して側面や背後から攻撃できれば、隙をつくこともできる。

隘路を利用した戦いとして歴史上あまりにも有名なのが古代ギリシャにおけるテルモピュライの戦いだ。数十万とも言われるペルシャ軍の侵略に対して、ギリシャ軍はなかなか足並みが揃わず、スパルタのレオニダス王が率いる三百人を中心にする僅かな兵で立ち向かった。

ギリシャ軍が待ち構えていたテルモピュライは山と海に挟まれたごく狭い道であり、この地形に助けられたレオニダスらは奮戦してペルシャ軍をなかなか進ませない。三日に渡る戦いの末にギリシャ軍は敗北し、レオニダスらも討ち死にするが、これによって稼いだ時間によって最終的にギリシャ軍が勝利し、ペルシャの侵略を跳ね返すのだった。

・籠城戦

城、城館、要塞、城塞都市……名前はいろいろあるし、実態も国境や重要通路を守るための完全に戦闘用の拠点から、貴族や騎士の屋敷に防衛機能もついたもの、どちらかといえば役所の要素の方が強いもの、都市をぐるりと壁で囲んだものとさまざまだが、とにかく堀や壁など防御能力を備えた拠点に篭って戦うのが籠城戦だ。

城攻め側は堀や坂を越えたり門をこじ開けようとしたりしてどうしても無防備な姿を晒すので、そこを狙い撃つ。あるいは壁や高度差によって相手の攻撃が届かない状況で、一方的に攻撃する、そのような具合に、籠城戦は基本的に有利だ。

ただ、籠城中は食料や物資の補給が難しいため、長時間包囲され続けると飢えや渇きで戦わずに敗北する可能性がある。そうなると戦えなくなる前に城門を開いて打って出る必要があり、相手も待ち構えているからかなり苦しい戦いになるだろう。前述の通り、援軍を待って出陣、合流するなり挟み撃ちするのが理想ということになる。

また、城は大きければ大きいほど、十分な兵士を各部に配置して機能させる必要がある。兵士の数が少なければ守れない場所ができて、そこを狙われたらおしまいだ。城は無敵ではないことを覚えておこう。

・攻城戦

城を守るのが籠城戦なら、城を攻めるのが攻城戦である。基本的には籠城戦をそっくりそのままひっくり返したものだが、独自の要素もある。

攻城戦で最大の障害になるのは高い城壁や堅い城門をはじめとする城側の防御装置だ。これを破壊するか、乗り越えるかしてしまえば、攻城戦はもう勝ったも同然である。しかし人力ではどうにもならない。そこで兵器を用いる。投石器で巨大な岩を飛ばし、丸太を滑らせて門を打ち砕き、大きな梯子をかけて壁を乗り越える。もちろん籠城側はそれを邪魔したいので矢を撃ち込んでくるから、高度差で不利になりつつ反撃する必要がある。これらの兵器とその弾を本国から持ち込む、あるいは現地で作る必要があるので、攻城戦は準備と金銭の必要な戦いだ。

もっと特殊な戦術を使うこともある。少し離れた場所から穴を掘り、横へ掘り進んで城内へ入り、そのまま上へ進めば壁を越えずに兵を送り込むことができるわけだ。あるいは城内にスパイを忍び込ませたり、裏切りを約束させて、門を開かせる手もある。

地形を活用する戦術

平地	高地
だだっ広くて起伏が少なく、戦術は使いにくい地形 ⇒火計・野戦築城の余地も	攻撃しやすく攻撃されにくい、取れば有利な地形！ ⇒水の確保など問題も……

河川	隘路
川は通るのが難しい場所 ⇒渡っている最中を攻撃したり、川へ追い落としたり	限られた兵しか通れない道 ⇒少数の兵で持ちこたえたり、伏兵・迂回戦術も使える

籠城戦	攻城戦
城壁に守られてさえいれば少数の兵でも多数と戦える ⇒少なすぎると城が重荷に	城壁を突破するためには攻城のための兵器が必須 ⇒準備がなければ攻められない

野戦でも「野戦築城」を行えば、擬似的に籠城戦ができる！

以上のように、地形を活用・理解することで戦いをある程度有利にすることができる。

しかし逆に言えば有利にするのが限界であり、あまりにも戦力の差が大きすぎると押し切られてしまう可能性が高い。テルモピュライでは（最終的な勝利はともかく）レオニダスたち三百人は討ち死にしたし、川についても攻め手の人数が十分に多かったり川の流れが緩かったりすればあっさり渡られてしまう可能性が高いわけだ。注意しよう。

野戦築城

有利な地形がないなら、作ればいい――というわけで、劣勢に立たされた側の有力な選択肢として野戦築城がある。文字通り、野戦で使うための防衛施設を作り、即席の城のようにしてしまうのだ。

野戦築城を行う最大の効果は、騎兵の突撃を妨害できること、と考えていいだろう。彼らの武器はスピードにあり、障害物があればどうしても動きが鈍り、あるいは止まってしまう。となれば攻撃力はガタ落ちだし、そこを狙い撃ちにされればひとたまりもない。

実際、戦国時代日本において、織田信長が武田家の騎馬軍団を打ち破った長篠の戦いでは、大量の鉄砲以上に織田軍の野戦築城が劇的な効果を発揮したのだとされている。どれだけ鉄砲があっても、射撃中に接近されてはしょうがない。しかし、織田軍は先立って柵(馬防柵)を十分に設置していたからこそ武田軍に勝てたのだ、というのである。

野戦築城の大定番は「堀を掘り、出た土は土塁(土の壁)として盛る」ことだ。何しろ、材料はその場にある。ただ、土を効率的に掘って盛るためにはシャベルなどの道具が必要なので、その場の思いつきででき る戦術でもない。この二つはどちらも敵軍が乗り越えるまでの時間を稼ぐことができる。

ちなみに、特殊ケースとして、「氷の土塁」の話がある。これは古代中国・三国時代の話で、魏の曹操が寒い地域を攻めていた時のことだ。敵の攻撃を防ぐために土塁を作りたいのだが、工事中に攻撃されて壊されるの繰り返しでうまくいかない。そもそも川沿いであったため固まりにくい土(砂)という事情もあったようだ。そこで曹操は土地の者の助言を受けて、砂で作った脆い土塁に水をかけさせた。一晩経つとすっかり凍って強固な壁になったという。

堀というのは本来味方の前に掘って障害物に使うものだが、そこに味方の兵士が入ればこれは「塹壕」だ。中に隠れれば敵の攻撃が防げる。前近代の戦争では曲射ができる弓があるのであまり効果がないかも知れないが、クロスボウや銃、大砲が主流の戦場では大いに役立つことだろう。

堀・土塁と並ぶ定番が「柵を立てる」ことだ。こちらは材料が必要だ。防衛戦において周辺の農民を兵士として徴発するなら、武器防具と当座の食糧に加えて「一本の木の棒と縄を持ってこい」と命じることになるだろう。それによって柵を作るわけだ。

「逆茂木」も役立つ。枝のついた木(棘があると望ましい)を引き抜いて、その枝が敵側に向かうように固定するのである。あるいは竹や丸太の先端を尖らせて固定させても、同じような効果があるだろう。どれも、柵以上に相手の攻撃を防ぐ効果がある。

物語の舞台がヨーロッパ(に類する地域)であるなら、「石垣」も使えるかも知れない。ヨーロッパではしばしば一メートルか一メートル半程度の石垣が家畜の逃走防止用に築かれていることがある。このくらいでも野戦築城がわりに使えるのだ。

堀にせよ、土塁にせよ、柵にせよ、やはり即席で作るものだから、きちんと手間暇かけて作った城に比べれば、高さも強さもたいしたものではない。しかし、攻撃側に乗り越えられたり引きずり倒されたりするまでに十分時間を稼いでくれる。防衛側はそこを攻撃すればいいわけだ。

また、即席とはいっても一瞬で作れるものではない。数日はかかるだろう。ということで、相手とばったり遭遇して即用意はできない。あらかじめ待ち構えている時か、あるいはしばらく睨み合ったあとの戦いにしか使えないことに注意だ。

侵略のための兵站

「兵站」という概念をご存知だろうか。食料などの軍需物資を調達し、運び、管理することを意味している。数百人から数万人になる軍隊は大量の物資を必要とするため、軍事力を用いるということは兵站に頭を悩ませることとほぼイコールになる。防衛戦なら近場での戦いになるからまだマシだが、遠方への侵略となるといよいよ兵站は一大事だ。

中世的な軍隊では、この兵站のかなりの部分を「自弁」あるいは「現地調達」——つまり「兵士が自分で持ってくる」「足りない部分は現地で手に入れる」で賄われることになる。理性的な兵士は軍隊からの俸給で現地の農民から食料を買うが、そうでなければ略奪によって賄うことになる。後者の例はあまりに多い。また、積極的に略奪を行うことによってその土地とそこに住む人々にダメージを与える手段もある。

もちろん、全ての軍隊が略奪によって食べていくわけではない。スムーズな征服や支配、共存を目論むなら、なるべく略奪をしないようにしたい。すると兵士に十分な俸給を与えたり、味方側拠点（遠いなら本国）から大量の物資を運ぶ必要がある。また、食料と違って現地調達が難しい武器や弾薬の類は結局輸送しなければいけないので、やはり現地調達には限界がある。小規模な軍団なら相手の補給拠点を攻撃して奪うだけで十分かもしれない。

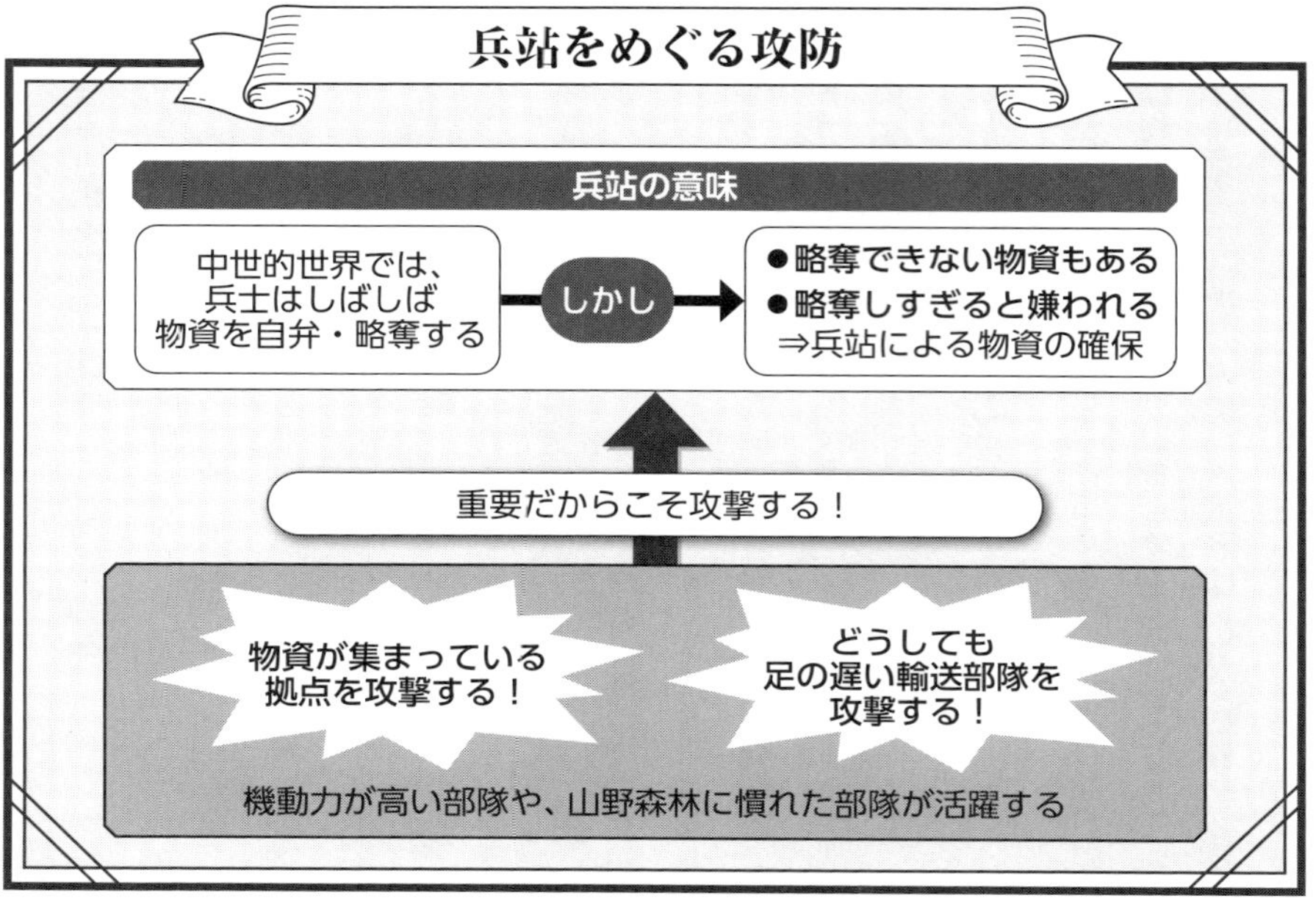

兵站の妨害

相手が兵站のために長距離を輸送し、あるいは後方に物資集積拠点を作ってそこへ前線に物資を送り込んでいるなら、そのルートや拠点は格好の攻撃ターゲットになる。正面から戦わずに相手を弱らせることができるので、弱者の戦術としてはかなりポピュラーな、それだけに侵略側は大いに警戒するものとなる。

輸送部隊は馬や牛、あるいは人間に重い荷物を背負わせたり引っ張らせたりしているから、どうしても移動スピードが遅くなる。護衛の兵士の数にも限度があるため、狙われてしまうと守るのは簡単ではない。そして物資を焼かれたり奪われたりが続くと、あっという間に前線の軍団が飢え、戦えなくなり、士気も下がる。これは大ピンチだ。

精鋭の騎兵で構成された少数の軍団や、地元のことを知り尽くした山賊・野盗上がりの非正規部隊、忍者の軍団などはこのような兵站妨害で大いに活躍するだろう。また、スパイを敵軍に潜り込ませ、兵站計画を盗み出すことができればさらに効果は上がる。

弱者のための奇策

前項で紹介したのは、比較的「まともな」戦い方である。そして、時にはまともな戦い方ではどうにもならない戦いというものが存在する。重武装の騎士たち対農民の反乱軍のように質に圧倒的な差があったり、そもそも兵数に大きな差があったりするケースだ。そんな時は、奇策に頼る他はない。

罠

そもそも相手を策にはめること自体を「罠」と呼んだりもするが、ここではもっと物理的な意味での罠を指している。つまり、「落とし穴を掘って相手を落とす」や「草原に杭を打って縄を張り、突っ込んでくる馬や兵士の足を引っ掛ける」、「岩や木を崖の上や山道から落とす」「爆弾・爆発物のある場所へ引き寄せて爆発に巻き込む」という具合の罠だ。あるいは「崖の上や野戦築城の向こう側から一方的に遠距離攻撃をする」のも、時代と地域によっては罠のうちに入るかもしれない。

これらの罠は派手である種エンタメ的だが、あなたの物語を説得力のあるものにしたいなら気をつけなければいけないことがある。それは「数百人程度の戦いならともかく、数千人や数万人がぶつかる戦いで決定的な成果を上げるのは難しい」ということだ。

落とし穴にどれだけの人が入るか、そして殺せるか(中に尖った竹を立てておけばそれなりには死ぬだろうが)。杭と縄で何人、何十人かの足は止められるかもしれないが、斬られてしまえばそれまでだ。落下物や爆発物に巻き込める人間の数も、千人万人という軍隊の規模から考えればたかが知れている。

となると、大規模な合戦におけるこの種の罠は「相手の動きをコントロールするためのもの」と考えるべきだろう。落とし穴や縄が隠してあれば、敵軍の動きは僅かなりと遅くなる。あるいは戦意の高い敵軍であれば、降り注ぐ矢から身を守るためにむしろ勢いよく

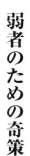

突っ込んでくることもあるかも知れない。その上で次の戦術――相手の動きが鈍ってる間に交代する、あるいは突っ込んでくる敵軍を散開してかわし、包囲する――に繋げるわけだ。これはかなり現実味のある戦術だと思うが、どうだろう。

空城計

戦史や戦記を読んでいると、多様な奇策の数々を見ることができる。それらの多くは実際に活用するのは難しそうな非現実的なものであったが、エンタメ的には優れているし、中には役に立ちそうなものもある。背水の陣などはその中でもかなり現実的なものの一つだ。

一方、ここで紹介する空城計はかなりエンタメ的だが、度胸のある武将や軍師であれば実戦でも使えるかもしれない。この奇策の目的は、自軍の守る城へ接近する敵を、戦わずして撤退させることにある。

普通、戦時中の城というものは門をしっかり閉じ、敵が入って来られないようにするものだ。ところが、空城計ではこの門を開く。かといって外へ打って出るわけでもなく、そのまま開けっ放しにして何もしない。他にも、門の上で楽器を弾いて優雅な振る舞いを見せたり（古代中国三国時代、諸葛亮のケース）、かがり火を煌々と燃やさせたり（中世日本戦国時代、徳川家康のケース）した。

このような状況を見て、敵はどうするか。何も考えない指揮官に率いられていたら、そのまま城へ入り、奪い取るかもしれない。しかし、少しは賢い指揮官であるなら、こう考えるだろう。「何かがおかしい。これは罠なのではないか？」と。「罠であるなら突っ込むのはよくない。いや、ここにいること自体が危険なのではないか？　では、引き揚げよう」――ここまで考えてくれたなら、空城計は完成だ。

ここまで見てくれたらわかるように、空城計はハッタリ勝負で、かける側がどれだけ堂々としているかが大事だし、城を放棄するのだとしても堂々と撤退するべきだ。慌てている様子を見せてしまうと、実は何も仕掛けなどないのだとばれてしまう。もちろん、相手がこの策に引っかかってくれそうな指揮官かどうかを見極めるのは必須だ。

より用心深い指揮官なら、この空城計を発展させるかもしれない。つまり、本当に罠を仕掛けるのである。相手が引いてくれたらそれでよし、引かなかったら罠を発動させる。外すことはないが、本来の奇策が持っていた意味合いが薄れてはいる。空城計は「ほとんど用意しないで効果がある奇策」なのだから。

偽兵・偽旗作戦

空城計がそうだったように、奇策には「ないものをあるように見せかける」という法則がある（その逆で「あるものをないように見せかける」のが伏兵戦術で、これも奇策のうちに入る）。この法則を活かしたのが偽兵・偽旗作戦だ。

レーダーもなければ空中偵察を可能にする技術もない時代の戦場では、誰がどこにいてどのくらいの戦力を持っているのかをはっきりと確認するのは難しい。そこで、「東の方向に旗が立っていて、紋章によるとナントカ侯爵の部隊だ」「あちらの方向は土煙がひどくてよくわからないが、あのくらい煙が立っているなら三千人ほどは移動しているのではないか」と状況証拠から推測することになる。とはいえ、戦場観察のための知識と技術を十分に持っている人物なら、その推測も比較的信用できるはずだ。

では、そんな彼らの目を騙したら、どうなるか。たとえば、旗をたくさん立てる。場合によっては紋章も偽造してしまう。あるいは、馬の後ろに笹を括りつけたり、人間に走り回らせたりして、土煙を作らせる。近くの農村から集めてきた農民にそれっぽい恰好をさせてもいいだろう。

まったくの偽物ではあるが、見破られさえしなければ、本物と同じことだ。結果、敵は偽物も勘定に入れて作戦を立てねばならなくなり、本当に備えなければいけない場所の守りが薄くなる。味方はそこを攻撃するだけだ。そのうち見破られるだろうが、それより早く勝利目的を達成してしまえばいいのである。あるいは、敵が「こちらが劣勢だ、引き上げよう」となってくれれば、戦わずして勝てる可能性さえある。

偽装・潜入作戦

偽兵・偽旗作戦は遠くから見て兵士・軍団がいるよ

うに見せかける作戦だった。見破られる可能性もあるが、見破られてさほど危険ではない奇策である。

対して、ここから紹介する偽装・潜入作戦はより危険だ。つまり、敵軍兵士や軍団を偽装し、時には敵軍の中に潜入してしまおうというのだ。当然、正体がバレたら——しかもそれが敵軍の只中であったなら——命はない。

そこまでして、いったい何をしようというのか。まずは「比較的安全に近づける」ことだ。この場合、すぐにバレてしまってもいい。とにかく軍団の形で敵に近づけたらいいので、あとは普通に戦うだけだ。他の部隊との連携ができればうまく混乱させ、有利に戦うことができるはずだ。それができなければ包囲され、簡単に殺されてしまうだろう。

もうちょっと高度な作戦としては「偽情報を流す」がある。伝令を捕え、あるいは殺して成り代わる。もしくは、傷ついた兵士のふりをして「敵の動きを確認した、あちらの方向から奇襲してくる」などと間違った情報を伝えたりするわけだ。さらには敵軍の内側に入り込んでから「物資を燃やすなどの破壊工作」や「敵の指揮官の暗殺」なども、成功すれば大きな効果が見込める。ただ、ここまでくると特別な訓練を受けた専門の密偵や忍者の仕事だろうが。

奇策は卑怯!?

これらの奇策は成功すれば効果も大きいが、重大な問題点もあることを忘れてはいけない。はっきりいえば「不名誉扱いされることが多い」のだ。少なくとも、戦争を名誉ある行い、神聖な行いと考え、正々堂々を正しいと考える人々からは不興を買うことであろう。結果、勝利したとしても強い非難を受け、味方を失う可能性がある。

このあたり、「どの奇策を不名誉扱いするのか」そしてそもそも「不名誉であることにどれだけの問題があるのか」は時代と地域と人（身分、立場）によって違う。「この奇策は不名誉だがこちらはそうでもない」といった線引きがあるかも知れないし、今回挙げたような奇策が全て不名誉——それどころか「そもそも戦いに飛び道具を使うことが不名誉、全て近接武器で戦うべき」や「戦争というのはそれぞれ同数の部隊で正面

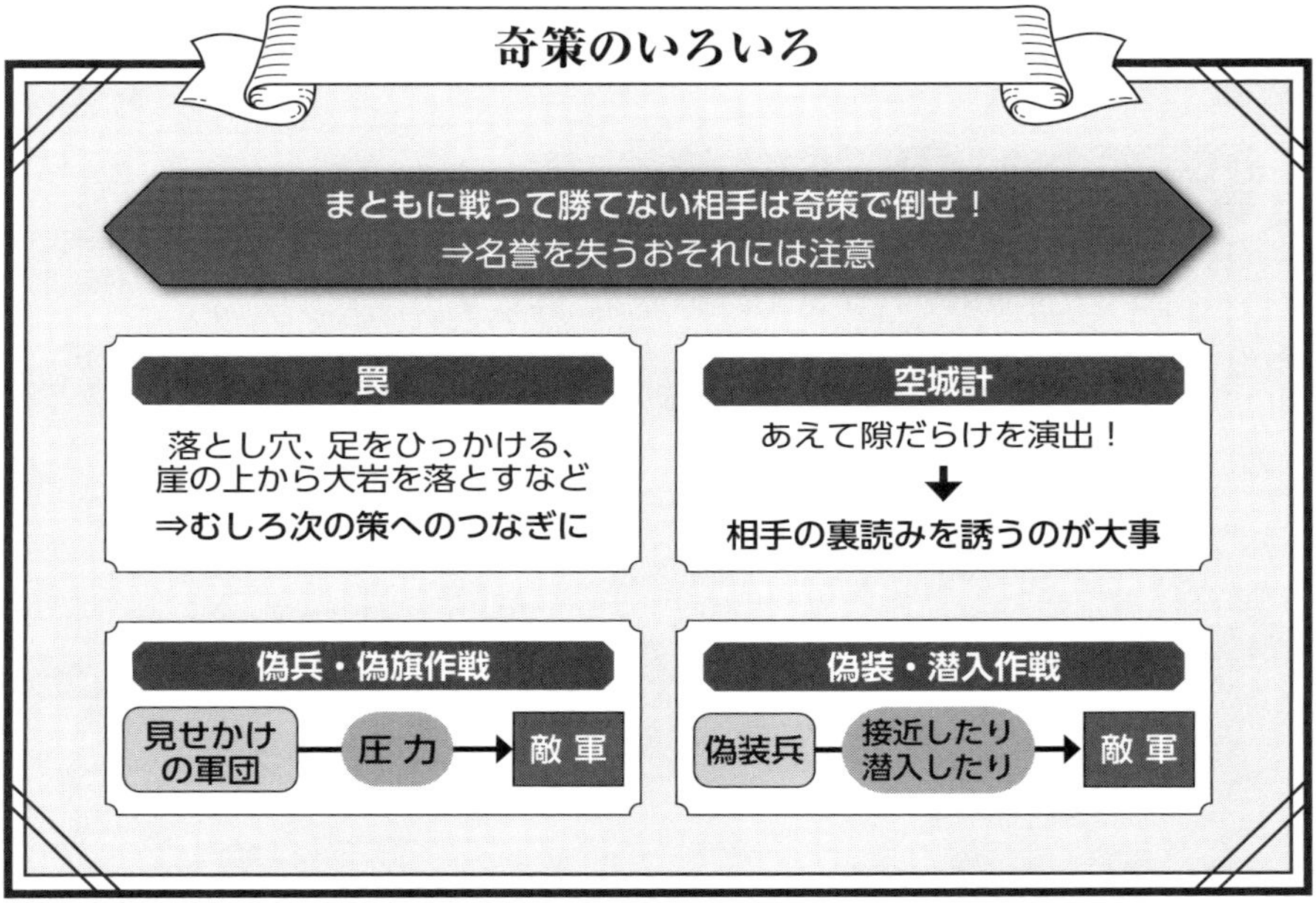

からぶつかって決めるものであり、相手の隙を突こうと戦術を駆使すること自体が不名誉」などという極端な例があってもおかしくない。

大まかな傾向としては、身分が低く荒っぽい文化を持つもの、戦乱の中に生きる者ほど奇策に寛容（勝って生き残ることが全て！）で、身分が高く文化を愛し平和の中で生きている者ほど正々堂々にこだわる（正しく勝たなければ意味がない！）ように思える。しかし、いわゆる蛮族の中にこそ名誉を大事にし、汚い戦い方を好まないものもいるという――もちろんそれも「何を汚いとするのか」という価値観の話になるが。

だから、物語の中で奇策を用いるにあたっては「このキャラクターは奇策を思いつきそうか？　思いつくとしても不名誉を許容できるか？」を考えねばならない。

あるいは、未熟なキャラクターやピンチな展開を演出するために「戦いには勝利したが許容されない戦術を使ってしまったので非難を受け、味方を失う」「正しく勝つ必要がある模擬戦だったので、勝った意味がなくなってしまう」などの展開にしてもいいだろう。

計画してみるチートシート（軍事侵略編）

侵略側の計画を考える

軍事と非軍事のバランスは？

ひたすら軍事力で決着をつけるのか、
非軍事的手段も織り交ぜていくのか

戦術はいかに用いる？

戦力十分なら正面から攻めるのも良いが、
不足しているなら知恵を絞る

防衛側の計画を考える

軍事と非軍事のバランスは？

ひたすら軍事力で決着をつけるのか、
非軍事的手段も織り交ぜていくのか

戦術はいかに用いる？

地元の利、城の守りを生かして守るか、
いっそ積極的に打って出るのか

2部　侵略の手法（軍事力編）

・4章・
軍事力を強化せよ

ファンタジー世界の「戦力」

ユニットの性能を考える

侵略にせよ、防衛にせよ、せっかくファンタジー世界を舞台に戦争を描くなら、現実には存在しないような武器・兵器、また兵種——すなわち、架空のユニットを登場させたいものではないか。

そのような架空の部隊にはどのようなパターンが考えられるだろう。この時、各ユニットの特徴を以下のようにわけて整理するとわかりやすい。

・戦力

そのユニットは戦場で戦えばどれだけ強いのか、あるいは弱いのか。

・特殊能力

戦って強いだけがユニットの勝ちではない。戦場での機動力が高ければ敵軍の横や後ろをつくことができる。山谷・森林を移動できたり物資・休憩が不要で行動できたりするユニットは進軍能力が高いといえ、戦力の集中や分散ができて有利だ。弓や鉄砲のように遠距離攻撃ができるユニットも重宝する。

・コスト

そのユニットを支配下に置き、また維持し続けるにはどのくらいの金銭や物資、手間が必要だろうか。コストが低ければ大量に配備することができ、数を利した戦術を取ることができる。

この三点について、私たちの歴史における実在のユニットと比べながら考えていくといいだろう。

なお、「魔法」と「飛行」という二大ファンタジー要素については、その意味合いが非常に大きいため、詳しくは別項で触れる。

数で勝負のゴブリン・オーク

ここからは具体的に何種類かのユニットを想定して、

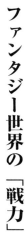

架空部隊の性能を考えてみよう

せっかくのファンタジー世界だから、
現実に存在しない部隊・戦力を登場させよう！

性能を整理するための考え方

以下の３点を、既存の部隊と比べてみると理解しやすい

戦 力	特殊能力	コスト
どのくらい強い？	単純な強さで測れない能力	雇って運用するのはどのくらい大変？

- 数が武器のゴブリン・オーク
- 強いが扱いにくいオーガ
- 多様な個性の異種族たち
- 独自生物に乗る騎兵
- 怪獣は戦場を制圧するか

三つの要素で考えてみよう。

ファンタジー世界ではしばしば、「繁殖力が強くて数はたくさんいるが、体があまり大きくなかったり、知性に欠けていたりして、物語やゲームの中では雑魚の役が与えられる」邪悪な異種族が登場する。ゴブリンやオークがこの立場に当てはまることが多いだろう。

では、そのようなゴブリン・オークを三要素で整理してみよう。

体格的な問題や戦闘技術の低さ、また指揮官の命令に従わず好き勝手行動することが多いなどの事情で、「戦力」は高くない。徴兵された農民兵程度だろう。「特殊能力」についても特段のものは持っていない。

特筆すべきは「コスト」だ。端金で雇うことができる。放っておけば勝手に繁殖して増えてくれる可能性さえある。「たくさんいる」ことはそれだけで敵にプレッシャーを与えることができるし、勢いに乗って攻めかかれば十分に訓練された軍団を圧倒し、飲み込むことだってできるかもしれない。しかし、一度士気が下がり、怖気付いてしまえば、自己保身を優先し

てあっという間に霧散してしまう可能性も高い。また、報酬の代わりに略奪の許可を出せばさらにコストは下がるだろうが、その分敵が目の前にいても略奪に精を出す恐れがあるので危険な選択ではある。……以上の特徴はおおむね（勝手に繁殖などを除いて）私たちの歴史における農民兵に近く、推測の手がかりになるだろう。

史実との最大の違いは、彼らが邪悪な異種族であることだ。その出現・誕生にはしばしば邪悪な神や悪魔が関わっており（人間を歪めて作り出した、など）、そのような邪悪な存在はゴブリンやオークに命令を与え、これと睨んだ騎士や司祭に付き従わせることができる。結果、悪の軍団の主力を無数のゴブリンやオークが務めることになるわけだ。

もちろん、金銭や「好きに暴れていい」ことを条件に、神とも悪魔とも関係のないただの人間がゴブリンやオークを傭兵として雇えてもおかしくない。しかし、邪悪な異種族を軍に引き込むと、良識ある人たちは眉を顰めるだろう。このような悪評の流布や信頼度の低下もコストの内である。

戦えば強力なオーガ・鬼

東洋の鬼ともしばしば同一視されるオーガ、牛の頭を持つミノタウロス、そして人間の何倍も大きい巨人（ジャイアント）――ゴブリンやオークと同じように人型だが、より巨体でおおむね凶暴な異種族・怪物もしばしばファンタジー世界に登場する。彼らも時にユニットとして戦場に現れるだろう。

「戦力」は当然高い。格闘技やスポーツが体重ごとに階級を作っていることからもわかる通り、大きいということはそれだけで強さにつながるのだ。人間より頭一つ二つ大きいオーガやミノタウロスが巨大な武器をぶんぶん振り回すだけで、巻き込まれた兵士は簡単に宙を舞うだろう。まして、人間の倍や三倍、それ以上に大きい巨人であれば、ただ歩くだけで兵士たちを薙ぎ倒すことになる。加えてサイズの差は防御力にもつながる。人間にとっては致命的になりかねない刃が、巨人にとっては蚊に刺した程度ということもあろう。私たちの歴史で例えるなら重装歩兵ということになる。

一方で「特殊能力」が多様とは言い難い。強いて言えば、巨人なら岩や木などを投げて遠距離攻撃ができるくらいだろうか。生きた投石器として攻城戦では大いに活躍できる。

「コスト」は大いに問題だ。彼らの巨体を養うためには相当の食料が必要になる。世界によってはオーガやミノタウロスは人を食うとされ、となると普通の軍隊では許容できない——世間の評判も良くないが、何より自分を食うかもしれない同僚と一緒に戦える人間の兵士が多くないからだ。また、彼らに石や金属の武器や鎧を持たせれば戦力はさらに向上するだろうが、そのための金銭も材料も高くつく。

多様な異種族たち

エルフやドワーフ、小人（ホビットやハーフリングなど）、多くの世界で人間と友好的であり、時に「ヒト」としてひとまとまりにされることもある異種族たちは、この分類ではどのように整理できるだろうか。

「戦力」は人間と同じように出自や訓練の度合いでさまざまだろう。どの種族にもよく訓練された精鋭兵は存在する。一方、ドワーフの職人やエルフの一般市民を連れてきた時、人間の農民兵以上に戦うことができるだろうか？ 人間と同じように考えるなら「できない」とした方が自然だが、「ドワーフの地下都市はしばしばモンスターと遭遇するから、職人も戦闘訓練を積んでいる」「エルフは小規模集落に住んでいるので人手が足らず、皆が狩りや戦闘に参加する」など理由をつけて「できる」にしても良い。

注目すべきは各異種族の特徴を活かした「特殊能力」だ。一般イメージとして、エルフはすらっとした身体付きで、弓と運動能力、魔法に秀でている。ドワーフは斧を得手とし、技術に優れ、そして背が小さい代わりに身体が強い。小人も名の通り人間の子供ほどの身長しかないが身のこなしは素早く、手先が器用だ。あなたの世界ではそれぞれの種族にさらに特殊な能力・才能があってもいいだろう——そして、その能力は戦場でも発揮されうる。エルフの弓兵隊、ドワーフの重装歩兵や投石器隊といった具合だ。

「コスト」は基本的には人間並にかかると考えるべきだろう。特に人間との付き合いの長い異種族であれば尚更だ。一方で、独自の価値観や事情を持っている異種族は、一風変わったものを要求してくるかもしれない。私たちの歴史における異民族との関係性が参考になる。ドワーフ族が「鉱山の権利を譲れ」などと言ってくるのはある意味でわかりやすいが、長命のエルフ族長が「二〇〇〇年前に起きた事件の真相を調べろ」と主張してきたらどう対応するべきか。人間にとっては今更でも、三〇〇〇年生きたエルフにとっては現在進行形の問題なのだ……。

馬に代わるさまざまな動物たち

ファンタジー世界には、独自の家畜・騎乗動物が存在する可能性がある。私たちの歴史では、戦場で人を乗せる動物といえばわずかな例外を除いてほぼ馬であった。しかし、あなたの世界ではいろいろな動物が戦場を駆けているかもしれない。

ゲーム『ファイナルファンタジー』シリーズでは馬の代わりにダチョウやエミューにも似た走る鳥、チョコボが登場する。ギリシャ神話には羽の生えた馬のペガサスがいて、比較的小柄なドラゴンあるいはワイバーン（前足の代わりに翼を持つドラゴン）が人を乗せて空を飛ぶファンタジー作品も多数ある。恐竜めいた爬虫類が牛や鶏などの代わりに家畜となっている世界では、四つ足で走る陸走型のドラゴン（竜）が馬の代わりを務めているに違いない。狼や虎、猪に犀などの猛獣、さらには巨大な鳥・蜘蛛・カマキリなどファンタジックな動物を飼い慣らして騎乗する文化もあるかもしれないが、これらはどちらかといえば人間よりも異種族の領域かもしれない。これらの独自の騎乗動物に乗った兵士は、どんな特徴を持つだろうか。

「戦力」においては馬に乗った騎士に準じると考えるべきだろう。すなわち、戦場でも戦場外でも機動力において群を抜いており、勢いに乗っての突撃から迂回しての側面・背面攻撃まで、あるいは偵察から伝令・敵の軍勢が集結する前に本陣を狙っての先制攻撃まで、活躍できる場面は幅広い。

ただ、何もかも馬と一緒ではつまらないので、「特殊能力」において大小の差異が欲しいところだ。走る鳥は小回りがきいて不整地も走り抜けられそうだが、馬ほどの荷物が積めそうになく、バランスも崩しやすそうなので、上に乗る騎士もある程度軽装である必要があるだろう。となると正面から戦っては馬の騎士に負けるのではないか。逆に陸走の竜は馬よりしっかりしていて重装の騎士を乗せられるぶん、スピードに難があるだろうし、生き物として変温動物であれば冬場は使えない可能性がある……という具合だ。

「コスト」も基本的には馬に準じるだろう。そもそも馬を買い、維持するのは現代で言えば車を持つのと同じかそれ以上にコストのかかることなのだ。その上で、馬と比べて成長にどのくらい時間がかかるか&どのくらい寿命があるかでコストも変わってくる。

軍団を踏み潰すような巨大動物

ファンタジー世界で騎乗用の家畜動物にできる存在が、馬程度の大きさでは済まないケースもあるだろう。つまり、複数人が乗れるような大型の動物――大きめの竜や巨大亀など――があなたの世界に存在するかもしれない。その場合は、私たちの世界でいうところの象と比べるのがいいだろう。

古代、象は中国南西部からエジプトのあたりまで広く分布しており、特にインドでよく戦象が用いられたほか、ローマとカルタゴの戦争でカルタゴの将軍・ハンニバルが戦象部隊を使ったことが知られている。

大型騎乗動物の「戦力」は絶大だ。象は馬よりもさらに大きく（といっても、ハンニバルが対ローマ戦争で使ったのはそこまでの大きさではなく、人が一人乗れる程度だったらしいが）、突進力に優れる。象が大きな鳴き声を上げながら突っ込めば、大体の部隊は怯え、あるいは戦線を支えきれず、壊滅することだろう。この突破力は「特殊能力」と呼んで差し支えない。

しかし、象は馬よりもコントロールが難しく、また突撃中の方向転換も容易ではない。そのため、機動力に長ける部隊で撹乱したり、象使いを弓で倒すことによって混乱させせれば、むしろ暴走して自軍を窮地へ追いやる可能性さえある。竜や巨人のような巨体のモンスターを象のように使う軍勢と、それに対抗するために撹乱戦術を用いる軍勢の戦いは、いかにもファンタジックで映えるのではないか。

大型動物は「コスト」面も心配だ。種類にもよるが、象は一日に少なくとも五十キログラム、多ければ三百キログラムの草や果物などを食べる。水も大量に飲む。

また、象が寒いところに耐えられずカルタゴの戦象が次第に数を減らしたように、気象問題にも左右されるため、維持が難しいユニットと言える。

「英雄」のいる戦場

一方で、以上のようなユニット単位の枠にはまらない戦力——すなわち「英雄」がいる世界であれば、別の考え方をしなければならなくなるかもしれない。

英雄と一口に言っても、その個人的な武力が現実レベルであるなら、大規模な戦争の勝敗を左右することは困難だ。一人の力で勝てるのは数十人から百人程度の小競り合いが限界ではないか。

どれだけ剣の腕が立ち、力が強かったとしても、百人二百人を一気に打ち倒すことはできない。また、一人を切り伏せ、二人目を倒しているうちに三人目が後ろから飛びかかり、四人目が足を掴んで、英雄を引き倒してしまう。そうなってしまえば終わりだ。

しかし、フィクションの世界には、非現実的レベルの英雄や怪物が存在する可能性がある。剣を一振りするだけで五人十人の雑兵が倒れ、呪文を唱えたら数十人から数百人が吹き飛ぶような英雄だ。このような英雄や、その英雄が戦うのに相応しい怪物が出て来てしまったなら、戦場の有り様は現実のそれとは全く変わってくるだろう。

一番ありそうなのは、「英雄（怪物）の相手は英雄（怪物）しかできない」戦場であろう。

こんなパターンが考えられる。どちらかの陣営が英雄を繰り出してくると、対抗陣営は旗や鐘、太鼓などで合図を出して、雑兵たちを一斉に後ろへ下げる。そして自分たちの陣営の英雄を戦場へ投入するのだ。

最初に雑兵同士の戦いをするのは、両陣営にどれだけの英雄や怪物がいるのかわからないからだろう。もし、片方の陣営の方が英雄や怪物の質や数で劣ってしまったなら、どうなるか。

例えば陣営Aが四人、陣営Bが三人の英雄を抱えていたなら、Aの英雄一人がフリーになってしまう。あるいは陣営Cの英雄は二人しかいないが、うち一人が圧倒的に強いので陣営Aの四人全員を釘付けにできてしまい、結局英雄一人がフリーになる、という具合だ。

こうして自由に動ける英雄・怪物は、敵の雑兵をあっ

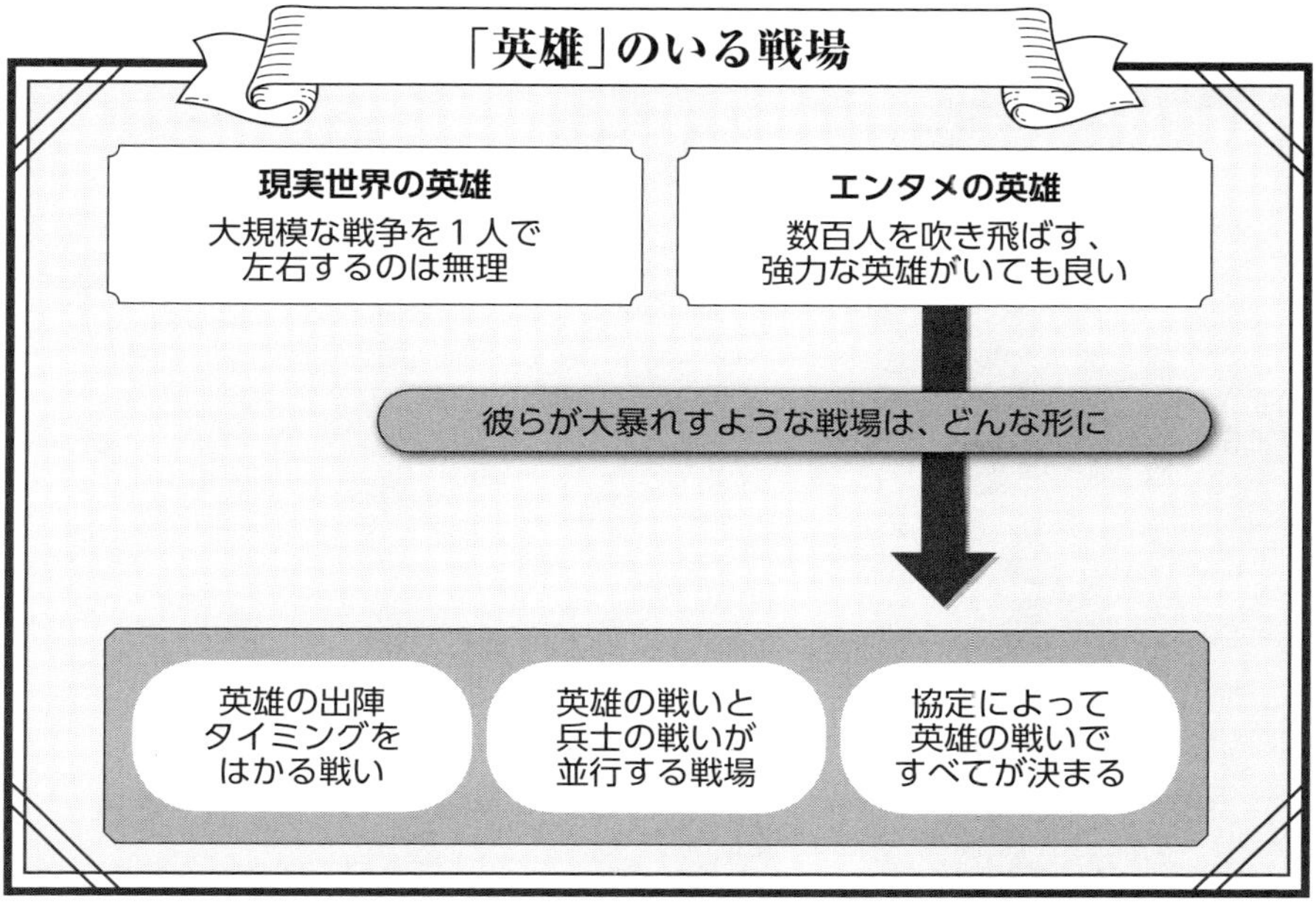

という間に蹴散らしてしまう。だから雑兵同士でジリジリと削りあいながら、お互いの手の内を見るのだ。

最初から両陣営とも英雄・怪物を出陣させるケースもあるだろう。その場合、戦いは古典的な一騎打ちの有様になるかもしれないし、英雄と英雄、雑兵と雑兵の戦いが別次元で繰り広げられる可能性もある。

一番絵になるのは後者のパターンだろう。戦場の中央、あるいは上空で英雄と怪物が戦っていて、ぶつかり合う兵士たちの目にもそれが見える。時には攻撃の余波が飛んできて、数十人数百人が吹っ飛んでしまうようなこともありえる。それでも両者が戦い続けるのは、どちらかが引くともう片方が一気に突っ込んでくるからだろうか。

戦争がある程度儀式化していて「英雄が戦っている間はどちらも手を控える」ルールが定まっていれば犠牲者ももう少し減るが、このような取り決めが成立するかどうかはその地域の文明・文化による。人道意識が高まった結果として、「そもそも戦争自体が不要なのではないか」となり、英雄（怪物）同士の決闘が戦争の代わりを行うだけになってもおかしくない。

「魔法」と「飛行」

ここでは架空の兵士・ユニットの中でも特に重要な存在である「魔法」と「飛行兵」について掘り下げる。

魔法は世界を変えるか？

魔法の存在は、戦争（侵略・防衛）をいかに変えるだろうか？

最もわかりやすいのは、魔法使いが「特殊な弓兵」として活躍するケースだろう。当たって刺さるだけの弓矢に対して、魔法は炎や氷、風や雷などの属性を備えた攻撃によって「相手の物資を炎で燃やす」など応用的用法ができる可能性があるし、盾を作るなど防御面での活躍も期待できる。

特に、「着弾すると爆発する火球魔法」や「数十人が吹き飛ばされる暴風魔法」「一直線に走って数十メートルの距離を貫通する電撃魔法」があるなら、彼らは弓兵ではなく砲兵・機関銃兵としての活躍を見せることになり、戦場のありさまをガラッと変えてしまう可能性さえある。

私たちの歴史では大砲や機関銃などの兵器が発展する中で、「密集陣形をとっているとまとめて吹き飛ばされてしまうので、小さな部隊に分けて攻め込む作戦を選ぼう」「塹壕（地面に穴を掘り、そこに隠れながら敵を攻撃したり移動したりできるようにする場所）を準備しよう」などの戦術が発展した。破壊力・影響力の大きい魔法が発展している世界では、このような戦術が早めに登場する可能性は高い。

ましてや、「隕石の雨を降らせて軍団だろうが城塞であろうが叩きのめしてしまう」「炎の嵐によって森一つをあっという間に焼き尽くす」「地割れや洪水で人間を飲み込み、地形を変える」レベルの魔法使いがいたなら、「兵士と兵士による戦争」そのものが消えてしまう恐れさえある。

魔法＝核兵器？

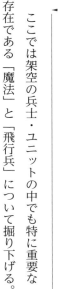

魔法は戦争を変えるか？

あなたの世界の魔法がどのくらい特別かで影響は変わる

↓

ケース①：特殊な弓兵
魔法は飛び道具として活躍し、防御など柔軟な運用もできる

ケース②：時代を先取りする砲兵・機関銃兵
壊力や範囲が広いので、合わせた戦術が生まれる

ケース③：ほとんど神
１人で軍団や国家と戦えてしまうレベルの魔法使い

現代世界の核兵器のように一国の運命を左右する

現代世界と同じように、通常戦力も残る

そのような神話レベルの魔法使いが実在する世界を、どのように捉えたらいいだろうか。私たち現代日本人にとっておそらく一番イメージしやすいのは、核兵器に例えることではないか。

二十世紀、第二次世界大戦時に登場した核兵器は、都市一つを丸ごと消滅させ得る恐るべき兵器だった。当初はアメリカしか持っていなかったが、やがてソ連やヨーロッパ諸国なども開発に成功させる。しかも、核兵器は広島や長崎に用いられたような「飛行機で核爆弾を運んで行って落とす」形だけでなく、「大陸と大陸の間を飛び越えるようなミサイルに乗せて飛ばす」形にまで発展した。こうなると一度発射された核兵器を防ぐのは困難になる。結果、「相互確証破壊（MAD）」――どちらかが核兵器で先制攻撃を仕掛けると、報復で核兵器が飛ぶので両者が破滅する。だからどちらも核兵器を使わない、という関係が成立するに至った。

こうなると、「核兵器を持っている国はどうやっても攻められない（最後には報復で相手を道連れにできるから）」ということになる。一応、空中でミサイル

を迎撃できる兵器も開発されているが、確実に撃ち落とせるかというと難しい。結果、国連などでは核の廃絶・不拡散への働きかけが行われているにもかかわらず、北朝鮮やイラクのような国家が自国の生き残りをかけて、どうにかして核及びそれを乗せて飛ばすミサイル技術を開発しようとするわけだ。

この構造は、そのまま神話レベル魔法使いがいる世界に適用できる。一人で軍団を壊滅できる魔法使いがいる国・勢力には手出しできない。侵略のために送り出した軍団一つが壊滅するだけならまだしも、魔法攻撃がミサイルのように空を飛んで首都を吹っ飛ばすようでは本当にどうにもならない。この国に手を出せるのは、魔法攻撃を空中で迎撃できる魔法使い・能力者がいる国だけだが、それが百パーセントでない限り誰もわざわざその国を攻めようとは思うまい。

となると、神話レベル魔法使いがいるかいないかは国の命運を賭けた一大事になる。自国の中からその素質を持つものを育てようとする国あり、フリーだったり他国に仕えていたりする魔法使いを引き抜こうとする国あり。他国の魔法使いを暗殺しようとする動きも起きるだろう。冷戦時代のスパイアクションさながらの光景が生まれること間違いない。

また、核兵器開発後の私たちの歴史で通常戦力が失われなかったように、神話レベル魔法使いがいる世界でも普通の兵士による軍団が消滅するともちょっと思われない。軍団や都市を壊滅させるレベルの攻撃は大規模すぎて使い勝手が悪いからだ。相手の土地や都市を占領してこそ侵略の目的が達成されるのに、いちいち吹っ飛ばしてはしょうがない。また、相手が神話レベル魔法使いを持っている場合、こちらが持っていたらあちらも使う。そのため、相手の様子を見ながら通常レベル兵力で削り合うという戦争になる――この辺りは私たちの歴史が冷戦期以降にたどった姿がそのままモチーフにできる。

地味に活躍する魔法

魔法使いが戦場では活躍できないケースも考えられる。「魔法使いの数が非常に少なく、かといって天変地異レベルの力でもないので、勝敗を左右できるほどではない」「魔法を使用するには極度の精神集中が必

魔法の応用

地味な魔法

小説などのエンタメではむしろ地味な方が面白い？

- 兵士たちの移動や生活、準備を補助
- 魔法から派生する自然現象を活用
- 回復魔法は軍隊の能力を底上げする

魔法使い対策

- 戦力としては非常に強力
- 魔法使い部隊
- 防御力や移動力、継戦能力に問題

↓

先制攻撃を仕掛けることで、こちら側の被害をかなり防げる

要で、混乱する戦場で魔法が使えるのは限られた人物だけ」「魔法を封印したり、防御したりする技術・魔法が高度に発展しており、打ち消されるだけなので戦場では効果を発揮しない」などだ。

　このような状況でも、魔法が戦争で活躍できる可能性はある。それは、「戦争をするための前準備や後始末で魔法が効果を発揮する」ケースだ。

・土魔法や石魔法で荒れた道を整え、崖崩れで塞がった道を交通可能にし、崩れた橋の代わりに新しい橋を作る。また戦場では塹壕を掘ったり土塀を建てたりして野戦築城にも活用できるだろう。

・水魔法で汚れた水を浄化し、あるいは無から水を作り出すことができれば、兵士たちが乾きや病気で衰弱するのを防ぐことができる。食料を作り出す魔法もあればさらに便利だ。

・ちょっと火をつける程度の魔法でも、野営の手間をかなり省略できる。消えない火や光を生み出す魔法があれば、夜間の進軍の助けになるはず。

・完全な魔法防御を整えた敵が相手でも、火を風魔法

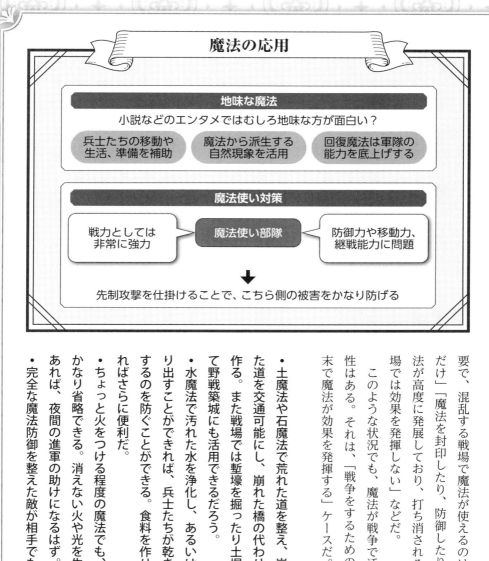

で煽って自然の火事を作れば、火攻めをすることができるだろう。また、声を遠くに届ける魔法は別の場所にいる部隊との連絡を取るのに非常に役立つ。

・傷を癒やし、病を治す魔法は仮に戦闘中に使えなかったとしても便利極まりない。戦場で即死はしなかったとしても、出血が多すぎて翌朝までも生き残れなかったり、傷から病原菌が入って病気になったり、四肢を失って兵士としては戦えなくなったりする兵士が無数に発生するのだ。古代〜近世レベルの医術では救えない彼らを、魔法の力によって救うことができたなら？　あとはしばらく休んで気持ちを整えれば、再び戦闘に戻ってきてくれることだろう。

このような貢献は、一人あるいは数人の強力な魔法使いが従軍して行うのかもしれない。戦場では魔法使い部隊として活躍する者たちが、移動中や戦闘直前には便利な魔法を使うというのもわかりやすい。

あるいは、普通の兵士も一つや二つなら簡単な魔法が使えるため、便利にこき使われるという可能性も考えられる。

対魔法使い戦術

魔法使いにはどう対処するべきだろうか？　神の如き魔法使いに対処するには英雄をぶつけるか、あるいは弱点を探すしかないのだろうか。移動中や戦闘前・戦闘後に活躍する魔法使いがあまりにも活躍しすぎて邪魔なら、暗殺や買収などの手が有効だろう。

そしてここで考えるべきなのは「特別な弓兵」あるいは「時代先取りの砲兵・機関銃兵」としての魔法使い部隊にどう対応するかだ。

一般に、魔法使いの能力は知性・知識・頭脳に左右される。ということは、身体能力に劣って移動速度が他の兵種と比べて低かったり、重装備ができないため防御力に劣ったりする可能性が高そうだ。また、強力な魔法は連射ができなかったり、戦場で使える回数に限界があったり、というのも考えられる。

このような問題を持つ魔法使い部隊に対して有効なのは、先制攻撃であろう。弓兵や魔法使い部隊によって先に攻撃したり、移動力に優れた騎兵を突っ込ませて迎撃されても構わず距離を詰めたり、伏兵によって横や後ろから攻撃することで、魔法によってこちらに被害を与える前に壊滅させてしまうのだ。

もちろん、敵側も魔法使い部隊への直接攻撃を警戒する。そのため、魔法使い部隊はいざという時まで戦場の後方に隠していたり、重装歩兵や長槍部隊などの守りの硬い部隊に守らせたりなど、備えをしているはずだ。

飛行は世界をどう変えるか？

物語を彩るため、魔法以外にもファンタジックな要素を差し込んでみたい。

魔法と並ぶ戦場のファンタジックな要素といえば、「飛行」ではないか。「空を飛びたい」は人類にとって長年の宿願であり、その実現と普及は社会のあり方を大きく変える。もちろん、戦争も例外ではない。なんらかの形で飛ぶことができた時、侵略と防衛はどう変わるだろうか？

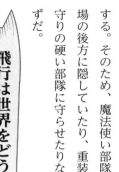

まずは「どんな手段で空を飛べるようになるのか」を考えてみよう。主要なパターンとして、次のようなものが考えられる。

・飛行能力を持った異種族

単純に「鳥のような羽毛の翼か蝙蝠のような皮膜の翼を持っていて空が飛べるだけの異種族」はしばしば翼人と呼ばれる。一方、神や邪神との関係が深ければ天使や悪魔などと呼ばれるだろう。彼らは当然空を飛ぶことができる。

・飛行能力を持つ騎乗動物に乗った人間

翼持つ馬ペガサスや、ドラゴン、人間を支えるほどの巨大鳥（形状から上に乗るのは難しいので、足に捕まったり、ゴンドラを吊り下げたりするのが現実的か）などを活用することで、人間も空中を移動することができる。

・飛行能力を持つ知性生物

ドラゴンやグリフォン、ロック鳥など、飛行能力を持ちかつある程度の知性を持つ生物（それは多くの場合「モンスター」であろうけれど）は、群れあるいは単体で一つの部隊を構成する兵力になりうる。

・飛行魔法が使える魔法使い

多くの世界に飛行魔法が存在する。大抵高レベル魔法で、部隊を編成できるほど魔法使いを集めることは

ファンタジー世界の空を飛ぶ

空を飛ぶのは人類の夢だ！
↓
やはり夢だけに特別な存在になりやすい……

空を飛ぶ異種族
翼人や天使、悪魔など、
主に翼を持った異種族たち

空を飛ぶ生き物に乗る
ペガサスやドラゴンを
騎乗用の家畜にできれば

空を飛ぶ知性生物
飛行モンスターの群れを
軍団に組み込むのは可能？

魔法で空を飛ぶ
低レベル魔法使いが
浮遊状態で攻撃する？

アイテムで空を飛ぶ
いよいよ希少なので部隊
というよりは個人か？

空を飛ぶ船
魔法や独自に発展した科学
の力で空を飛べる？

難しいだろう。浮遊してそこにいるだけ、あるいはゆっくりなら移動できる浮遊魔法もあって、こちらは比較的低レベルでも使えることが多い。

・飛行能力を与える魔法のアイテム

翼がついていて履いている人が空を飛べるようになる魔法の靴、空飛ぶ魔法の絨毯、魔女の箒……さまざまな「空を飛ぶ魔法のアイテム」が存在する。しかし飛行魔法が高レベルであるように、アイテムの方も希少で高価値であることが多く、英雄が持っているケースはあっても「アイテムによる飛行部隊」の編成は難しそうだ。

・空を飛ぶ船

数十人～数百人を飛ばすものをイメージしている。神話レベルの魔法あるいは魔法アイテムの力によるもの、魔法と科学の融合によって現代～近未来レベルの技術を実現しているもの、そして現代科学による飛行機そのものなどが考えられる。あるいは「原生生物が生み出す、あるいは錬金術によって作り出されるガスを用いた飛行船」などというのもアリだろう。

こう見ると、やはり飛行する部隊は特殊だったりコストが高かったりするユニットと考えた方が良さそうだ。

飛行兵のメリットとデメリット

では、飛行能力を持ったユニット（＝飛行兵）は絶大な戦力として戦場で活躍できるのだろうか？　実は必ずしもそうとは言えない。戦場での飛行兵は大きなメリットもあるが、デメリットも小さくないからだ。

まず、戦場でのメリットから紹介しよう。

飛行兵は当然「機動力が非常に高い」。敵軍が準備するより前に攻撃したり、守りの薄い場所に回り込んだり、ヒット&アウェイを繰り返して自分たちの被害を減らすこともできるだろう。土塀や塀、堀など野戦築城陣地や、森や川などの天然の移動困難地形、城塞の壁などを簡単に飛び越えられてしまうわけだ。

さらに「弓矢や投げ槍など、上から下に落とせば重力が乗って威力が高まる武器」や「爆弾や火種付き油など、狙う場所へ持っていくのが難しい兵器」との相性もいい。そもそも「上空を自由に飛ぶ敵が存在し、いつどこを攻撃してくるかもわからない」ということはそれだけで兵士たちの士気をくじき、恐慌へ陥らせる効果がある。飛ぶスピード次第では「地面スレスレを飛んで衝撃波を発生させ、吹き飛ばす」こともできるかもしれない。

一方、デメリットはどうか。

飛行兵は飛んでいる。ということは「非常に目立ち、狙われやすい」ということだ。また、「空を飛ぶためにあまり重い装備はつけられない」ことが多いだろう。結果として、弓矢で集中攻撃を受けてしまい、あっという間に墜落ということになりかねない。陣地や障害、城壁を越えられたとしても、待ち構えていた攻撃により撃墜される可能性も高い。さらに言えば、「上空から落下すればその衝撃だけで死ぬことさえある」のが空を飛ぶものの宿命だ。つまり、あらゆる意味で打たれ弱いのが飛行兵の特徴なのである。

また、せっかく爆弾などが発明されても、翼人たちはごく軽い武器と鎧を身につけて飛ぶのが精一杯なので、そんな重いものを持って飛ぶのは不可能……ということもあるだろう。

飛行兵はどこで活躍する？

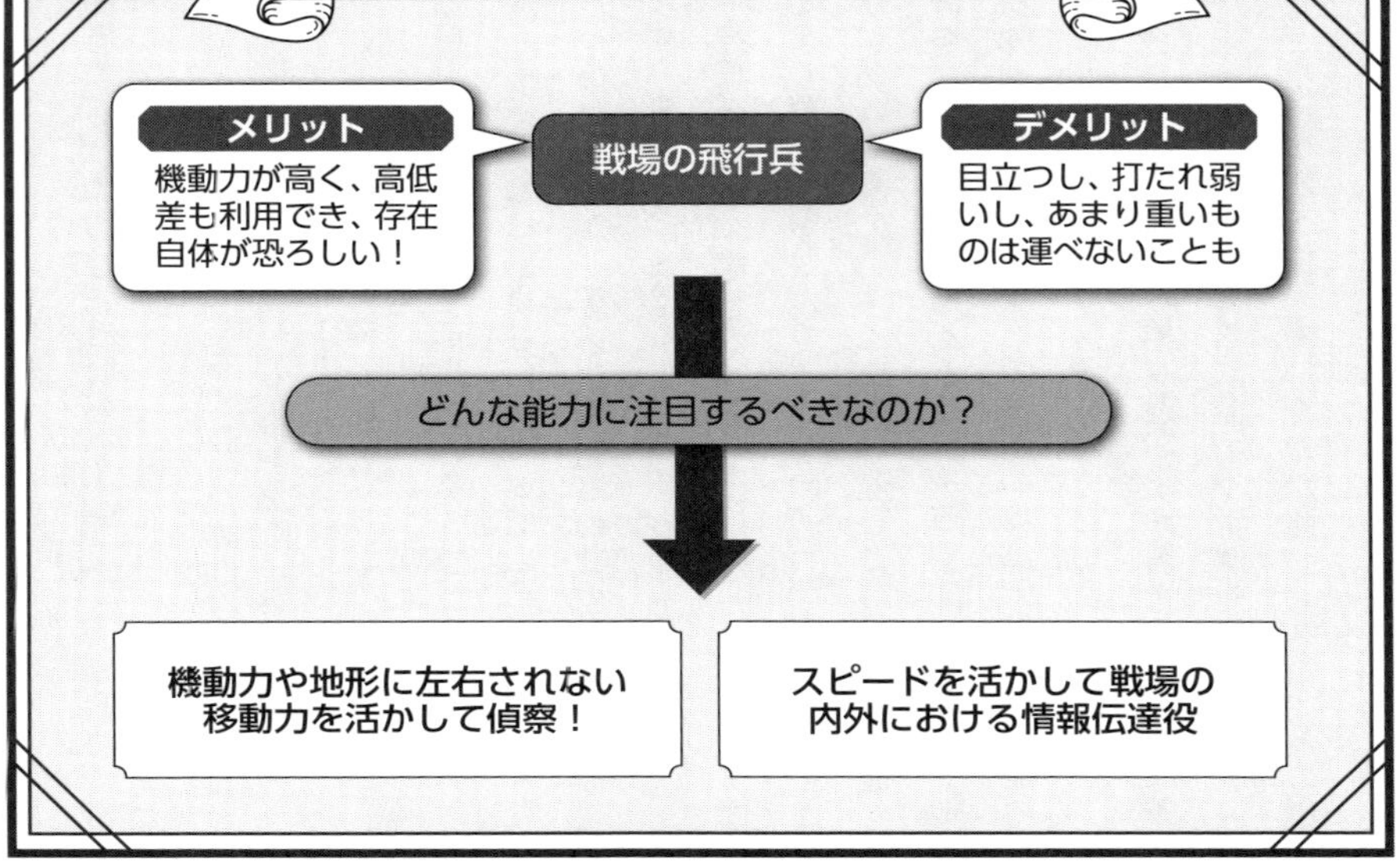

戦闘以外の活躍

飛行兵のメリットは戦場外や戦線の後方でこそ存分に発揮される、という考え方もある。戦闘そのものに活用できないほど希少だったり、打たれ弱かったりしても、飛行兵が活躍できる余地は十分にあるのだ。

まず、空が飛べれば「上空から偵察し、周辺地形について情報収集」をすることができる。その効率についても、正確性についても、地べたに張り付いて行うのと上空から行うのでは比べ物にならない。また、戦闘中であっても本陣から上に飛び上がることで、戦場の各地で何が起きているかをつぶさに観察することができる。

飛行兵は「伝令・情報伝達の役目」においても優秀だ。馬が地上を走るよりも、ドラゴンやペガサスが空を飛ぶ方が早いに決まっている。国境の城塞が攻撃された……などというケースの時に、飛行兵がいれば迅速に首都へ窮状を知らせ、援軍を招くこともできるだろう。鐘や太鼓、喇叭を鳴らしながら戦場を移動し、合図を送る飛行兵がいてもいいかもしれない。

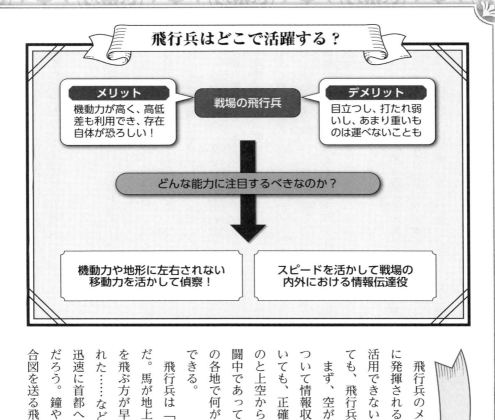

軍団を強くする方法（指揮・仕組み編）

兵士の数が増えれば戦力は増えるが……

侵略にせよ、防衛にせよ、軍事力によって目的を達成しようと思うのであれば、軍事力を強化せざるを得ない。では、具体的にはどうしたらいいのか。

まずは「戦力」、兵士と指揮官によって構成される軍団や防衛拠点の力を高める方法を考えよう。

シンプルに考えれば、兵士の数が多ければ多いほど戦力が高まり、軍事力も強化されるはずだ。実際、「数が多い」ことには大きな力がある。まず、大軍が侵攻してくる（待ち構えている）ことはそれだけで圧力を生み、味方の戦意を向上させるとともに敵方の士気をくじく。さらに、数が多ければ予備戦力をたっぷり用意して伏兵や挟撃に備えたり、第一陣・第二陣・第三陣と分けて順に攻めかからせることで味方の疲弊を防ぎ、敵を一方的に疲れさせ、消耗させることもできる。また、数が多ければ陣を横に広げて相手を包囲することも容易になる。

では、たくさんの兵士を集めるためにはどうしたらいいのか。

古代的な国家で、自由民（多くは成人男子）が兵士としての義務を負う体制であるにしても、封建主義的で各領主に兵を出す義務がある体制にしても、絶対主義的で国民に広く徴兵の義務を与えられる体制にしても、やはり第一には人口を増やさなければ兵士の数は増えない。全体の人口が増えて初めてその中の何割かである兵役義務者も増え、軍団も強化されるわけだ。その上で「各都市や集落の人口や農地を調査・検地でしっかり把握して、出せる範囲の兵をちゃんと出してもらう」などの工夫はあるが、まずは人口増が必要だ。

人口を増やすためには、国が豊かでなければならない。人が安定して増えるためには食糧生産の増加が必須であるため、森林を切り開いて、あるいは沼沢を埋め立てて、畑を広げていく必要がある。一方で人々が未来に不安を持たず豊かに暮らすための技術や文化の発展には、金銭や他地域との交流が必要であり、経済の発展・貿易の活性化が求められる。内政が順調でなければ軍事力の強化は難しい、ということがわかっていただけるのではないか。

もちろん、無理やり国家の豊かさ以上の軍事力を求める選択肢もある。とにかく片っ端から国民を兵士として駆り立てたり、捕虜や犯罪者、征服地の住民などを強引に兵士にしたり、増税を課して搾り取った金銭で兵器開発に精を出したり、という具合だ。こんなことをしたら軍事力が向上したとしても、国家全体の力は衰え、人々の間に不満が湧き上がってくるだろう。結果、強大な軍事力を持つにも関わらず民衆反乱で潰れてしまう――というのは、いかにも「あるある」な話だ。

そこまで極端な話でなく、「戦争が劣勢になってきたのでこれまでは兵役の範疇外だった人々も戦争に駆り出される」「今は平和だが軍事力を強化したい。しかしあちこち人手不足なので兵士募集をしてもうまくいかない。そこで高給を保証して兵士をかき集める」などという程度のことであっても、社会で本来別の仕事をしていた人々を軍隊という社会運営には関係ない職業（ローマ帝国の軍隊は土木・治水に活躍したが）に回す分、社会に大なり小なりきしみをもたらすことは避けられないのだ。

このあたりの事情はいつの時代も同じだ。例えば後述するフェーデの権限で富を求めて小競り合いを繰り返している封建領主たちの視点に立って見よう。各貴族（領主）が動員できる兵士も、人口と経済力に左右される。豊かな土地を支配していれば、多くの兵士を動員できて、軍事力で優位に立てる。――侵略が歴史から絶えないゆえんだ。

以上のような、人口増をメインにした軍事力強化は、通常とても長期的な計画で行う必要がある。例外は侵略や難民などで一気に人口が増えるケースに限ると言っていいだろう。

兵数のリアル

具体的にどのくらいの兵数を動かすのがリアルであるかについては、人口と文明に左右されるため、モデ

兵士をいかに増やすか

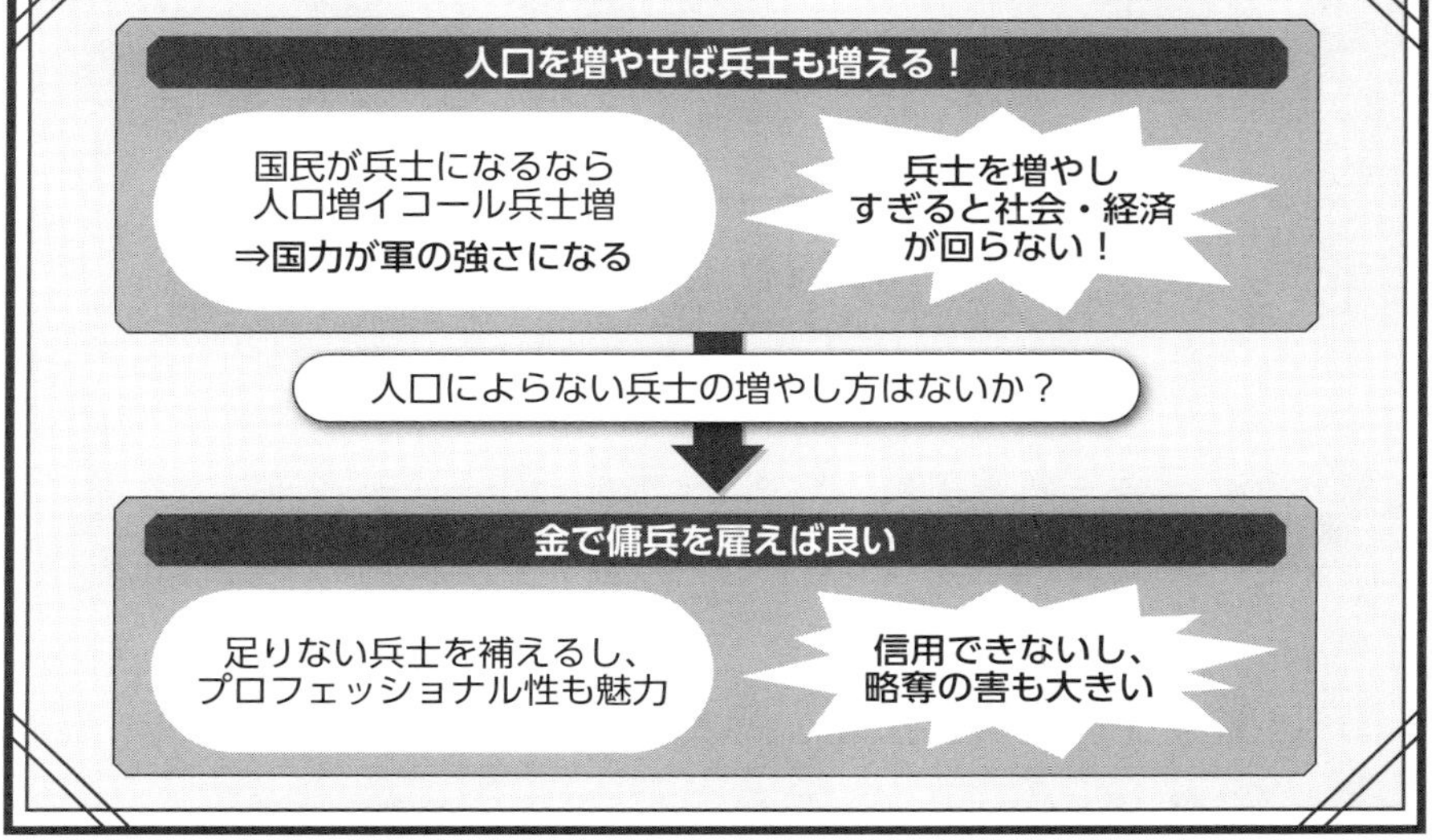

ルにする史実のそれを模倣するのが良い。

古代ヨーロッパに目を向ければ、前四世紀にアレクサンドロス大王がペルシャ遠征へ連れていったのは三万五千の兵であった。また、前三世紀にローマ共和国とカルタゴのポエニ戦争では双方ともに三万人から五万人程度の軍勢を動員していた。ローマ帝国は最初の頃でも歩兵五千と若干の騎兵で構成される師団を正規軍だけで二十五から三十持っていたが、のちになると（正規軍とそれ以外の差がなくなりつつ）百個師団を超えた。さらに五世紀、西進してきたフン族の大軍を西ローマ帝国および連合軍の決戦であるカタラウヌムの戦いは両軍の兵数こそわかっていないものの、戦死者は合計で十六万五千とされ、ということはどれだけの兵が投入されたか想像もできようというものだ。

中世になるとヨーロッパで戦う軍団の規模はグッと減少する。ノルマン・コンクエストで行われたヘイスティングスの戦いでは、（おそらく両軍あわせての数字として）八千人から一万九千人程度とされている。

一方、そもそも人口の多いアジア（特に中国）では一般に兵数が多い。三世紀中国の三国時代、曹操有利の情勢を確定させたとされる官渡の戦いは曹操軍が四万程度、対する袁紹軍が三万程度であった。

この両者が激突するとどうかといえば、やはりアジアは強い、ということになる。十三世紀、膨張するモンゴル帝国がヨーロッパへ進出してきたとき、チンギス＝ハンの孫バトゥが指揮する三万の軍勢は、リーグニッツの戦いでシュレジエン公ハインリヒ二世のドイツ・ポーランド軍を粉砕した。この勝利にはモンゴル騎兵の精強さも大きかったが、やはり数の差が圧倒的だったという部分は見逃せない。

その後、十六世紀以降、三十年戦争くらいの時期になると傭兵の活用もあってヨーロッパでも運用できる兵数が急増し、両勢力が十万人規模の兵を動かすようになる。

傭兵を雇う

では、金銭次第で動く軍事力――すなわち傭兵を雇うという手はどうだろう。中世から近世にかけてのヨーロッパのような地域であれば、傭兵は多数存在した。

彼らは文字通り傭兵を本職にする常設の傭兵団であったり、戦争の口があれば傭兵隊長が「傭兵求む！」と募集をかけてその時ごとに傭兵団を結成したり、あるいは小規模な貴族や騎士が金目当てに傭兵働きをしたり、貧しい国の若者たちが出稼ぎとして傭兵働きをしたり（有名なのはスイス傭兵）と、その実態はさまざまであったようだ。中には持続的に戦うために職人（武器を作ったり、馬の蹄鉄を作ったり）や医者、書記、娼婦などをひきつれる傭兵団もいたというから、ある種動く町のような風情もあったかもしれない。

なぜ傭兵が求められるか。兵士が足りないからだ。「兵役の義務がある自由民たちが兵士になるのを嫌がるから」や「戦争が大規模になりすぎて、普通に用意できる兵士では足りなくなったから」などが考えられる。史実の中世ヨーロッパでは、本来戦うことを役目とする騎士たちが戦場に出るのを嫌がるようになり、傭兵を雇うための金を出すことで義務を果たすようになっていった。

あるいは、アマチュア兵士とプロフェッショナル兵士の違いに傭兵の必要性を見出すこともできるだろう。

槍や剣などの武器を用い、盾を構え、クロスボウを撃つ。これら戦いのために必要な動作を行うことだけでなく、そもそも集団行動を行うこと、戦争の混乱の中で逃げ出さずに戦うということ自体が、訓練を施されていない人間には難しいことだ。また、ロングボウや銃・大砲、あるいはファンタジー世界なら魔法やモンスターを用いた戦争など、特殊な武器・兵器を用いるのにも十分な訓練が必要になる。「生き物を傷つける」「殺す」こと自体が慣れていなかったり、素質がなかったりする人間にとってはストレスのかかる作業という事情もある。また、民間人を兵士として徴発する仕組みが「農繁期に動員してしまうと人手が足りなくなって食糧生産が立ち行かなくなる」など社会にダメージを与えてしまいかねないのはすでに見てきた通りだ。

このようなプロフェッショナル兵士を維持するのにはコストがかかる。戦争以外の仕事には向かないからだ。よほど経済的に豊かな国ならいいが、そうでなければたくさんのプロフェッショナル兵士を養い続けるのは不可能である。

では、どうするか。一つの答えは、普段からプロフェッショナル兵士を雇っていようとは考えず、多数の兵士が必要になったらその都度傭兵として雇うこと。そしてもう一つは、プロフェッショナル兵士たちを引き連れて自ら傭兵働きをし、彼らを雇い続けるための金を稼ぐこと。こうして傭兵は求められるのである。

なお、職業としてプロフェッショナル兵士を目指したが、自分の生まれ故郷ではその道を得られなかった者——騎士やその家臣の家に生まれたが次男以下だったので家を継げない者たち——が多く傭兵になったのも、プロフェッショナルな兵士の「潰しの効かなさ」を示している。このような人々は中世中期なら十字軍に参加したが、行われなくなったので傭兵の道を選んだわけだ。

しかし、傭兵も良いことばかりではない。いやむしろたくさんの欠点があるからこそ、傭兵は近世ヨーロッパ、ナポレオンが活躍した時代あたりに廃れていったのだ。

傭兵の欠点として、まず挙げられるのは「いざという時に役に立たない可能性がある」ことだ。『君主論』は傭兵を「内弁慶」と非難し、平時には雇い主から金を奪うが、戦時になると臆病になって逃げてしまうと指摘する。また、有能な傭兵指揮官は雇い主にプレッシャーをかけたり、勝手な目標を攻め落としたりする……という指摘も重要だろう。つまり、信用がおけないのだ。

また、「傭兵団はしばしば山賊・野盗になる」という欠点も見逃せない。平時にどこの君主とも契約していない傭兵団も、食べていかなければいけないが、彼らが持っている長所は軍事力だけだ。そこで、道ゆく人を襲い、村を略奪することになる。戦時以外も傭兵団は危険な存在なのである（戦時は戦時で略奪して物資補給をするのはいうまでもない）。

手下を増やせば戦力は増えるが……

封建主義的な地域、あるいは小国が乱立しているような地域では、戦力を増やすために手っ取り早い方法がある。各貴族や領主、あるいは小国の王がそれぞれバラバラに戦力を保有しているのだから、支配下に置いているそれら勢力の数を増やせば、自然と自国の戦力は高まる。中立ポジションの勢力を「このままなら踏み潰すぞ」「味方になるならいい思いをさせるぞ」と脅したりすかしたりし、敵方の勢力には「寝返った方が利益が多いぞ」と誘いかける。あるいは周辺勢力に対して広く「今回の戦争に参加してくれたら褒美をくれてやろう」と勧誘する手もあるだろう。

このようにして集めた軍勢は文字通りの烏合の衆であり、指揮系統に問題がある。となると進軍速度は自然と落ちるし、複雑な作戦を実行させるのも難しくなる。「攻めろ」「止まれ」以上は難しいのではないか。それだけでなく、まとまっているのは勝っている時だけという大問題もある。ちょっとでも劣勢になれば浮き足立ち、「このままでは負ける（かもしれない）」となった途端に雪崩を打って逃げ出すことだろう。それでも、「数が多い」ことには力がある。

遠交近攻同盟策

烏合の衆では具合が悪いなら、もう少しちゃんとした味方を選ぶ方法を考えよう。それは目的が一致した

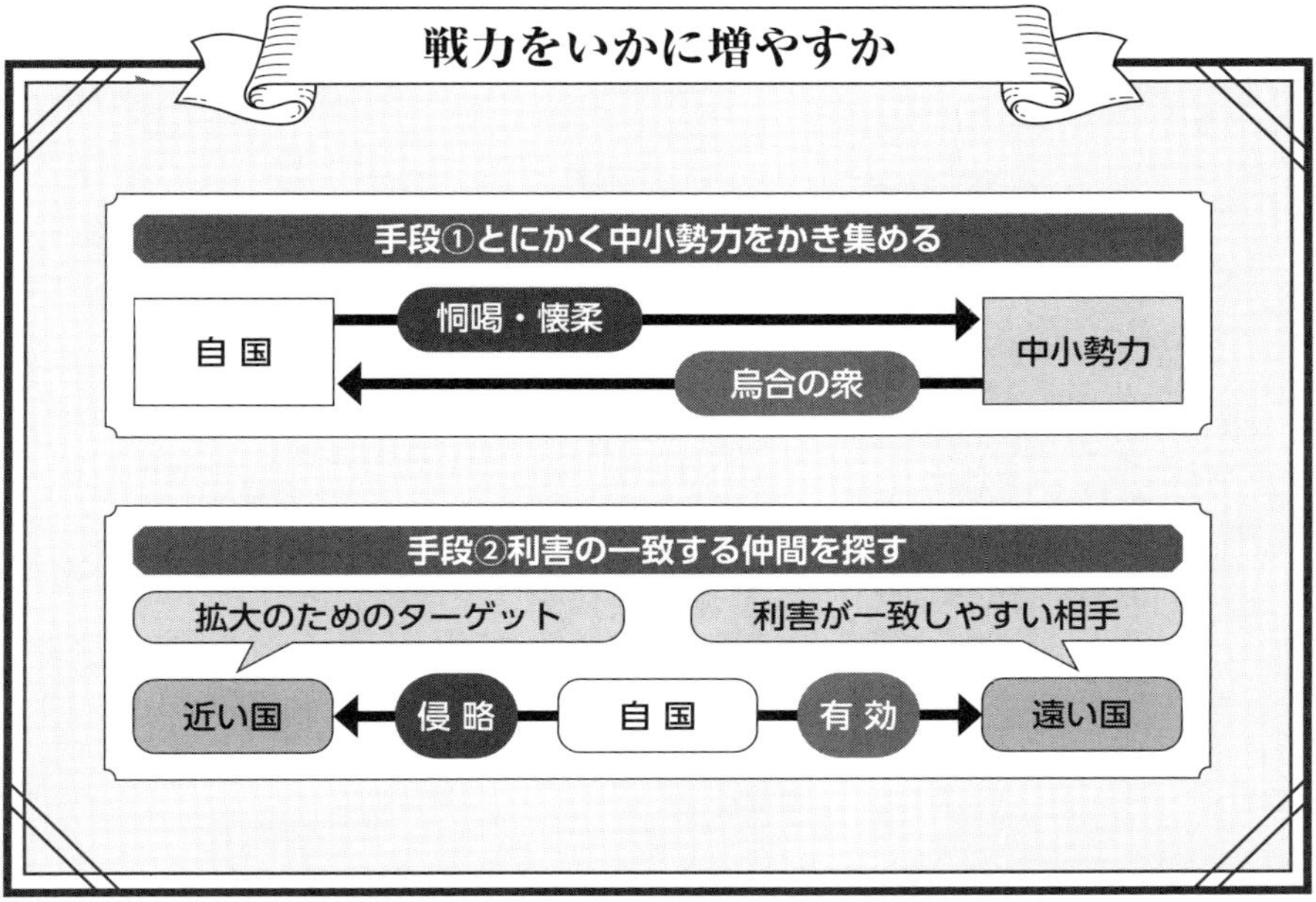

り、利害関係が成立したりする相手だ。では具体的に誰を味方に選べばいいのか。

最もシンプルな選択肢は、「近所にいる、似たような規模の勢力と同盟を組む」ことだ。位置も規模も似たようなものなら、おそらく悩み——立ち向かわなければいけない相手も概ね一緒であろう。結果、利害関係の対立などで苦しまなくて良くなる。

二人で手を組んでも叶わないようであれば、三つ、五つ、十と手を組む相手を増やせば良い。小国とはいえ、連合を組めば巨大な敵と戦えるかもしれない。いや、勢力比べでは敵わないにしても、「一国攻めると他の国も一緒に立ち向かってくるのか。これは面倒だぞ、侵略するのはやめよう」となれば、同盟の目的はもはや達成されたと言って良い。

ただ、これは防衛のケースの話だ。侵略を企む上で仲間を求めているなら、近くに同盟相手を探すのはちょっと具合が悪い。そもそも遠くへ遠征すること自体がコストパフォーマンス上好ましくないし、略奪した人間や物資を運ぶにしても、飛地として統治するにしても、効率が悪い。

となると、「遠くの勢力と仲良くしながら、近くの勢力を攻める」のが望ましい。『兵法三十六計』が言うところの「遠交近攻」の策である。こうしてジリジリ勢力を広げるうち、やがてかつて手を結んだ遠い勢力との距離が近くなってしまう時期も来るだろうが、なあにそんな時はもっと遠くの勢力と手を結べばいいだけのことだ。

ただ、前近代の世界では遠交近攻策には限界が来る可能性がある。なぜなら、あまりにも遠い地域のことは調べるのにも限界があるために、情報の不足で手を結べなかったり、あるいは手を結ぼうとした相手がそもそも存在していなかった、などということもあるからだ。

中世にヨーロッパ諸国がイスラム勢力と戦う中で「プレスター・ジョンの国」を求めたのはその典型例と言えるだろう。

指揮系統を徹底せよ

また、強い軍隊に欠かせない要素として、「リーダーの言うことをよく聞く」がある。どれだけ強力な兵士を揃えても、彼らが皆好き勝手に行動するようでは勝利はおぼつかない。これは単に戦場で部下が言うことを聞かないと困る……というレベルの話にはとどまらない。先述したような特別な兵種、装備、戦術があったとしても、軍団全体の統率が緩んでいたなら戦力アップにはつながらない可能性があるのだ。

例えば、英仏百年戦争のクレシーの戦いにおいて、一万二千のイギリス軍が三万のフランス軍に勝利している。その勝因は以下の二つであるとされる。まずイギリス軍が徒歩の長弓兵という当時の常識で言えば格の低い部隊を主力に据えても、格の高い部隊である騎士たちから反発がないほど、自軍をしっかりコントロールできていたこと。そしてフランス軍は完全に烏合の衆で、ただ闇雲に突撃する以外の選択肢がほぼ取れなかったことだ。仮にフランス軍に十分な長弓兵がいたとしても、十分に活用できなかったに違いない。

封建主義の時代では、王のもとに集った貴族たちも一個の独立勢力という意識をある程度持っていることが多いので、言うことを聞かせるのには限界がある。それでも、日頃から恩を売り、あるいは脅しを効かせて、コントロール可能にしておかなければならない。

有名なエピソードがある。『孫子』の著者である孫子(孫武)は仕える王に「宮中の美女を指揮することができるか」という難題を与えられたが、美女たちは本気で向き合わない。そこで孫子は指揮官役を与えていた王の寵姫二人を「命令に従わないのは指揮官の罪だ」と王の制止を押し切って殺させてしまった。これが見せしめになり、美女たちは孫子の命令に完全に従うようになったという。史実かどうかは怪しい話だが、命令・指揮系統・責任の重要性をはっきりと教えてくれる逸話であるため、ここに紹介した。

楽器と旗での情報伝達

では、命令が重要であるとして、それをいかにして素早く、正確に、たくさんの、そして遠くの相手に伝えればいいのか。どれだけ声が大きくとも、戦場の喧騒の中で正しく意思が通じられるのは、数人からせいぜい数十人程度であろう。数百人規模、そしてそれ以上の部隊を動かすのは難しい。

魔法がある世界なら通信魔法・遠視魔法により完全な伝達ができて、普通の軍隊ではありえないような戦術も使えるだろうが、そうでなければ工夫が必要だ。

定番の一つは、「楽器」を使うことだ。人間の声とは比べ物にならないほど大きな音を出せるし、高い音、あるいは低い音によって気づきやすいということもあるのだろう。主に使われたのは鐘や銅鑼、太鼓の打楽器と、トランペットやホルン・法螺貝などの金管楽器だ。これらで音を鳴らし、楽曲を演奏することで、進軍や後退などを指示するわけだ。いわゆる「進軍ラッパ」がその代表例である。

もう一つの定番として、「旗」がある。何がしかの文様や紋章、文字などを描いた布を棒につけ、高々しく掲げることによって「そこに誰がいるか」を示すし、旗が動くことで遠くまでサインを送ることができる。旗の価値はその物理的な高さによって戦場のどこからも遮られず見えることにある。

さらに言えば、楽器と旗は実用的な意味も持っている一方で、神話・宗教的な意味がある(むしろそちらの方が先に立っている可能性もある)ことも見逃せない。神に捧げ、また神を象徴し、さらに言えば神がかりになるために鳴らされていた楽器や振られていた旗が、重要なまつりごとである戦争においても使われた、と考えられるわけだ。

となると、ファンタジー世界では楽器や旗に独特の意味がある可能性も見逃せない。人々を熱狂させる効果のある楽器や、目が離せなくなる効果の旗があっても何もおかしくないだろう。

また、旗は名誉の象徴であり、それを奪われることが処罰の対象になることなどもあった。日本における「錦の御旗」のように、戦場に現れるだけで両軍の士気を一変させる旗もある。また、イスラム教世界では偶像信仰が否定されるので単純な模様の旗が多かったり、民衆が自分たちの意思を示すためにむしろの旗を掲げることもあるだろう。

音楽の方でも、国家が軍隊の士気を高めるために雄々しい歌曲を作らせることもあれば、煽動や蜂起を企む人間が自己宣伝のために歌曲を流行らせることもあり、民衆の苦しみや兵士たちの悲哀を語る歌が自然発生的に生まれ、それが反乱軍のテーマになってしまうことだってあるだろう。軍隊を強化するための準備としての側面が強いものではあるが、一方でいろいろな意味合いを持たせられるのが音楽と旗の面白いところだ。

人を送り込んでの情報伝達

伝わるスピードや範囲を重視するのが音楽や旗であるのに対して、正確性を重視するのが「伝令を送る」ケースだ。つまり人間を送り込むわけで、伝えられる情報量は比べ物にならない。複雑な指揮をするのであれば、あらかじめの軍議で話し合うだけでなく、状況に合わせて伝令を送り込むのは当然だ。

伝令は普通、馬に乗った騎兵が担当する。人を乗せて移動できる乗り物で、小回りなどを考えたら（非ファンタジー世界では）馬以外の選択肢はないと言っていいだろう。ただ、不整地や森林など馬が使えない状況では足の速い人間、あるいは忍者を使うこともあり得る。

特に烏合の衆的な軍勢を率いている時には伝令の数をあらかじめ増やしておき、リアルタイムで指示・確認を行うなどの工夫が有効である。

指揮し、伝達することは重要だ

指揮系統の重要さ

指揮官 → 命令 → 軍団部下

中世や近世の軍隊ではコントロールに限界はあるが、
好き勝手動かれては戦いに勝てない！

↓

混乱する戦場で命令をいかにして伝えるか？

↓

楽器や旗

楽器が生み出す音は、
戦場でも遠く、広く聞こえる

旗が頭上ではためけば、
遠くからでも見える

楽器にせよ、旗にせよ、もともと宗教的な意味合いが強い

↓

人々を高揚させたり、名誉の象徴になったり。
ファンタジー世界ではさらなる効果があってもいい

伝令兵

直接人を送り込めば情報量も増えるし正確に伝えられる

指揮官 → 伝令兵 → 軍団部下

準備の時間や技術力、資金などその時々の条件に合わせながら、
適切な手段で軍団をコントロールするのが賢い司令官だ！

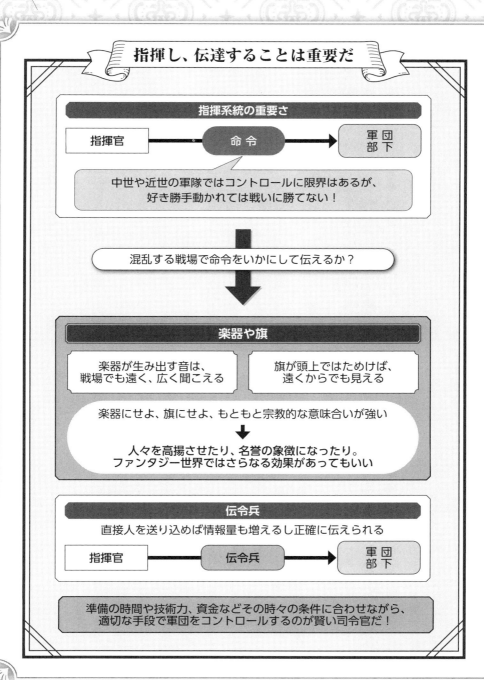

軍団を強くする方法（装備・兵器編）

装備・兵器の差は時に決定的な戦力の差になる。

地球のケースになるが、鉄はもともと広い地域に分布しており、採掘自体は可能だった。古代の人々は鉄を化粧に活用していたという。しかし加工が難しかった。そこで真鍮や青銅の方が一般に使われたが、やはり鉄の方が武器として強く、鉄を用いた民族はしばしば他民族を圧倒した——という話がある。ここでは中世ヨーロッパ的世界のイメージを中心に、チート的な効果を発揮する装備・武器・兵器を紹介する。

馬具

馬を飼い慣らし、乗りこなしたことは人類の機動力と戦闘力を向上させるのに大いに役立った。当初、多くの文明は馬にそのまま乗って戦うのではなく、戦車（チャリオット）を牽かせる動力として活用する。二輪の戦車を二頭から四頭の馬に牽かせ、車にはやはり二人から四人の兵士が乗って、槍で相手を突き、あるいは弓を撃った。古代の移動陣地のようなものと考えれば分かりやすい。

やがて人を乗せられるくらいの馬が出てくると、小回りが効かないし悪路にも弱い戦車に変わって、騎兵が登場してくる。しかし、日頃から馬に乗って暮らしているような遊牧騎馬民族はともかく、農耕民族から優れた騎兵を生み出すためには道具が必要だった。「鞍《くら》」と「鐙《あぶみ》」である。

前者は一世紀、後者は四世紀にはヨーロッパへ入った（発明はもっと前）とされるので、あなたの世界を中世ヨーロッパ風に設定するなら、すでにあると考えた方が無難かもしれない。しかし、もし存在しない世界であれば、この両者を発明できれば軍団の戦闘力を一気に向上できる可能性がある。

まずは鞍。こちらは馬の背中に固定して人間や荷物が乗る台座にする道具だ。鞍が発明されるまで、人は布を載せていたそうだが、やはり固定していないから

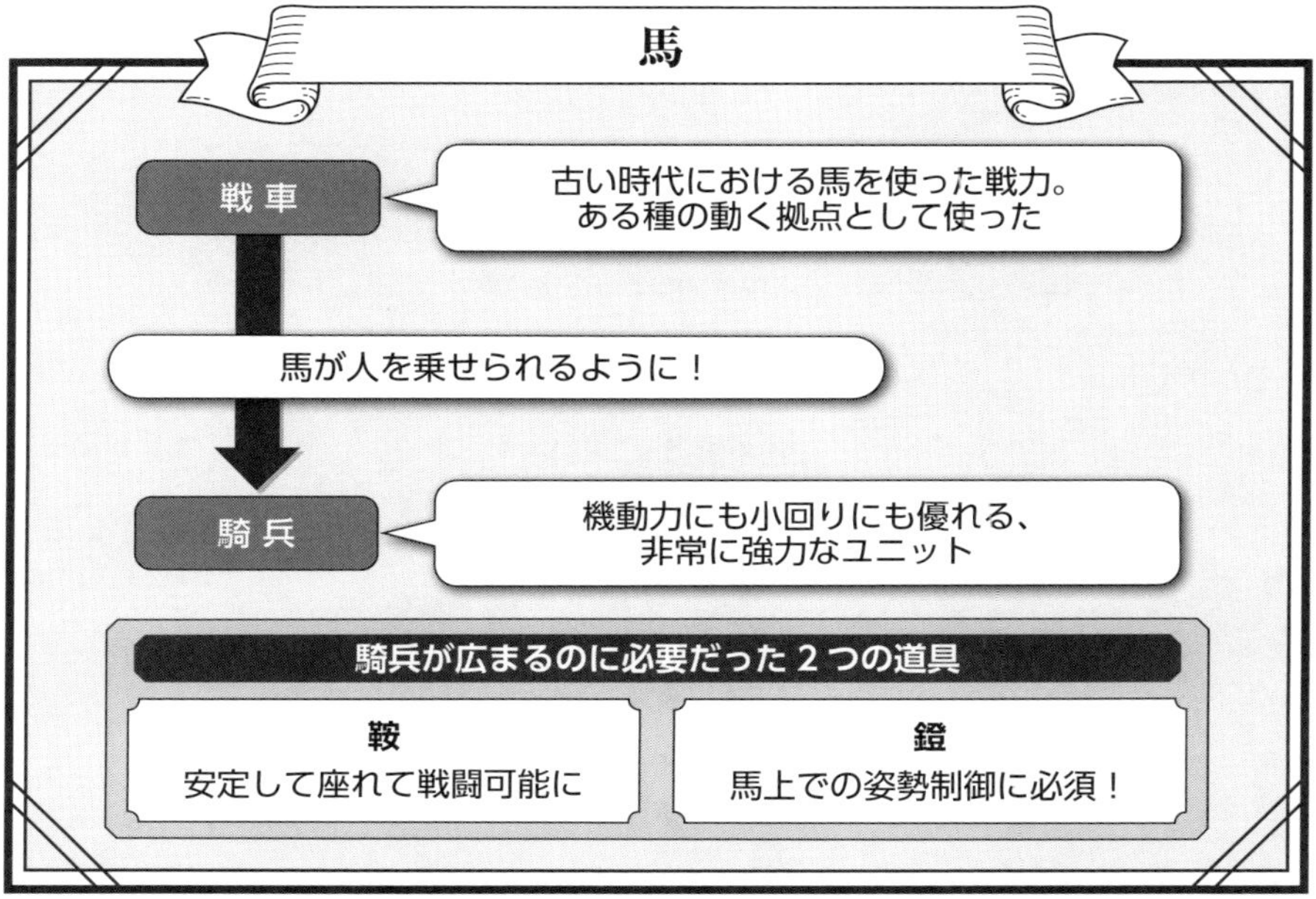

擦れるし、安定しない。気を抜けば簡単に振り落とされてしまう。しかし鞍があればそう簡単には落ちないし、長時間馬に乗ることも可能になる。

それから鐙だ。こちらは鞍の付属物で、騎手が足を置く足場になる。馬に乗っている時に騎手の姿勢を安定させ、動きやすくする効果がある。槍を構えて突撃するときに姿勢を固定するにしても、目の前の敵を殴るために立ち上がるにしても、鐙は大きな意味を持っていた。この鐙の発明によって農耕民族出身の騎兵も、遊牧民騎兵に劣らぬ活躍ができるようになった。

クロスボウ（弩）

単純な兵士の質や数で勝てない相手に、技術があるから作れる最新兵器で勝つ――これはかなりロマン溢れる展開だ。このロマンを実現しうる武器の一つが弩、クロスボウだ。

クロスボウは簡単に言ってしまえば機械仕掛けの弓だ。本来の弓が人間の腕の力で引き、その反発力によって矢を勢いよく飛ばすのに対して、別の手段を使うことで、人間の腕力では引けないような「強い」弦

クロスボウ

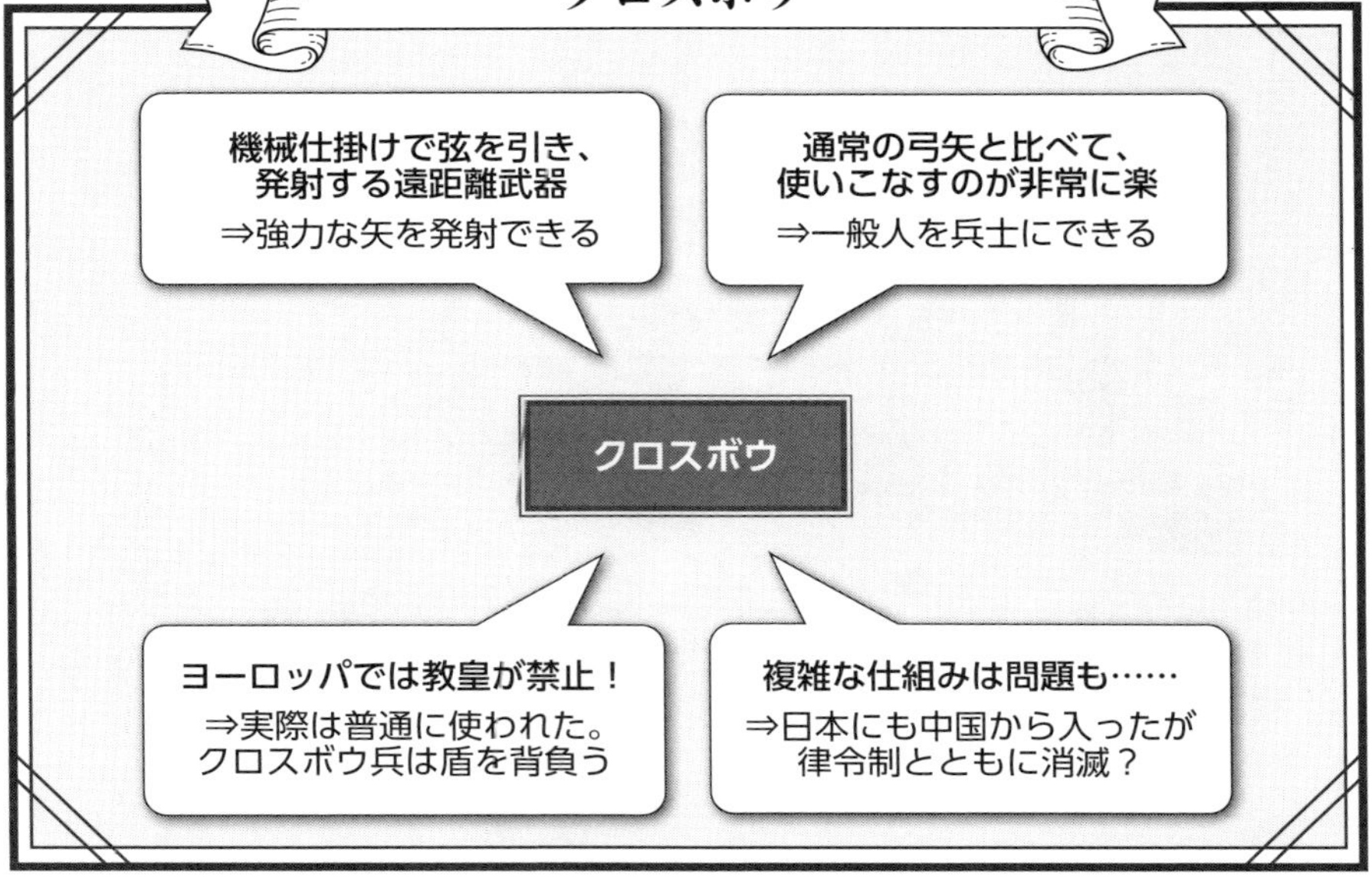

の弓が引ける、という仕組みになっている。

一番単純なものは「先端に鐙がついていて、足の力で引く」だが、「レバーと歯止めの仕掛けで何度も引くことができる」「ベルトについている鉤爪装置で鐙式のクロスボウがより簡単に引ける」「巻き上げ機械の力で引く」などさらに強力な弦を引くことができたという。そして最後は引き金を引くことで、普通よりも太い矢（太矢）を発射するわけだ。ボウガンとも呼ぶのはここからだ。

古代中国で発明されたこの武器は、中世頃になってヨーロッパに持ち込まれ、猛威を振るった。単純に威力が高いだけでなく、「どんなに打ち手が未熟だったり、パニックになったりしても、引き金を引けば必ず人を殺せる矢が飛び出す」という点でも優秀だったのだろう。結果、すっかり普及した十二世紀には、時の教皇が「残酷すぎる兵器なのでキリスト教徒相手には使用禁止」という命令を出したが、それでも異教徒相手には使われたし、なんならキリスト教相手にもちゃんと使われた――というエピソードがあるほどだ。

ヨーロッパのクロスボウ兵は防御力もなかなかのも

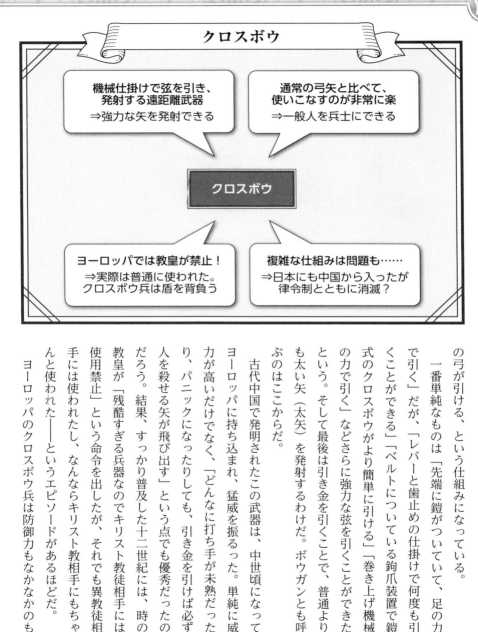

のだった。クロスボウは比較的しっかりとした鎧を着込んでも装填の邪魔にならないからだ。また、彼らは大きな盾を背負って戦場に現れ、戦う時はその縦に隠れて撃ったり装填したりしたせいでもある。

ちなみに、中国で発明され長く使われたクロスボウは、日本にも入って来ている。古代大和朝廷、律令制時代の軍隊がクロスボウ（弩）を装備していたことは間違いない。

ところが、律令制が崩壊すると、廃れてしまった。クロスボウは機械仕掛けの武器で、他のより単純な構造の武器よりもメンテナンスを必要とする。また、木製部分も大きいので、日本の湿気には弱かっただろう。となると、律令制なき後の日本では維持できなかったのではないかと考えられる。

ロングボウ

製造者の技術によって活躍したのがクロスボウであるなら、ロングボウ（長弓）は使用者の技術によって名を上げた。わけても、イングランドのロングボウ兵が持つ弓はそうだ。

ロングボウは文字通り大型の（人間の身長と同じかそれ以上の）、長距離・高威力の弓だ。狙う先が遠いとまっすぐ撃ってもやがて重力に負けて落ちてきてしまうので、斜め上に向かって撃つ。すると距離も伸びるし、威力も増す。きちんとした指揮のもとで一斉に放てば、着弾地点では空が曇ったかのように見えたことだろう。そうして降り注いだ矢は複数人の兵士をまとめて打ち倒し、結果としてのその損害以上の心理的ダメージが敵軍に与えられる。これが持つ意味は大きかった。

ロングボウの問題点は、使いこなすのに十分な訓練とそれによって養われる筋力と技術が必要なことだった。普段から狩猟を生業としているものか、スポーツとして射撃を楽しんでいるものか、そうでなければ日常的に戦闘訓練をしていなければ、戦場できちんとロングボウから矢を放ち、敵に当てることは不可能だ。

国家方針としてロングボウ兵を育てていたイングランドは、法律で「弓の訓練を定期的に行うこと」とし、またロングボウ兵を構成する自由民を比較的優遇するなど、社会的な仕組みで彼らを保護していた。一時期

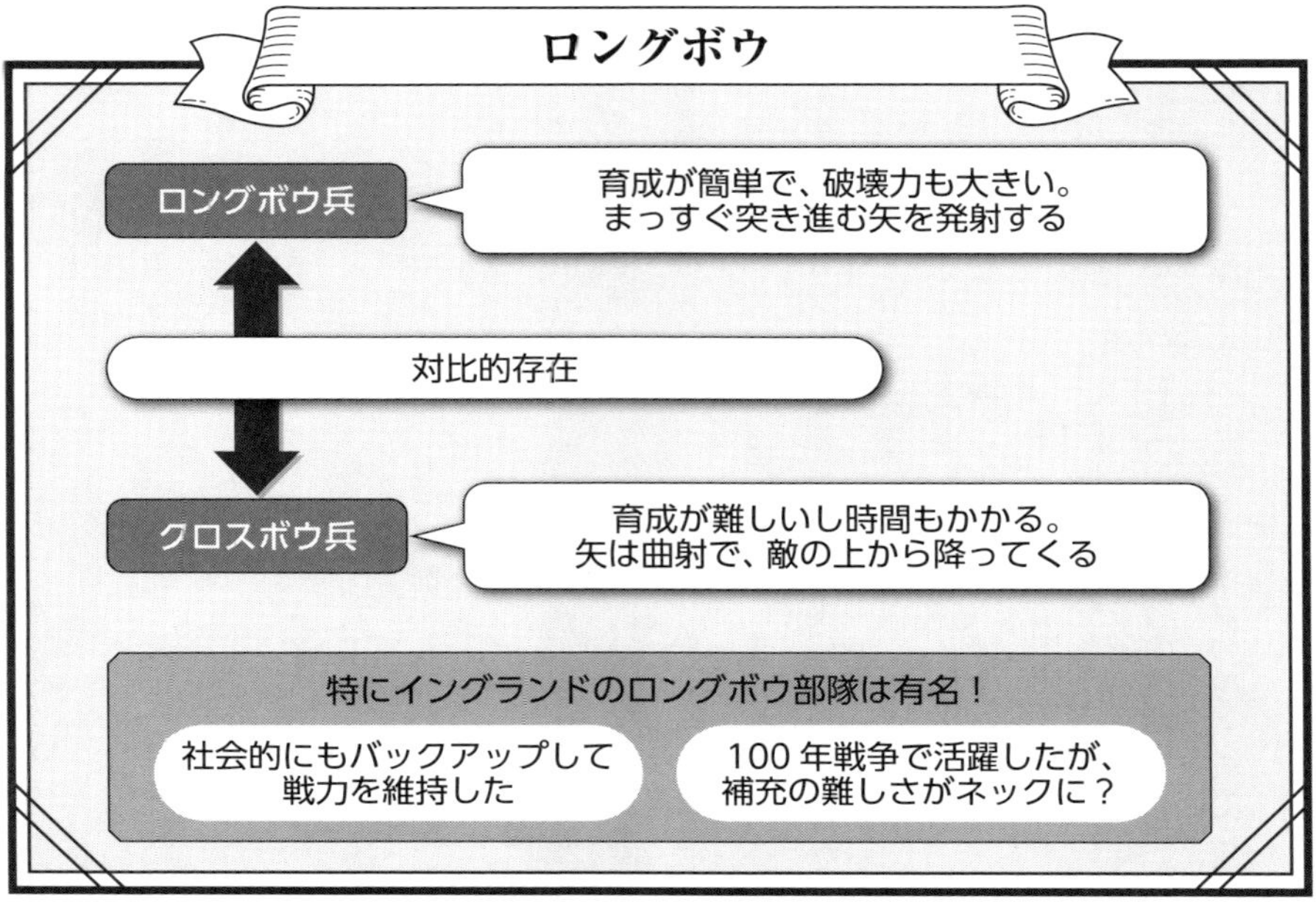

「弓の練習中なら人を傷つけたり殺したりしても無罪」という恐ろしい法律さえあったほどだ。

このような育成の結果、イングランドはフランスとの百年戦争において何度も劇的な勝利を拾っている。その代表であるクレシーの戦いでは、イングランド軍は丘の上で待ち構え、また歩兵を前面に出した。結果、フランス軍のクロスボウ兵による攻撃や騎士の突撃を受け止め、ロングボウによる射撃で逆に撃ち倒すことで、二倍ともされるフランス軍に勝利している。

ただ、やはりロングボウ兵は育成が難しく、また時間がかかった。長い戦いの中でイングランド軍のロングボウ兵は減っていく。これは百年戦争の果てに最終的にイングランドが敗れ、大陸から追い出されたことの、一つの原因にはなっているだろう。

パイク（長槍）

飛び道具は非常に優秀な兵器ではあるが、問題も多かった。矢が尽きたら終わりというのもある（相手が撃ってきた矢を拾って撃ち返すこともあったそうだ）が、敵味方が接触して乱戦になってしまうと、なかな

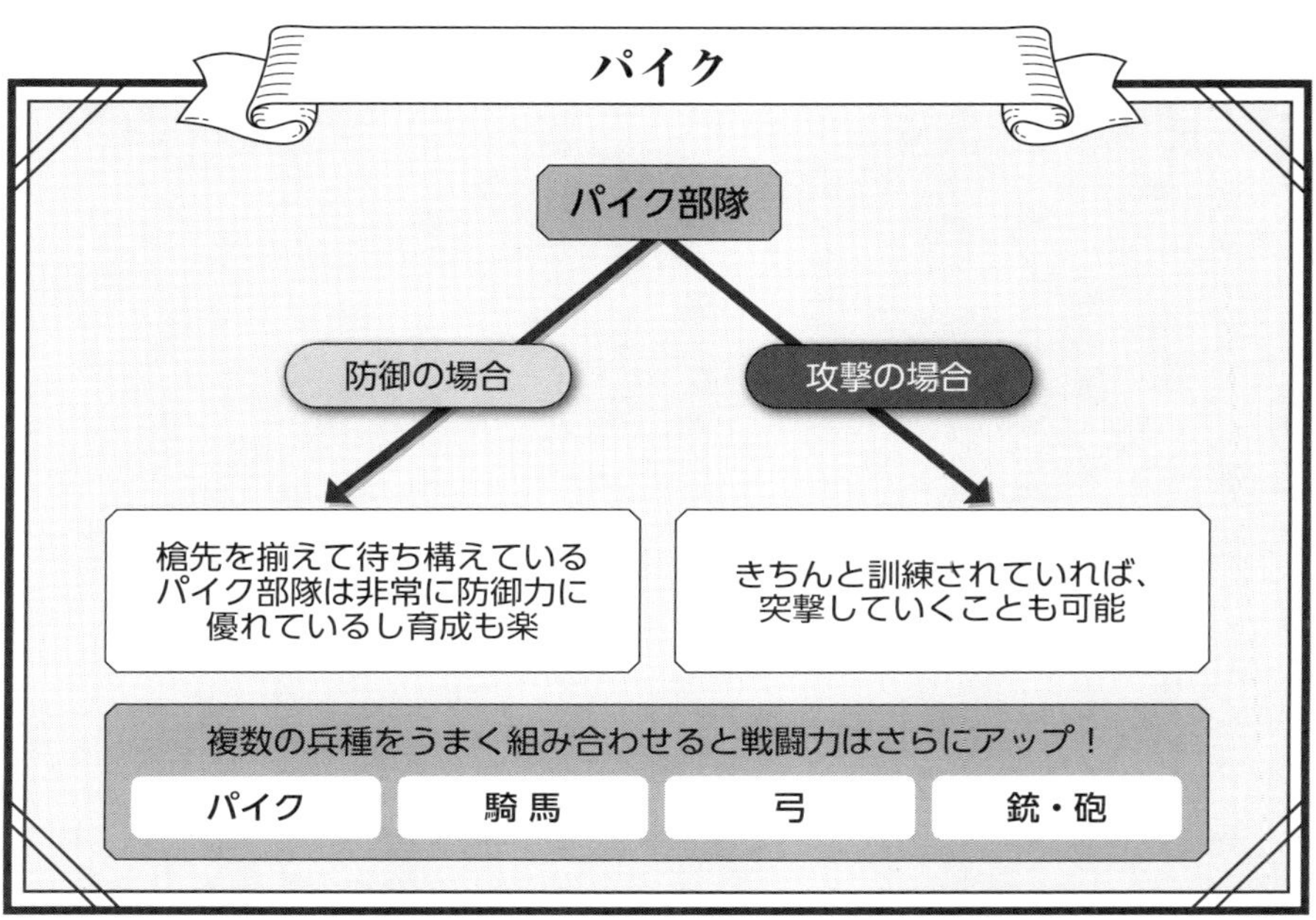

かそこへ撃ち込むことはできない、というのが大きい。クロスボウ兵はともかく、ロングボウ兵は軽装にならざるを得ず、攻め込まれてしまうとどうしようもない、というのも大きかった。

そこで主力を務めるのは時代ごとにさまざまな武器――剣、槍、斧など――を手にした兵士になるわけだが、ここではヨーロッパで「パイク」と呼ばれた長槍を取り扱いたい。

パイクはまず、防御に非常に向いた武器であった。長い槍は長ければ長いほど取り扱いが難しいが、石突を地面に突き立てて相手に向けるだけならば簡単だ。そこで、密集した歩兵にパイクを持たせ、敵の突撃を受け止めさせる。訓練が不足した農民上がりの兵であっても、このくらいはできたろう。

一方、スコットランド兵やスイス傭兵など、パイクの扱いに慣れた兵士たちは、パイクを構えて突撃することができた。彼らは上向きにした柄を低く構えるか、あるいは頭上に構えて先端を少し下に向ける。その上で走りながら、揺れる槍の先端を見事にコントロールして相手に叩きつけたのである。

ちなみに、日本の戦国時代においても、織田信長が通常よりも長い長槍を足軽（歩兵）に持たせ、注目されたという。織田軍の長槍兵はその槍を天高く振り上げ、上から振り下ろすという戦術を用いたとされる。この場合、長ければ長いほど攻撃可能距離も威力も増すことになる。

パイク部隊とクロスボウ部隊をセットにして一つのユニットとして扱ったり、ロングボウ部隊の前に長槍部隊を並べたりすることで、両者の長所を生かして活躍させることができる。

また、ここに騎兵も組み合わせると機動力による撹乱も可能になり、さらに戦力が高まる。近世に入るとクロスボウ部隊が銃兵や砲兵に代わって「三兵戦術」と呼ばれ、さらに時代が進むと銃の先端に剣をつけた銃剣の登場によりパイク部隊が不要になり、「諸兵科連合」と呼ばれる形式が標準化されていく。

火薬

より強力で革新的な武器を求めるなら、火薬を作ってしまう手もある。つまり、火をつけると爆発的に燃焼する薬品だ。これを安定的に扱えるようになると、爆弾や銃・砲が作れるようになり、条件次第ではあなたの世界の戦争が劇的に変わる可能性がある。

中世風ファンタジー世界で作れる可能性があるのは、黒色火薬だけだろう。黒色火薬は硝石（硝酸カリウムのこと。チリ硝石＝硝酸ナトリウムでも代用できた）と木炭、硫黄を一定の割合で混ぜると完成だ。火薬が黒いのは木炭の色に由来する。このうち、木炭と硫黄の入手は比較的容易いが、硝石は地域によっては手に入りにくい。乾燥地帯であれば地層に残ったり、洞窟の床に現れたりするが、日本のような水の多い地帯ではすぐに溶けてしまうので残らないとされている。そこでなんらかの方法で抽出する必要がある。

基本的な方法としては特別な土を木灰を溶かした灰汁で煮て、出てくる白い物体を採取するのだが、この土を作る方法がいくつかある。①「建物の床下やトイレの周りなどの土」であったり、②「蚕の糞や草などを穴に入れて四年から五年経過した土」であったり、③「人間や家畜の糞尿を積み重ねて一年から三年程度経った土」であったりだ。

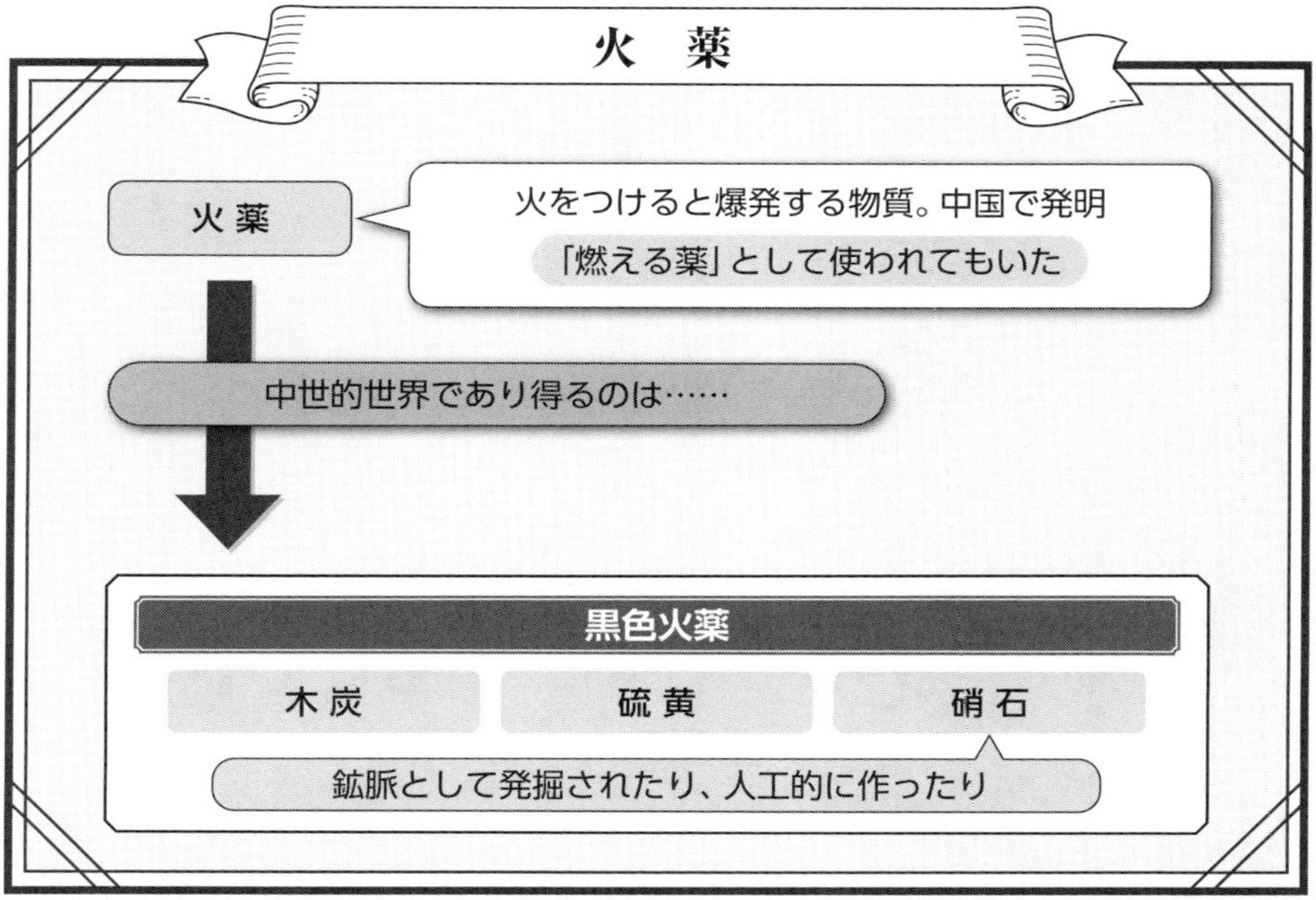

最もシンプルなやり方は①だが抽出できる量が少なく、また同じ場所の土が再び使えるようになるまで長い時間が必要だった。③は大変な悪臭を発生させたので、人里離れた場所に積み上げる必要があったが、②は室内でも作ることができた。また、③で用いる糞尿は農家にとって貴重な堆肥の原料であることも、問題になるかもしれない。

なお、別の方法として「堆肥の山にバケツ数杯分の石灰水を染み込ませ、出てきた液にカリウムを少し混ぜると、白い沈殿物が出てくる」というものもある。

こうしてできた硝石を六割、硫黄と木炭を二割ずつ、丁寧に（爆発しないように！）混ぜ合わせれば黒色火薬が作れる。これ自体は、実はあなたの世界にすでに古くから存在している可能性がある。私たちの歴史では七世紀頃には中国で発明されていたからだ。ただ、それは爆弾や銃の構成要素としてではなく、不老長寿の薬としてだった。「火薬」、すなわち「火をつけると燃える薬」という名前はここからきているのだ。もしかしたらあなたの世界にも、薬として製法が伝承される火薬が存在しているのかもしれない。

火薬を作れても、それだけではまだ画期的な武器が作れたとは言いがたい。これを武器に発展させるためにはもう一工夫が必要だった。

火薬兵器

最初に火薬を使った武器として登場したのは「火毬」で、火薬を布に包み、導火線をつけて点火し、投げると燃える。いわば手投げ弾だ。これが発展すると「鉄炮」といって、陶器の入れ物に入れた火薬が爆発すると破片が飛んで相手を傷つける手榴弾になる。いわゆる元寇で日本に攻め寄せた元軍が使用した「てつはう」として有名だ。

このままでは投擲武器に留まり、使い勝手があまりよろしくない。そこで火薬の爆発力を飛び道具に用いる工夫がなされていく。「火箭」は今でいうロケットで、槍の柄に取り付けた筒の中に火薬を詰め、その爆発力で空を飛ぶ。そして「突火槍」――筒状の木あるいは竹に石弾を詰め、火薬の爆発により飛ばす兵器がのちの銃の原型になった。容器を金属に変えた「手銃」はやがて中国のあちこちに広まり、作られるようになる。これが十四世紀も終わりまでのことだ。

これら火薬とその兵器の技術はシルクロードを通ってアラビアへ、そしてヨーロッパへと伝えられる。十二世紀半ば、ヨーロッパ勢力とアラビア勢力の戦いの中で先に紹介した「突火槍」や「手銃」に類する兵器も使われていたようだ。敵が使っている武器については注目し、鹵獲し、可能ならば複製して自分たちも使おうとするのが世の常であるから、やがてヨーロッパ人も火薬兵器を使うようになる。

銃の出現

そして十五世紀、鍛冶技術に長けたドイツ人が、マッチロック（火縄式）と呼ばれる、引き金を引けば火縄で自動的に火薬に火がついて発射される仕組みを開発。続いて私たちがイメージする銃の形が生まれていき、いわゆる「火縄銃」が誕生する。

初期の火器や火縄銃は必ずしもクロスボウなど従来の遠距離武器に勝る兵器とは言えなかった。飛距離も、精度も、装填に必要な時間も劣っていったからだ。雨が降ると火縄が濡れて撃てないという欠点もあった。

しかし、射撃の際に轟音を発し、煙を生むこれらの火器には馬と兵士を驚かせ、怯えさせる効果が期待できる。また、クロスボウと同じく引き金を引けば攻撃が可能なので、訓練時間が足りない非専業の兵士にも扱えた。さらに、「狭い隙間に銃口を突っ込んで撃つ」という他のどの兵器にもできない使用法が可能だったので、城をめぐる戦いで活躍した。

十五世紀のフス戦争は、まさにこのような初期の火器――「手銃」の仲間――が活躍した戦争だった。聖職者ヤン・フスのカトリック教会批判にはじまるこの戦争において、フスを擁護するフス派の人々は戦闘経験を持たない農民兵だった。フス派の指揮官は素人同然の兵士を率いて戦争のプロである騎士たちに立ち向かうため、「装甲を施した荷車を円形に並べて壁にし、その内側からクロスボウや火器で撃つ」という戦術を用いた。この時、荷車と荷車の隙間に銃口を突っ込んで撃てる火器は重宝したに違いない。

とは言え、この時期の火縄銃が欠点だらけであり、進歩の最中だったことも間違いない。そこで数々の改良が進んでいった。片手で撃てる拳銃や銃身が短い騎兵銃などは後世にも残っていった形式である。船上の取り回しがいい拳銃には海賊のイメージもあるかもしれない。銃身内部に螺旋を刻むことで弾丸を安定してまっすぐ飛ばすライフリングも出現はしたが、技術問題から定着はのちのことだ。装填時間の長さを解決するために弾ごと銃身を交換したり、複数の銃身を備えたり、後ろから銃弾を装填できるようにしたりといろいろな試行錯誤もされたがなかなか定着しなかった。点火方式については火縄ではなく火打ち石を使う方式が模索された。

これらの問題が解決して我々がよく知るような銃を発明するのはずっと後のことであり、流石に中世風ファンタジー小説に登場させるなら「異世界や超古代文明の産物」や「魔法で再現」などの理屈を用意するべきだろう。

砲の発展

火薬兵器はこのように兵士が手持ちできる「銃」の方向へ進化する一方で、その場に置く、あるいは据え置きする大型の「砲」の方向へも進歩した。十四世紀

銃と砲

当初の火薬兵器

火薬を詰めた投擲兵器を投げるところから始まる

↓

爆発力を活かしてものを飛ばす方向へ

↓

武器としての大きさや用途、破壊力など
求められる条件に合わせて種類が分かれていく

↓

銃

いわゆる火縄銃が発明されたあとも、さまざまな形で試行錯誤が続いた

砲

爆発する砲弾がなかなか発明されなかったので、銃に比べると衰退していく

初頭頃、石弾を飛ばす最も原始的な大砲が登場する。これは十発も撃てば壊れてしまう使い捨て兵器のようなもので、しかも移動用の車輪もなかったので、城攻め用の兵器だった。

十五世紀になると車輪付きの大砲が現れ、弾丸も鉄製に変わる。新しい大砲は従来存在した石造の城壁を簡単に壊すことができて大いに活躍した。また、時はちょうど大航海時代で、大洋を行く船にも大砲が乗せられた。城攻めや海戦に用いる兵器といえば大砲以前は石を飛ばすカタパルト（投石器）やバリスタ・アーバレストと呼ばれる大型クロスボウだったが、それらに取って代わる形になった。

ただ、同じ十五世紀から「星型城塞」と呼ばれる、星のように幾つも飛び出した突起状の形状と、大砲の攻撃に耐える低くなだらかで分厚い土の壁を持つ城塞が現れたことで、大砲の地位は大きく下がる。戦場での大砲の復権は十七世紀、榴弾（着弾すると炸裂する砲弾）の出現により人間相手にも使えるようになる時代を待たなければならないわけだが、ファンタジー世界では魔法が代替になるかもしれない。

現代軍隊VSファンタジー

現代軍隊は強すぎる！

もし、現代世界のどこかに扉が開いてファンタジー世界とつながり、アメリカ軍なりロシア軍なり自衛隊なりが進出して侵略を始めたなら。果たして、ファンタジー世界には勝ち目があるだろうか？

答えは「よほどのことがない限り、正面から戦ったらファンタジー世界の軍隊には勝ち目がない」だ。

仮に歩兵（自衛隊なら「普通科」）同士の戦闘であるなら、槍や剣を構えたファンタジー軍隊は、現代軍隊と接近戦ができる距離に辿り着く前にアサルトライフルの一斉射撃を受けて壊滅してしまうだろう。そもそも私たちの歴史において、第一次世界大戦の頃に登場した機関銃は戦場の兵士たちに壊滅的な打撃を与えた。アサルトライフルはいわばその機関銃を個人で携行できるようにしたようなものなのだから、銃さえ持たないことが多いファンタジー軍隊では相手にならない。

ちなみに機関銃自体も健在で、分隊支援火器などと呼ばれる機関銃が弾丸を撒き散らせば、中世レベルの装備しかしていないファンタジー軍隊の兵士たちはあっという間に文字通り挽肉になることだろう。

接近戦の歩兵以外ではどうか。騎兵の機動力があっても射撃で壊滅させられるより先に接近戦の範囲に入るのは不可能だろう。そのことは、現代の軍隊で騎兵を採用しているところが多くないことからも明らかだ。ただ、逆に言えば山や森など起伏のある地形の国では騎兵隊が残っている軍隊もあり、そのような地域では機動力によって現代軍隊を翻弄し、蹂躙できる可能性もゼロではない。

飛び道具ではもう少し効果的な攻撃ができるかもしれない。クロスボウで射撃すれば、鎧を着ているわけではない現代軍隊にある程度の痛撃を与えることは可能だろう。ただ、現代軍隊は塹壕を掘って待ち構えることで直線的な射撃から身を守ることができるので効果が小さくなる。ロングボウによる曲射は塹壕に対して有効だが、そうなると今度は銃とクロスボウ・ロングボウの射撃感覚・破壊力の差が出てくる。この点、どう考えても現代軍隊の方が有利だ。

ましてや、現代軍隊には歩兵の運用する銃だけでなく、砲や機甲戦力もあるのが普通である。すなわち、炸裂する弾体を打ち出す榴弾砲（大小サイズがあり、車で牽引するようなものやクローラーの車体を持つようなものであれば、射撃は数十キロ先にまで届く）があり、兵士を素早く移動させるための装甲兵員輸送車があり、そして何よりも強力な砲を乗せた戦車や装輪戦車（クローラーのあるものを前者、タイヤのあるものを後者の名で呼ぶ）がある。これらの発揮する火力はファンタジー軍隊の兵士を数十人から数百人規模で吹き飛ばし、まったく魔法のように見えるだろう。また、その装甲を剣や槍、弓で貫くのは困難だ。

とはいえ、ここまではあくまで陸上のことだからまだ戦争・戦闘の形になっている。戦場が三次元、すなわち空の方面に拡大すると、ファンタジー世界側の劣勢はさらに加速していく。戦闘ヘリや攻撃機は戦場を飛び回って機関銃で地上を薙ぎ払い、一方的にファンタジー軍隊を壊滅させるだろう。ペガサスライダーやドラゴンライダーがいたとしても、音速で飛ぶ戦闘機との間でろくな戦闘ができるとは思えない。また、攻撃機や爆撃機が爆弾を積んで首都へ接近してきた時に、これを迎撃する方法はおそらくないはずだ。

海上でも事情は同じである。現代的な戦闘用艦船と、ファンタジー世界で主流の帆船あるいはガレー船では機動力が全く違うし、搭載した火力は比較のしようもない。ほとんど戦いにさえならない光景が想像できる。

現代軍隊にも弱点はある

とはいえ、現代軍隊も無敵の存在ではない。

そもそも状況を設定した際に「現代世界のどこかに扉が開いて～」としたのは、現代軍隊がその実力を完全な形で発揮し続けるためには、本国からの補給が不可欠であるからだ。

歩兵の持つ銃や機関銃、戦車の砲。これらの兵器は弾丸がなければただの棒になってしまう。戦車などの機甲戦力も燃料無しでは箱に過ぎない。もちろん、ファンタジー軍隊だって矢弾や食料など物資は必要なのだ。しかし現代軍隊の方がより強く依存している。

それだけではない。ファンタジー軍隊の武器・防具はもちろんその時代としては高度な技術で作られているものも多いが、現地で調達可能なものも少なくない。しかし、現代軍隊の銃や砲、戦車など各種装備は現代技術でなければ生産・修理できないものばかりだ。壊れてしまえば本国に送って修理してもらうか、あるいはうち捨てるしかない。

つまり、本国との連絡を失った（あるいはもともと持っていない）現代軍隊は、やがて弾薬・燃料を使い切り、あるいは装備・兵器が壊れて、もともと持っていた優位性を失う運命にあるのだ。

技術や知識があれば、この流れを緩やかにすることはできるかもしれない。弾薬を節約したり、燃料を自ら生成したり（その世界にも原油があれば……）、知識や技術を応用して簡易的な兵器を作ったりといった具合だ。また、都市ごとまとめて飛ばされてきたなどという特殊事情があれば、非常に困難ながらも技術の復活・新しい生産へ漕ぎ着ける可能性もゼロではないだろう。しかし、困難な道であることに変わりはない。

また、現代軍隊は基本的に国家の強いコントロールに置かれている。文民統制（シビリアンコントロール）といい、軍隊が国家のコントロールを外れて勝手に行動をすることがないようにきつく制限されているのが普通だ。結果、政治の都合で軍隊の行動がある程度左右されたり、軍隊の振る舞いについてマスコミや世論が政府をバッシングすると方針が変わったり……ということが十分あり得る。

現代軍隊を構成しているのが現代人だ、ということも重要だ。つまり、彼らは例えば中世人などと比べた時に死と縁遠く、人を殺すようなことに慣れていない。プロフェッショナルな軍人であっても、戦争で人を殺害することに少なからず精神的ショックを受けるだろう。任務中は使命感や訓練で得た精神コントロール技術から何も感じなかったとしても、やがてＰＴＳＤなどを発症する可能性は十分にある。

このように、現代軍隊は、さまざまな意味で現代社会と結びついたものなのだ。

ファンタジー世界の逆襲

ファンタジー軍隊にも強みはある――ここから紹介する要素はちょっと「軍隊」という意味合いからは外れてしまうかもしれないが。

一人で数十人や数百人を相手にできるような英雄がいるファンタジー世界の軍隊なら、現代軍隊と互角に戦い、時には圧倒することさえできるかもしれない。アサルトライフの射撃を見切ってかわし、砲弾を掴んで受けとめ、戦車を持ち上げて叩きつけるような、まさに「怪物」が一人あるいは複数いれば、現代軍隊も恐慌状態に陥ることであろう。

「怪物」という点でいえば、現代軍隊の機甲戦力や火砲によっても簡単には打ち倒せないような怪物を投入することができれば、ファンタジー軍隊にも十分勝ち目がある。……ただ、そもそも戦車は自分と同程度の金属の塊を撃ち抜くほどの威力を持った主砲を備えているわけで、そのような破壊兵器で攻撃されてもびくともしないような怪物は、尋常な存在ではない。

例えば現代兵器をものともしない怪物の代表格といえば『ゴジラ』シリーズの主役・ゴジラがいるが、その身長は五十メートルから百メートル程度。ビルか小山のような巨体を有しているからこそ、「自衛隊の一斉攻撃にもびくともしない」という描写にも説得力が出るわけだ。果たして、そのような怪物を、ファンタジー世界の軍隊はコントロールできるものだろうか？

また、ファンタジー世界の軍隊に十分な数の魔法使いがいれば、現実にはあり得ないレベルで自然を操作することで、戦況を有利にできる可能性がある。土魔法による野戦築城や、水魔法による擬似的な洪水は、現代軍隊の足さえ止められる可能性がある。

ただ、火魔法によって現代軍隊の火薬を爆発させて大打撃を与えようと考えたとしても、実現するのは難しそうだ。古い時代に使われていた黒色火薬などと違い、現代の軍隊が採用しているような火薬は非常に安定している。ファンタジー側軍隊が火球呪文や炎の精霊で攻撃してきたとしても、燃焼はするが私たちがイメージするような大爆発は起こさないようだ。

魔法をもっと積極的に活用する手もある。直接的攻撃魔法や、気象・自然を操作する魔法なら、現代軍隊

現代軍隊VSファンタジー軍隊

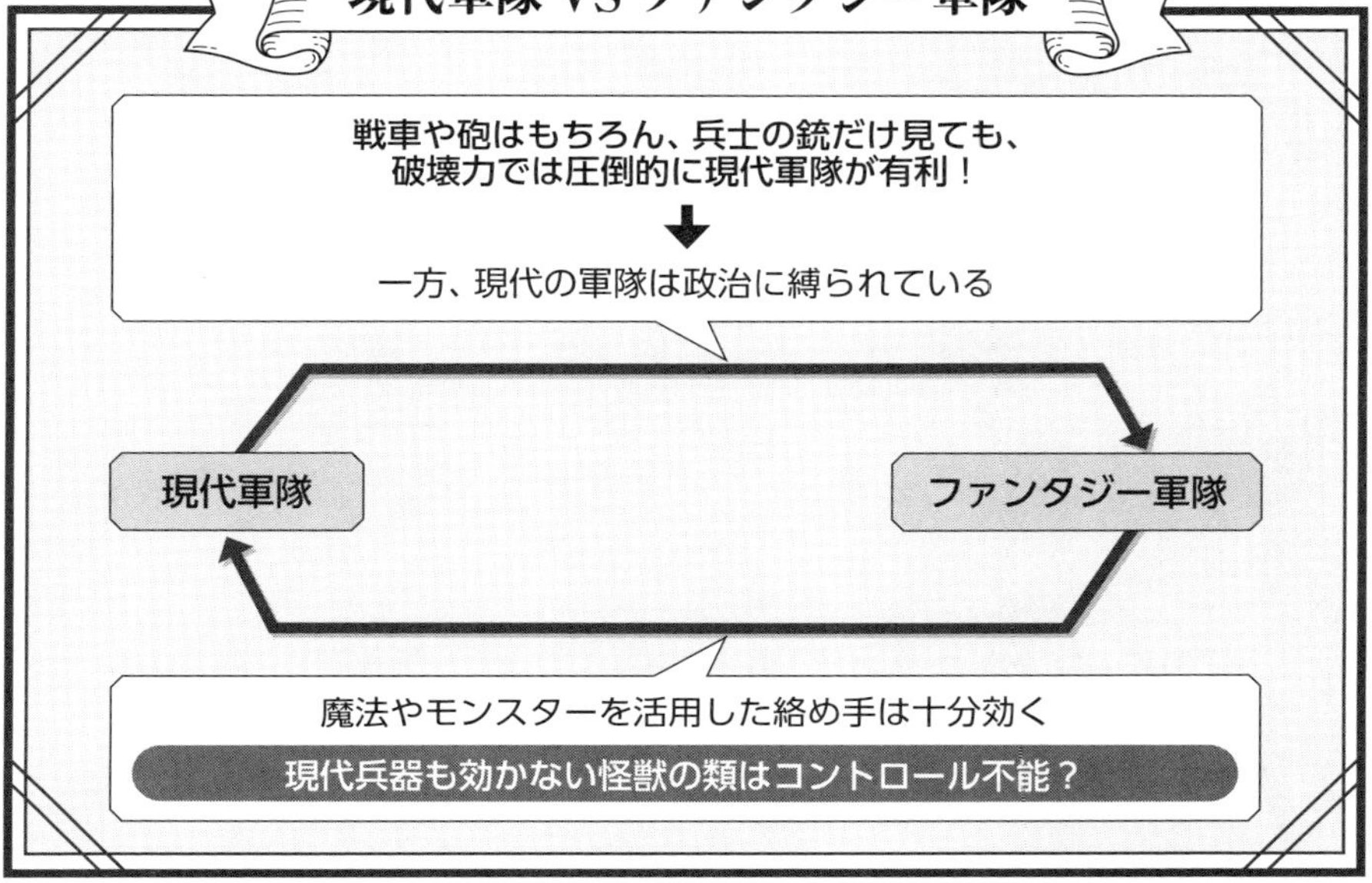

にも理解できるし、対処は難しくない。しかし、もっと現実離れした魔法であるとどうだろうか？

例えば、透明化の魔法をかけた暗殺者の一団が軍隊の本部に侵入してきて司令官の命を狙った時、現代軍隊は果たしてこの攻撃を防ぐことができるだろうか？

あっさり殺される可能性もあるが、赤外線などのセンサーが働いていれば侵入者を発見して撃退できるかもしれない。

あるいは、精神操作や憑依など、精神をコントロールする魔法も、現代軍隊に致命的な打撃を与える可能性がある。なにしろ、一人一人が持っている武器が前近代世界のそれとは比べ物にならないほど強力であるから、例えば一人が操られてその銃口を味方に向け、弾切れまで撃ち続けるだけで、たくさんの犠牲者を出す可能性がある。

ましてや、核兵器などの大量破壊兵器、毒ガス兵器や生物兵器の管理者たちや、彼らに兵器の発動を指示できる立場の人間が魔法によって正気でなくなった場合、どれだけの人が命を失うことになるか、全く予想もできない。

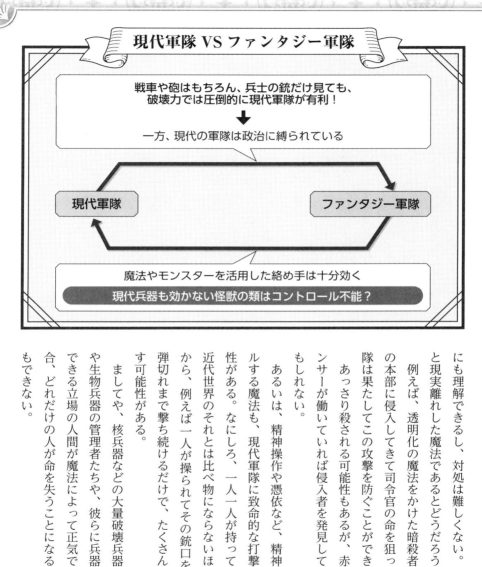

計画してみるチートシート（軍事戦力編）

侵略側の戦力を考える

兵士や軍団の数はどうか

人口増や同盟によって戦力を集めた上で攻めるのが理想ではある

チートな戦力はいるか

異種族や怪物の軍団、英雄などがいるから侵略する気になったのか？

チートな装備はあるか

英雄や怪物がいなくとも、武器や装備次第で勝つことはできる

防衛側の戦力を考える

兵士や軍団の数はどうか

いざという時のために兵士を増やしたり、味方を用意できているか？

チートな戦力はいるか

異種族や怪物の軍団、英雄が十分にいたら攻められても安心だ

チートな装備はあるか

英雄や怪物がいなくとも、武器や装備次第で勝つことはできる

3部　侵略の手法（非軍事力編）

5章

経済による侵略

金の力

金銭の力は偉大だ。多くの人間にとって共通の価値を持ち、経済を動かすそれは、時に国家の命運を左右することもある。当然、侵略や防衛の手段にもなる——といっても、金銭の効果が直接的に働くことは少ない。何かを金で買い、その力で国を奪うのが常道だ。

金で軍事力を買う

最もわかりやすいのは、軍事力を金で買う——つまり、傭兵として雇うことだ。では、具体的には誰を雇うのか。村を襲うくらいなら、そこらの山賊や野盗に小銭を握らせればいい。都市を攻め落とそうと思ったら、ちゃんとした傭兵団と契約しなければ歯が立たないだろう。侵略側に信用できる軍事司令官がいるなら、フリーの傭兵や金次第で動く中小の騎士たちに、「今度の戦いに参加したならこれこれの報酬をくれてやろう」と話をまわすことで十分な軍団が結成できるかもしれない。そして、一つの国を滅ぼしたいなら、国家レベルの軍事力が必要になる。

傭兵団ならともかく、国規模の軍事力が金で動くことなどあり得ない？ ところが驚くことに、私たちの歴史に実例がある。それが中世ヨーロッパ後期、第四次十字軍——いわゆる「方向転換十字軍」の一件だ。

十字軍が大義名分として掲げていたのは「聖地エルサレムの奪還と防衛」であり、「巡礼ルートの確保」だ。そのため基本的な攻撃目標はエルサレムを含む中東地域であり、敵はイスラム教徒のはずである。ところが、この第四次十字軍が攻めたのはキリスト教側の都市ザラ（のちのクロアチア都市ザダル）であり、また東ローマ帝国の首都コンスタンティノープルであった。その方針に大きな影響を与えたのが第四次十字軍のスポンサーであった商業都市ヴェネツィアだったわけで、いわば彼らの金銭の力によって十字軍の攻撃方針が捻じ曲げられたのである。

ヴェネツィアにとってザラはもともとの支配領域であった。当時はハンガリー王家の保護下にあったが、なんとか奪還したいと思っていた。そこに、中東へ向かう予定だった十字軍が思ったより数が集まらず、移動のための船の料金などをヴェネツィアに払えないという事態が発生したため、「では代わりにザラを攻め落としてくれ」と要望することで、宿年の野望を果たすに至ったのだ。

コンスタンティノープルの方はどうか。こちらは大義名分がある。内紛で地位を追われた東ローマ帝国皇子アレクシオスが十字軍の元を訪れ、帝位奪還の助力を願ったのだ。成功の暁には十字軍への資金と武器の援助、自らの参加、そして長らく分裂していた東西教会の融和にも尽力するという皇子の訴えを受け、十字軍はコンスタンティノープルを攻撃するに至ったのだ。そして、この判断の背景にもヴェネツィアの損得判断・利益追求があった。

十字軍はコンスタンティノープルを攻め落としてアレクシオスを皇帝に据えることに成功するも、結局帝国内部の内紛は収まらず、皇帝は殺されてしまう。そこで再び十字軍がコンスタンティノープルを攻め落とし、新しい帝国――東ラテン帝国を築いた。

なんと、ここで第四次十字軍は終わってしまう。騎士たちはエルサレムどころか中東にも辿り着かず、ただ同じキリスト教徒の血だけ流し、コンスタンティノープルを略奪して財貨を得て、故郷に帰っていったのだ。そして、その動きを操ったものこそ、商業都市ヴェネツィアの金銭だったのである。

このように、金銭で国家規模の軍事力が動くことはあり得る。ただ、説得力を与えたかったら「単にお金で買われて傭兵として働きました」よりは、大義名分があった方がいいだろう。第四次十字軍の場合、「そもそも聖地奪還の大義名分を持って集まった軍勢をヴェネツィアが後から利用した」のであり、「軍団にとって重要な移動手段や物資をちらつかせるという手段を用いた」上、「政治的・宗教的な大義名分がいくつも重なった」結果として起きたことなのだから。

戦争は経済行為

そもそも、戦争そのものが巨大な経済行為だ。傭兵や常備軍の兵士を雇うこと、彼らに武器を買い与えること、食糧や弾薬のような物資を用意すること、全てについてカネがかかる。十分な経済力がないため、そもそも軍事力による侵略さえも不可能ということもありうるわけだ。

ただ、中世的世界ならこの問題はある程度無視できる。兵士が傭兵や常備軍ではなく「税の一種として徴兵する庶民」や「義務によって出陣を命じる封建的軍隊」であるなら、カネはかからない。彼らは基本的に武器を持参するし、物資についても少しは自分で持ってくる。食料程度なら現地で勝手に調達する（略奪という形だが）。それでも足りない分について国家が用意するなら、経済力がなくとも戦争はできる。

このことを前提に、経済力のある国家が「その世界の常識を超えた戦争」をするのはどうだろうか。十分なカネがあれば、自国の民を兵士にしなくとも、封建領主との主従関係がなくとも、軍隊を用意することができる。物資の略奪も無用なので、住民からの反発も最小限だ。また、魔法や鉄砲のような新兵器のある世界では、カネのあるものだけがそれらの兵器を使いこなせるということもあろう。織田信長は父の代から繁栄した商業都市である長島を押さえており、その経済力によって普通より長い長槍や火縄銃などの新兵器を揃えることができたのである。

金の力で従わせる

金銭の力は相手を屈服させることもできるし、安全を買うこともできる——少なくとも、相手が「この約束に従っていた方がメリットがあるな」と判断してくれるうちは。

金銭・利益の力で屈服させるケースの、最もわかりやすい例は中国歴代王朝の冊封体制、「朝貢」貿易の関係であろう。

いわゆる「中国」地域は古くから技術・経済・文化において先進的であったため、周辺地域の国家は「なんとか中国のものや知識、技術が欲しい」と考えた。また中国側としても、自分たちこそがこの世界の中央＝中華であり、周辺地域は野蛮で遅れた場所であるから、外交や貿易を行うにしても上下関係をしっかりしなければいけないと認識していたのである。

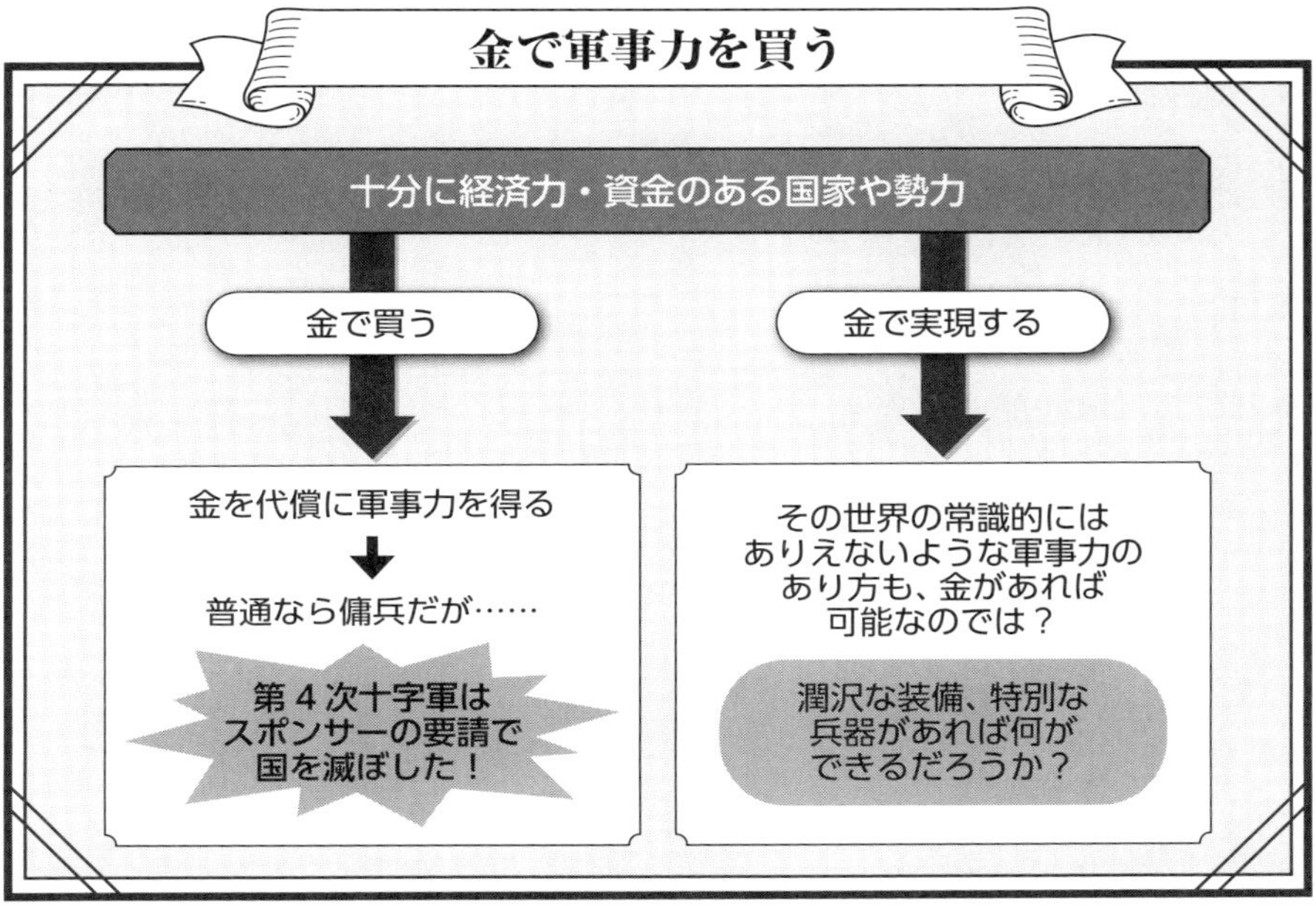

結果、中国と周辺諸国の外交・貿易は「周辺諸国が中国王朝に服従し、貢物を贈る」「中国王朝は臣従することを許し、下賜品を与える」という関係性が基本（の一つ）になった。周辺諸国は金銀や原材料、あるいは奴隷など、比較的技術・文明レベルの低いものか、あるいは自国の特産品を差し出す。一方、中国王朝からはその優れた技術・文明の産物が下げ渡され、もしくは留学生を受け入れて技術を広めていく。

この関係においては下から上への収奪ではなく、上から下への鷹揚な態度が軸になる。だから中国としては赤字なのだが、それは文明国としての義務を果たしているという認識であり、また世界の中央としての権威を積み上げるための出費でもあったはずだ。経済的にも、技術的にも、そして国家の規模としても群を抜いているという自覚がなければできない外交・経済態度である。

金で安全は買えるか？

さて、武力・軍事力の裏付けなく、ただ金銭だけをもって自立・独立・安全を「買う」ことはできるだろうか？　商業が発展した比較的自立性の高い都市や集団が、周辺の軍事勢力に対して定期的に金銭を差し出し、攻撃しないでもらうという立場を得るというロジックだが、実際、これはなかなか難しそうだ。

私たちの歴史を紐解くと、先に例に挙げたヴェネツィアのような商業で繁栄した都市国家は数多く見つけることができる。中世ヨーロッパの各地にも自治都市があった。しかし、例えばヴェネツィアは強力な海軍力を持っていたし、ドイツの自治都市はその多くが神聖ローマ皇帝に対して軍役と納税の義務を背負っており、また政治にも翻弄された。金の力で完全な自治を達成したとはいえなかった。

戦国時代の日本にも、商業で発展した自治都市・堺があった。明王朝及び東南アジア・ヨーロッパとの貿易で絶大な富を得る一方で、周辺は戦国乱世でたびたび戦火が巻き起こる。そんな中、堺は周囲に深い堀を掘って、豪商による合議制の形をとり、自治の道を選んだ、という。しかし実際には治安維持など武家勢力に頼る点は大きく、庇護下にあったともいえる。そして織田信長が上洛して畿内に勢力を広げ始めると、彼に従うかどうかで堺内部でも意見が分かれ、ついには金銭の提供・堀の埋め立てによって恭順の意思を示すに至ったのである。

金で安全が買えない例はまだある。インカ帝国の皇帝・アタワルパは騙し討ちによってコンキスタドールのピサロに捕えられてしまった。そこで皇帝は自分の身代金として帝国中から集めた金によって一つの部屋をいっぱいにして見せた。しかしピサロには約束を守る気がなく、彼を火炙りで殺そうとしてきたので、アタワルパはせめて（彼の信じるところによれば）復活の機会が失われる火による死だけは避けたいと、キリスト教に改宗した上で殺されてしまったのである。

キリスト教徒同士の関係であれば高貴な人が身代金を差し出すことで安全を買うのは当たり前の話だが、アタワルパはキリスト教徒ではなく、それ故に敬意を持った扱いをされなかった。金が万能でないことを示す良い例と言えるだろう。

金の力の限界を示すエピソードを現代史からもう一つ。一九九〇年代、中東でイラクがクェートに侵攻したことから湾岸戦争が巻き起こった。この時、日本もクェートを救援する多国籍軍への参加が期待されたというが、戦争を放棄する憲法九条もあって実質的な軍隊である自衛隊の派遣は行われず、代わりに巨額の支援が行われた。

終結後、クェートは新聞広告を用いて諸国への感謝を伝えたが、そこに日本の名前はなかったのである。ここから「血を流さない金銭だけの支援は感謝されない」という教訓が残され、その後の日本の政策に小さくない影響を与えたとされる。なお、近年はこの見方にも変化があり、「広告に日本の名前がなかったのはただの手違い」と指摘されていることも合わせて紹介する。

アヘン戦争のケース

経済的な攻撃の中でもかなり特異な例に入るのが、アヘン戦争勃発に至るイギリスと中国のケースだろう。

十九世紀、イギリスは中国（当時は清王朝）から生糸や陶磁器、そして当時ブームになっていた紅茶を大量に輸入するようになっていたが、自国からの輸出については限定されてしまい、結果として自国の銀が多大に流出する事態になってしまっていた。この問題を解決するべくイギリスが選んだのは、植民地のインドで麻薬の一種であるアヘンを栽培させ、それを大量に密輸出することだった。清王朝も前述の朝貢貿易体制をとっていたが、民間商人たちが密かに架け橋となり、大量のアヘンが中国へ入っていったのである。

結果、何が起きたか。イギリスにとってはいいことばかりだ。出るばかりだった銀はむしろ莫大に入ってくるようになったし、インド植民地がアヘンで儲かったことにより、当時の産業革命で大量生産された綿織物の消費地にもなってくれたのである。一方、中国はアヘンによって治安が悪化するわ、大量の銀が流出するわで踏んだりけったりになってしまった。官僚制度が健全に機能していればアヘンの流入を止めることもできたかもしれないが、清のそれは腐敗し切っており、アヘン禁止令を出しても効果がない。

窮地に追いやられた清王朝がイギリス商人からアヘンを没収して焼くなどの強行姿勢に出ると、イギリスも反発。アヘン戦争に発展し、この戦いに敗北した清は以後没落と衰退の一途を辿るのであった。なお、

「貿易戦争で劣勢にあったとはいえ、麻薬を送り込んだ挙句戦争に持ち込むとは何事か」とイギリス国内でも反発は大きかったが、国家・商人らの利益が優先され、彼らの声は黙殺されたのである。

いろいろな税

金の力で侵略あるいは防衛を成功させるために、金を集める必要がある、とする。そのための手段として一番わかりやすいのは税を取ることだ。

私たちの暮らす現代日本では、一般に税は金銭で納めるため、「税金」という言葉を使うのが普通だ。しかし歴史的には「租税」という言葉を用いたので、正式にはこの呼び名を使う。

また、現代日本では収入（所得）に応じて払う所得税や、会社などが払う法人税、あらゆる消費行動に関わってくる消費税など、多様な税が存在する。しかし、これらは収入や消費などを正しく計算できる現代の文明があればこその税であることが多く、中世ヨーロッパ的世界では別の形で税が運用されているのが普通だ。

具体的には、どんな税があるのか。「人頭税（一人一人に対する税）」「土地税（あるいは地代。都市なら住居、農村なら農地に対しての税）」「通行税（関所の通過や都市に入るときにかかる）」「労役・兵役（労働力や兵士としての働きで払う税）」「相続税（あるいは死亡税。「最高の家畜を納める」などという話も）」あたりがわかりやすい。

また、生活必需品である塩などに税がかかることもあった。他にも商人たちの持ち込む商品に税をかけたり、彼らが商売をする市場への参加に税を取ったりということもある。

ちなみに、ヨーロッパを特徴づける税として「十分の一税」というものがあった。これは「すべてのキリスト教徒は収入のうち十分の一を納めなければならない」というもので、教会を運営・活動するために使われた（ただし、中世中盤からこれを徴収する権利が領主・貴族の手へ渡った）。この制度は十九世紀まで長く残った。

他にも、中世ヨーロッパでは「パン焼き釜や水車小屋、葡萄の圧搾機など生活に必要な設備の使用料」も税として機能した。当然、領主の指定した場所以外の

金の力で相手をコントロールできるか

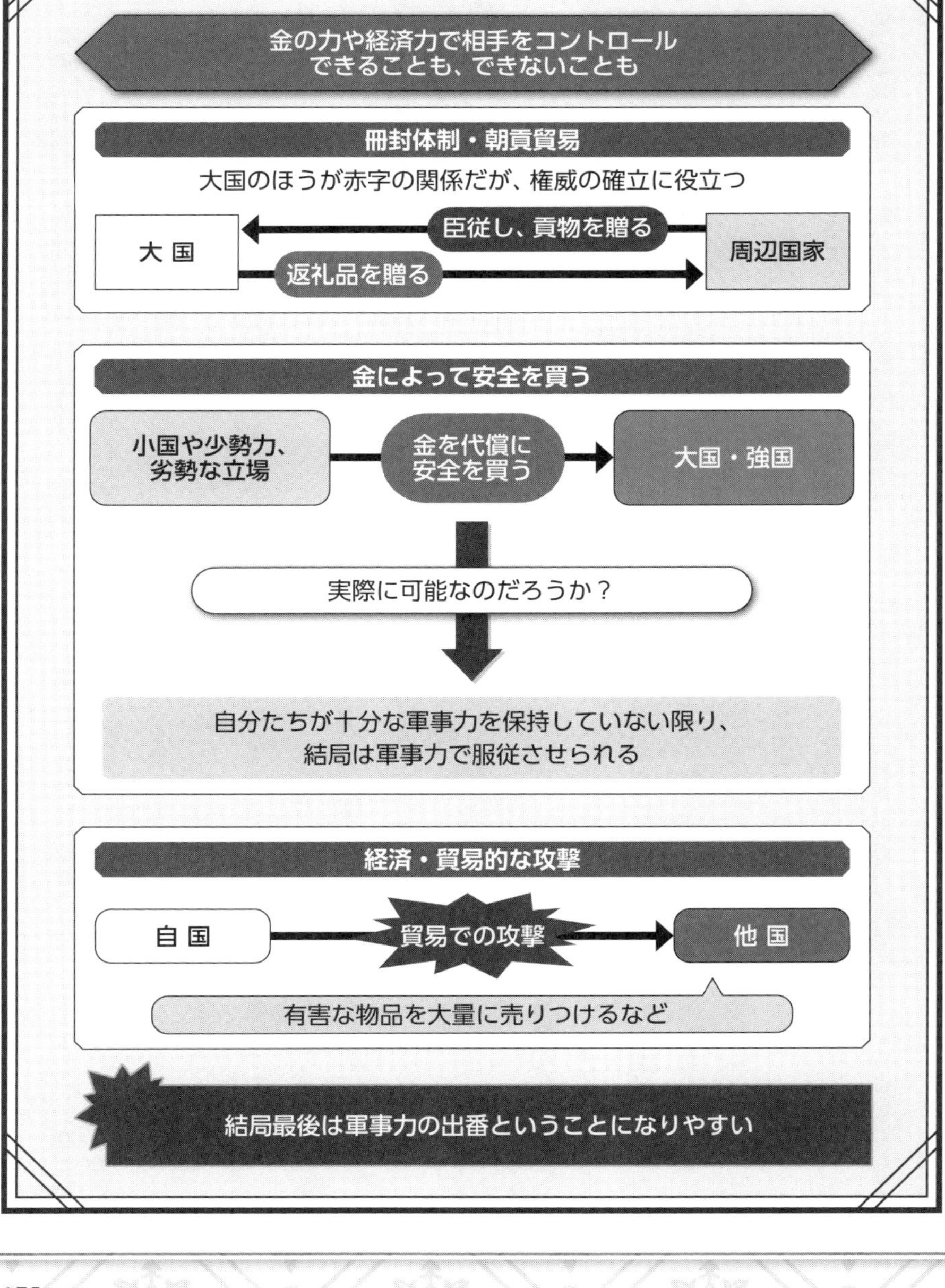

設備は使えないのである。

これらの税はもともと物品で納められており、その地域の主要な穀物（米や麦など）や布などの工芸品、肉や魚・野菜など特産品などがその内訳である。やがて貨幣が流通するようになって金銭での納税が主流になっていくが、日本のように近世を通して物納が主だった地域もある。

また、封建主義的な地域の場合、まず各地の領主や貴族が支配下の農民や都市民から税を徴収する。その上で王へ税を納めることになる。加えて、王は直轄地からも税を得ることができる。ただ、日本の江戸時代のように、基本的に大名（貴族）からの税は受け取らず、直轄地からの納税だけで賄う国家もあり得るだろう。しかしその江戸幕府も財政危機だった時期には上米の制として大名から税を取っていた時期もあり、なかなか難しいと思われる。

もちろん、ファンタジー世界ではもっと不可思議な、そして現実離れした税が設定される可能性がある。

例えば、モンスターが跳梁跋扈している世界では、「モンスターを退治して治安を維持することが兵役の一種として集落や都市に義務付けられているかもしれない。それは実際に兵として戦うことで払うのかもしれないし、傭兵や冒険者を雇い、あるいは国家所属の兵士を維持するための金として納めるのかもしれない。この点は史実における兵役と同じと考えていいだろう。

あるいは、魔力を税として納める義務があってもいい。庶民が一人一人持っている魔力は大したことがなくとも、集めれば莫大になって、巨大な結界を維持したり。城を砕く攻撃魔法に用いられたりするわけだ。

税で金は得られるか

多様な税を取り、あるいは一つ一つの税を重くすれば、国家の収入は当然潤うと考えがちだ。しかし、税を増やせば国家収入が増えるというものではない。むしろ、税を重くすることで庶民が疲弊したり、あるいは経済の流れが悪くなったり（関税を高くしすぎたせいでそもそも商人たちが近寄らなくなる、など）、ということがあり得る。

また、「上に政策あれば下に対策あり」という言葉の通り、税が重ければ（時には重くなくとも）節税・

税金の功罪

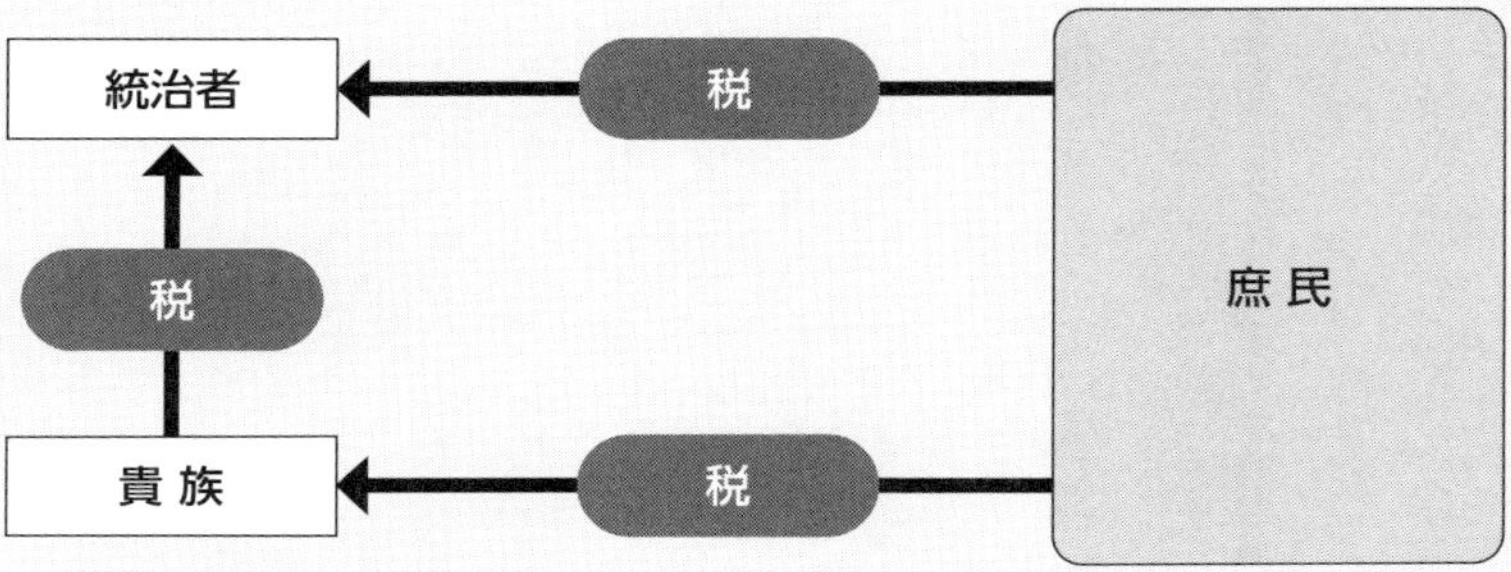

税のあり方は多様

人間の数や土地の広さ（生産力）にかかる税から、ものの売り買いや移動にかかる税まで

庶民の側も……

税のかかる対象のものを隠すところから、仕組み上税が低くなるようにするところまで

脱税を図るのが庶民というものだ。「人頭税を減らすために子供が生まれたことを届け出ない」「土地税を避けるために山の中に隠し畑を作る」「住宅への税が全体の間取りではなく入り口で計算されるので、極端に縦長の家を作る」「生産物への税を避けるために密造をする」「兵役を避けるため仮病を申告したり、時には本当に病気になってみせる」「関税を払いたくないので関所を避けたルートを取る」と言った具合だ。

統治者としてはこのような抜け道を潰して税収を増やすのも一つの道だが、「税の不公平を減らすことで民衆の不満を減らししつつ効率的な徴税を行う」のもまた良い手であろう。「農地への税を土地の質によってランク分けすることで、貧しい土地の人が不公平に重い税で苦しまないようにする」「兵役や労役が誇りあるものとして宣伝したり、良い食事が取れるようにしたりして、参加を喜べるようにする」といった具合だ。

このような税にまつわるドタバタは侵略・防衛という本書のテーマからは少し離れるが、国家の安定には非常に大きな意味があり、間接的に重要と考えるため、紹介した。

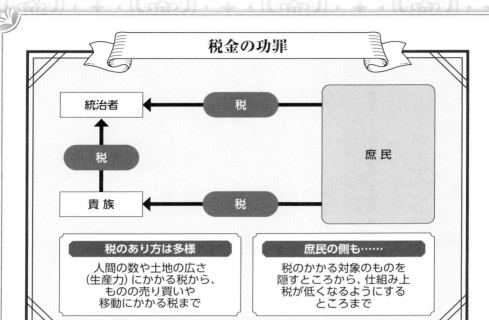

金で買う！

金で土地は買えるか？

経済による侵略の究極、それは「金で国を買う」であろう。これ、一見して現実離れしているようでいて、意外にそうでもない話だということをご存じだろうか。現代社会では非常に困難になっているが、前近代的世界なら十分に可能性がある。

実際、土地（領土）の金銭による購入については私たちの歴史に何度も例がある。特に有名なのはアメリカで、一八〇三年から一九一七年にかけて、いくつもの領土を他国から金銭で購入している。以下、代表的な例を紹介しよう。

フランスからルイジアナを購入した時には、アメリカ側は一部のみのつもりだった。しかし黒人反乱とイギリスの脅威を受けて「ルイジアナの維持は困難」と考えていた時のフランス統治者ナポレオンの意思により、ルイジアナのフランス領全てになった。

スペインからフロリダを買った時は、同地でアメリカ人たちによる反乱が加熱していた。そこにアメリカ政府が介入して外交交渉を行い、金銭と引き換えに国境線を確定したという流れだった。

メキシコからも広大な領地を買っている。しかし、それはまずアメリカによるテキサス併合に端を発するアメリカ・メキシコ戦争がきっかけであるし、一度買った後も両国が一部地域の領有を主張したため緊張は続き、再度の購入で決着している。つまり、戦争の決着を金でつけたという意味合いが強い。

アラスカには十八世紀前半にロシアの探検隊が入り、自国の領土化していた。毛皮の生産により栄え、また天然資源の面でも注目された土地でもあったが、結局ロシア時代にこの地に植民した人々は数百人に過ぎなかった。そんな中、クリミア戦争に敗北し弱体化するロシアは、「イギリスがアラスカを奪いに来るのではないか？」と恐れ、アメリカに売り渡したのである。

事情が合致しなければ買えない

——以上のケースを見ていただければわかる通り、アメリカと相手国は領土をスーパーの野菜のごとく気軽に売り買いしたわけではない。それぞれの事情があって「手放しても良い（手放すしかない）」という判断があり、その上で利益の帳尻を合わせるために金銭が持ち出されたのだと考えるべきだろう。

そもそも取引の材料になるのはほとんどの場合、本国から遠く離れた植民地であった。もし地続きの領土であったなら、そこを拠点に攻撃される可能性がある。とても金銭で決着がついたとは思えない。また、政府にとっては泡銭のようにさほど苦労せず手に入れたものであるから、手放すのにも心理的ハードルが低かったのもあるだろう——とはいえ、現地で実際に植民をした人々は大変な苦労をしただろうし、結果として政府に反感を持った人などもいたかもしれない。

また、金銭によって購入したとは言いながら、そもそも戦争の結果が大きな影響を与えているケースが多いのも見逃せないところだ。軍事力によって有無を言わさぬ状況を作ったところで、「せめて金銭で帳尻を合わせよう」という話なのである。これは「土地を金銭で買った」という言葉からはかなりイメージが違う。

そして、時代は変わった。現代社会において、国と国が領土を金銭で売り買いするケースはちょっと考えられない。例えば二十一世紀になってアメリカのトランプ大統領が「デンマークからグリーンランドを買う」とぶち上げたが、拒否されている。もはや地球上に未発見の土地や容易く手に入れられる土地など存在しないのだ。一見して価値のなさそうな土地や島であっても、地下資源や二百海里（約三百七十ｋｍ）以内の排他的経済水域に存在する水産・海中資源次第では宝の山にもなることを思えば、それも当然だ。

借金のカタに国を……

一方、現代社会では別の形で「金銭で国を買う」が行われることがある。実際、財政の豊かな国が借金のカタとして相手国の重要拠点を奪う、いわば「借金漬け外交」とも言うべき戦略が問題として報じられたことがあった。有名なケースとして、スリランカが港開発のための借金を返せなくなり、同港を中国企業へ九十九年間貸すことになった話が知られている。

中国の借金漬け外交については、「中国が返済可能かどうかきちんと確かめずに莫大な投資を進めた結果である（だから狙ってやったわけではない）」や「発展途上国への影響力争いにおいてライバルであるアメリカ側が戦略として非難しているのでは」など反論もあるので、一概に善悪は言えない。

しかしエンタメのネタとしてはなかなか面白いのではないか。つまり、莫大な資金や特別な技術を持っている国家が、そうでない国家にカネを貸し、あるいは技術を与える代わりに、領土とその人民や、資源を生み出す拠点、また道や港など交通上の要所を差し出させる――というのは、ファンタジー世界でもいかにもありそうな話ではないか。

その場合、最初はお互いにWin-Winの関係だと思っていても、やがて返済が滞ったり、想定以上に利子が膨らんだり、差し出した場所に問題が起きるなどして。どちらか片方あるいは両方が不満を持つなどすると、物語を動かす要素・事件として活用できそうだ。

ファンタジー世界では金で国が買えるか？

さて、これらの「金で国を買う」をあなたの世界に持ち込むことはできるだろうか。

単純に文字通りに考えれば、最低限、貨幣経済が発達・普及している世界であることが条件として浮かび上がってくる。金銭の価値を認めない国が、領土という価値あるものと取り替えてくれるわけがない。

ただ、金銭の代替になるものがよほど価値があると認められれば、領土と引き換えられることもあるだろう。金塊や宝石、装飾品のようなそもそも金銭の代わりになることが多いものはもちろん、「まず他では手に入らないもの」「政治的・宗教的・権威的な意味合いのあるもの」であれば、領土と取り換える価値があると見出されてもおかしくはない。

例えば、「古代帝国皇帝の遺品である指輪で、これを持つものが帝国にルーツを持つ諸国の支配者になれる」を見つけた冒険者が、ある大国の王にこの指輪を売ったなら、その対価として領土を譲り受けて独立国家の王くらいになれても不思議ではないだろう。

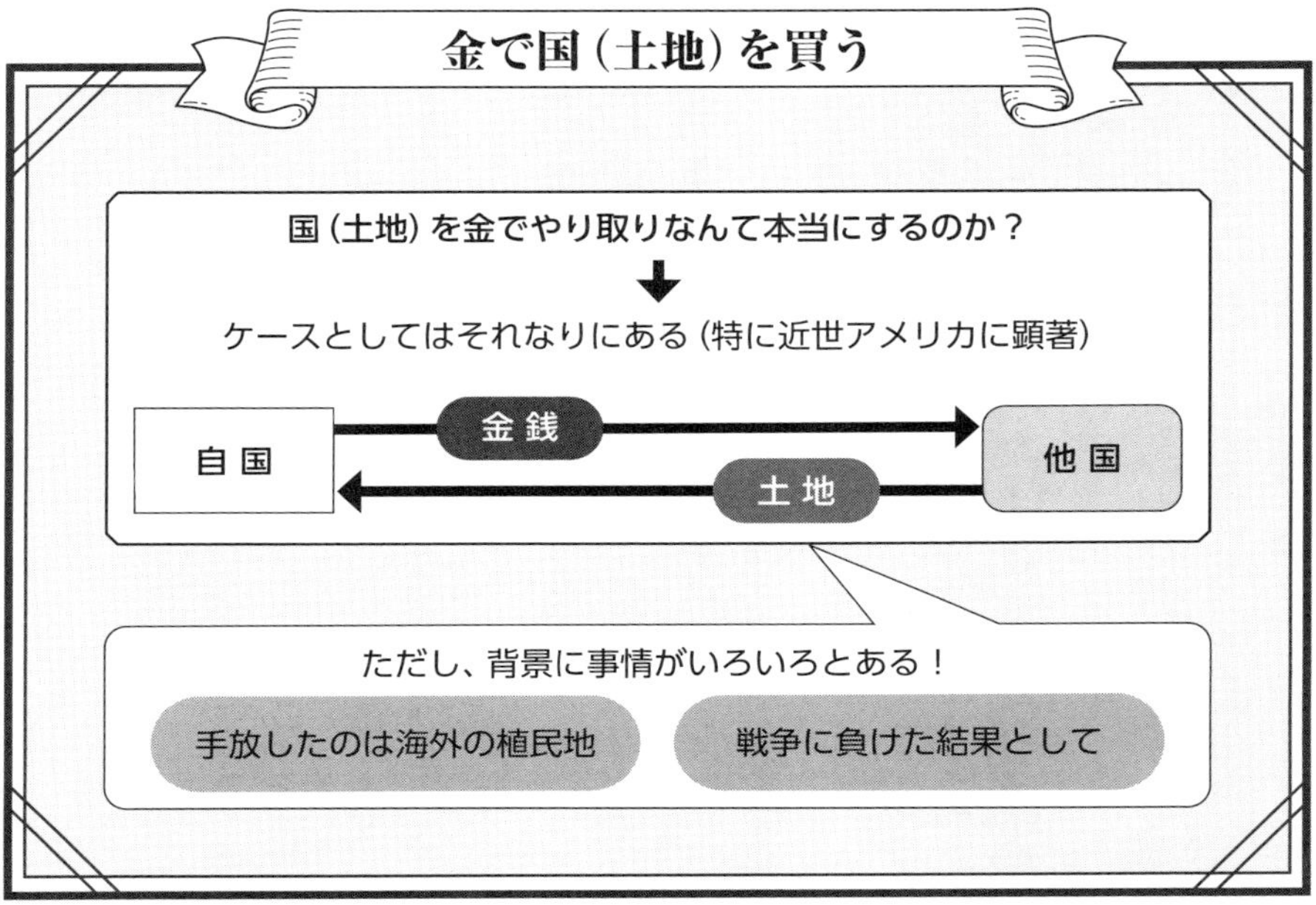

　また、アメリカの例で見てきた通り、「発見されていない土地」「未開拓の土地」が広がっている世界の方が都合がいい。つまり、土地の価値が比較的低いからだ。逆に言えば、価値が低く所有を主張する人の少ない土地——荒野や孤島、山の中など——であれば二束三文で買えるかもしれない。

　とはいえ、中世ヨーロッパ風の異世界であるならこの条件は大体の場合満たしていることだろう。その上で、大航海時代のように人々がどんどん外へ出て、新しい土地を「発見」し、自らのものにしている時代や地域であることが望ましい。「新大陸」や「存在は知られていたが辿り着くことは難しかった場所」などがわかりやすい例だ。

　他にも、「異世界」や「異星」を発見したファンタジー世界で侵略・開拓・移民がある種のブームになり、結果として土地が金銭で売り買いされるほどに、ある意味で価値が低くなったというのも面白い。

人の心を金で買う

　金で国を買うのは難しい。しかし、人の心や物なら買えるだろう。ならば、そのことを通じて国を奪うことはできないだろうか？

まず、人の心を金で買う——すなわち、金品で買収するのはどうだろう。貨幣経済が十分に発達した地域では、あらゆる立場の人間を金で転ばせられる可能性がある。辺境を監視する警備隊、国境を守る城砦に駐屯する騎士団、中央へ情報を伝達する狼煙の担当者、各地に所領を持つ貴族、行政を担当する役人、国家を運営する大臣。これらの人々に金銭を贈ることで、何かしら侵略に効果的な行動をさせることができる。

この時、賢い買収を演出したいなら、「致命的な裏切りはさせない」とリアリティが出る。彼らにも生活と未来があるから、少々の金銭で「自ら主君に刃を向ける」的な完全な裏切りはしない。しかし、「怪しげな男をちょっと見逃す」「出陣を一日だけ遅らせる」「孤立した領主を見捨てる」程度の裏切りなら、意外に罪悪感なくできるものだ。

それでも致命的な裏切りをさせるのであれば、未来を約束するような代償が必要になる。金銭であれば生活基盤を捨てて逃げても遊んで暮らせるような、そうでなければ所領や立場などだ。

金銭や価値のある物品は、むしろ内側に対して使う方向が効果的に戦力の向上を図れるかもしれない。つまり、良い働きをした部下や家臣、同盟者に対して惜しみなく金銭を与えて忠誠心を買うわけだ。ただ金銭には限界があるので、日本の戦国時代に織田信長がやった「茶の湯のブームを家中で流行らせた上で、茶会を開く権利と高価値の茶器を抱き合わせて家臣たちに配布する」ような工夫をする必要がある。

物を買って追い詰める

相手国の「物」を買うことで、危機的状況に追い詰めることもできそうだ。戦争時に必要なもの——例えば食料をはじめとする物資だ。戦争が始まると、侵略する方も防衛する方も大量の物資を必要とする。中でも食料はなければ兵士が飢えて戦争にならないし、しかも民間でも必要な人がたくさんいるので、特に重要だ。穀物などは放っておくと商人たちが酒にしてしまう（場合によっては戦場の兵士たちが支給された米を勝手に酒に変えてしまうなんてことも！）。

金で人や物を買う

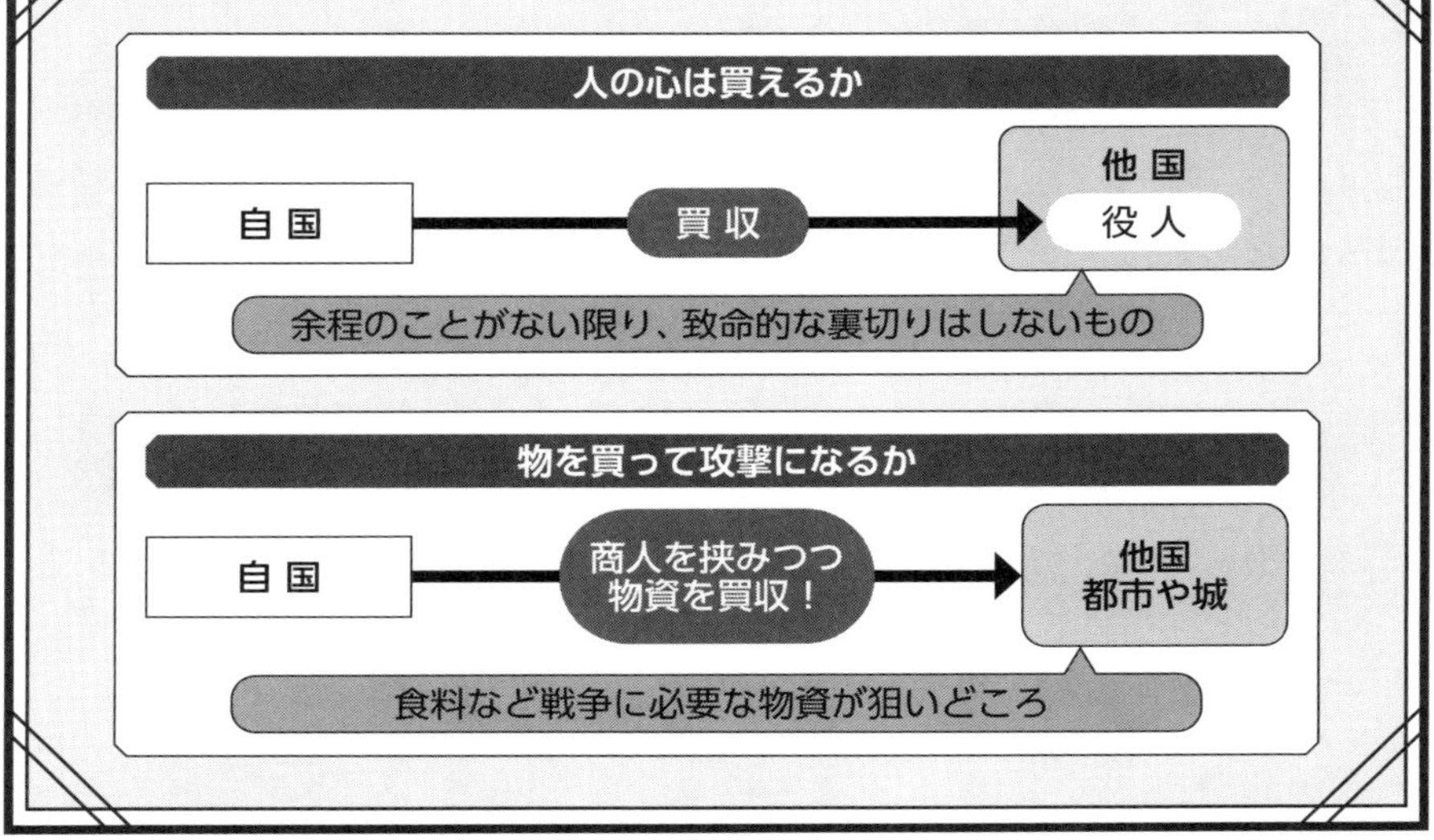

だから、侵略を始める前には、あるいはどこかが攻めてきそうだな、と思ったらどの国も食料ほか物資の買い占めを始めるものだ。しかし、場合によってはその種の情報に国よりも早く察する人々もいる。商人だ。彼らは情勢がきな臭くなってきたと思いきや、すぐさま軍事に関連する物資を買い占め、それを高く売りつけようとする。——資金力に勝る国家であるなら、彼ら商人たちを抱き込むことで、防衛側国家が必要とする物資をあらかじめ買い占め、市場から払底させることは十分可能であろう。火薬や特別な素材などが戦争に重宝される地域では、それらを生産・供給する都市も多くないだろうから、早めに話をつけてしまうこともできるかもしれない。

国家レベルでの買い占め・枯渇は必要な資金の関係で困難であったとしても、都市レベルで城砦・要塞レベルであればハードルはグッと低くなる。防衛側の指揮官に先見の明や危機感がなければなおさらだ。相場の何倍もの額を提示して周辺の農村（あるいは城砦の備蓄食料も！）から買い取ってしまえば、いざ戦争になった時にさぞ困るだろう。

情報伝達・移動手段

伝統的情報伝達手段

前項までに紹介した金銭・経済は、社会を回すエネルギー、血流のようなものだ。同じように、この項で紹介する情報伝達や移動手段も、社会を回していくのに必須のものである。何しろ、農村から食料が供給されなければ都市は存在できないし、逆に農村は都市の進んだ技術や情報を求めている。巨大な国家を動かすためには隅々まで命令を伝える手段がなければ始まらない。

また侵略ということを考えた時も、前近代世界ではそれら情報伝達や移動を妨げる「距離の壁」が非常に重大な問題として立ち塞がってくる。つまり、軍団を送り込むにしても、使者を送って何かしらの策略を仕掛けるにしても、発動してから結果が出るまで（そしてその結果が伝わってくるまで）大きなタイムラグがあるからだ。戦場ではこれを防ぐために楽器を使ったり伝令を用意したりしたわけだが、より大きなスケールではどうだろう。

まずは情報伝達から見てみよう。

最も古典的な手段としては、「人間が運ぶ」ことがある。彼らが内容を暗記するか、あるいは手紙を運ぶ、人間が馬を友にするようになってからは、「馬に乗った人間が運ぶ」が最もよく使われる手段になった。

ただ、人間一人と馬一頭では全力で走れる時間に限界があるので、広大な領地を持つ国家ではしばしば道の各所に「駅」を作り、そこで馬を（場合によっては人も）交代できるようにした。あるいは馬以外にも、鳥や犬なども情報の運び手に選ばれた。彼らは人は運べないので、情報だけを運ぶわけだ。また、道路をきちんと整備しておくと、移動できるスピードもグッと上がる。

そして、人間や手紙ほどは複雑な情報を伝達できないが、スピードなら上回るのが「狼煙」だ。煙を上げることで、かなり遠くまで情報を伝えることができる。本数や色などである程度情報量は増やせるが、基本的には「あの方角で狼煙が上がったら、こういうことが起きている」など取り決め、これに基づいて運用することになる。例えば国境から首都まで狼煙台を点々と置くことで、高速で情報を伝えることができるわけだ。

活版印刷術と戦争

技術革新や何らかのチート——魔法など——があれば、この情報伝達のスピードや届く範囲が大きく向上・拡大するかもしれない。よく知られている例が、ドイツ人グーテンベルクが十五世紀に発明したとされる活版印刷術だ。

木製の「版」に墨（インク）をつけて転写・複製する印刷技術は中国で発明され、十三世紀ごろヨーロッパへ持ち込まれたと考えられている。「活字」つまり金属（主に鉛）でできた文字を組み合わせて版を作る活版印刷もすでに中国にあったらしい。グーテンベルクのオリジナルとされるのは、ブドウを絞る機械を応用し、版に紙を強く押し付けるプレス式印刷機だ。

グーテンベルクの生み出した活版印刷技術は、ルターの宗教改革を強力に後押しした。当時の聖書は多くラテン語で書かれていたが、これは一般庶民には読めない。しかしルターは普通の人でも読めるドイツ語で聖書を書き、しかも活版印刷によって大量に作ってばら撒いたのだ。これはすなわち聖職者に独占されていた宗教を解放したことに他ならず、結果としてヨーロッパ全土をカトリック・プロテスタントに分ける三十年戦争の勃発に結びつく。

活版印刷技術が三十年戦争に大きな影響を与えたのは、聖書の存在だけではない。この時、対立する両勢力はそれぞれに活版印刷によるビラを作って敵対勢力を中傷し、自勢力を擁護したのである。例えば、プロテスタントのビラにはイラストがついていて、自分たちは天使に守られた神聖な集団として、カトリックは悪魔として描いた。このようなプロパガンダ（宣伝戦。本来は「教えの種を蒔く」あるいは「接ぎ木」という意味のラテン語だった）の結果、両陣営は団結し、また敵対勢力への敵意を高め、結果として三十年戦争においては八〇〇〇万人もの戦死者が出た。これは十五世紀以降の戦争・紛争での死者のうち、第二次世界大戦に次ぐ死亡率の高さとされる。

もちろん、活版印刷以前からプロパガンダ的手法はあったに違いない。しかし、宣伝手段の技術的・物理的限界がある。人々を広場に集めて演説を行ったり、広報担当者たちを各地に送り込んだり、あるいは手書きで書き写したビラをばら撒くのでは、とても効率がいいとは言えない。一人の人間が喉を枯らせて意志を伝えられる人数も、人間が己の足や馬で移動して宣伝しながら移動できる距離も、手書きで作れるビラも、それぞれたかが知れているからだ。

工夫の余地はある。例えば、古代ローマの諸都市にはしばしば半円形の劇場や、円形の闘技場（コロッセオ）が建設され、演説の舞台になった。これらの施設は数千から数万人を収容することができ、ローマの有名なコロッセオに至っては約五万人（諸説あり）を入れることができたのである。同種の施設があれば、たくさんの人々に対して宣伝を行うことも可能だ。しかし、結局のところは人を一箇所に呼び集めなければいけないのだから、問題はさほど変わっていない。

だが、活版印刷によって大量のビラを短時間に刷ることができたなら、話は変わる。前提条件として「紙もしくはその代替になるものが大量にあること」「人々がある程度文字を読めること（イラストを使うことでカバー可能）」は必要であるものの、それ以前と比べればありえないほどの範囲へ、簡単にプロパガンダを行うことができるのだ。三十年戦争が異例の活性化を果たしたのも当然といえよう。

更に、技術の躍進はプロパガンダの効率を押し上げていく。気球や飛行船、飛行機があれば印刷したビラをより早く、より広範囲にばら撒くことができる。ラジオやテレビ、電信や電話、インターネット、携帯電話にスマートフォンといった情報・通信機器は距離や時間の壁を容易く破壊し、さまざまな働きかけの効率・効果を飛躍的に上昇させるのだ。

交通手段は戦争を招くのか

続いて、移動、交通の手段がもたらす影響についても考えてみよう。

例えば大海を行く船。例えば大空を渡る飛行機。例

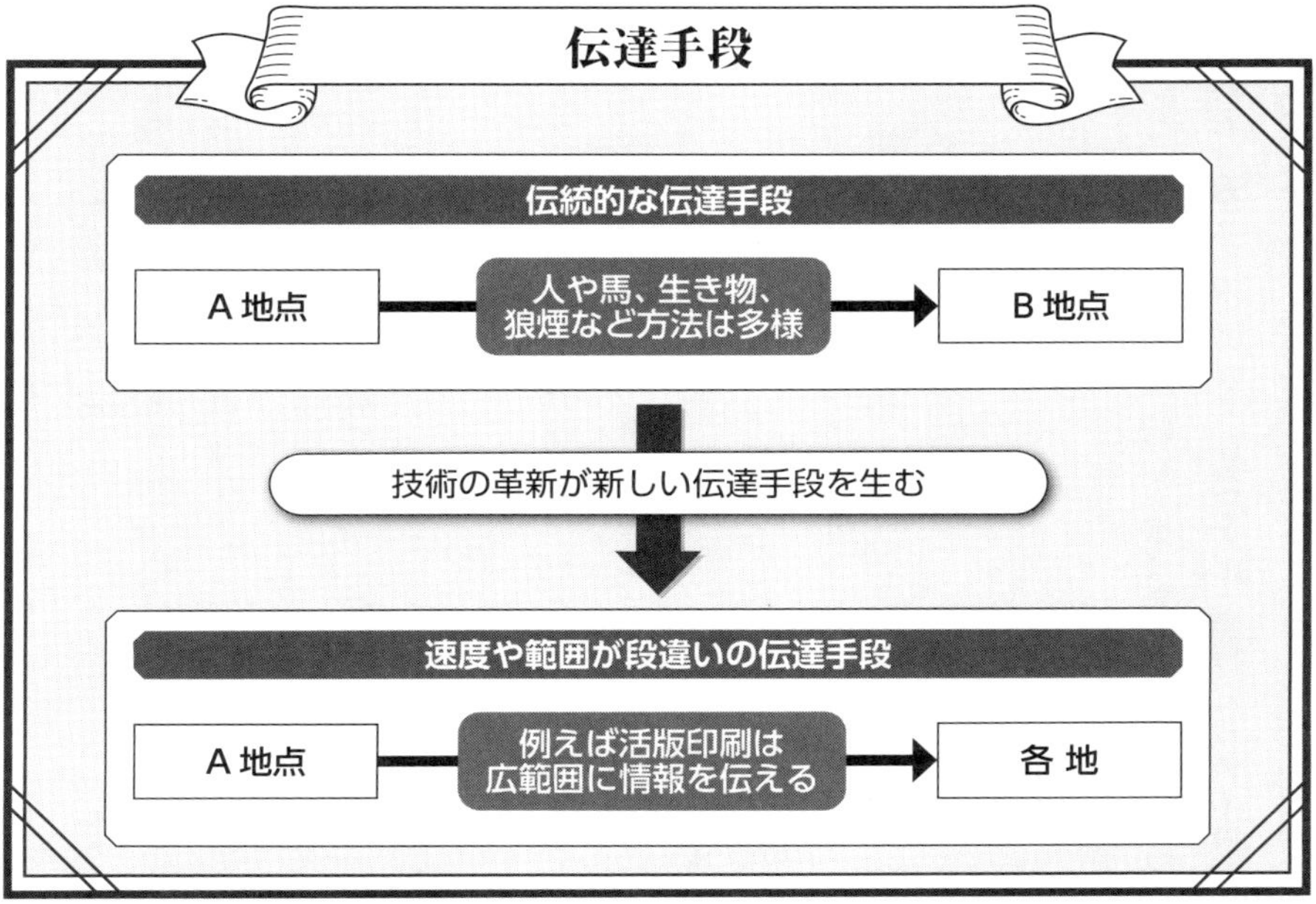

えば星間を繋ぐ宇宙船。あるいは大河にかかった大橋や、時間・空間を直接飛び越えてしまうテレポーターや、タイムマシン。

　これらの移動手段は、単体では人を傷つけたり敵を打ち砕くような機能はないにもかかわらず、他の国や地域、星や世界を侵略するにあたって、時には武器や軍団よりも重要な「兵器」になる可能性がある。

　なぜなら、「辿り着けない」ということは最強の防衛手段であるからだ。どれだけ野心に満ち溢れ、優れた戦略・戦術・兵器を蓄えた侵略者であっても、そもそも侵略ターゲットに接触することができなければ全て無意味である。十分な侵略手段を送り込むための移動手段があってこそ、侵略が可能になる。

　侵略と移動手段について考える時に一番大事なのは、移動手段は「融和的な交流手段にもなれば、侵略の道具にもなる」ということだ。

　例えば、道を作って二つの世界を繋げた人がいる。その人自身は「ただただ新しい世界が見たかった」のかもしれないし、「二つの世界を仲良くさせたかった」のかもしれない。しかし、新しい世界と繋がったことを知ったそれぞれの世界の住人はどう考えるだろうか？　どちらか片方、あるいは両方が「向こうの世界を侵略してやろう」と考える可能性は低くない。そのように積極的に動かなかったとしても、「交流の中で病気や社会問題などが伝わってしまい、どちらかに打撃を与える」「当初は友好的だったのに、次第に衝突を繰り返すようになる」可能性は小さくない。この点はしっかり押さえておくべきだろう。

さて、このような移動手段については、大きく「船」タイプと「道」タイプ、そしてちょっと変わったところで「鍵」に分けて考えるのがおすすめだ。船や飛行機、宇宙船、タイムマシンは「船」タイプで、大橋やテレポーテーターはおおむね「道」タイプである。「鍵」タイプは地図や羅針盤が一番わかりやすいだろう。

「船」タイプ

「船」タイプの移動手段は「乗り物」と言い換えることもできる。ここまでに例として挙げた以外では、「砂漠を渡るためのラクダ」なども含まれるだろうか。さらにグッとファンタジーやＳＦに寄せて、「危険な怪物が闊歩する荒野を、高速で移動して突っ切るための馬」や「地底と地上を行き来するための地中航行船」などが思いつく。

「船」タイプ最大の特徴は、その船（乗り物）を持っている人が自由自在に行き来できる、ということにある。船を持つ方は好きなタイミングで人を送り込み、侵略を開始できる。もし現地での戦いにおいて劣勢に追い込まれても、防衛者側が船を持たなければ反撃される可能性は非常に低い。最悪、現地に送り込んだ人員を見捨ててしまえば、それだけで本拠地の安全を確保することができるというわけだ。

ただその分、「船」タイプには弱点も多い。所詮は乗り物なので、一度に運べる人員や物資量に限界がある。海を渡ったり宇宙を行き来したりする場合は移動時間が相当にかかるケースも珍しくない。特に技術がまだ未成熟な場合は、移動に失敗してせっかくの船と人員を失ってしまうことも多いだろう。

「道」タイプ

対する「道」タイプは「門」とも言い換えられる。設置された門を潜り抜ければ異世界・別世界に辿り着いている……というわけで、既に挙げた以外で言えば「山をくり抜いて向こう側へ繋がっているトンネル」なども該当する。

「道」タイプ最大の特徴は、そこに固定化されている、ということだ。「船」タイプには出発・到着のタイミングがあるが、「道」タイプにそれはない。いつでもそこに行けば必ず向こう側へ行くことができるのが普通だ（月の満ち欠けに影響される魔法のゲートが……などという場合はその限りではないが）。また、運べる人数や荷物の重さなどについての制限も「船」に比べればかなりゆるやかで、通っている最中に事故が起きる可能性もないわけではないが確率は高くない。おおむね安定しているのが「道」タイプ、と言っていいだろう。

この固定・安定という特徴はいいことばかりとも限らない——特に、侵略者にとっては。つまり、現地での戦いが不利になって、「道」の支配権を奪われると、今度は自分たちが侵略される側になりかねないからだ。そこで、いざという時は自分から「道」を壊すという判断も必要になってくる。橋を落とし、トンネルを埋め、テレポーテーターを破壊することで、向こう側からのアクセスを不可能にするわけだが、基本的に「道」タイプの方が「船」タイプよりも一つ一つの施設・設備が大掛かりでコストも莫大である分、この判断は難しくなる。

「鍵」タイプ

そして、比較的特殊なケースが「鍵」だ。この場合、移動する手段そのものは既存のものとして存在する。しかし、特別な鍵がなければ、目的地に辿り着くことがない、あるいは可能かもしれないが、非常に困難な道のりになり、多くの脱落者・失敗者が出ることになってしまうのだ。

わかりやすいのはすでに紹介した通り地図や羅針盤だ。目的地の正確な場所はもちろんのこと、高い山や深い谷、道を遮る川のような障害、森や沼などの移動困難地域が記されている地図があるとないとでは、移動にかかるスピードと難易度が劇的に変わる。さらに目印がほとんどない広い海を渡るにあたっては、羅針盤によって今自分がどこにいるかを知る技術が絶対的に必要だ。あるいは、爆弾の類が「鍵」として作用することもあるかもしれない。岩山を吹き飛ばし、道を開くわけだ。

あなたの世界がもっとファンタジー色の強いものであれば、文字通りの鍵やもっと不思議なものが「鍵」になることもあるかもしれない。神話の時代に作られた山ほども大きい巨大な門を開くために、やはり神話の時代から伝わる鍵が必要であったり、炎や雷が無限に降ってくる道を進むために魔法の傘が必要であったり、水路の通行を邪魔する巨大な渦潮を消すために巫女が祈る必要があったりするのである。

要素が複合するケース

これら三つの要素は時に重複して必要になることがある。「外洋を渡って目的地に辿り着くためには大きな船と羅針盤が必要だ」や「異世界につながるゲートを起動させるために神々が残した宝珠を探さなければならない」という具合だ。

また、「船」にせよ、「道」にせよ、「鍵」にせよ、本当に重要なのはその施設や設備そのものではないことが多い。大事なのはそれらを作り運用するために必要な技術と資源の方だ。「神話の時代に神が作った空を飛ぶ船」のようによほど特別な「船」「道」「鍵」の場合はともかく、技術と資源で作ったり直したりできるものなら、失われても取り戻すことができる可能性が高い。

例えば、侵略者側が一度壊したものを時勢に合わせて再建したり、防衛者側が技術を学んで自分たちのための「船」「道」「鍵」を作って逆侵略することだってできるはずだ。一例として、地図を破ったとしても、その地図を作った人間が生きていたり、地図を作るために使った資料が残っていれば、再現したり、あるいは最低限「このルートを辿れば目的地に辿り着くよ」という必要十分な情報をもらったりすることはできるかもしれない。

また、船や橋のための材木や、近代的な船を動かすための石油などの資源そのものが侵略者の目的になることだって十分あり得る。

移動・交通手段

人や物、情報を運ぶ移動や交通の手段は、
侵略の道具にもなる

①「船」タイプ

自国・自地域 ―― 船 ――→ 他国・他地域

大きな海や川を渡る船があると行動範囲は一気に広がる

②「道」タイプ

自国・自地域 ←―― 道 ――→ 他国・他地域

道がつながることで安定して大量の人や物が動く

③「鍵」タイプ

自国・自地域 ―― 鍵 ――→ 障害　他国・他地域

羅針盤や爆弾のような新しい技術、もしくは魔法やアイテムなど

実際には、この 3 つの移動・交通手段が複合することも多い

↓

船＋道
↓
岩礁を避ける航路発見と
専用高速船建造

道＋鍵
↓
ワープゲート使用法の解明と
防衛拠点建造

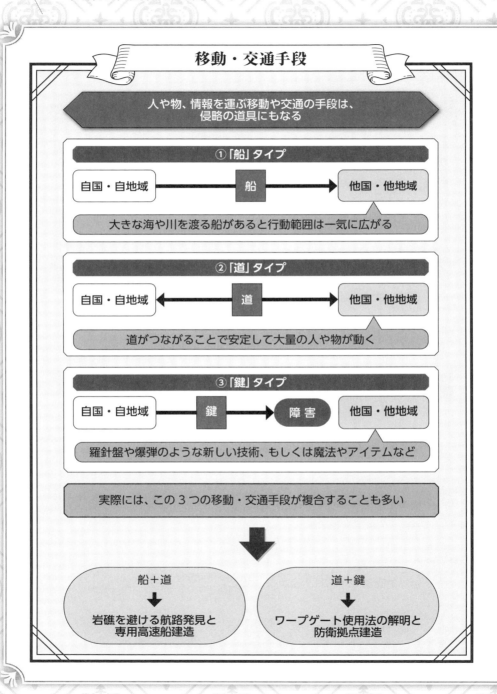

計画してみるチートシート（非軍事力編）

侵略側の戦力を考える

自国を強化する経済力

経済力が高ければ自分たちの戦力を高めることができる

相手に影響を与える経済力

金銭の力、経済の力で相手の戦力を削ることができる

伝達や交通の手段はどうか

軍団を運ぶのはもちろん、非軍事侵略のために人や物や情報を運ぶ必要も

防衛側の戦力を考える

自国を強化する経済力

経済力が高ければ自分たちの戦力を高めることができる

相手に影響を与える経済力

金銭の力、経済の力で相手の戦力を削ることができる

伝達や交通の手段はどうか

自国側が手段を持っていないと、一方的に攻撃されるだけになってしまう

3部　侵略の手法（非軍事力編）

◆6章◆
宗教（文化）による侵略

宗教と文化①国家を団結させるもの

国家は宗教を利用する

第一章ですでに見てきた通り、宗教は時に侵略の動機・理由になることがある。その一方で、侵略の手段・道具・武器にもなる。また、宗教だけでなく文化(言語や芸能など)や価値観というものも、同じような効果を発揮することがある。そこで、この項ではそれら宗教・文化・価値観が侵略や防衛とどう関わるかを見てみよう。

まずは内側——つまり自国や自地域に働きかけ、統治者の権力を強化したり、団結をもたらす力としての宗教や文化を見てみよう。

そもそも宗教はそれだけで強力な権威として存在することが珍しくない。なにしろ神や仏、あるいは精霊や先祖などと言うものは今生きている人間には計りようがない超越者、そして権威だ。政治を古く「まつりごと」と言ったのも、神に祈りを捧げ声を聞く祭事(まつりごと)とほとんど同一視されていたからこそなのだ。

「神さまがこのように仰っている」といえば、信仰心の強い人々はあだやおろそかにはしない。それでも立場のある人間や理性・知性の強い人間なら「いやいや、そうは言っても事情がこちらにもあって……」と反論するかもしれないが、一般庶民にはそのようなブレーキは普通存在しない。「神様の言うことを疑うなんて不敬だ」「神が仰っている通りにするべきだ」という意見に理性的な反対が押し切られるのは目に見えている。

だから、国家の統治者はしばしば宗教を庇護し、土地の領有を認めたり、資金や特権を与えて援助する。そうすることで宗教側も国家の権威を擁護するように動くし、庶民側も「神も王を支持している」といよいよ敬意を示すようになる。ここまでは全くWin-Winの関係といえよう。

国教は何をもたらすか

国家による宗教権威の活用、その究極の形は特定の宗教（宗派）を「国教」に指定することだろうか。その国の民はある宗教を信じているのが基本であり、その宗教の教えや義務に縛られることになるわけだ。

結果、特定の宗教の権威が高まり、統治者に匹敵するどころか凌駕する権力まで備えてしまうこともある。いわば「薬が効きすぎる」わけだ。宗教は世俗とは別の論理で動くこともままあるため、そのことが時に良くも悪くも常識はずれの計画につながる。十字軍をはじめ、一部の侵略はそのような国教のメカニズムがあったからこそ発生したとも言えるだろう。もちろん、自国を防衛するためにこそ国教を設けたと考えられるケースもある。

国家は止むに止まれぬ事情で国教を設けざる得ないこともあれば、権威の正当化など目的達成のために国教を設けることもあった。なお、いわゆる「祭政一致」の、国家のトップが宗教指導者でもあるケースでは一般に「国教」とは言わないようだ。

その国家で、あるいはその国家のある地域で信仰されている宗教が一種類しかないならわざわざ国教を指定する必要もない。しかし、実際の歴史を辿ってみれば複数の宗教が共存したり新しい宗教が入ってきたりするのはよくあることだ。その時、複数の宗教と分け隔てなく接する、というのはちょっと難しい。

信者の多い少ない、教義が国家にとって都合が良い悪い、隣接する国家や地域で信じられている・いない、統治者の好き・嫌い……このような事情がどうしても関わってくる。結果、「信者が多くて教義としても都合の良い宗教を、国家全体で信仰する宗教としての国教に決める」のは、ままあることだ。

また、ある宗教の中で教義の対立や政治的事情から分派が発生したり、「この地域では特にこの神（天使、聖者、仏など）への信仰が厚い」ということもよくある話。国家がこれに乗って「我が国はA教のB派を重視する」「多神教C教のうちD神は古くから首都の守護神であったから、当然我が国全体でも厚く奉る」というのも自然な流れであろう。例えば、古代ギリシャにおいて最有力の都市国家であったアテナイは、知恵と戦争の女神アテネを守護神として奉っていたのである。

ヨーロッパの国教事情

国家がその宗教を国教に選ぶに至った事情や理屈は、国と宗教によりさまざまだ。そこで、私たちの歴史における国教の事情をサンプルとするべく紹介しよう。なお、明確に制度として国教を指定するケースもあれば、国教としか表現できない状態、ほぼ国教と言って問題ないだろうと思われるケースも含まれている。

紀元一世紀に成立したキリスト教がヨーロッパ全土に広まり、深く根付く大きなきっかけになったのが、ローマ帝国が国教に採用したことだ。しかし、その過程は簡単なものではなかった。そもそも中東の地で開かれたキリスト教は、四百年弱もの長い時間をかけてローマ帝国へ浸透していく。

二世紀頃から迫害が始まる（帝国が目指した皇帝崇拝に反発したため帝国からの強い圧迫・迫害を受けたとされる一方、実際にキリスト教徒を激しく圧迫したのは民衆主導の動きだったとされる）が、この迫害はむしろキリスト教徒たちを団結させてしまった。彼らはカタコンペ（地下墳墓）に隠れるなど信仰を守り、特に三世紀になると全国的に広がっていく。のちに世界宗教となるキリスト教は、当時の従来宗教と違って土地や血筋に関係なく信仰することができた（例えばユダヤ教はユダヤ人のための宗教であった）こともその一因としてあったろう。

ついにローマ帝国はキリスト教を無視・軽視することができなくなった。四世紀、大帝こと皇帝コンスタンティヌス一世によってキリスト教は公認され、さらに国教として受け入れられるに至ったのである。改宗のきっかけについて、伝説は「コンスタンティヌスは戦いに挑む前、キリストの頭文字（ＰＸ）と十字架の幻を見、神の言葉を聞いて、勝利を確信した」と語っている。一方、「当時のローマ軍人に広まっていた太陽神ミトラスの信仰はキリスト教との親和性が強く、改宗するにあたって抵抗が少なかった」という説もある。

真実は歴史の彼方だが、ともあれキリスト教はローマ帝国の国教となった。帝国の分裂もあって西のカトリック教会と東の正教会に分かれてはしまったが、西ローマ帝国が消滅した後もキリスト教は残り続けた。ヨーロッパの諸国はキリスト教の存在をほとんど前提として受け入れ、教会と深く結びついて統治にも活用したのである。

ヨーロッパ以外の国教事情

ヨーロッパ以外の国教事情も見てみよう。

中国では漢の時代、儒教（儒学）が国教になった。春秋時代末期に孔子が開いたこの教えは、動乱の戦国時代においては「諸子百家」と呼ばれるたくさんの学問の中の一つであったが、漢王朝の時代になって次第に統治者の正当化・権威付けに使われるようになり、国教になった。以後、二千年にもわたって各王朝が儒教を国教に採用し、国家を統治し社会を治める基本的な考えとしてきた。それどころか日本や韓国など周辺国家へも儒教は輸出され、各地の人々の考え方に強い影響を与えていったのだ。

さて、この漢王朝の儒教国教化については、「前二世紀・前漢武帝の時代」とするのが定説とされてきた。この時に五経博士が設置されたことが儒教国教化の始まりであるという。しかし、近年の研究では別の説も上がってきている。それによると、「確かに武帝時代に儒学者は台頭したが、儒教の国教化は段階的に進んだものであった。最終的に後漢・章帝の素で行われた白虎観会議（古文学と今文学という二つの学派による討論）をきっかけとして後漢は儒教国家となり、「首都をどこに置くか」などの国家政策まで儒教に基づいて決められるようになった」という。

日本はどうだろうか。六世紀ごろにインドから中国へ、そして朝鮮を経由して日本に持ち込まれた仏教はかなり積極的に受け入れられ、ほとんど国教と言ってよい立場を獲得するに至った。

その背景には、「大陸の進んだ技術・知識・国家制度を獲得するためには、仏教を受け入れるしかない」という事情があったとされる。

前近代の世界では優れた知識人や技術者はしばしばそのままイコールで宗教者でもあることが多い。幼い頃から知識を学び、また生活に直結しないような技術を磨くことができる立場の人間が、宗教者くらいしかいない時代や地域が多いせいだろう。となると、「技術や知識は欲しいが宗教はいらない」とは言いにくくなるのは必然である。

また興味深いのは、日本で仏教伝来以前から信仰されていた宗教――すなわち神道の代わりに仏教が信仰されたわけでは必ずしもない、ということだ。受容直後には対立から紛争も起き、また後世にも一部に根強い反発は見られたものの、全体としては神道と仏教は必ずしも対立するものではないと考えられるようになった。

例えば、「古来の神が仏の道に帰依しようとしている」という考えから、その修行の場として神社に付属する寺（神宮寺）があちこちで作られたのである。そして十世紀頃より神仏習合の主張として本地垂迹説（日本の神はすべて、もともとは仏であって、神と仏はイコールの存在である）が語られるようになり、いよいよ両者は一体化していく。

興味深いケースとしてもう一つ、エジプトにおけるアテン信仰が国教化されたときの事情と出来事を紹介したい。

エジプトは多神教である。その中で中心的な位置を占める神は、古くは太陽神ラーであったが、やがてアメン（アモン）という神が習合して「アメン＝ラー」として最高神の位置に座った。アメンの信仰により、テーベの神官たちは強い権力も持って政治に口を出し、歴代のファラオ（王）たちを悩ませた。

神官たちの宗教的権威に対抗するためには、新たな神を祭り上げるしかない――このように考えたのがファラオ・アメンホテプ四世だ。彼はたくさん存在した太陽神の一柱（南中高度の力強い太陽の化身）に過ぎなかったアテン神を、「あらゆる命が生まれる源であり、悪を消し去るものであり、唯一絶対の神」に作り変え、都も神官たちの影響力が強いテーベから移して、自らの名前までもアクエンアテン（アテンに有益なもの）と変えてしまった。

しかしアテン信仰の導入と政治改革はあまりにも強引すぎて失敗し、アクエンアテンが死ぬと都は放棄され、再びアメンを中心にした宗教体制が戻る。なお、このアクエンアテンの子が黄金のマスクで有名な少年王ツタンカーメン（＝トゥトアンクアメン）である。

宗教の権威を利用する

政治と宗教の相互関係

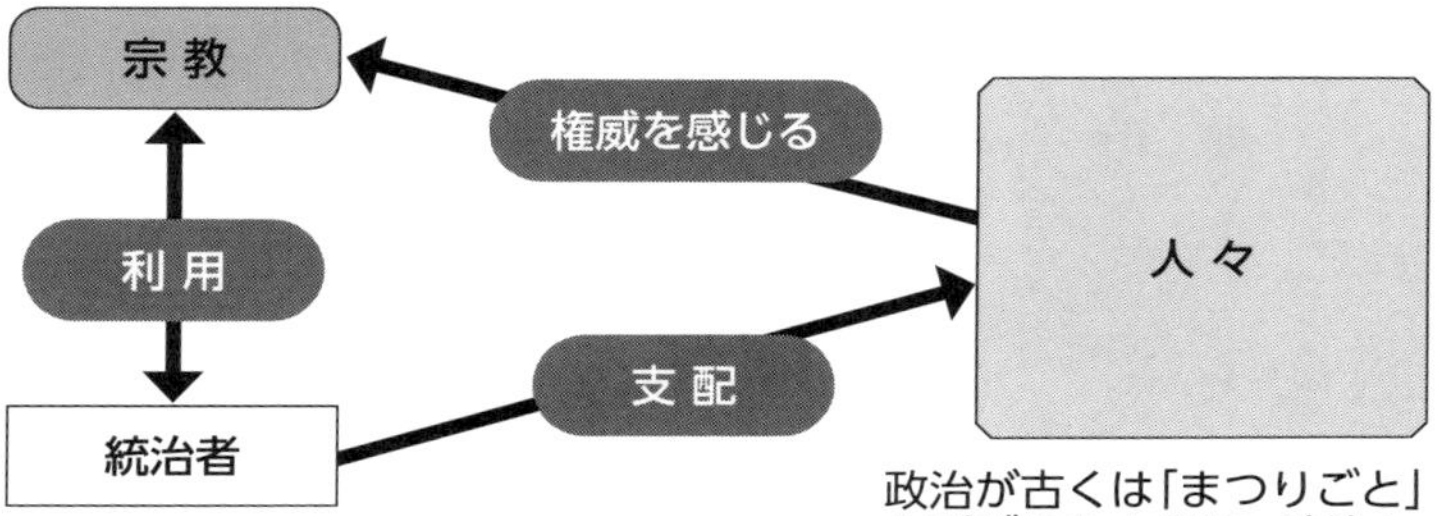

政治が古くは「まつりごと」と呼ばれたように、政治と宗教は関係が深い

その究極の形が「国教」である

国家が国境を定めるときのパターン

①権威付け・統治への利用

王や国家の権威を認めてくれたり、「王に従いなさい」という文化を作ってくれる宗教は便利

⇒短期間で国教化しようとするとエジプトのように失敗も

②下からの突き上げにより

庶民や貴族など、多くの人々が信仰している宗教については国教にしないと収まりがつかないことも

⇒ローマ帝国の場合は親和性もあった

③技術や知識を求めて

古い時代だと技術や知識は宗教と結びついていることが多いので、そのまま国教化してしまうことも

⇒日本では神道と仏教が融合した

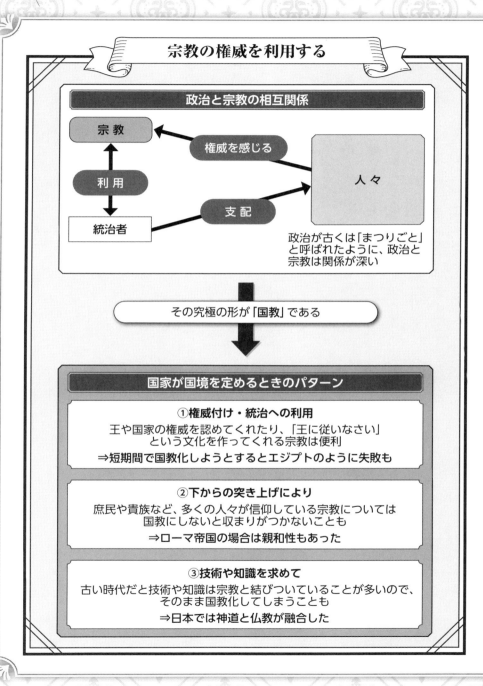

国教事情いろいろ

以上、私たちの歴史のケースを見たことで、国教のパターンがわかってくるかと思う。

一番分かりやすいのは「メリットを求めて国教に定めた」であろう。日本、中国、エジプトのケースがこちらに当たる。中国とエジプトはどちらも統治者の権威を裏付けし、正当化するために新しい宗教（価値観）が導入されたと言えるが、中国が長年かけて儒教を浸透させたのに対して、多神教からアテン教への変更はあまりに急激であり、結果的に失敗してしまった。日本は権威付けの部分もあったろうが、大陸の新しい技術・知識とセットで輸入された以上は受け入れざるを得なかった側面も大きかったはずだ。

一方、ローマ帝国（ヨーロッパ）とキリスト教のケースは「信者が増え過ぎて（多過ぎて）無視できないから国教の地位に置かざるを得なかった」なので、形としてはどちらかといえばネガティブかもしれない。とはいえ権威付けとして利用した部分も大きかったし、親和性もあったから受け入れたという点で、Win-Winでもあったろう。

とはいえ、国教にまでしてしまうのはそれなりに極端なケースでもあると考えるべきだ。技術や知識を受け入れるだけならワン・オブ・ゼム、「たくさんの宗教の中の一つ」として受け入れるだけでも問題がない場合が多いだろう。

宗教がもたらす仲間意識

宗教の機能は権威ばかりではない。前近代の人間にとって、「同じ神を信じている」ことはそれだけで共感し、親近感を覚え、時には無条件で味方や仲間だと思えてしまうような重要な特徴だった。現代人にもわかりやすい極端な言い方をすれば、信仰ごとに違う種類の異種族だと感じるくらいの「違い」があったのだ。

それだけ「違う」と感じるからこそ、十字軍やレコンキスタ、あるいはコンキスタドールによる新大陸征服のようなことも起きるし、一方で「プレスター・ジョンの国の探索」に人々が熱狂するようなこともあった。

プレスター・ジョンの国とは何か。それは東方（オ

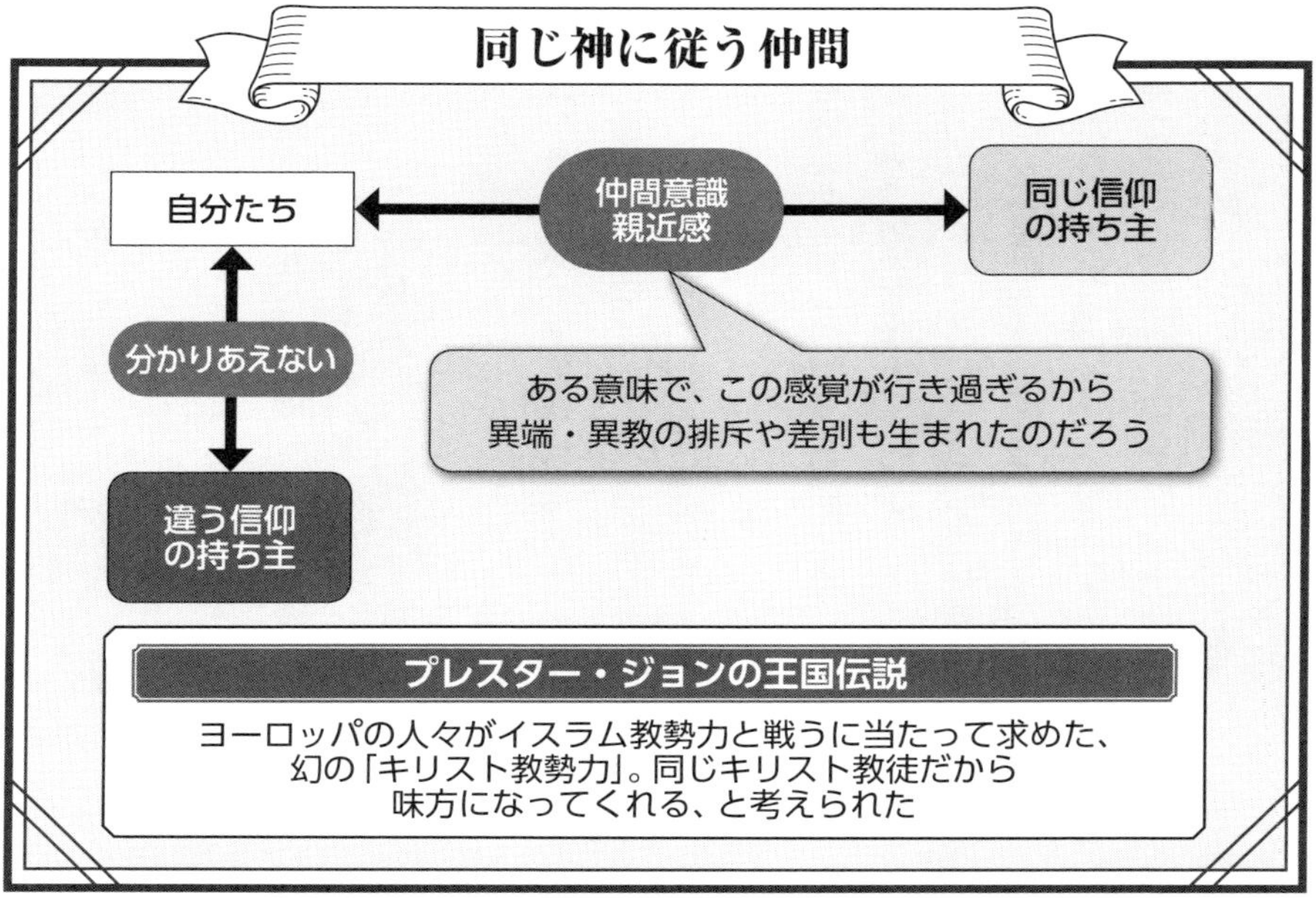

リエント）に存在するとされた、キリスト教国家である。中世後期の十二世紀ごろ、ヨーロッパは長くイスラム勢力と戦い続けていたが、十字軍もなかなかうまくいかず、味方が求められていた。そこで存在が噂されたのが、「イスラム勢力より東に存在するキリスト教国家」であるプレスター・ジョンの国だったのだ。その国王であるプレスター・ジョンから教皇に当てられた手紙なるものまで流布されるに至り、人々はいよいよ希望を持つ。プレスター・ジョンの国さえ見つかれば、遠交近攻、挟み撃ちの形が成立するはずだからだ。

以後、ヨーロッパの人々は長きにわたってプレスター・ジョンの国を探し求めた。手紙が見つかった頃は「インドにあるのでは」と噂され、その後は「モンゴルなのでは」とも考えられるようになった。のちにはアフリカに注目が移り、大航海時代に熱心にアフリカを探検した人々の動機の一つは、プレスター・ジョンの国を発見することにあったのである。

しかし、ついにプレスター・ジョンの国は見つからなかった。おそらく、そのような国は最初から存在しなかったのだろう。ただ、中央アジアにはネストリウス派という異端キリスト教徒がいて、またアフリカにはエチオピアというキリスト教国があった。これらの国々の存在がヒントになって、プレスター・ジョンの国伝説が生まれたのではないかと考えられている。

文化も仲間意識を作る

人が親近感や仲間意識を持つのは宗教だけではない。地縁や血縁などの関係性によってもグループが作られ、その中で「仲間」という認識が醸成される。そして、本書では宗教と同じような関係性を生み出す要素として「文化」があり、この点に注目して物語を展開すると読者の心に響くのではと提案する。

この考え方を理解していただくために、現代ではかなり一般的な考え方になっている国民国家（国民が主権者として義務も負う国家）の概念を紹介したい。

私たちの歴史では近代に国民国家の概念が生まれ、庶民に至るまで「ここは自分たちの国だ」「自分はこの国に所属しているのだ」と感じるようになっていく。そのアイデンティティ（帰属心）の成立には、例えば宗教も関わってくるし、「皆が同じ学校に通って机を並べて学んでいる」体験をしていることや、新聞に代表されるメディアの影響も大きかったろう。さらに、宗教に匹敵するくらい強い影響を与えたであろうものに「言語」がある。国家全体で（方言はありつつ）同じ言葉を喋っている、意思疎通ができるというのは、相手に仲間意識を持ち、国家に帰属心を持つのに大きな意味があるからだ。

あるいは、「宗教・文化を無理やり統一させることで国家内の民族や派閥の対立を解消する」「侵略者の文化を被侵略者に浸透させて支配を強固にする」という方法論もあり得て、こちらなら前近代世界でも政策として十分成立しうる。ただ、アレキサンドロス大王の帝国において、ヘレニズム文化は浸透しなかったという話もあるので、よほど上手くやる必要はありそうだ。

これらの実現は近世・近代的な文明に類するところもあり、ファンタジー世界にはあまり馴染まないと思う人もいるかもしれない。しかし、そのファンタジー世界の物語を楽しむのが現代人である以上、少々の違

文化が作り出す連帯感

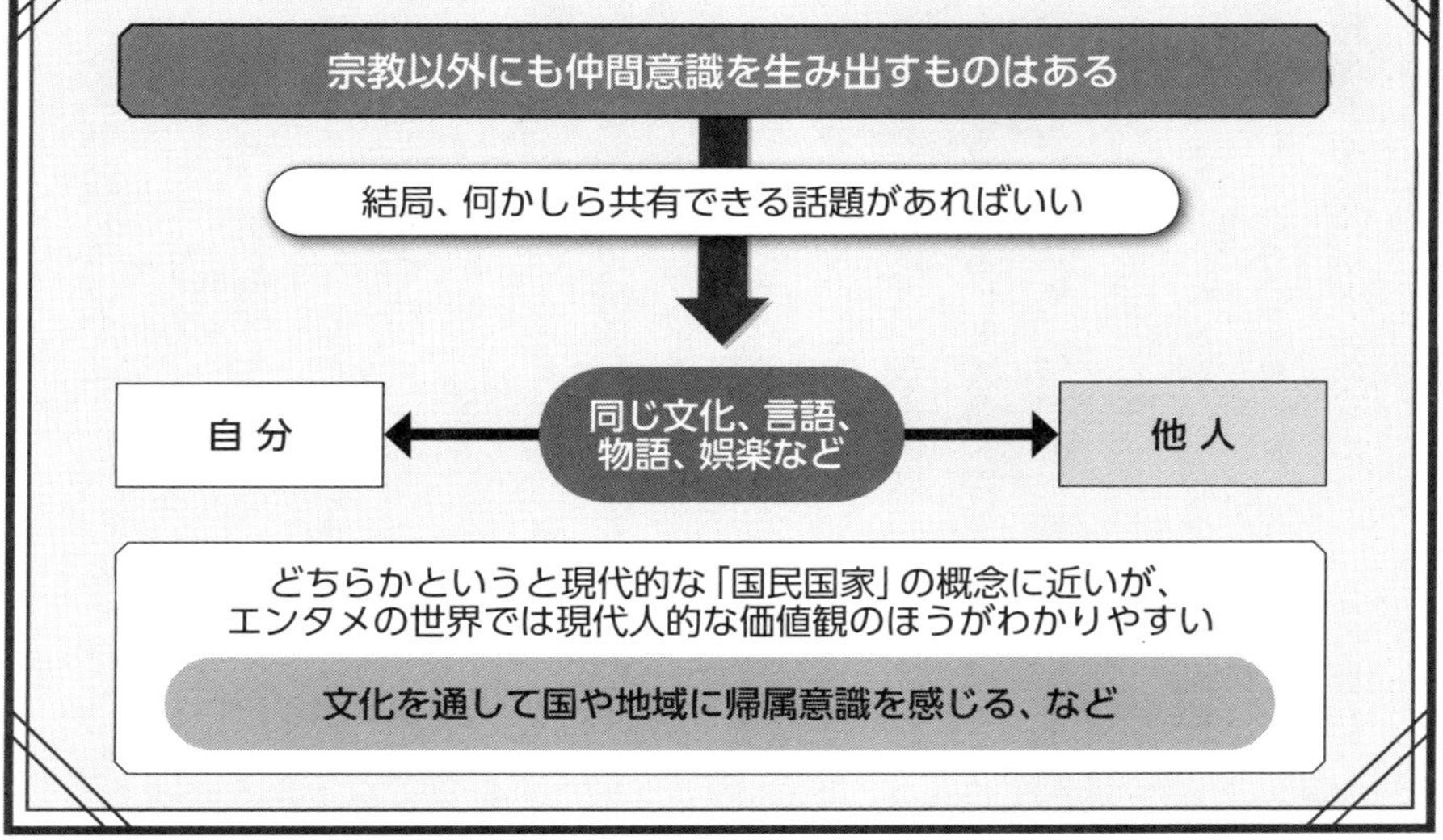

和感よりは読者にとって理解・共感しやすい世界づくりの方が効果的なのではないだろうか。

つまり、各種文化を媒介として自分の住んでいる都市や地域、国家にアイデンティティーを持ち、仲間意識を持っているような人々を描写するのだ（実際、そのような感覚を現代人ほどには持っていなくとも、皆無ではなかったろうから）。

では、具体的にはどんな文化が人々を結びつけるだろうか。例えば「食べ物（名物料理や、日本人のお米のような誰もが愛する主食など）」や「エンタメ（音楽や遊び、物語、舞踏など）」などはありそうだ。

あるいは「神話や伝説」というのも（宗教との区別がつけにくいところはあるが）面白い。自分たちがどこからやってきたのかという起源神話や、かつて偉大な勝利をしたという伝説が残っており、それらが一体感を生む……というのはいかにもありそうだ。もちろん、物語に登場させるならそこに何か秘密や真実があって欲しいところである。

これらは自然と生まれたものもあれば、国家が政策として広めたものもあろう。

宗教と文化②国家を揺るがし、分裂させるもの

指導者は宗教・文化を武器にするか？

宗教や文化が国家や地域を団結させる力を持っているなら、その逆に働かせる力もあるだろう。つまり、国家を分裂させたり、あるいは自国の影響力・支配力を浸透させていく、侵略手段としての宗教や文化である。

前項の通り、宗教や文化を共有すると、意識的にせよ無意識的にせよ相手に対して親近感や仲間意識を持つようになるのが人情というものだ。何の共通項もない相手とは交渉をするにしても拒否感・不信感が先に立つが、まず何かしらで理解でき、親近感を持てる何かがあれば、「じゃあ、とりあえず話だけ聞いてみようか……」ともなる。つまり、宗教や文化は何かしらの交渉の橋渡しになりうるわけだ。

この侵略戦略を国家レベル、つまり「まず庶民全体に広げて然るのちに……」と意識的に行うのは、かなり近代的な印象を与える行為だ。国家としては庶民の気持ちにはあまり目を向けず、「軍事力で」あるいは「トップ同士の対話で」相手を屈服させたり友好関係を作ったりして目的の達成・問題の解決を図る方が自然な発想だろうと考えられるからだ。

だから、統治者が宗教・文化の力を侵略手段として用いるなら、ターゲットは相手側の統治者や貴族になるはずだ。宗教者や商人に売り込みをさせ、ここに進歩的な技術や知識、物品、そして貿易の旨みなども一緒にアピールするわけだ。

宗教者や商人は侵略側の手先なのかもしれないし、利用されているだけかもしれない。統治者としても何か明確に意図があって送り込んでいるというよりは、将来的な投資程度のつもりなのかもしれない。

一方、「まず布教して、しかるのちに軍事侵略をする」というのも、歴史の俗説や陰謀論の世界などでしばしば語られる。「宗教（文化）で現地協力者を獲得

し、しかるのちに兵を送り込んで攻め込む」」、あるいは「布教によって獲得した信者たちに反乱・武力蜂起をさせ、しかるのちに侵略する」わけだ。

しかし、このような考え方はリアルを追及する立場からはちょっと無理がある。

例えばキリスト教が新大陸へ布教されたのはコンキスタドールによる侵略の後で、逆に東洋での布教はあくまで貿易や交渉の延長線上で行われている。「布教の後に軍事的侵略」という構造が見出せないのだ。

反乱・内紛の場合も同じことだ。果たして宗教的情熱（や文化的熱狂）は、人々に本来持っている政治的立場を投げ捨てさせるほどのパワーを本当に持っているのだろうか？ 信仰する神のため、愛好する文化のために、兵士は仲間に武器を向けるか？

歴史上には宗教的動機で行われたとされる反乱がいくつもあるが、それらは実際には「確かに宗教もあるが、もっと別の事情（貧困・飢餓など）の方が大きい」とされている。

その上で、エンタメを追求する上では多くの人が信じるくらいドラマチックだ、とも言える。

布教とその影響

では、布教（伝統）を行うのはどのような人々なのか。ある意味で「善意の侵略者」にもなる彼らを少し掘り下げてみよう。

実際、前近代社会なら布教対象も何らかの信仰を持っていて当たり前と考えられるから、他の宗教・宗派の信者を奪う行為に他ならず、これは一つの侵略行為であろう。結果、新しく現れた宗教勢力と既存の勢力の間でいわば「縄張り争い」的な闘争が行われ、その仲裁が統治者に委ねられることもままあった。

その先兵として真っ先に活動するのは普通、神官や司祭、牧師などと呼ばれる宗教者であろう。彼らのほとんどにとって、正しい教え、正しい道を広めるのは間違い無く善行だ。新約聖書（マルコ伝福音書）が「すべての世界へ出て、すべての人に福音（キリストの教え）を伝えよ」と教えるように、教えの中に布教が組み込まれている宗教も多い。それは他者を救うことに他ならず、布教の宗教的な意味はまさにここにあるわけだ。

布教・伝導の一番基本的な形は説法・説教である。しかし実際のところ、言葉で「正しい生き方」や「正しい信仰のあり方」を説かれ、また「現世利益」や「死後の幸福」「不幸の回避」を約束されても、それだけで古い宗教を捨て新しい宗教に移る人はそう多くないだろう。宗教教団による利他・事前活動――例えば治療所や孤児院の運営、土木・治水など――が人々の感謝と敬意を勝ち取り、結果として信仰が広まるというケースがまま見られる。

そうして増えた信者のうち一部は宗教者として出家して修行生活に入り、彼らの教団を強化する。一方、ほとんどの信者は俗世に在家として残ったまま、例えば資金や物資の援助（捧げ物、托鉢などの形をとる）などの形で教団を支える。また、権力者であるなら政治権力や軍事力、あるいは土地の寄進などの形でより強力な援助をしてくれることだろう。「領主様があの神様を信じろというなら信じよう」ということも珍しくない。いや、力のない信者であっても、数が増えれば統治者・権力者が無視できなくなることもままある。

布教の、宗教的な意味とはまた別の物質的な意味がここにあるわけだが、そうして権力や財力が拡大していくと「宗教者としてそれでいいのか」と内側で議論が出て内部対立が起こり、分裂して新しい宗派が起きる……というのが定番だ。

宣教師と修道会

もう少し具体的に布教・伝導の担い手を見てみよう。キリスト教の場合、その担い手は特に「宣教師」と呼ばれる人々だった。文字通り「教えを宣べる」から宣教師だったわけだ。彼らは聖書の教えに基づいて、キリスト教成立直後から各地へ出て彼らの信じる教えを説いた。結果として反発を受け、弾圧され、殉教することも多かったが、死後には聖者としてその生き様が語られ、伝説となって信仰を支えた。

特にカトリック教会の場合、「修道会」という仕組みがあって、ここから宣教師が世界各地へ派遣された。修道会は普通のカトリック教会における司教を頂点にした教区構造とは別に、「清貧」「貞潔」「従順」を誓って生きる集団で、静かに祈り、働いて暮らす観想修道会と、何かしらの目的のもとに積極的な活動をす

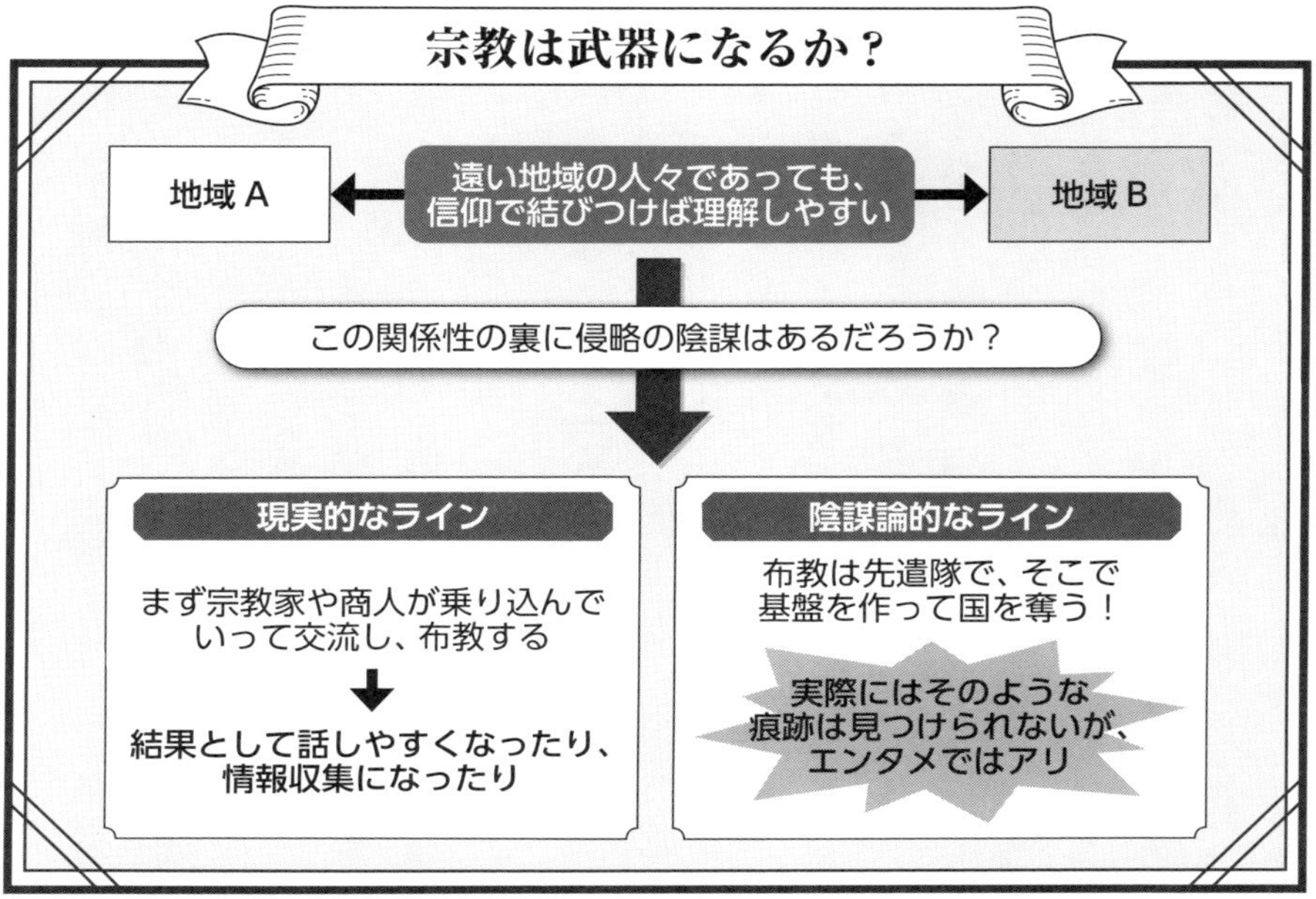

る活動修道会があった。有名どころでは、軍事や治療、金融などの活動をおこなった宗教騎士団・騎士修道会（テンプル騎士団など）はこの活動修道会に入る。

そして、活動修道会の中に、世界各地へ宣教師を送り込んだ修道会があったわけだ。例えば、ヨーロッパでいえば大航海時代、日本でいえば戦国時代に宣教師として初めて日本へやってきたフランシスコ・ザビエルはその中の一つであるイエズス会に所属する修道士であった。

非キリスト教地帯を訪れた彼らは、しばしば当地の統治者に歓迎された。それはキリスト教の教義の素晴らしさに打たれた――のではなく、大航海時代のヨーロッパが持っていた優れた科学技術を求めてのことだ。中国では末期の明王朝及び清王朝で受け入れられて科学の発展に寄与した。また、日本では鉄砲や医学など技術・知識・武器を求める戦国大名たちにより受け入れられ、九州を中心にいくつもの大名家が自ら切支丹（キリスト教徒）になった。

ただ、やはり東洋におけるキリスト教は異物と見なされたようだ。勢力を拡大するごとに対立・反発が強まって、最後には（一時的ながら）排除されてしまう。中国・清王朝においては、祖先崇拝を残したい現地の人々と、それを認めないカトリック教会の間で宣教師たちが板挟みになり、清王朝によって禁教されてしまった。また、日本でも戦国乱世を終わらせた豊臣秀吉が伴天連（宣教師のこと）追放を決め、その政権を引き継いだ徳川家康のもとで結局禁教・弾圧という結果になってしまったのである。

イエズス会

イエズス会は十六世紀、元騎士のイグナティウス・デ・ロヨラが戦傷を受けての入院中に信仰に目覚め、開いた修道会だ。戦場を駆けていた騎士が作った組織らしく「戦闘的」と評されることもある彼らは、即応性を重視して従来の修道会のしきたりや仕組み（定住する、制服を着る、など）を廃した。組織としては、総会長を頂点に世界を管区に分けて管区長を置き、さらにその管区の中に修道院を置く、という体制を作る。また、各自はイグナティウスの著書である『霊操《れいそう》』を読み、さらに長期間にわたって教育を受け、高い練度で活動することができた。その上で、「ローマ教皇の命令であるなら、そしてすべての人々を救うためなら、どこへでも行くし何でもやる」ことを掲げて働いた。

その言葉の通り、イエズス会士たちは神の栄光を知らしめるべく、海の彼方へ出掛けていった。創設メンバーの一人であるザビエルほか、多くのイエズス会宣教師が、あるいは東洋へ、あるいは新大陸へ派遣され、キリスト教を布教した。結果として多くの信者を作ったが、中国へ入る前に病に倒れたザビエルのように道半ばで倒れたものも多かったろう。

また、イエズス会修道士たちの活躍の場所は遠い異郷の地ばかりではなかった。会が創設された近世のヨーロッパは宗教改革によりプロテスタントが現れ、信仰が大いに揺らいだ時期である。イエズス会は必ずしも対プロテスタントを目的に作られた集団ではないが、その戦闘的な性質は動揺する人々に働きかけるのにうってつけだった。かくして教皇は彼らをプロテスタントとの対立の前面に置き、その活躍も手伝って、ヨーロッパでのキリスト教信者の多くをカトリック教会側へ残すことに成功したのである。

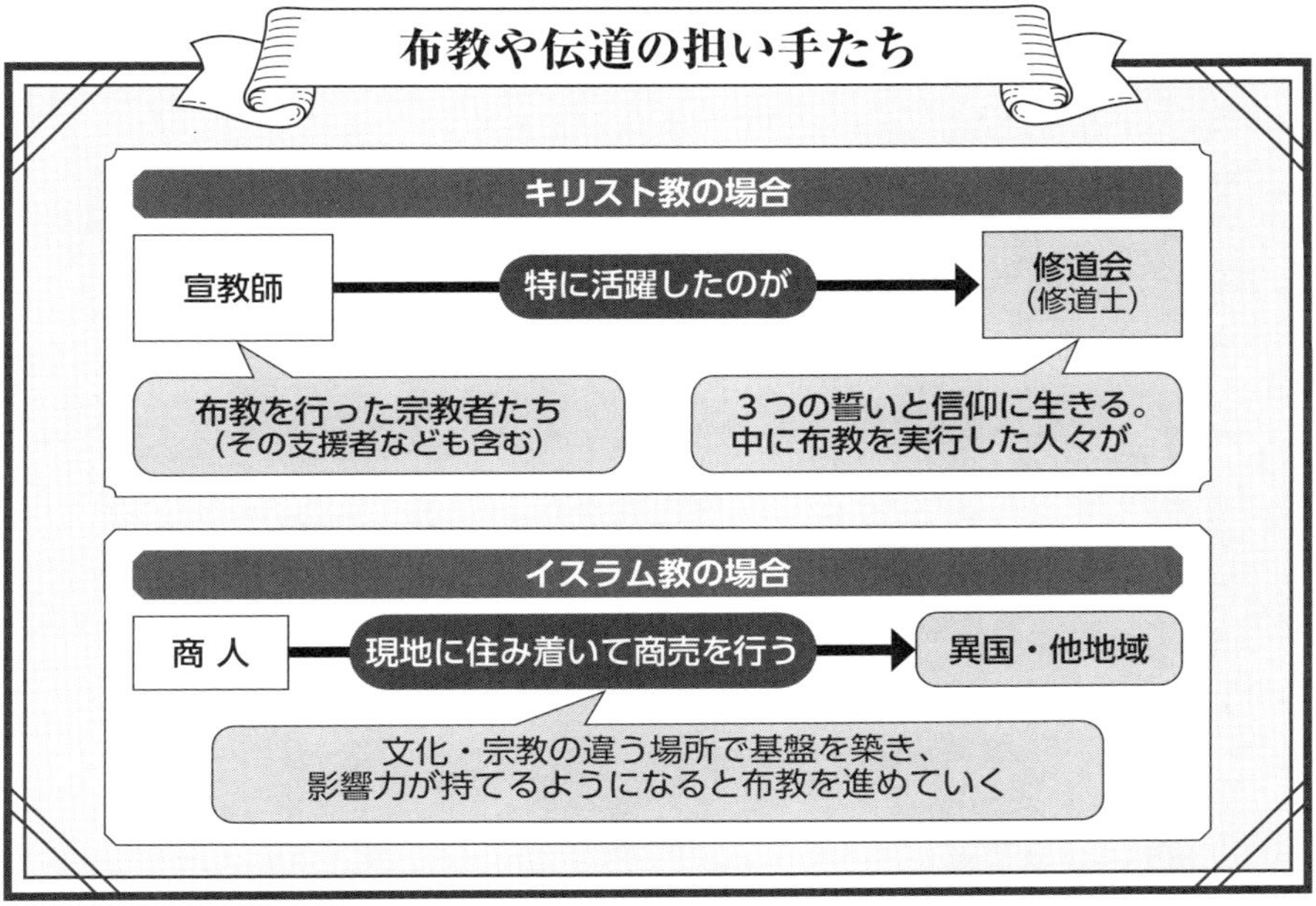

イスラム教での布教

当然ながら積極的な布教を行なったのはキリスト教だけではない。イスラム教においては、商人たちが布教に一役買ったことが知られている。

彼らは遠方へ出かけ、現地で居住区を作る。そこで商売をしながら自分たちの信仰についても広めていく。信者が増え、商人たちの現地での存在感が増していくと、やがて現地の有力者たちもイスラム教に改宗したり、あるいはイスラム教徒による独自の政権が立ったり……という流れに繋がっていく。

また、神父や牧師に代わる宗教者の活躍も目覚ましかった。教会や修道会を持たない代わりに神秘主義者による教団が活動し、まだ信仰が広まっていない土地へ出掛けては情熱的に布教を行なったのだ。

イスラム教がインドや東南アジアなどに広まったのには、彼らの活躍が大きい。

キリスト教宣教師にせよ、イスラム教の布教に関わった人々にせよ、遠方から現れて自分たちの宗教や文化を広める人たちのサンプルに使えるだろう。

病気の話

疫病が武器になるケース

病気もまた、侵略者にとっても、そして防衛者側にとっても強力な武器になる「見えない」要素だ。あるいは、病気こそ最強の武器かもしれないのである。

以下のような状況を想像してほしい。地域Aで長年にわたって流行・感染してきた病気に対して、その地域に住む人々はある程度の抵抗力を持っている。だが、その病気が流行したことがない地域Bの人々は抵抗力を持たない。その病気に感染した（発症しているとは限らない）生き物が地域Aから地域Bへ移動した時、病気をもたらす原因である菌あるいはウィルスも運ばれる――抵抗力を持たない地域Bの人々に対して猛威を振るう。

あるいはその逆で、地域Aにやってきた地域Bの人々は、未知の病気に次々と感染し、抵抗力の低さゆえにバタバタと倒れていくことになるわけだ。

病気による侵略

病気が侵略者にとって絶大な武器となったケースとして最も有名なのが、ヨーロッパ人による南北アメリカ大陸の発見と移住だろう。ヨーロッパに住む人々は多くの家畜と共に暮らし、またいくつもの都市を作って密集して暮らしてきたせいで、たくさんの危険な病気と共存していた。一方で南北アメリカ大陸の先住民たちはこれらの条件を比較的満たさず、結果として独自の病気はさほど持っていなかった（梅毒はアメリカ由来だという説もあるがはっきりしない）。

コロンブスによるアメリカ大陸「発見」当時、この大陸には約七万二千人にも及ぶ先住民族がいた。しかし、間もなく数は壊滅的に激減する。原因の一翼を担ったのが、ヨーロッパからやってきた人々による侵略だったのは間違いない。しかし、より大きな効果をもたらしたのは、天然痘、チフス、はしか、インフルエンザといった新しい病気の蔓延だったのである。ヨーロッパ人が手にした土地の中には、これらの病気で数を減少させ、以前ほど土地を必要しなくなった先住民族の部族から買い取ったものが含まれている。

それどころか、北米大陸によるイギリス軍は、時に「天然痘ウィルスのついた毛布をプレゼントとして対立した先住民族に配る」という形で天然痘を感染させようとさえしたと言われている。ここで病気はある種のバイオ兵器としてさえ使われているのだ。

もう一つ、日本のケースも紹介しよう。幕末期の一八五八年、コレラの大流行が長崎から始まって全国へ広がり、多数の犠牲者が出た。手がつけられずあっという間に死んでしまうため、当時の人々はこの病気を「三日ころり」と呼んで恐れた。その被害は江戸だけでも約十万、あるいは約二十六万といい、当時の江戸の人口は諸説あるが通説に従えば百万人余り。夥しく死んだのである。

そしてこのコレラを持ち込んだのが外国人たちだった。長崎に入ったアメリカの船であったらしい。彼らに侵略者の自意識はなかったろうが、間の悪いことに当時の日本は「国を開くか、開かないか」「新しい日本は誰をリーダーに据えて、どんな仕組みをとるべきか」で激しい対立が行われていた時代である。「外からやってきた連中が持ち込んだ病気で多くの人が死んだ」という事実は社会を混乱させるとともに、排外主義者たちを激怒させ、暗殺や挙兵など過激な行為にかき立てる一つのきっかけになった。

病気による防衛

対して、侵略者を防ぐ武器として病気が機能したケースにも触れておこう。アフリカのサハラ砂漠より南方地域に手を伸ばそうとしたヨーロッパ人は、しばしば「熱帯病」に倒れたのである。これは東南アジアやアフリカ、南アメリカなどに蔓延する病気をまとめた呼び名で、マラリアや黄熱、デング熱、アメーバ赤痢、コレラ、睡眠病などが知られている。

ヨーロッパ人がこの問題を解決してアフリカ大陸を進んでいくためには、マラリアの特効薬であるキニーネの開発や、病気の蔓延を防ぐための公衆衛生技術の発展が必要だった。逆にいえば、それまでは（ある意味で）熱帯病に守られたサハラ砂漠以南のアフリカ大陸に手を出すことは困難だった、ということになる。

病気をどのように見るか

現代を生きる私たちは、これらの出来事が菌やウィルスを原因とした「病気」という現象であることを知っている。薬を飲んだり手術をしたり体を休めたりすることで回復かせめて症状の軟化へ導けるケースが多いし、そもそも病気の原因を遠ざけたりあらかじめ対処したりして予防できることも理解しているわけだ。

しかし、あなたの作るファンタジー異世界の住民はどうだろうか。侵略者側・防衛者側を問わず、人が突然バタバタ死ねば（特にそれが知らない症状によるものであれば）、不可思議な力――魔法や呪術、神々の介入――の存在を考える方が、むしろ自然である。例えば北米先住民族の中には、「ヨーロッパ人の神が私たちの神よりも強いからこうなったのだ」と考えるものが現れるようになった。あるいは、既存の指導者の考え方や、医者による呪術はもう信用できない。ヨーロッパの医術に頼ろう」とパラダイムシフトの動きも現れていったのである。

ただ、ファンタジー世界では病気に別の理屈が関わっているかもしれない。すなわち、侵略者が訪れるとともに人々がバタバタ倒れていったのは、本当に侵略者の信じる神がその力を行使した結果なのかもしれない。逆に、侵略者の司令官がある日突然真っ青な顔になって病床に伏したのは、現地の偉大な精霊の怒りに触れたせいとも考えられる。フィクションにおいてはこのようなファンタジックなあり方も許されるし、逆に「呪術だと思われていたけれど実際は違うよ」としてもいいのだ。

さまざまな疫病たち

この項の後半は、私たちの歴史上に存在した病気のうち、特に侵略や防衛に関係してきそうなものを選んで紹介する。これらの病気をそのままあなたの世界に登場させてもいいし、もっと突飛な発想をしてもいい。

例えば、魔法使いや異種族だけがかかる（かからない）病気、ある種族は感染はするけれど発症しない病気などだ。「致死性の病気に感染し、伝播するが、自

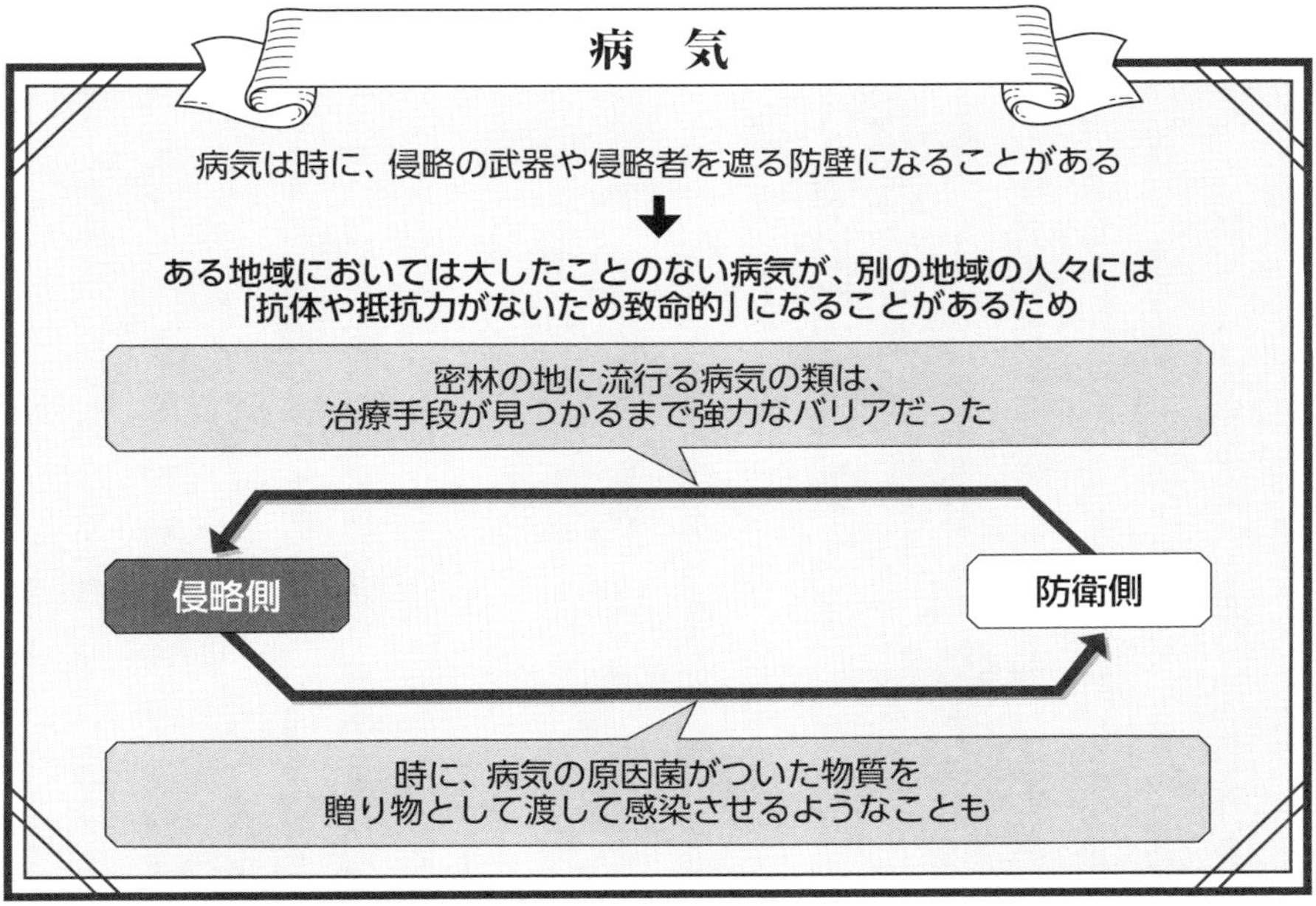
病気
病気は時に、侵略の武器や侵略者を遮る防壁になることがある
ある地域においては大したことのない病気が、別の地域の人々には
「抗体や抵抗力がないため致命的」になることがあるため
密林の地に流行る病気の類は、
治療手段が見つかるまで強力なバリアだった
侵略側
防衛側
時に、病気の原因菌がついた物質を
贈り物として渡して感染させるようなことも

分たちは抵抗力を持っていて全くなんの問題もない種族」などがいたら、そのような種族は他の全種族の脅威として狩られてしまうだろう。

・ペスト（黒死病）

中世ヨーロッパを語るなら欠かせない病気がペストである。肺に感染することもあるが、リンパ腺から感染するケースが最も多い。リンパ節の腫れ・痛みから高熱、皮膚の出血と進むか、あるいは肺炎を起こす。重症化して死んだ人の皮膚に斑点が現れて黒ずんだことから、通称が「黒死病」。

有効な治療法が少なく、抗生物質の投与以外で助かるのが難しく三人に一人は死んでしまうことから、特に中世ヨーロッパにおいて無数の犠牲者を出した。ネズミによって運ばれるノミやシラミが媒介する病気であることから、ネズミを操る魔法、あるいはネズミを支配する怪物や異種族などがいる場合、黒死病を兵器として使うこともできるかもしれない。

・赤痢

発熱、腹痛、そして血の混じった赤色の下痢が特徴の病気であるため、この名がついた。世界中に幅広く存在する細菌性の赤痢と、熱帯地方に見られるアメーバ性の赤痢に分けられる。現代医学では前者なら抗菌剤、後者ならアメーバ対策の薬を飲む。

どちらも衛生環境の悪い状態でかかりやすくなる病気であり、汚れた水や生水は口にせず、煮沸して飲む、ハエが食物に原因を運ぶからこれを排除するなどの対策が有効になる。

・天然痘（疱瘡）

天然痘はウィルスによって起こる病気で、古くから多くの犠牲者を出してきた。最初は悪寒や高熱、ダルさや嘔吐、腰痛などを起こす。一度この熱が下がったあと、皮膚に独特な発疹が現れる。無事に耐えれば痕（顔に残れば「あばた顔」になる）が残りながらも回復するが、亡くなってしまうケースも多かった。

インド発祥ではないかとされ、世界各地に広まった。ヨーロッパにも古代からあったとされ、特に十字軍の時に伝播したとされる。特効薬はないが、あらかじめウィルスに感染させる種痘を行うことによって症状をかなり抑えることができた。現代世界では絶滅が宣言されている。

・はしか（麻疹）

感染力が非常に強く、「誰でもかかる」と言われる病気。高熱や咳などの症状を経て一度解熱した後に再び発熱、この時は身体中に発疹が出るのが特徴。肺炎や脳炎などの合併症さえ起きなければ多くの患者が回復するため、一過性のものを称して「はしかのようなもの」と言ったりする。しかし体が弱っているなどして合併症が起きると、時に他の疫病以上に死者を出す病気でもあった。日本には「三日ばしか」という言葉もあるが、こちらは実際には風疹という別の病気。

・インフルエンザ

多様な種類のある「風邪」のうち、特にインフルエンザウィルスによって引き起こされる病気をこう呼ぶ。咳や発熱、喉の痛みなどのいわゆる風邪の症状に加えて倦怠感や全身の痛みも出て、特に熱は普通の風邪よりかなり高くなるケースがよく見られる。また、合併症としては肺炎が多い。

人類が長い歴史の中で多くの疫病を克服したのに対して、このインフルエンザだけはなかなか抑え込めないでいる。大流行としてよく知られるのが二十世紀前半のいわゆる「スペイン風邪」だ。第一次世界大戦終結と重なったこともあって、ヨーロッパに集まった兵士や労働者たちが媒介する形で、六億の患者と三千万人の死者を出した。

・梅毒

セクシャルな交流によって感染することが多い病気として知られている。性器や口の爛れ、あるいは発疹などの症状が出るが、悪化すると内臓が悪くなり、死に至ることもある（脳に症状が出て精神面に影響が出ることも）。また、症状が回復したにもかかわらず他者に感染してしまうことも。この性質から、しばしば娼婦・娼館を起点に感染が拡大する。

新大陸からヨーロッパに持ち込まれたという説が有力であり、当時は水銀で燻蒸したり中南米原産のユソウボクなる薬草を飲ませたりすると効くとされていたが、現在は抗生物質が特効薬として作用することがわかっている。

・コレラ

生水や生の食べ物を通して感染する病気。その症状は主に下痢や嘔吐で、軽いものであればしばらくすれば回復する。しかし、重症であると米の研ぎ汁にも似た下痢が一日に二十回から三十回程度出ることになり、嘔吐も含めて五から十リットルもの水分が失われる。結果、患者はひどく痩せ、血圧も低下し、ついには死に至ることもある。

治療法としては、輸液をすることによって体内の水分および電解質を補充することがある。点滴を行うことができなかったとしても、水に塩や砂糖を混ぜたスポーツドリンク的な飲み物を用意できれば、軽い症状のものであれば十分に救える。

・マラリア

ある種の蚊（ハマダラカ）はマラリア原虫という虫を体内に持っていて、この蚊に刺されるとマラリアに感染する恐れがある。この蚊が太陽に熱せられた水たまりで増えることから、熱帯・亜熱帯の病気である。このことがわかるまで、人々は「沼地の澱んだ瘴気がマラリアの原因である」と考えた。症状は発熱や寒気、体の痛みなど。キナノキという植物から作られたキニーネが有効な薬としてよく知られている。

計画してみるチートシート（信仰・病気編）

侵略側の事情を考える

信仰や文化がもたらす一体感

一体感があればあるだけ
侵略が有利になるのは間違いない

信仰や文化がもたらす分裂

勝手に分裂することもあるし、
敵方の策略で分裂することもある

病気は武器になりうるか

病気の原因や感染させる要因が
わかっていれば武器として使える

防衛側の事情を考える

信仰や文化がもたらす一体感

一体感があればあるだけ
防衛が有利になるのは間違いない

信仰や文化がもたらす分裂

勝手に分裂することもあるし、
敵方の策略で分裂することもある

病気は防壁になりうるか

侵略者が薬や回避法を見つけて
しまうと無力化されてしまう

3部　侵略の手法（非軍事力編）

7章
制度による侵略

封建制の強さと弱点

封建制とは？

あなたの世界がいわゆる「中世ヨーロッパ風」であるなら、ほとんどの場合、その世界に存在する諸国家の政治制度は「封建制（封建主義）」であろう。これはいわゆる「（中世ヨーロッパ風世界の）王国」のイメージと大部分で重なるが、違いも少なくない。

国家のトップには国王あるいは皇帝が立ち、国内で最大の権力を握っている。しかし、封建制において国王（皇帝）は絶対的リーダーではない。「似たような立場の実力者がいる中で、比較的力が強く、権威があり、他の者たちを押さえ込めている」ものこそが封建主義における国王（皇帝）なのだ。

国内の都市・村落そして鉱山などの重要拠点は貴族や領主が分割支配している。彼ら貴族（領主）は一応国王（皇帝）に対して、「税金を納める」「戦争が起きたら出陣する」などの義務を負っている。だがその義務は「領地の保有を認めてくれる」「外敵が攻めてきたら守ってくれる」などの権利と引き換えに果たすべきものであって、無私の奉公などではない。そこにあるのはギブ・アンド・テイクの精神であった。貴族（領主）は地方を統治する役人ではなく、小規模な「王」というべき存在だったのである。

特に中世ヨーロッパの貴族や騎士たちは、ゲルマン人としてのルーツに端を発する「私闘（フェーデ）」の権利を持っていた。これは何がしかの問題が発生した時、最終的には戦って決める権利のことを指していたが、のちには道ゆく旅人を貴族あるいは騎士がフェーデの名目で襲うようなことまで起きた。私たちの感覚だとまさに無法と思えてしまうが、認められた権利だったのである。

このような状況だから、中には同時に複数の国王（皇帝）に仕える貴族（領主）だっていてもおかしくない。日本の戦国時代には「半手」といって、二つの勢力の真ん中にある村落が双方に半分ずつ税を払うという形があった。同じように、一度に複数の国家へ所属する貴族がいておかしいことはさほどないだろう（本人の自意識としては小規模独立領主かもしれないが）。

他にも、貴族や領主、騎士たちはしばしばそれぞれ独自の背景や事情、立場を持っていた。わかりやすいところではそれぞれの「格」があり、これは領地や持っている軍事力の大小、また爵位（一般には公・侯・伯・子・男、またさらに下位としての騎士）で示される階級によって構成される。しかし必ずしも「領地が大きいから偉い」や「爵位が高いから偉い」とも限らず、「領地は小さいが王家から何度も妻を迎えている特別な家」や「爵位は騎士だが今の王から取り立てられて政治の一戦で活躍」、また「この地域では爵位は必ずしも地位の上下を意味しない」などが十分あり得る。

格の問題以外にも、「本家とそこから別れた分家による一族関係を作っていていざという時に団結する」「功績によって貴族の地位と領地を得たが一代限りで世襲できない」「かつて先祖が王家を救ったという伝説があり、領地の小ささの割には多少なりと恩恵を受けてきた」「三代前の王によって領地を大きく削られた過去がある」「自国の首都よりも他国との国境線の方がはるかに近く、寝返るようにたびたび打診を受けている」などいろいろな事情があっていいだろう。各貴族や領主はそれぞれの事情に合わせて、生き残るための判断を求められたのだ。

貴族（領主）の責任

そのため、貴族（領主）はしばしば、自分の領地とそこに住む民を守るために独自の行動をとった。自国が力を失い、隣接する他国が力を増していけば、あっさりと帰属を変える。王位継承者が二人現れ、双方が「貴族たちよ、俺に従え」と叫んだなら、「どちらに味方したら、自分を重用してくれそうか」「どちらが勝ちそうか」「どちらが信用できそうか」と見極める。そして、王を倒して自分が新たな王になれそうなら――他の貴族や領主たちが自分についてきてくれそうなら、王にもなった。

――もちろん、ここまで賢く立ち回れる貴族（領主）は滅多にいない。多くは風見鶏のように周囲の顔色をうかがい、皆があちらにつけばあちら、こちらにつけばこちらに、と偏っていくのが常である。

逆に言えば、情勢の変化を正しく見抜いて気骨のある貴族がいたなら、十分に物語のヒーローになれるだろう。今のまま王に付き従うべきなのか？　他国に寝返ったり、大貴族を担いで王を取り返えたりするべきなのか？　いっそ自らが王になり道を探すべきなのか？　その葛藤と決断はドラマになる。

封建制を切り崩す

だから、侵略者は貴族（領主）に働きかけ、自分の味方にしようとする。

侵略者側の方が強く、このままだと簡単に征服できてしまう……という状況では、「お前の領地をそのまま認めてやろう」という現状維持の条件でも、寝返らせることができてしまうかもしれない。しかし、防衛側が頑張れば侵略側も苦戦してしまうような条件では、プラスアルファがなければ納得させられないだろう。

わかりやすいのは「領地をもっと増やしてやろう」だ。貴族（領主）なら一番欲しいものであるし、裏切り者以外から領地を没収し、裏切り者に与えることで、侵略者の懐は痛めないで済むのも嬉しいところだ。

「財産をやろう」というケースもありそうだが、こちらは出費がどうしても出てくる。

また、「政治的な地位を高くしてやろう」も考えられる。この場合、侵略者側の政治体制に迎え入れるというよりは、「侵略した国の政治をある程度任せてやる」パターンの方がありそうだ。

自分たちの仲間にするのはもともと侵略者側の貴族や領主たちの反発を招く可能性がある一方、占領した地域の政治をさせる分には問題ないし、その国の人々の恨みは裏切り者へ向くため、侵略者にとっては都合のいいことばかりだ。

利益で動かないような人物も、精神的な働きかけによっては動くかもしれない。例えば、次のような言い方がありえる。

「お前は自分の国の王に疑われている。このままだと攻め滅ぼされてしまうぞ」

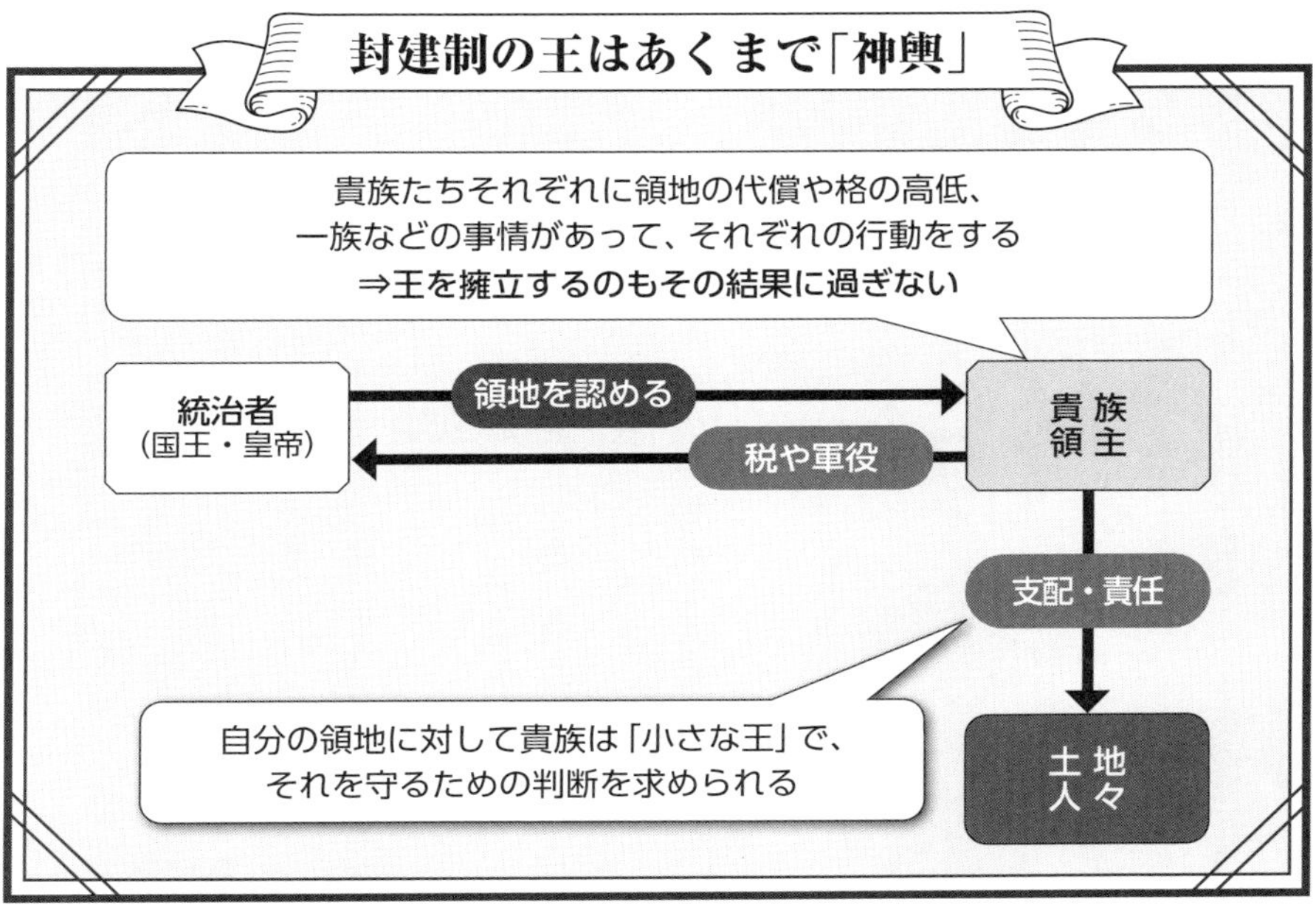

「隣の都市を支配する貴族がお前の領地を狙っている。お前の王は助けてくれないぞ。こちらに寝返るなら援軍を送ってやるが、どうする?」

「お前の所属する派閥は今、政治対立で劣勢だろう。私たちと手を組んでライバルを倒さないか?」

「本来、正当な後継者である王兄が王によって追放されてしまった。お前は王兄派だろう。我々が王兄を支援してやるから蜂起しないか?」

——さて、以上のような侵略者の言葉を信じた裏切り者は、どのような結末を迎えるのだろうか。

領地や財産、地位の獲得あるいは目的の達成に成功した者もいるかもしれない。だがその場合も「裏切り者」の汚名は生涯、いや子々孫々にわたってついてくる。そもそも、自国の問題を他国の力を借りて解決したなら、必ずその分の借りを返さなければならない。

多少の兵を借りた程度なら、金や領土、あるいは「次はこちらが兵を出す」約束で済むこともあるだろう。しかし、圧倒的に強い大国の力を借りてしまったなら、待っているのは「良くて属国、悪ければ併合して侵略者の一部」の運命だ。

それでも目的が達成できたなら――侵略者が最初の約束を守ったなら、まだ良い方だ。最悪のケースは、「最初から約束を守る気はなかった」「事情が変わって反故にしてきた」場合である。侵略者は、裏切り者と対立勢力が戦っているところへ駆けつけるだろう。そして、喜んで迎えに出てきた裏切り者を殺すか、あるいは捕えて全ての責任を押し付ける。

その上で、「我々はこの国の問題を解決するためにわざわざ来たのだ、正義はこちらにある」と主張することだろう――裏切り者への約束を守らずに全てを手に入れることができる、実に効率がいい。

封建制を補強する

防衛側としてやるべきことは全く逆だ。なんとかして貴族（領主）の裏切りを防ぎたい。

理想は裏切る理由を作らせないことだ。土地や財産の不満、貴族（領主）同士の対立、自国内の政治対立などを減らせればいい。しかし実際のところ人間の不満にはキリがないし、内部対立をゼロにするのはどう考えても不可能である。

となると、「裏切っても良いことはないぞ」とアピールするのが一番良い。国家が強く、勢いがあり、安定していれば、裏切りの成功率は低くなる。結果、未然に防げるというわけだ。

国王（皇帝）が威厳たっぷりに振る舞い、時には家臣や庶民と直接話さず側近を間に入れるなどして距離を置き、また豪奢な衣服や装飾を身にまとい、贅沢な暮らしをする理由も、一つはここにある。国家と権力者の力をアピールすることで、最初から裏切る気を無くさせてしまうのだ。

また、国王（皇帝）直属の強力な軍団がいれば、やはり裏切りの可能性は下げられる。他の貴族（領主）の軍団頼りの場合、裏切り者の討伐に送り込めばミイラ取りがミイラになる可能性があり、そう簡単には兵を動かせない。しかし直属の軍団がいるなら話は別だ――結果、裏切り者たちの動きも慎重になる。ただ、各地で裏切りが続発し、直属軍団の手が足らなくなるようなら話は別だ。そんな国はもう長くない。

裏切りの兆候を探るため、各地に密偵（スパイ）を送り込み、また噂や密告に耳をそば立てている国王

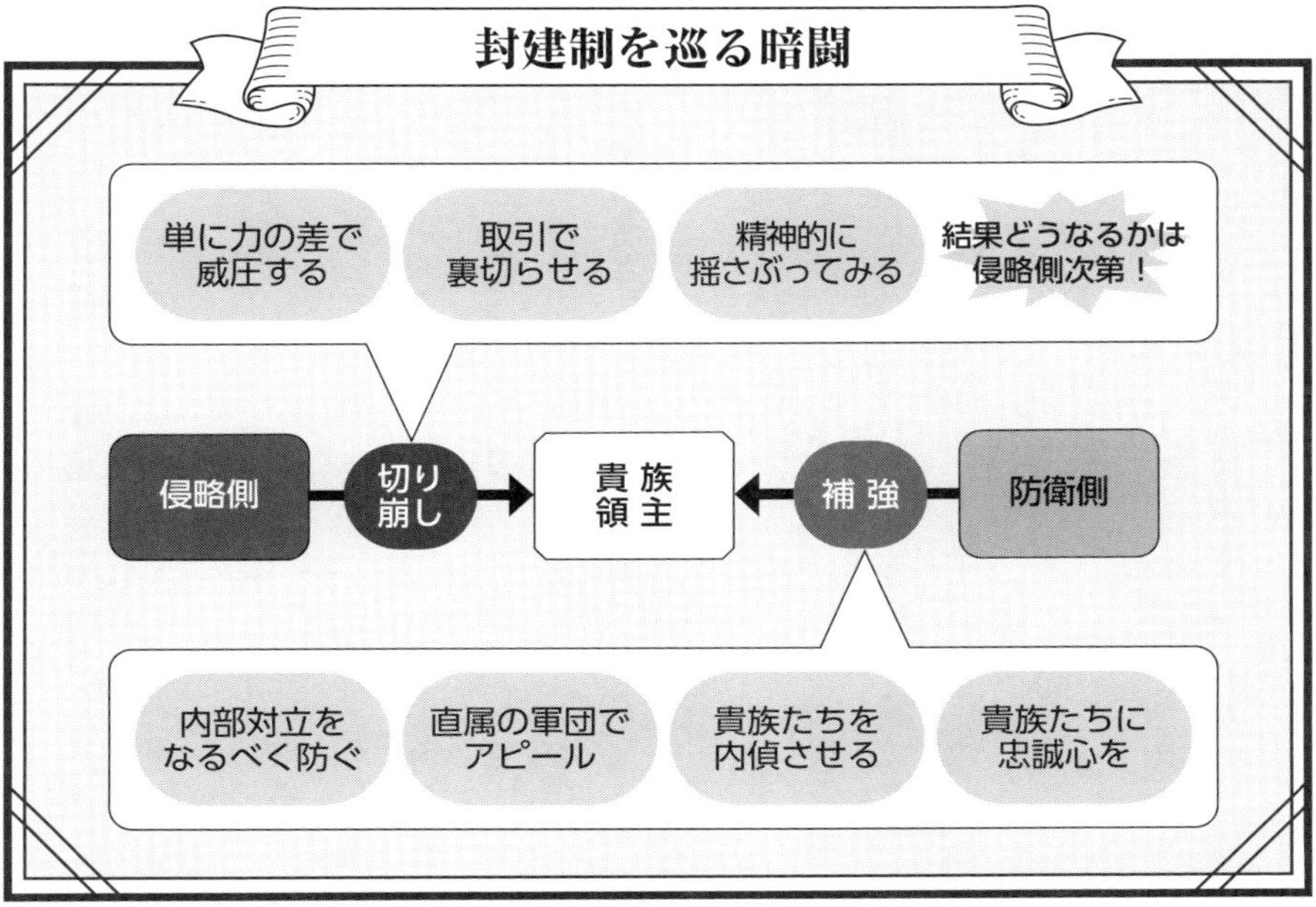
封建制を巡る暗闘
単に力の差で威圧する
取引で裏切らせる
精神的に揺さぶってみる
結果どうなるかは侵略側次第！
侵略側
切り崩し
貴族領主
補強
防衛側
内部対立をなるべく防ぐ
直属の軍団でアピール
貴族たちを内偵させる
貴族たちに忠誠心を

（皇帝）は多いことだろう。場合によっては「あの貴族家の長男は反国王思想の持ち主だから圧力をかけて廃嫡させる」「この貴族は反乱を計画しているに違いないから暗殺する」などという極端な手を打つこともあるかもしれない……やり過ぎれば、他国が介入してきたり反乱を招いたりするだろう。

もっと穏当なやり方もある。貴族（領主）たちに国家や主家への忠誠心を植え付けるのだ。まずは、忠誠に見合う保護を与えることだろう。戦功を上げたものには褒美を与え、災害に見舞われた領地には援助をし、敵による攻撃があったらすぐさま援軍を与える、といった具合だ。

さらに効果があるのは、貴族（領主）家の子弟に教育を施すことだ。たとえば、ある程度の年齢になったら首都へ呼び、そこで武術や学問を学ばせる——ついでに、同輩との信頼感や、国家への忠誠心を醸成させる。ただ、これは各貴族たちとその地元との結びつきを弱くさせてしまい、弱体化させるかもしれない諸刃の剣の側面もある。貴族を強くするか、弱くするかは常に王にとって悩ましい問題だ。

帝国・帝国主義国家の強さと弱点

帝国・帝国主義国家とは？

軍事や政治などの要素を扱うスケールの大きな物語、あるいは歴史的要素の強い作品において、「○○帝国」あるいは「帝国主義的政策を取る国家○○」といえば、だいたいの場合は悪役・敵役であろう。よくて信用ならない第三者というところだろうか。

さて、「帝国」及び「帝国主義」の定義はいろいろある。一般的なものとしては、

- **帝国**→王ではなく皇帝をトップに据え、複数の国家や民族を包括した国家。結果的に多様性や強大な勢力を持つことが多い（衰退して名前だけのことも）。
- **帝国主義**→周辺への拡大を続ける国家的姿勢。

というところだろうか。

この二つの特徴から分かる通り、帝国（帝国主義国家）はしばしば強大な力を持っており、しかも周辺へ積極的に侵略を仕掛けたり、政治的な圧力を加えたりする。帝国はそもそも強いからそう呼ばれることが多いのだし、帝国主義国家も強くなければ拡大し続けることなどできないからだ。

結果、「強いし侵略もする国家」である帝国や帝国主義国家は悪役として使いやすい——主人公の暮らす村や地域、国家に対して攻め込んでくる必然性が作りやすい——ということになる。

帝国・絶対主義国家の長所と短所

帝国および帝国主義国家の長所や短所はどこにあるか。これは先に紹介した特徴と直接的に繋がっている。すなわち、長所は「拡大の結果として強大な国家になっているし、複数の勢力から構成されているため多様性があり、さまざまな技術や知識、人材を備えている」こと。そして短所は「拡大し、複数の勢力から構成された結果として、内部に多様な派閥や意見対立を飲み込んでおり、いつそれらの爆弾が爆発するかわか

らない」ことだ。

どうも、この二つの特徴には密接な関係性があるように思われる。つまり、「拡大して諸勢力を取り込んできたからこそ多様性を持つに至った」わけだ。そしてもっと言えば、「多様性を持つからこそ拡大し続けなければ安定することができない」側面もあるのではないか？　拡大する国家は拡大をやめたら滅びの道を進むのではないか？

このことを裏付ける証拠になるのが、古代ローマ帝国の衰退だ。イタリア半島のローマに端を発したこの国家は、もともと王国で、やがて共和国に転じてさらに拡大。地中海をめぐるライバルであったカルタゴとのポエニ戦争に勝利し、また内紛の時代と帝国への変化を通してさらに拡大し、最終的には地中海を中心に西はブリテン島やリベリア半島、東はアナトリア高原や中東にまで及ぶ巨大な版図を支配する世界帝国へ成りおおせた。

ところが、五賢帝と呼ばれる偉大な皇帝の一人、一世紀の終わりから二世紀の始まりあたりにあたるトラヤヌスの時代を最後にローマ帝国の伸長は停止する。


ローマはインフラの構築に非常に熱心な国家であったから、その広大な領域内にはいわゆるローマ道が縦横無尽に張り巡らされて人や物資、情報が行き来したが、それにしても古代の技術・文明のレベルに対して、帝国の支配領域は広がりすぎたのだろう。それ以上に侵略・征服して領土を拡大することができなくなってしまった。

征服を続けるからこそ金も物も入ってきていたのに、それが入らなくなる。しかし、広がりすぎた領土を守るための軍事力を維持しないわけにはいかない。となると、税を増やすなど国内に対して負担をかけて帳尻を合わせることになるが、そうすれば自然と都市の力は衰えていくし、市民にも不満が溜まっていく。また、大きな国家だけに内紛の種も多く、あちこちの軍団が勝手に皇帝を立てて争ったり、皇帝が即位したと思ったら即暗殺されたりなど、どうにも統治が安定しない、「三世紀の危機」と呼ばれる時代がやってくる。

やがて帝国は分裂状態になり、一時はコンスタンティヌスによって統一されるも、結局は四世紀の終わり頃になって、東西ローマ帝国に分裂してしまうことになった。その背景として、拡大期にはカバーできていた問題が、それが停滞することによって吹き出したという部分は大きかったろう。

オスマン帝国のケース

もちろん、あらゆる帝国が拡大を止めたら衰退してしまうわけではない。比較的うまくいったと考えられているケースとして、オスマン帝国を紹介しよう。

オスマン帝国はもともと中央アジアにルーツを持つトルコ人たちがアナトリア高原に建国した国で、イスラム戦士オスマンなる人物に始まったとされる。

ビザンティン帝国ほかヨーロッパへ進出して勢力を拡大。ついに首都コンスタンティノープルを攻め落としてビザンティン帝国を滅ぼし、この都市をイスタンブールと名付けて自らの首都とした。

さらに十六世紀前半、皇帝（スルタン）スレイマン一世の時代にはハンガリーを滅ぼし、ウィーンを包囲し、地中海も支配して、ヨーロッパを脅かすに至る。スレイマンは自らを「天運の主」、すなわち世界の王であると自称していたという一事からも、この時期のオスマン帝国の勢いと力がわかるのではないか。

そのスレイマンの死後、十七世紀に入ると帝国の拡大は止まる。さらに貿易の主流がオスマン帝国が大きな力を持つ地中海を中心としたものから、ヨーロッパ人が大航海時代によって開拓したインド洋・大西洋のルートへ移ったこともあって、この頃からオスマン帝国は衰退していった、とする見方が通説だ。

しかし近年の研究では、オスマン帝国は必ずしも衰退の道は辿らなかった、ともされる。たしかに十七世紀には派閥による対立が激しく、たびたび皇帝が殺されるようなこともあったものの、やがて十八世紀には安定。皇帝一人が絶大的な権力を持つのではなく、宮廷の人々、宗教学者（ウラマー）、宮廷政治家、軍人たちなどが党派を形成して、分権的な構造の中で安定した政治が行われ、帝国は繁栄した、というのである。

また、オスマン帝国はトルコ人たちが作った国であるということでしばしばオスマン・トルコと呼ばれる。しかし、この国はトルコ人をルーツに持つオスマン王家を中心にしつつ、多種多様な民族によって構成され、さらに支配エリート層にも非トルコ人が多い、という

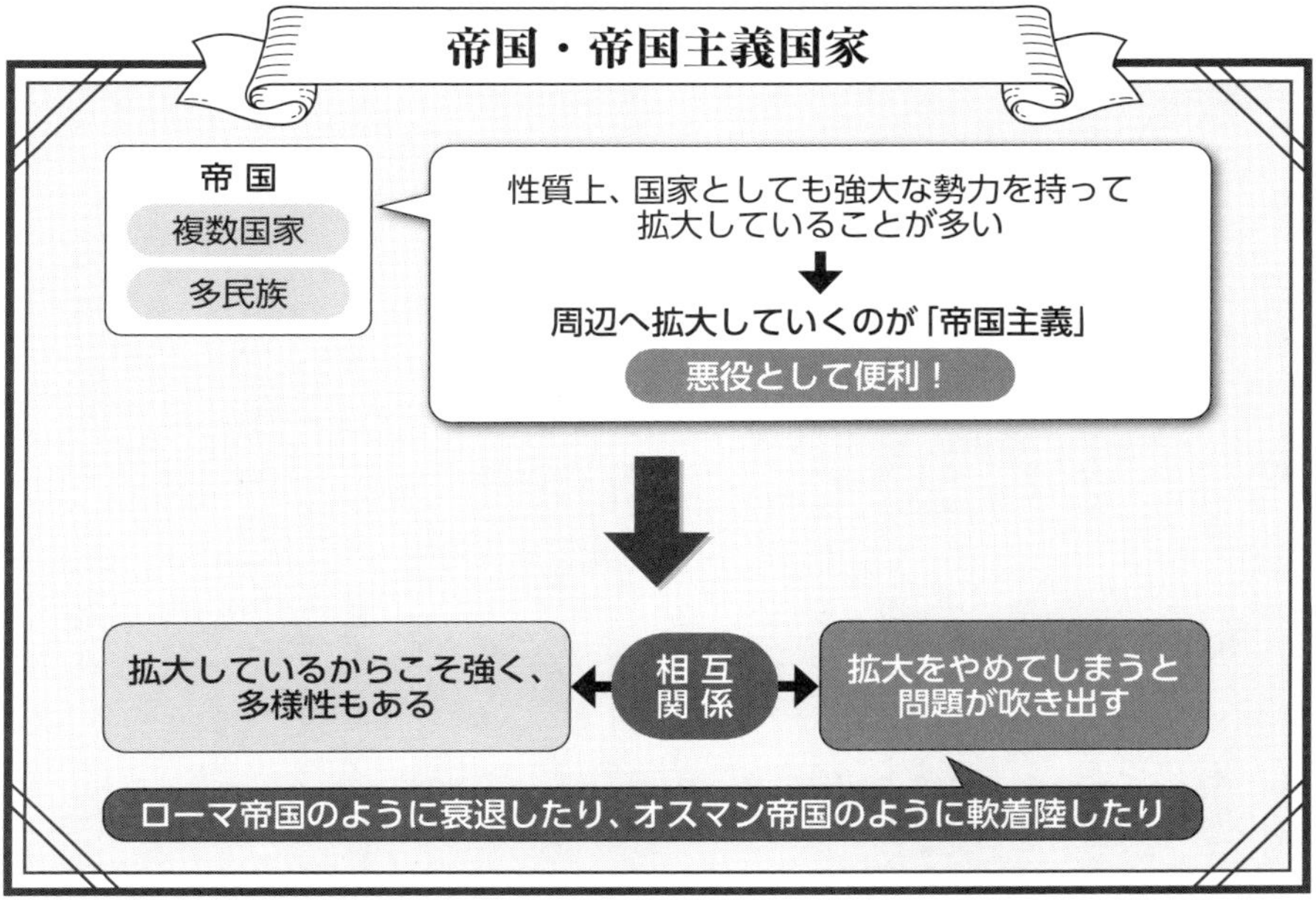

多民族国家だった。このような点でも、六〇〇年にわたってその命脈を保ったオスマン帝国は、帝国のサンプルとして大いに役立つだろう。

悪役でも、主人公でも

帝国あるいは帝国主義国家は基本的には侵略側に立つ存在であろうから、ここでは「定番通り悪役・敵役」なのか？ それとも「あえて主人公側」なのか？で考えてみよう。

悪役・敵役としての帝国は、とにかく強く、恐ろしく、悪い存在である。撃退しても撃退しても新手がやってくるし、多様な人材を抱えているから手を変え品を変え仕掛けてくるに違いない。反撃に成功してもそれは巨像を針で刺すようなもの。決定的な勝利を掴むためには長い苦難の戦いを必要とするだろう。

一方、主人公側ではどうなのか。この場合、外からはなかなか見えない帝国の問題をクローズアップするべきだろう。後継者争いや部署・出身地・宗教・民族などに由来する派閥対立などに翻弄されながら、主人公が帝国の中で何をするのか模索する物語が相応しい。

絶対君主制の強さと弱点

絶対君主制とは？

封建主義の国王（皇帝）が貴族（領主）たちに担がれる立場の弱いリーダーであったのに対して、絶対的な力を持ち下位の者たちを従えるリーダーは「専制君主」と呼ばれる。中でも、近世ヨーロッパに現れた専制君主たちによる国家を「絶対君主制（絶対王政、絶対帝政）」と呼ぶ。

私たちの歴史において絶対君主制が成立した背景には、貴族（領主）と都市部大商人たちが「強い君主が欲しい！」と望んだことがある。前者は農民による反乱を抑え込みきれず、後者は商売をどんどん広げるために安定した政治を望んでおり、両者共に君主と国家の力が強いと都合が良かったので、絶対君主制の成立につながったわけだ。

絶対君主制ではとにかく君主の力が強い。皆さんが中世ヨーロッパ風世界の王様（皇帝）に持つイメージは、どちらかといえば封建主義よりもこちらに近いかもしれない。だから、もしあなたが実際の政治や軍事にさほど重点を置いていないなら絶対君主制的に描写してしまっても良いかもしれない。王様は偉くて、権力があって、貴族や役人たちもとてもかなわない存在として描写するのだ。

その上で、「あまり現実離れしているのは嫌だなあ」と思うなら、「どうして絶対君主制が成立しているのだろう」と考えてみると良い。私たちの歴史を踏襲して軍事力や財力を備えているのだろうか。それとも、神の権威や魔力などが君主の力を強化しているのだろうか。怪物や悪魔が都市の外を闊歩し、君主と国家の庇護なしに貴族（領主）の統治は成立しないのかもしれない……。

また、絶対君主制を説得力のある存在として描くには、君主の支持者や側近が大事になる。政治・統治を行うには優秀な官僚が必要で、内紛を抑え込むには優れた軍事力・軍団がなければいけない。商人たちとうまく付き合えばこそ財力も確保できる。あるいは物語の主人公をそのような側近や懐刀として描写すると、ドラマチックな展開も作りやすいだろう。

絶対君主と権力

絶対君主制（専制主義含む）の最大の弱点は、権力が一人の統治者に集中していることだ。この統治者が暗殺されるなどしていなくなれば、国家は間違いなく混乱に陥り、統制を失うだろう。

つまり、絶対君主は強力な力によって国家に本来存在する大小さまざまな勢力を押さえつけているに過ぎないのだから、その君主がいなくなるか、弱体化でもしてしまったなら、各勢力が蠢動を始めるはず、ということだ。そこから再び新しい君主のもとで団結するか、別の形が成立するか、分裂してしまうかはその国家次第である。

このあたり、帝国（帝国主義）の項で紹介した、ローマ帝国とオスマン帝国のケースが参考になる。ローマ帝国は拡大できなくなった後に内紛のフェイズに入り、強力なリーダーであるコンスタンティヌスのもとで一度は統一を果たしたものの、彼がいなくなって結局分裂してしまった。一方、オスマン帝国はスレイマン大帝の時代に大きく勢力を伸ばし、彼の死後には内部対立も訪れたが、やがて分権的な構造が成立して安定の時代を迎えた。

あなたが設定する絶対君主制国家は、どちらの道を進むだろうか？　もちろん第三の道として、「先代君主が死ぬ前にちゃんと継承の仕組みを作っていたので、息子あるいは養子が君主の地位を継ぐことができた」という可能性もある。

ただ、一人の人間が国家に対して絶対的な支配力を持つ仕組みは、君主に対して相当の政治力や人格を要求する。相応しい資質を持たない人物が絶対君主の地位についてしまったなら、結局のところ国家の命運を傾け、滅亡の道を辿ることになるだろう。となると、例えば絶対君主制であっても君主の権限に対してある程度制約があったり、あるいは一人の君主が国家を動かす制度はあくまで過渡的なもので、やがて分権的方向へ進む方が健全なのかもしれない。

実際、私たちの歴史でも国によっては議会や高等法院（国王裁判所）などの組織が制約として存在した。古代ローマ帝国にあった元老院もこの中に入れていいかもしれない。さらに絶対君主制が立憲君主制（君主の権力を憲法によって制限する制度）へ移行するのもまま見られた政治的変化だが、こちらの体制でも君主と議会の関係は国によって違い、大日本帝国のように「たしかに憲法は作り、議会もあるが、結局のところ君主は強い力を持ったままで、それを利用して軍部が暴走した」などの結果を招く国もあった。

絶対君主制の危機

もう少し具体的に考えてみよう。絶対君主制（専制君主制）の国家はいかにして危機へ陥るのか。侵略側はいかに相手国の君主をこの状態へ追い込むかと考えねばならないし、防衛側は自国の君主がこうならないように注意する必要がある。

また、これは「君主はどんな時に国家をコントロールできなくなるのか」ということであり、他の制度であっても同じように国家が危機へ陥ることはあるため、参考になるだろう。

戦乱の時代であれば、「戦場での討ち死に」はいかにもありそうな話だ。賢い君主は自分の死がどのような結果を招くか知っているから危険には近づこうとしないものだが、愚かな君主、復讐や名誉心に囚われた君主は熱狂的に戦場へ突入し、結果として討ち死にしてしまうことがある。もちろん、どれだけ注意しても、敵の奇襲や不運な偶然で倒れることもあろう。

人間である以上、「老いて死ぬ、病んで死ぬ」からはなかなか逃れられない。特に病気については流行病に倒れてあっという間に死ぬ……ということは、私たちの歴史でもたびたび見られてきたことだ。老いの方は寿命で死ぬほど長生きできたなら後継者についてもしっかり決められるケースの方が多いだろうが、「老いたせいで正常な判断力が失われてしまい、間違った政治をする」「老いによって力を失い、周辺国や支配下勢力から舐められるようになる」というのはままあることだ。

君主の命を狙うものがいれば「暗殺される、毒殺される」ということもあろう。そんなことがないように

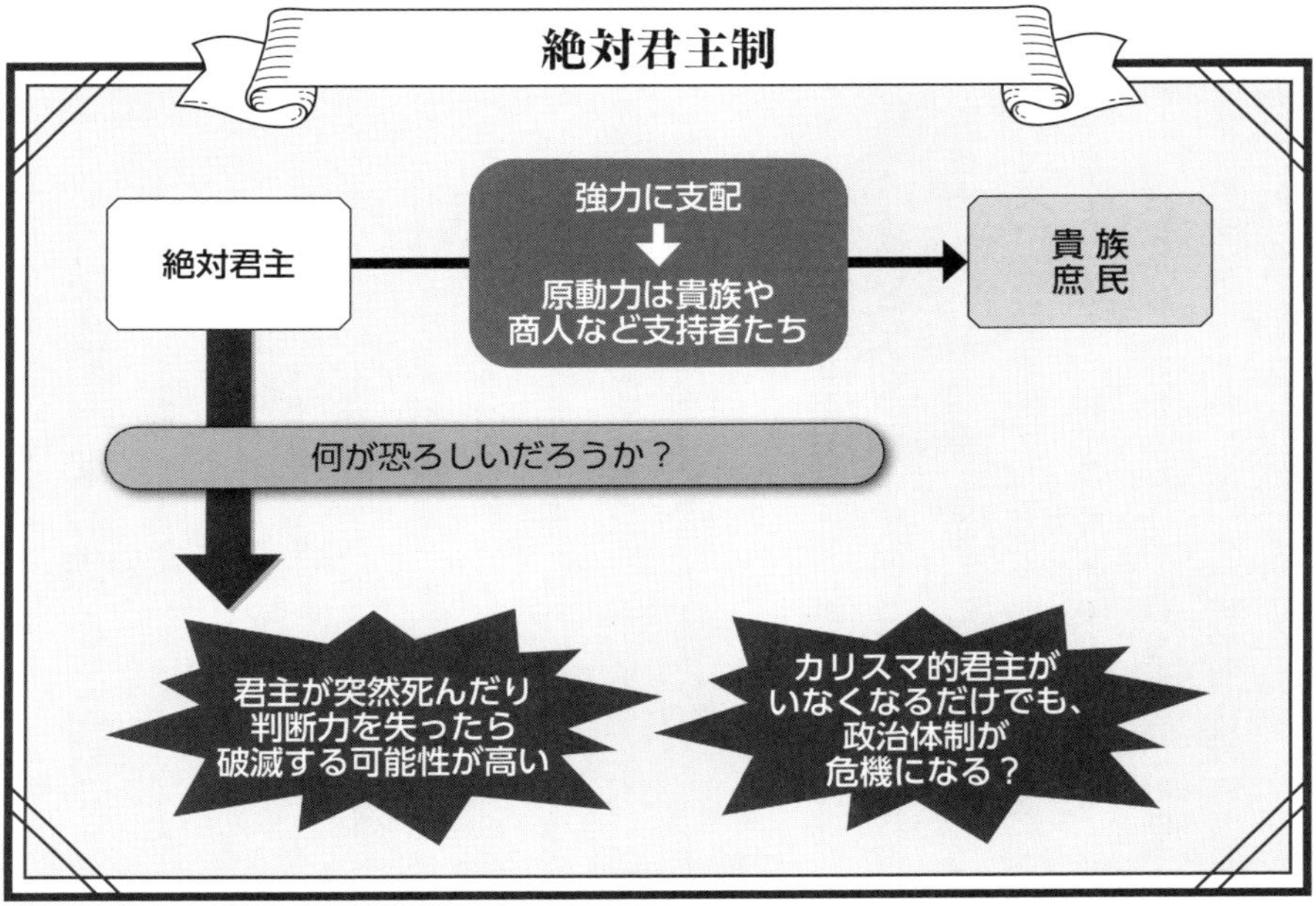

絶対君主はいつもしっかり護衛に守られているし、その居城や居館は高い壁や深い堀を備えて簡単には侵入できない。食事も毒味が万全であることが多い。にもかかわらず、時に君主は暗殺者の刃に倒れ、毒を飲まされて死ぬのだ。

ファンタジー世界なら別の危険もありうる。「魔法や呪術」だ。これが単に遠距離からの魔法攻撃や呪殺であるなら、引き起こす結果は他の暗殺と変わらない。もちろん恐るべき手段ではあるが、魔法が一般的な世界であれば十分な備えもあるだろう。

真に恐怖すべきは、「洗脳や精神操作、憑依など、君主をコントロールしようとする魔法や呪術」の存在である（魔法がなくとも薬品や催眠術、あるいは色香でも可能かもしれない）。もしこの種の企てが成功してしまった場合、絶対君主制の国家はまさに絶対的なピンチを迎えることになる。君主をコントロールする術者は国家を完全に我が物として扱うことができて、他国を攻撃させるにしても、自国を破滅させるにしても自由自在だ。しかも憎悪や敵視は君主に向くため、術者はひっそりと目的を達成できる可能性が高い。

官僚制国家の強さと弱点

官僚制国家とは？

国家の中心地域に中央政府があり、国家行政は中央の官僚・役人により運営される。また各地域は自治体に分割され、中央から派遣されたり現地で登用されたりした官僚が統治する。このような官僚制ともいうべき国家のあり方は、少なくとも私たちの歴史において絶対主義と同じく古代や近世以降では見られても、中世では比較的影が薄い。官僚よりも王家とその家臣、また地方領主の力が強い封建主義の時代だからだ。

しかし、現代日本を生きる私たちにとって、「お役人」があちこちにいて行政を運営し、社会的な問題を解決してくれる社会――そしてその代わりに税を取っていく――というものは、非常に馴染み深い。

また、封建主義的社会でも役人がいなかったわけではなく、王家や貴族家の家臣たちが実質的に役人として働く姿はよく見られた。厳密的に考えていくと「国家に仕える人」と「王家に仕える人」は微妙に違い、その立場の差からいろいろなドラマが生まれうるのだが、一方でその世界を生きる庶民にとっては同じ「お役人」であろう。

以上の事情から、「中央にも地方にも役人がいて、国家を動かしている社会」を物語の舞台にする価値は大きい。その上でリアリティを追求するなら「首都及び王家の直轄地で働いているのは役人（＝王家の家臣）で、貴族の領地で働いているのは貴族の家臣」と区別するといいだろう。

大臣に注目せよ

侵略というテーマで役人・官僚に注目するなら、定番は「その国でトップクラスに偉い役人」――いわゆる大臣をクローズアップすることだ。

実際、エンタメには「悪い大臣」が付きものである。国家のナンバー2あるいはそれに近い立場にいるにもかかわらず、王や国家への忠誠心が薄く、私利私欲のために長期的には国家のためにならないような悪行にふける人物である。

悪い大臣が実在するなら、侵略側にとっては格好のターゲットだ。

金品を贈り、あるいは侵略・占領後の権益を餌にして、密かに寝返らせるのが最もわかりやすい。大臣が有力貴族でもあるなら軍事力でも貢献してくれるだろうし、単に高位官僚であっても協力してくれるならやらせられることは多い。

積極的に裏切らせるのではなくとも、侵略側にとって都合の良い行動を取らせることはできる。侵略者にとって邪魔な存在——有力貴族、騎士団長、辺境の貴族や砦の司令官など——を政治的に失脚させてくれれば、いざ侵略する時のハードルがグッと下がる。悪い大臣にとっても得だし、侵略者にとっても得であるわけで、いわばWin-Winの関係だ。

結果、本当に侵略者がやってきた時に、大臣が「まさかこんなことになるとは」とパニックになるか、それとも真っ先に侵略者に寝返るかは、大臣のパーソナリティ次第である。真に大物の「悪い大臣」であれば、侵略を好機に自らが王位を乗っ取り、新しい国を作った上で侵略者を撃退するなどという離れ技をもやってのけるかもしれない。

ただ、いわゆる悪い大臣はエンタメや伝説の世界にはしばしば姿を見せるし、「私欲に耽って贅沢な暮らしや間違った政治を繰り返し、国家の力を消耗させた」程度の例ならいくらでもいる。特に中国史では性器を切除した宦官がしばしば皇帝の側近として暗躍し、政治を腐敗させた。参考になるだろう。

ただ、史実で侵略者側に味方するまでいった実例となると、正直なところあまり見出せない。現実的に考えて、自分が所属する国の基盤を緩めるようなことを意図的にやる人間は普通いない、ということなのだろう。これは国家への忠誠心や帰属意識がどうこうというよりも、侵略者がやってきて一つの国が滅びるような状況では、悪い大臣の持っている権力や財産、領地を保全するのは困難であるため、自分自身のためにもそうそう裏切る人はいないのだと推測できる。

実例を一人紹介しよう。中国、宋の時代に宰相を務めた秦檜という人物がいる。この時期、宋（北宋）が北方民族の国家・金によって滅ぼされ、皇帝の弟・高宗が南へ流れて南宋が成立する……という具合で、危機的状況にあった。秦檜はもともと宗の官僚で、最難関の科挙（官僚採用試験）に合格し、時の宰相の孫娘を妻に迎えるなど、将来を嘱望された人物だった。金によって捕えられていた時期もあるが、許されて南宋に参加し、政治で大きな発言力を獲得するに至る。

当初、南宋で大きな力を持っていたのは国家的英雄である岳飛をはじめとする軍人たちで、金との戦いも比較的有利に進めていた。しかし、高宗はやがて金との間に和平を望むようになる。そこで秦檜は高宗の支持のもと、金との融和政策を進め、ついには友好的関係を成立させ、南宋が安定して繁栄できる体制も作り上げた。この時期の南宋の状況から考えてこの政策は正しかったと後世においては考えられている。

にもかかわらず、秦檜は激しく非難の対象となり、「売国奴」と呼ばれ、本項でも「悪い大臣」の例として紹介している。なぜかといえば、秦檜は金との融和政策を進めるため、岳飛をはじめとする「金と戦うべきだ」と主張する軍人たちを政治的に排除し、弾圧・処罰してしまったからだ。ここから、「秦檜は国家のために金と融和したというよりは、自分が権力を独占して岳飛たちを排除するために宥和政策をとったのでは？」と疑われるようになってしまったのである。

史実の秦檜を「悪い大臣」と見做していいかどうかは微妙なところだ。彼の行いは政治的に正しかったからである。しかし、もし南宋と金が和平を結んだ結果としてもっと状況が悪化していたなら、秦檜は後世に悪名を残したことだろう。この意味で、秦檜は「悪い大臣」のモデルケースとして考えられるのだ。

悪い大臣という弱点

「悪い大臣」（あるいはそれに準じる「悪い役人」）が侵略者側にとって好都合な存在であるとするなら、防衛側の立場ではなんとしても早めに発見し、排除するか、せめてその悪事を止めさせて国家に対する害を取り除きたいところだ。

では、「悪い大臣（役人）」は何をしようとしているのだろうか？　一番ありそうなのは「自分の政治的権

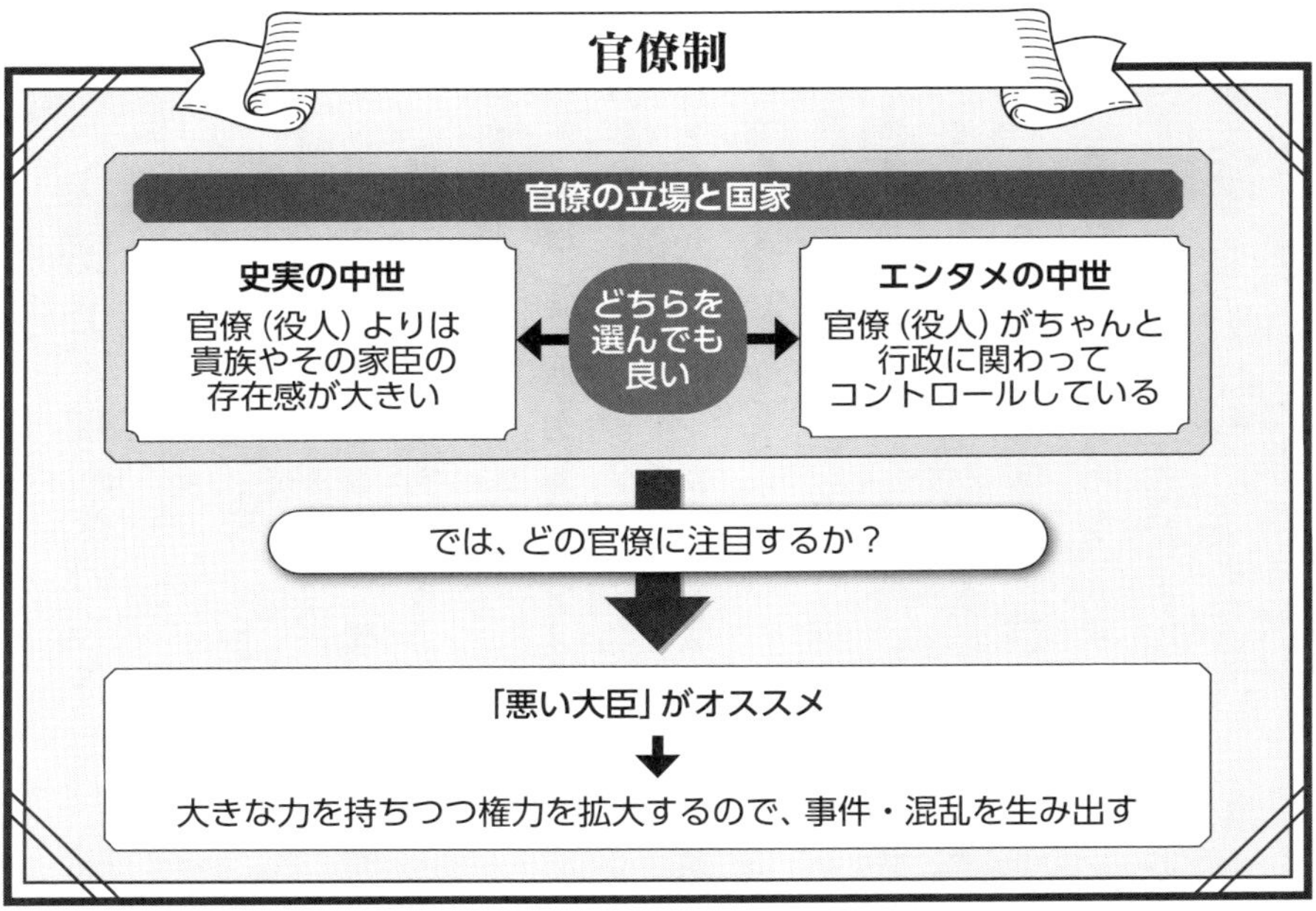

力を強化する」だろう。そこから打つ具体的な手段は、「どんな国なのか？」で変わってくる。

王や皇帝、あるいは王妃などの権力が強い国なら、その権力者の関心を買い、あるいはすでに存在するライバルを蹴落とそうとするのではないか。となると、自分にとってのいい噂、ライバルにとっての悪い噂を流したり、相手のスキャンダルを暴露・でっち上げするというのがありそうだ。

必ずしも絶対的権力者のいない国なら、貴族や官僚、軍人たちの中にシンパを集めて自分の派閥を作ることになるだろう。と言ってもタダでは味方になってくれる人も少ないので、賄賂を集めて配ったり、役職を決める権利を独占しようとすることになる。自然、その中で汚職に手を染めたり、罪のない有能な官僚を蹴落としたりすることだってあるだろう。

もっと視野の狭い「悪い大臣」なら、単に欲望を満たすためのお金集めに精を出したり、気に入らない官僚や軍人を蹴落とすことに熱中するかもしれない。

このような悪人を見つけ、排除することは、国の安全を守るために非常に役に立つ行動と言える。

民主主義国家の強さと弱点

ファンタジーと民主主義国家

中世ヨーロッパ風のファンタジー世界において、現代的な意味での民主主義国家はまず成立しない。国民全体が「自分は国家の一員であり、主権者である」と認識し、投票により政治に参加する必要があるからだ。そのためには、国民にしっかり教育を施して判断力と自覚を養う必要があり、また選挙候補を選ぶための情報をあまねく国民に知らせなければいけない。不正選挙を防ぐための仕組みも必要だろう……となると、かなり高度な文明が成立していなければおかしいのである（逆に言えばテレビ型・スマートフォン型マジックアイテムがあるようなファンタジー世界なら、民主主義が成立していていいかもしれない）。

ただ、広い意味での民主主義国家なら存在してもおかしくはない。実際、私たちの歴史にも、古代ギリシャの都市国家アテネや古代ローマの共和制、ルネサンス期イタリアの都市国家などが民主主義的な制度（共和制）を成立させているからだ。

現代的な民主主義とこれら古代から近世以前の国家の違いには、

「選挙権が限定された人にしかない（世襲市民にしか存在せず、女性、子供、外国人、奴隷にはないなど）」

「直接民主制なので多数の人間を主権者として迎えることができない。理想は数千人とされるが、アテナイでは三万から四万人程度で行っていた）」

などがある。

意思決定が遅い！

侵略側から民主主義国家を見た時、最大の弱点は「意思決定の遅さ」であろう。

王や皇帝、貴族や領主といった権力者は、その権力の及ぶ範囲に大小はあれど、とにかく自分の意思と判断により人や財産を動かすことができる。

一方、民主主義のリーダー――大統領、首相、議長、総統など名前は多様だが――は自分一人の決断で全てを動かすわけにはいかない。大抵の場合彼らの使える権力には法律や国家制度により制限がかかっている。重大な決断・行動には主権者たる国民が選んだ議員で構成される議会の許可を得るか、あるいは国民投票でどうするかを決めなければいけない。

議会がどんな基準で選ばれ、何人で構成されるかは国家と時代により違う。例えばヴェネツィア共和国の場合、議会に当たる大評議会は十二世紀後半の当初には三十人程度であったのが、十五世紀の終わりには二千人ほどに拡大していたという。いざ国家の危機で議会の招集が必要な時、三十人ならサッと集まれるだろうが、二千人ではかなり時間がかかる（といってもヴェネツィアの大評議会は後期になると出席しないものも多かったようだが）。そこから各自の意見を擦り合わせて意思決定して……ではもっと時間がかかるだろう。まして国民投票となれば大仕事だ。

民主主義国家がこのようにまごまごしているうち、侵略者側の軍勢は国境に攻めかかり、領土や財産・人民の命を奪い、首都へ迫ることができる。これは民主主義国家の弱点であり、侵略者側にとってのアドバンテージだ。

また、民主主義国家がより現代的なものに近い、つまり国民の意思が政治へ反映しやすいものである場合、別の問題も浮かび上がってくる。それは「世間の空気」「風評」の影響を強く受ける、ということだ。

例えば、国民の間で議会や国家への不信が高まると、主流派（与党）の力が落ちて少数派（野党）が活発化し、政治が不安定化し、行政も軍事も力を失う。それらは結果的に侵略者側を有利にすることになる。あるいは隣国Aへの敵愾心が高まり、そちらへ向けての出兵を国民が叫んだとする。政府がその声に押されて出兵した隙に、隣国Bの軍勢が国境に迫っていたとしたら、国家の危機であろう。

このような世間の空気、風評の偏りが国民の中に自然と醸成されたものであったり、なにかしらの事件や過去の歴史の中に原因があるのであれば、民主主義国家として仕方のない出来事と言える。そうではなく、侵略者側国家の陰謀・策謀によるものであったなら、どうだろう。政治家やスパイ、警察などが活躍するドラマが作れるシチュエーションである。

主権は国民

民主主義国家を防衛する側（実を言えば民主主義国家が攻める場合でも同じなのだが）にとっての有利な点はどこにあるのか。それは国民が主権者であること、その自覚にあると言って良かろう。

主権が王や皇帝にある場合、国民にとって国家の命運などは他人事になるのが普通だ。大事なのはまず自分や家族の命と財産であって、国のことなどどうでも良くなる。兵士として戦場に出るにしても、それは報酬が約束されていたり、強制的に徴兵されるからであって、自ら望んで出陣したりはしない。もちろん、自分の住んでいる都市や集落が戦火に見舞われれば命や財産が危機に瀕するし、最低でもこれまでの生活をそのまま続けられる確率は低くなる。とはいえ、侵略者がちゃんと利益を優先してくれれば「単に税金を払う先が変わるだけ」になる確率は高いし、最悪は家財道具をまとめて逃げればいいのだ。

だが、主権が国民にあるなら、話は違う。「自分たちの国」を守るためなら、自ら武器を取って戦おうという国民はグッと増える。そもそも、古代ギリシャの民主主義でも、投票する権利を持つ市民はもともと「自ら武器を取って戦場へ向かった男たち」に由来するのだ。「命をかけて戦うものにこそ主権がある」＝「主権があるなら命懸けで戦わねばならない」というのは、多くの人にとって納得しやすいロジックではないか。

結果として、民主主義国家では他の政治体制よりも国民による積極的な戦争参加を導きやすい、と考えることができる。この参加は必ずしも兵士として戦場へ行くだけでなく、税の強化や工場での厳しい労働なども含めることができるだろう。

実際、私たちの歴史において、第一次世界大戦や第二次世界大戦の時代などに、総力戦、つまり一部の貴族や職業兵士による軍事力だけでなく、経済や文化なども含めた、国家全体の総力で戦争を行おうという概念が広がっていった。その背景には、民主主義的な、「国家の主権は国民にあり、戦争は他人事ではない」

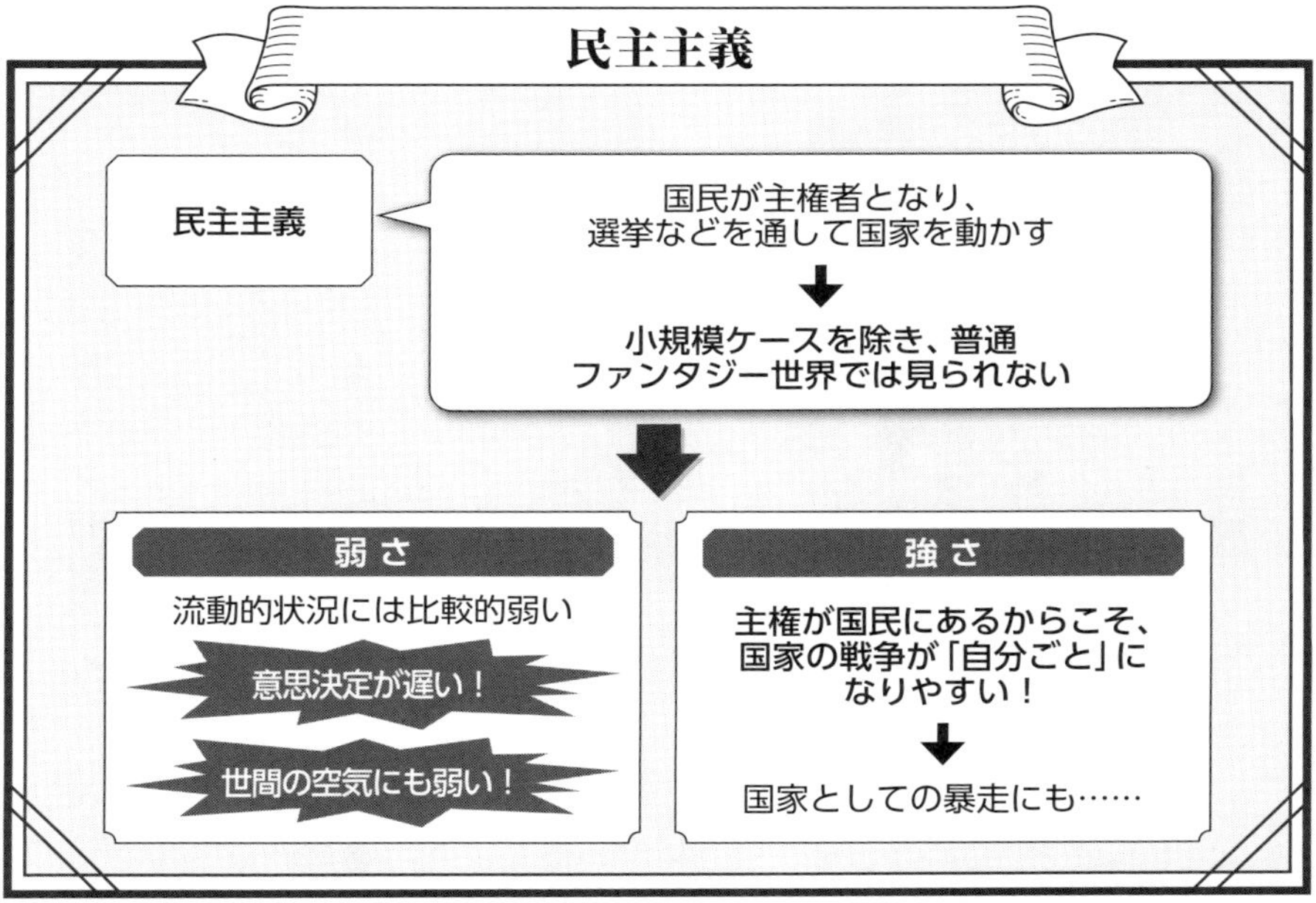

という思想の広まりが無関係ではないはずだ――もちろん、第二次世界大戦時のナチス・ドイツなど、独裁者による総力戦も行われているが、ナチスのヒトラーであっても最初は選挙で、国民により選ばれているのである。

自ら望まず、あるいは金銭だけに釣られて戦場へやってきた兵士の士気は低く、団結は脆い。しかし、自分が国家の一員であると強く自覚し、国のために命を捧げるつもりの兵士は強いだろう。そのような精神状態へ導く方法は必ずしも民主主義だけではない。しかし、非常に分かりやすい存在の一つであるとはいえよう。

ただ、注意すべきことがある。それは冒頭でも紹介した通り、この項で触れた民主主義国家の戦争における美点は、自分たちが侵略者側に立った場合にも発揮される、ということだ。国家の利益のために、また国家を守るために、他国を侵略する兵士という存在は十分あり得る。彼は戦場での残虐行為をどのように受け止めるのだろうか。また、戦いが敗北に終わり、国家が危機に瀕したなら、その時は？

派閥対立・階級対立・民族対立を突け

人間は派閥から逃れられない

人間社会がある程度拡大・高度・複雑化すると、避けられないのがグループ化である。階級、階層、身分、派閥……呼び方や形、分け方やあり方はさまざまだが、とにかく人間社会は大小さまざまなグループや立場に分かれている。

しかし、国家や集団がグループや立場に分かれていると、対立や内紛、さらには外部勢力への裏切りなどにも繋がりやすく、その力を弱めることになる。結果、侵略側はその隙をつけば効果的に相手を分裂・弱体化できるわけだ。一方、防衛側はなるべく内部対立が起きないよう、意思や目的が統一できるよう腐心することになる。

このようなグループ化や「立場で分ける」ということは、社会を成り立たせるために仕方がなかったり、いろいろな事情からどうしようもなく自然と分かれてしまう部分もある。

集団が機能的に動くためには「リーダーとそれ以外」という形で立場がはっきりとしている方がいいからだ。誰がリーダーか決まっていないと「船頭多くして船山に登る」になりやすい。また、「身体能力に優れる人が狩猟や漁労など危険な仕事へ、そうでない人が採集や加工など比較的安全な仕事へ」というのも、やはりある程度仕方がない。

現代のように交通機関や情報伝達手段が整備されていない時代は「ある地域に住んでいる人と別の地域に住んでいる人」がそれぞれに固まり、お互いを仲間と思って独自の文化や風習を養い、他地域の人々との間には対立や隔意を持ってしまうことがある。やはり仕方のないことだろう。

さらに社会が高度化していくと、職業・仕事が分化していくとともに、親から子へ、先祖から子孫へと受け継がれ、世襲・独占化が進んでいく。こうして階級・階層・身分が固まっていく——王の子は王であり、貴族の子は貴族であり、鍛冶屋の子は鍛冶屋で、農民の子は農民。そして、奴隷の子は奴隷だ。

もちろん現実には完全固定化は難しい。平時にも多少の流動性はあるし、動乱期になれば奴隷の子が王に成り上がり、王の子が奴隷に落とされるような可能性も全くのゼロではない。とはいえ、中世的な世界を物語の舞台にするなら、社会が私たち現代人の知るものよりさらに細かくいくつものグループや身分に分けられており、その垣根を越えるのが非常に難しい、ということは知っておくべきだろう。

派閥・グループの出現

では、派閥やグループはどのように作られるか。かなり強いのが「地縁」と「血縁」、すなわち出身地が共通していたり、血筋や親族関係でつながりがある関係性だ。

同じ地域で生まれ育てば、言葉や風習が共通し、自然と考え方が似通ってくる。相手が理解しやすくなり、一緒に行動する時にも効率的に動くことができるだろう。逆に言えば、前近代的な社会においては、仮に同じ国であっても出身地が違えば言葉が通じにくかったり、風習が全然違ったりし、仲間だと思えない……ということがままあったのだ（ただ、これはエンタメで表現するのは難しいかもしれない）。

血縁はもっとわかりやすい。同じ血を分けた相手、祖先を共通する同じ氏族の出身者と思えば、自分の仲間だという感覚は強まる。

この地縁・血縁の究極の形が民族であると考えてまず間違いない。ただ、民族意識が高まる前の前近代では、「同じ民族だから仲間」と考えるのはスケールが多すぎて難しかったかもしれない。

仲間意識が醸成できる環境は他にもいろいろ考えられる。「同じ宗教・宗派を信じている」「同じ職業に就いている」「同じ組織に所属している」「同じ戦場で戦った」「同じ師匠、同じ学校、同じ寺院で学んだ」——同時期に同じ場所で経験して関係性が構築できていればいよいよ「同じ釜の飯を食った」仲である。そうでなくとも、同じ体験をしていた（している）とあれば、親近感は生まれるものだ。

「利害関係が共通している」「同じ人物や思想、理想を支持している」のもわかりやすい。出世のトップランナーを引き摺り下ろすために二番手以下が団結したり、第二王子を王位につけるために（そして自分たちもおこぼれに預かるために）主流派でない貴族や騎士、役人たちが結集したりするわけだ。このケースだと互いの仲間意識はそれほどでもなく、旗印を失ったり、目的を達成したりすると、あっという間に内部対立・解散ということになったりする。

カースト制度とヨーロッパの三身分

もちろん、「同じ階級・身分である」もかなり強い要素だ。

この階級・身分のサンプルとしてよく知られているのが、インドにおけるいわゆる「カースト」制度だ。インド社会はこのカーストによっていくつかに分けられているのだが、その実態は外から見るよりも複雑であるようだ。

まず、一般にカーストという言葉で知られる分類「バルナ」があり、人々を「バラモン（司祭）」、「クシャトリヤ（王族、貴族、軍人）」、「バイシャ（農民、牧人、商人→のちに商人のみに）」、「シュードラ（隷属民→のちに農民や牧人も含む）」の四つと、カースト外の「不可触民」に分けた。バルナは色を意味し、もともとは外からやってきたアーリア人と現地人の肌の色の違いを意味していたらしい。それがやがて混血で意味を失い、身分を示す言葉として残ったわけだ。

そしてこのバルナとは別に「ジャーティ」がある。こちらは生まれを意味し、さまざまな職業と結びついて社会においてそれぞれの仕事を果たしている。インド全土において二千とも三千ともいう各ジャーティは五つのバルナのどれかに属しており、このバルナとジャーティのどちらも「カースト制度」と呼ばれるので混乱しやすい。

一方、ヨーロッパではどんな形で身分が分かれていたのか。中世中期に語られたのが、三つの職分に分けて理解する考え方である。それが「祈る者（聖職者）」「戦う者（騎士）」「耕す者（農民）」だ。カースト制度と違い、この三つの身分の間に上下が積極的に語られることはない。むしろ、三つの身分はそれぞれに協力

派閥という弱点

人間社会は発展と共に分かれていく

人間社会
最初は似たような立場だったのが、分かれ、固定化し、派閥を作る

階級 / 身分 / 立場 / 派閥 / 民族

派閥は侵略される隙になる

身分をどう分けるかは時代と地域による

インドのカースト制度は4身分+1	ヨーロッパの「祈る者」「戦う者」「耕す者」

し合っていて、社会を維持するのに欠かせない、という主張がなされた。

つまり、戦う者がいるからこそ、社会は外からの敵や内なるならず者に苦しめられることなく、平和と安定を享受できる。祈る者がいるからこそ、人々は霊的な意味で救われ、穏やかにいられる。そして、耕す者がいるからこそ、社会全体に食べ物をはじめとする物資が供給され、生きていくことができる。こういう理屈であるわけだ。

もちろん、この考え方は一種の建前、お為ごかしである。ちょっと頭が回る者であれば、「戦う者は実際には互いに争って富を奪い合ったり、しばしば盗賊や傭兵に変身して社会を荒らしたりしているではないか。祈る者もその特権的な立場に驕って好き放題している。何よりも、両者ともに耕す者たちから税を取るだけ取ってその苦しみに目を向けないではないか」くらいの反論はするであろう。実際には明確な上下関係があるのだ。

一方、名君と呼ばれるような賢い指導者であれば、「耕す者なくして自分たちの暮らしは成り立たない」

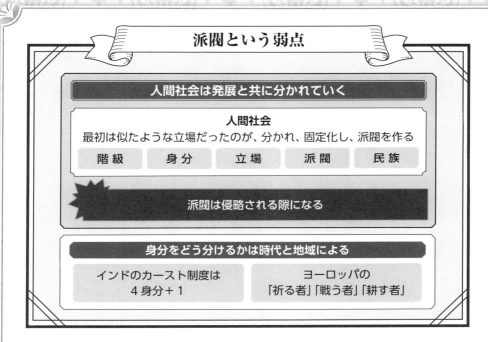

くらいのことは理解しているはずだ。だからといって自分と対等だとは思わないだろうが、かといって搾り尽くして死なれたり、逃げたりされても困る。むしろ気持ちよく働いてもらって多くの税を納めたり、士気高く兵役についたりしてくれた方が結局効率がいい――そのように考える王もいるだろう。

被差別・被迫害階級の苦しみ

カーストにおける不可触民のような、被差別・被迫害階級は普段から苦しい立場に置かれているものだ。

それ故に国家内の内部対立で一方から「私に味方したら君たちの立場を改善しよう」と約束されたら喜んで味方するだろうし、それが外部勢力からの誘いであっても気にせずその手を取る可能性が高い。差別されている彼らにとって、国家への忠誠心・味方意識は薄いだろうと想像されるからだ。もちろん、独自に行動して自分の立場をひっくり返そうとする者もいるかもしれない。

結果として新しい国を作ってしまった場合、かつて支配的立場にあった人々をどのように扱うだろうか。逃げるに任せるかもしれない。逆転して相手を被差別階級にするかもしれない……。

そんな被差別・被迫害階級がどうして「そう」なったかは実に多様なパターンがある。

そもそも彼らの「歴史」に原因を辿ることもできるだろう。ある国・地域が別の国・地域を侵略して占領したり、あるいは人を奴隷として買ったりさらったりした結果、その末裔は奴隷階級・被差別階級として固定される可能性が高い。「かつて国家に逆らったものたちの末裔」や「昔、この人々の中から伝染した病気が多くの人を殺した」などもありそうだ。

また、「職業」から被差別的な扱いを受けることもままある。職業の中には「どうしてもひどい臭いを放つ（動物の屠畜や皮革の加工、染色など）」や「死に関係する（埋葬など）」など、嫌われる仕事というものがある。あるいは、「嫌われる理由があまり思いつかないが嫌われていた（中世ヨーロッパでは羊飼いや粉屋など）」仕事もある。

これらを受け持った人々がそれ故に差別を受ける、あるいは逆で被差別的立場であるが故に嫌われる仕事しかできない、ということが歴史上確かにあったのだ。ちなみに、被差別者が行う職業としては芸能、つまり歌って踊るのも一つの定番であった。

さらに「宗教や文化」も同じように被差別の理由になりうる。歴史的経緯があったり、その風習の中に主流派にとって生理的嫌悪を感じさせるものがあったりすると、差別・迫害が始まる。ただこれもニワトリが先か卵が先かで、まず差別され、そこから「あいつらの宗教や文化が許せない」となっているのかもしれない。

ストレートに「外見」が原因になっていることもあるだろう。肌の色の違いは（理由がそれだけではないにせよ）時に相手を同じ人間だと思えなくなるほどの違いとして取り扱われることがある。これが異種族の存在する世界で、体の大小、寿命の長短、また毛皮や翼、顔や爪など動物的特徴のあるなしにまで差異が広がったなら、同じ人間だと素直に認められる人の方が少なくても変ではない。

もっとファンタジックな事情があるのかもしれない。魔法を使えるものと使えないもの、精霊と喋れるものと喋れないもの。そのような違いが差別につながるのはいかにもありそうだ。

さて、これらの原因・経緯は社会全体できちんと伝承されているのだろうか。それとも、どこかで忘れられたり、捻じ曲がった伝承されたりして、結果として差別や迫害が激しくなるということがあったのだろうか。普通に考えれば「当事者は正しく覚えているが社会全体では捏造された歴史が受け継がれている」というのがいかにもありそうな話だ。

しかし、その逆だって十分考えられる。例えば、「差別され、迫害される側が、団結して自分たちを守るために、事実とは違う伝承を作り、それにすがろうとした」というのはどうだろうか。いっそ主流派も被差別者たちも揃って正しい歴史を失っている、などというのも面白い。

ユダヤ人のケース

このようなあり方のサンプルとして紹介するべきなのは、やはりユダヤ人だろう。前近代ヨーロッパにおける彼らの苦しい立場には長い歴史があり、非常に興味深いものがある。

キリスト教が強い影響力を持った中世以降のヨーロッパ社会において、「救世主であるキリストを殺した罪人の末裔」であるユダヤ人たちは、どうしても宗教的蔑視の対象にならざるを得なかった。イスラム教が外の敵なら、ユダヤ教は内の敵――と言うと流石に言い過ぎかもしれないが、似たような気分はあったのではないか。結果、ビザンチン帝国（東ローマ帝国）ではユダヤ教徒は官職にも就けず、かといって農業をするために必須だったキリスト教徒農奴の使用を禁止されたことから、農業もできない状況へ追い込まれた。

しかし、少なくとも中世の途中まで、カトリック教会が影響力を持った地域ではユダヤ人たちへの態度はもう少し寛容だった。教会が「ユダヤ人は罪人だが、その存在はキリストの教えが存在することの証明である。だから私たちもユダヤ人たちの存在と信仰を許さなければならない」と考えたからだ。とはいえこのようなユダヤ教保護の態度を、代々の教皇がわざわざ度々宣言しなければならない程度には、キリスト教徒による差別・迫害があったようだ。


十二世紀の終わり頃になるとさらに状況が悪化する。社会へのキリスト教価値観の浸透や、レコンキスタや十字軍による異教徒との対立感情の激化などを背景に、教会が「ユダヤ人はキリスト教徒と親しく付き合ってはいけない（食事に招くのも禁止）し、使用人として使うのも禁止」としてしまったのである。結果、ユダヤ人はほとんどの職業に就けなくなってしまった。

この時、ユダヤ人が就けた数少ない職業の一つが金貸し、金融業だった。これはキリスト教徒には「金を貸して利子を取ること」が禁止されていたからで、ユダヤ人はそもそも罪人であるが故に罪のある仕事をすることが容認され、社会的に求められつつ普通の人にはできない仕事をした、ということになる。

ところがWin-Winというわけにはいかなかった。金貸しが儲かる仕事であり、また高利を取り立てるせいで憎まれる仕事でもあったからだ。かくしてユダヤ人には「邪悪な金持ち」のイメージが付き纏い、シェイクスピアは『ベニスの商人』にユダヤの高利貸しシャイロックを悪人として登場させた。ただ、彼はただの悪人ではなく、迫害を受ける民の苦悩も表現されているところが、シェイクスピアの非凡なところではある。

結果、どうなったか。ユダヤ人は「ユダヤ人がキリスト教徒の子供を殺して儀式に使った」「泉に毒を入れた」などの悪評を立てられてさらに迫害されるようになる。また、飢饉や疫病によって生活が苦しくなると、民衆の怒りはしばしばユダヤ人へ向けられ、激しい攻撃をすることもあった。しかも十五世紀以降、異端審問の熱狂が始まると、それまでは庇護の姿勢を打ち出していた教会がむしろ弾圧の側に回ったため、いよいよユダヤ人の立場が悪化。ゲットーと呼ばれる隔離地域へ移され、非常に苦しい立場に置かれるようになったのである。

オスマンのケース

もちろん、あらゆる国家や地域で異教徒や異民族が弾圧・迫害されたわけではない。そこでイスラム教を奉じて巨大な版図を築いたオスマン帝国のケースを紹介しよう。

オスマン帝国は自国内の異教徒・異民族に対して、イスラム教で伝統的に用いられてきた「ミッレト制」を敷いた。これは「宗教ごとの集団（ミッレト）」がリーダー（ミッレト・バシ）の下できちんと責任ある自治を行い、また帝国に対して税金も納めるのであれば、イスラム教に改宗せず自分たちの宗教や文化を持ったまま帝国内で暮らして良い」というものだった。ギリシャ正教徒、アルメニアのキリスト教徒、ユダヤ人などがミッレトを構成して帝国の統治に協力し、帝国側もミッレト・バシが間違った統治をしない限りは干渉を避けたのである。

また、オスマン帝国内では商人や職人のギルドが強い力を持っていたが、外国人あるいは非イスラム教徒の商人にはしばしばそのような束縛から自由になれる「カピチュレーション」という特権が与えられた。これによってオスマン帝国は経済的にも大いに発展したのだ。

とはいえ、イスラム教への改宗は歓迎されたはずだ。その象徴となったのが「新しい兵士（イエニチェリ）」と呼ばれた、元キリスト教徒で構成された軍団である。もともとは十四世紀後半、征服した土地で捕虜にした

差　別

被差別・非学外階級は時に社会へ
不満を持ち、敵国と手を組むこともあるだろう

どうして差別・迫害されてしまったのだろうか？

歴史	職業	宗教や文化	外見

伝承がねじ曲がってしまうことも

ヨーロッパのユダヤ人のケース	オスマン帝国の異教徒のケース
↓	↓
聖書に書かれたキリスト迫害のイメージもあって差別され、金貸しをしたせいで更に迫害	**税さえ払えば許されたし、改宗して出世するコースさえ存在した！**

キリスト教徒をトルコ人の家庭に預けて教育を施し、改修させ、しかるのちに軍団化したものとされる。イエニチェリはベクターシュ教団という神秘主義者たちと深く結びついて固い団結力を誇り、また新しい火薬兵器を使いこなすなどして精強な軍団となった（十七世紀以降は風紀が乱れて無頼の集団になり、十九世紀前半に時の皇帝により廃止される）。

　のちに捕虜の数が減ると、帝国支配地域内のキリスト教徒子弟の男子（ユダヤ人は対象外だった）を定期的に召し上げる「デウシルメ」制度が成立する。体が強いもの、外見が美しいもの、賢いものが選ばれた。年齢はだいたい七歳から十歳程度、時にはそれ以上の年齢のもの（最大でも十八歳くらい）だった。

　彼らはイスラム教徒に改宗させられたのちに適性に合わせて訓練を受け、イエニチェリに組み込まれたり、あるいは宮廷官僚への道を進んだりして、帝国を支える人材になったのである。これは帝国にとって益があっただけでなく、キリスト教徒たちにとっても我が子を出世コースに乗せる大チャンスであり、時には親の方から推薦することさえあったという。

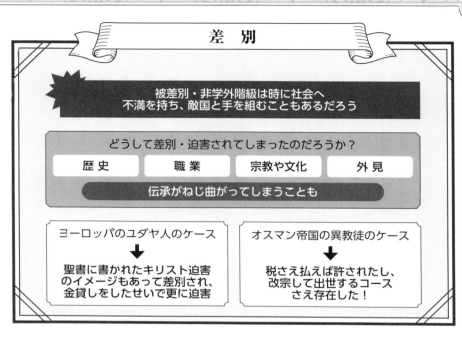

計画してみるチートシート(国家制度編)

侵略側の制度を考える

自国の国家体制は？

有利になる要素も、付け入れられて不利になる要素も、両方あるもの

自国の派閥や階級、身分は？

多種多様に存在するのが当たり前であるため、特に重要なものに絞ろう

防衛側の制度を考える

自国の国家体制は？

有利になる要素も、付け入れられて不利になる要素も、両方あるもの

自国の派閥や階級、身分は？

多種多様に存在するのが当たり前であるため、特に重要なものに絞ろう

発想シート（侵略計画書）

防衛側設定　国家名「　　　　　　　　　　　　　　　　　　」

背景事情

強み

弱み

侵略の様相

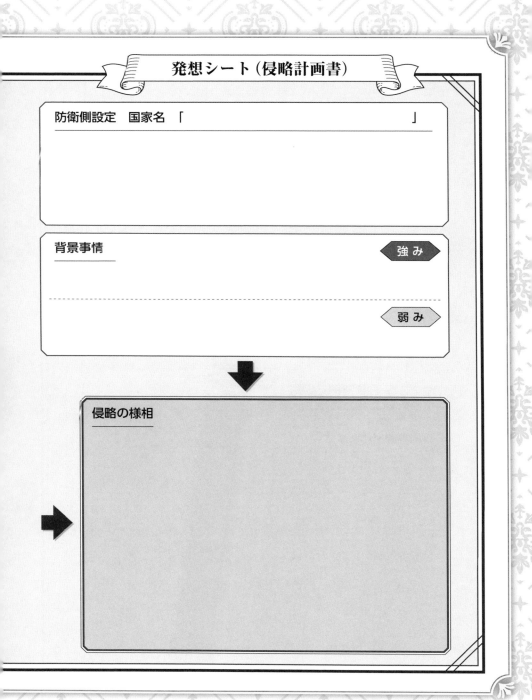

作品タイトル

侵略側設定　国家名「　　　　　　　　　　　　　　」

目的・動機

実利・本音

大義名分

手 段

戦 力

発想シートサンプル（侵略計画書）

防衛側設定　国家名「　　　リゲル王国　　　」

大陸東北部の大国。軍事力はさほど大きくないが、大きな港を備えて大陸各地及び別大陸との交易を盛んに行っているため、経済・情報の面で他国から抜きん出ている。伝説の帝国の後継国家の１つであり、アレハンドロ帝国とも長く友好的な関係にあった。

背景事情

強み

軍事力としては、少数だが精鋭の騎士団を複数保有している。また、国内の商人や領主たちも小さくない軍事力や情報力を保有しており、団結すれば大国をも凌駕する。

弱み

騎士団長や高位官僚、大商人などがそれぞれに信念を持っており、それぞれの利害調整ができない限りその力を結集するのは難しい。

侵略の様相

帝国による侵攻が始まった当初、数回の攻撃をすべて撃退し、王国側の士気が高まるとともに他の帝国に破れた国から難民が流れ込んでくる。
むしろ勝利に依る油断や難民のトラブルで王国側で意見対立が起きる中、再び帝国が侵攻を開始。
王国は戦場で指揮官同士の意見が対立したせいもあって帝国の策略にはまり、決戦で破れて首都を落とされてしまう。
そんな中、生き残った王子が再起を誓う……というところから物語が始まる。
王子はバラバラになってしまった国内の戦力をまとめるため、放置されていた問題の解決や過去の因縁の解きほぐしを求められることになる。

作品タイトル

「欠片の帝国」

侵略側設定　国家名「　　　　アレハンドラ帝国　　　　」

「かつて世界の半ばを支配したが、皇帝の死と共に」という伝説の帝国を継承したと主張する国家。代々の皇帝は伝説の皇帝と同じ名前（アレハンドロ）を名乗りつつも大陸中央部の小規模国家のままだったが、当代のアレハンドロ15世になって突然勢力拡張を開始し、瞬くうちに大陸中央部を制圧。周辺地域への侵略を開始した。

目的・動機

実利・本音

急激な拡大によって各地から野心家、優秀な人物がどんどん集まってきていて、彼らに厚遇できていることから、さらなる拡大へ繋がっている。拡大し続けなければ安定しない状態でもある。

大義名分

「伝説の帝国を復活させる」ことが最大の大義名分。帝国の崩壊以来、大陸各地では争乱が断続的に続いていたため、平和と秩序を求める人々は帝国の復活を支持している。

手 段

主な手段は軍事力と威圧の二段構え。ただし、使者を送って降伏させて終わりということはほとんどせず、相手国に小さくない損害を与えてから降伏を勧告する。
一方で、「伝説の帝国の復活しか平和をもたらすものはない」という宗教が広まっており、その信者たちは有形無形に帝国の勢力拡大を支援している。

戦 力

封建主義的領主・旧国王たちの寄せ集めによる大軍団。皇帝が近くにいればいるほど不思議な団結・忠誠を示すが、皇帝から離れるほどにそれぞれの思惑で行動するようになる。

おわりに

改めて、本書は「侵略」という概念を通して、スケールの大きなエンタメを作るための素材・発想を提供することを目的とした本として制作した。そのため、具体的な歴史的事件や国家・勢力についても、サンプルになるべくある程度紹介は入れ込んだものの、固有名詞は最小限とし、皆さんの作りたい物語へ自由に嵌め込めるよう、概念・発想の部分を意識して記述したつもりだ。

具体的に「各時代や各地域にどのような文明や文化があり、侵略や防衛はどのような形で行われていたのか?」が知りたい方は、ESブックス様から刊行した『物語づくりのための黄金パターン　世界観設定編シリーズ』を読んでいただければ役に立つかと思う。特に『異世界ファンタジーのポイント75』と『中世ヨーロッパのポイント24』が皆さんの用途に大いにハマるはずだ。

最後に。それら先行する世界設定系の書籍で繰り返し触れてきたのであえて本書では強調しなかったことをもう一度ここに記しておきたい。それは「エンタメに求められるのはリアリティ（それっぽさ、説得力）であってリアル（本物そのもの）ではない」ということだ。

キャラクターの活躍やストーリーの展開に違和感を与えさせ、物語への没入を邪魔するのは良くない。だからリアリティは欲しい。しかし、リアルそのものである必要はない。むしろ、現代人の読者にわかりやすくなるようにあえてリアルさを削ったり、現代的な価値観を入れ込むことで、リアリティが増すことさえある。この点を意識して設定を作っていっていただければと思う。

榎本秋

主要参考文献

『日本国語大辞典』小学館
『日本大百科事典』小学館
『世界大百科事典 改定新版』平凡社
木村靖二、岸本美緒、小松久男（編）『詳説世界史研究』山川出版
宮崎正勝（著）『「モノ」で読み解く世界史』大和書房
宮崎正勝（著）『モノの世界史―刻み込まれた人類の歩み』原書房
島崎晋（著）『覇権の歴史を見れば、世界がわかる――争奪と興亡の２０００年史』ウェッジ
池上正太（著）『図解 中世の生活』（F-Files No.054）新紀元社
新星出版社編集部（編）『ビジュアル図鑑　中世ヨーロッパ』新星出版社
トマス・ソーウエル（著）、内藤嘉昭（訳）『征服と文化の世界史　民族と文化変容』明石書店
トマス・クローウェル（著）、蔵持不三也（訳）『図説 蛮族の歴史　世界史を変えた侵略者たち』原書房
山内進（編）『「正しい戦争」という思想』勁草書房
塩野七生（著）『十字軍物語1～3』新潮社
マーティン・J・ドアティ（著）、日暮雅通（監訳）『図説　中世ヨーロッパ武器・防具・戦術百科』原書房
ジョン・キーガン、リチャード・ホームズ、ジョン・ガウ（著）、大木毅（監訳）『戦いの世界史　一万年の軍人たち』原書房
佐藤賢一（著）『英仏百年戦争』集英社
片岡徹也（著）『軍事の事典』東京堂出版
田村尚也（著）『各国陸軍の教範を読む』イカロス出版
防衛大学校・防衛学研究会（編）『軍事学入門』かや書房
中里融司（著）『覇者の戦術　戦場の天才たち』（Truth In Fantasy）新紀元社
小和田泰経（著）『兵法　勝ち残るための戦略と戦術』（Truth in history 25）新紀元社
奥西孝至・澤歩・堀田隆司・山本千映（著）『西洋経済史』有斐閣
関眞興（著）『「お金」で読み解く世界史』ＳＢクリエイティブ
野口悠紀雄（著）『マネーの魔術史　支配者はなぜ「金融緩和」に魅せられるのか』新潮社
山田雄司（著）『忍者の歴史』KADOKAWA

著者略歴

榎本海月（えのもとくらげ）

ライター、作家。榎本事務所に所属して多数の創作指南本の制作に参加する他、専門学校日本マンガ芸術学院小説クリエイトコースで担任講師を務める。著作に『物語を作る人必見！登場人物の性格を書き分ける方法』（玄光社）などがある。

榎本事務所

作家事務所。多数の作家が参加し、小説制作・ライティング・講師派遣など幅広く活動する。

榎本秋（えのもとあき）

作家、文芸評論家。1977年、東京生まれ。書店員、編集者を経て作家事務所・榎本事務所設立。小説創作指南本などの多数の書籍を制作する傍ら、大学や専門学校で講師を務める。本名（福原俊彦）名義の時代小説も合わせると関わった本は200冊を数える。著作に『マンガ・イラスト・ゲームを面白くする異世界設定のつくり方』（技術評論社）などがある。

編集協力：鳥居彩音（榎本事務所）
本文デザイン：菅沼由香里（榎本事務所）

物語《ものがたり》やストーリーを作《つく》るための
異世界《いせかい》“侵略《しんりゃく》”計画書《けいかくしょ》

発行日　2024年　9月21日　第1版第1刷

著　者　榎本《えのもと》　海月《くらげ》／榎本事務所《えのもとじむしょ》
編　著　榎本《えのもと》　秋《あき》

発行者　斉藤　和邦
発行所　株式会社　秀和システム
〒135-0016
東京都江東区東陽2-4-2　新宮ビル2F
Tel 03-6264-3105（販売）Fax 03-6264-3094
印刷所　三松堂印刷株式会社　Printed in Japan

ISBN978-4-7980-7101-5 C2093

定価はカバーに表示してあります。
乱丁本・落丁本はお取りかえいたします。
本書に関するご質問については、ご質問の内容と住所、氏名、電話番号を明記のうえ、当社編集部宛FAXまたは書面にてお送りください。お電話によるご質問は受け付けておりませんのであらかじめご了承ください。